HILGA HÖFKENS

WINTERSONNENHERZ

—

Anna & Mark

IMPRESSUM

Hilga Höfkens

Wülfrather Str. 303

40822 Mettmann

http://hilgahoefkens.de

Lektorat / Korrektorat

P. Szedlak / books2read

Cover-Gestaltung:

Renee Rott

Dream Design – Cover and Art

Verwendete Bildlizenzen:

Getty Images / IStock - acceptphoto

Getty Images / IStock - stock-eye

Bestellung und Vertrieb:
Nova MD GmbH, Vachendorf

Druck:

wirmachendruck, Backnang

Inhaltsverzeichnis

Kapitel 1

Ein Knall. Er wurde hart nach vorn geworfen. Sein Gesicht schrammte über den weißen Airbag, und der Gurt riss an seiner Schulter. Gleich darauf wurde er zurück in den Sitz gepresst und knallte mit dem Hinterkopf gegen die Kopfstütze. Er bekam keine Luft und ruderte unkontrolliert mit den Armen. Mit einer Hand erreichte er den Türgriff und zog verzweifelt daran. Kaum hatte er den Gurt gelöst, ließ er sich aus dem Wagen rutschen und richtete sich vorsichtig auf. Alles tat ihm weh, und sein Kopf brummte. Wie durch dichten Nebel erkannte er die Überreste des Autos. Die vordere Hälfte war komplett zerstört, und schlaff hingen die weißen Airbags im Innenraum. Benommen stolperte er zurück, und im nächsten Augenblick wurde sein Körper durch die Luft geschleudert. Seine Beine schienen in Schmerzwolken zu explodieren, als er auf den Asphalt aufschlug. Das Kreischen von Glas und Metall stach in seine Ohren. In einer Reflexbewegung riss er die Arme vor sein Gesicht und krümmte sich zusammen. Dann prallte etwas auf seinen Körper, und das Feuer aus Schmerz breitete sich überall aus. Verzweifelt schnappte er nach Luft und riss die Augen auf. Er sah Blut, das stoßweise aus seinem Arm spritzte. Sterben. Jetzt werde ich sterben, schoss es durch seinen Kopf, während Schwärze sich vom Rand seines Sichtfelds in sein Bewusstsein schob und den Schmerz nach und nach auslöschte.

„Mark! Zeit, Schluss zu machen!“

Er fuhr hoch, als die Stimme seines Kanzleipartners durch den Flur hallte. Nun suchte dieser verdammte Unfall ihn sogar schon als Tagtraum heim. Verbittert presste er die Lippen zusammen und fuhr sich mit den Fingern durch das Haar. Ein Video, aufgenommen von der neuesten Hochgeschwindigkeitskamera, deren Lieferverträge er juristisch prüfte, flackerte in Dauerschleife über seinen Bildschirm. Es zeigte einen Crashtest. Würden solche Bilder jetzt jedes Mal den schlimmsten Augenblick seines Lebens ans Tageslicht zerren?

„Hey, was ist los? Klapp die Akten zu, es ist Wochenende. Überstunden kannst du unter der Woche machen." Karl steckte den Kopf durch die Tür und nickte auffordernd zum Ausgang. Mark wusste, dass sein Freund es gut meinte, trotzdem nervte ihn die Geste. Noch zittrig von der Erinnerung beendete er dennoch das Video und löste den Laptop aus der Dockingstation. Dann packte er ihn zusammen mit den Akten in den Rucksack. Er strich abwesend mit der Hand über seinen Vollbart, der einen Teil der Narben verbarg, ehe er die Krücken nahm und Karl in den Flur folgte. Während Karl sich freundlich von Frau Seegers am Empfang verabschiedete, nickte Mark nur mit mürrischer Miene in ihre Richtung. Sie schien keinen freundlicheren Abschied erwartet zu haben.

„Bis Montag, ein schönes Wochenende Ihnen beiden", flötete sie. „Ich schließ gleich ab, gehen Sie ruhig schon."

Mark folgte Karl zum Aufzug und fragte sich wieder einmal, woher sie stets diese unerschütterliche Freundlichkeit nahm.

~

Auf dem nassen Asphalt spiegelten sich die Straßenlampen und die rote Ampel wie Irrlichter. Annas gedankenverlorener Blick hing an dem Film des Nieselregens auf der Frontscheibe. Der Scheibenwischer schob die Tropfen träge beiseite, und im Radio sang Adele passenderweise „Set Fire to the Rain". Anna legte den Kopf zurück und ließ die Hände auf den unteren Rand des Lenkrads rutschen, während ihr Knie zum Takt der Musik wippte. In Gedanken war sie bereits zwei Stunden weiter, bei der Verabredung von heute Abend.

Menschen mit Schirmen oder in Regenjacken hasteten durch den späten Nachmittag. Eine schwarze Wolkenwand schob sich stetig weiter vor und verdeckte bereits das Abendrot. Selbst jetzt, im Januar, war es um diese Uhrzeit normalerweise noch nicht so dunkel. Im Gegensatz zu den Leuten, die mit eingezogenen Köpfen eilig vor dem Regen flüchteten, stand eine Gruppe junger Burschen lässig auf dem Gehweg und flachste herum. Sie schubsten sich gegenseitig albern hin und her. Anna konnte verschiedene Stimmen hören, die leicht angetrunken grölten.

Ein großer, in einen dunklen Mantel gekleideter Mann erschien neben ihrem Auto. Auf zwei Krücken gestützt ging er vorbei und auf die Burschen zu. Sein Rucksack schien auf eine seltsame Art nicht zu der formellen Kleidung zu passen, und Annas Augen blieben automatisch an der ungewöhnlichen Gestalt hängen, bevor ihre Gedanken wieder nach Hause wanderten. Sie stellte sich das wohlige Gefühl einer heißen Dusche vor. Danach musste sie sich ein nettes, nicht zu ausgefallenes Outfit für heute Abend ausdenken.

Jemand hupte plötzlich, und sie fuhr zusammen. Ihr Blick flog zur Ampel. Grün. Automatisch gab ihr Fuß Gas, und ihr roter Wagen setzte sich in Bewegung. Als sie ihre Aufmerksamkeit wieder auf die Straße richtete, schoss die Szene vor ihr wie ein Blitz in ihren Kopf.

Der große Mann mit dem Rucksack wollte sich gerade am Bordsteinrand an den Jungs vorbeischieben, als er mit einer Krücke jenseits des Bordsteins ins Leere stach und in zeitlupenartiger Langsamkeit Richtung Fahrbahn kippte. Eine Schrecksekunde später stand ihr Auto schon wieder, doch sein Körper polterte auf ihre Motorhaube und rutschte augenblicklich nach vorn herunter.

Anna starrte paralysiert durch die Scheibe. Der Wischer schob wieder den nassen Film hin und her, doch von dem Mann war keine Spur mehr zu sehen. Sie spürte ihren Herzschlag in der Kehle, und ihre Hände hätten gezittert, wären sie nicht um das Lenkrad gekrampft gewesen. Das Geräusch, das sein Körper auf der Motorhaube verursacht hatte, ließ ihren Atem stocken. Es fühlte sich an wie eine alte Erinnerung, die irgendwo aus den Tiefen ihres Unterbewusstseins aufsteigen und ihr die Kehle zudrücken wollte. Träge schob sich der Wischer noch einmal über die Scheibe.

Ihr Gehirn war noch mit dem Geräusch und der nebligen Erinnerung beschäftigt, als ihr Körper reagierte und sich wie von selbst in Bewegung setzte. Ihre Hände drückten den Warnblinkknopf, drehten den Zündschlüssel, zogen die Handbremse, öffneten die Tür. Ihre Füße sprangen aus dem Auto und liefen nach vorn. Gleichzeitig grübelte ihr Verstand noch immer darüber nach, warum allein das dumpfe Geräusch des Aufpralls ihr die Luft zum Atmen nahm – bis sein Anblick sie zurück in die Realität riss.

Er lag lang ausgestreckt, mit geschlossenen Augen und viel zu still, im Licht der Scheinwerfer, und der Nieselregen bildete feine Tropfen auf seinem blassen Gesicht. Warum rührte er sich nicht? Sofort fiel sie neben ihm auf die Knie und streckte ihre Hand zu seinem Hals. Unter ihren Fingern spürte sie seine warme Haut und das leichte Flattern des Pulses, flach, aber regelmäßig. *Puh, Gott sei Dank.* Sie erlaubte sich auszuatmen. Durch den dunklen Vollbart und die ungeordneten, nach vorn gefallenen Locken konnte sie nur wenig von seinem Gesicht erkennen. Vorsichtig strich sie mit der anderen Hand die wilden Haare zur Seite und sah in ein kantiges, von feinen, kaum sichtbaren Narbenlinien durchzogenes Gesicht.

Glassplitter, schoss es plötzlich durch ihren Kopf, doch sofort schob sie den Gedanken beiseite. Das war jetzt nicht wichtig, und woher wollte sie das überhaupt wissen? Viel wichtiger war die Frage, warum er bewusstlos war. Konnte er so heftig mit dem Hinterkopf auf den Asphalt aufgeschlagen sein?

Sie holte tief Luft und legte fest die Hände aneinander, um das Zittern zu beruhigen. Alle Energie und Ruhe versuchte sie zu sammeln, dann beugte sie sich langsam nach vorn. Ihre Finger tasteten sich vom Nacken hinauf über seinen Hinterkopf, um nach einer Verletzung zu suchen, ohne den Kopf zu viel zu bewegen. Das seltsame Gefühl, als seine weichen Haare über ihre klammen Finger strichen, ließ sie schlucken. Da war nichts, kein Blut, die Kopfhaut war unverletzt. Nur die Rückseiten ihrer Hände wurden vom Regenwasser auf dem Asphalt nass, während sie seinen Kopf vorsichtig in beiden Händen hielt.

Plötzlich bebte sein Körper, und ein leises Stöhnen kam über seine Lippen. Als er die Lider aufschlug, und der Blick seiner braunen Augen sie traf, durchfuhr es sie wie ein Blitz. Eine Erinnerung zuckte durch ihren Kopf.

Sie saß auf dem Boden, sein Kopf auf ihren Beinen, und diese Augen sahen sie an. Überall war Blut. Sie musste irgendetwas drücken und festhalten, das war wichtig.

Ihr Körper fror mitten in der Bewegung ein, während sie seinen Kopf noch immer in beiden Händen hielt. So ein unglaubliches Déjà-vu hatte sie noch nie erlebt. Mit einem leisen Keuchen schloss sie die Augen und versuchte, das Jetzt von dem Déjà-vu zu trennen. Dann holte sie Luft und zwang sich zu einem Lächeln.

„Hi, alles in Ordnung mit Ihnen?“ Langsam zog sie die Finger aus den dunklen Locken und ließ seinen Kopf auf den Asphalt sinken.

Er sah sie mit zu Stein erstarrter Miene an, ohne sich zu rühren, und Anna begann sich zu fragen, ob sein Bewusstsein tatsächlich zurückgekehrt war, oder ob er nur die Augen geöffnet hatte. Mit zwei

Fingern strich sie eine nasse Strähne aus seinem Gesicht, um zu sehen, ob er überhaupt reagierte. Blinzelnd schloss er die Lider und atmete tief ein.

„Ok, bitte bewegen Sie sich nicht“, wies Anna ihn an. „Haben Sie irgendwo Schmerzen?“

Kaum merklich schüttelte er den Kopf, dann blickte er zu ihr auf. Bernsteinfarbene Augen mit kleinen goldenen Sprenkeln starrten sie unverwandt an. Diese Augen kannte sie. Die hatten sie schon einmal so angesehen. Ihre Gedanken drehten sich im Kreis, und sie hatte plötzlich den Wunsch, ihn wieder zu berühren. Sofort wandte sie sich ab, um dieses seltsame Gefühl zu verscheuchen.

„Bleiben Sie einfach still liegen“, trug sie ihm auf. „Ich werde einen Krankenwagen rufen.“ Sie fingerte in der Hosentasche nach ihrem Handy, aber auf einmal packte der Fremde ihren Arm. Seine Miene war weiterhin undurchdringlich, doch der Ausdruck in seinen Augen glich einem Gewitter.

„Nein!“ Er stützte die andere Hand auf den Boden und versuchte unbeholfen, sich aufzusetzen. „Nein, nicht ins Krankenhaus, es geht schon“, brummte er, ohne seinen Blick von ihrem Gesicht zu lösen.

Sie schluckte und versuchte vergeblich, den Griff an ihrem Arm zu ignorieren. Ihr Herz raste schon wieder, und der Drang, sich sofort loszureißen, war auf einmal übermächtig. Er durfte sie nicht festhalten, niemand durfte sie festhalten. Stockend atmete sie ein und zwang sich zu einem verbindlichen Lächeln.

„Bitte lassen Sie mich los“, flüsterte sie so leise und zittrig, dass sie sich fragte, ob er sie überhaupt gehört hatte, doch sofort löste er seine Finger und murmelte eine Entschuldigung. Noch einmal atmete sie tief durch und verschloss diese seltsame Beklemmung wieder tief in ihrem Inneren. Ganz ohne ihr Zutun legte sich ihre Hand auf seine

Schulter, als ob sie durch die Berührung erneut eine Verbindung herstellen müsste.

„Sie sind recht heftig auf mein Auto geschlagen, und sie waren kurz bewusstlos. Es sollte sich wirklich ein Arzt ansehen, ob alles in Ordnung ist", wandte sie ein, doch er schüttelte nur energisch den Kopf. Diese Bewegung war wohl schon zu viel, denn im nächsten Augenblick stöhnte er auf und presste die Lippen zu einem schmalen Strich zusammen. Erschöpft ließ er sich gegen die Stoßstange ihres Autos sinken. Sein leichter Wollmantel hatte sich schon völlig mit Regenwasser vollgesogen, und inzwischen zitterte er am ganzen Körper. Ohne nachzudenken, zog sie ihre Jacke aus und legte sie um seine Schultern.

Wieder schüttelte er den Kopf und flüsterte kratzig: „Nicht ins Krankenhaus, das ist nicht nötig." Als er tief Luft holte, musste er plötzlich husten. Schnell lockerte Anna seine Krawatte und öffnete die oberen beiden Knöpfe seines Hemdes. Ganz leicht und vorsichtig legte er seine Hand auf ihre und hielt sie an seiner Brust fest, während er sie mit diesem gewittrigen Blick ansah, der sie wieder an irgendetwas erinnerte.

Inzwischen war aus dem Nieseln ein ausgewachsener eiskalter Winterregen geworden. Nach wenigen Augenblicken hatte das Wasser ihren Pulli und das T-Shirt durchnässt und ihre Haut erreicht. Doch sie musste sich um Wichtigeres kümmern. Er musste ins Krankenhaus, über alles andere konnte sie später nachdenken.

Plötzlich zuckte Blaulicht über die Straße. Alarmiert sah Anna hoch und wurde sofort vom Scheinwerfer des Krankenwagens geblendet. Inzwischen zitterte auch sie am ganzen Körper, aber der kalte Regen war nicht der einzige Grund. Verwirrt sah sie sich um und bemerkte, dass die jungen Burschen und noch einige weitere Passanten um sie und den Fremden herumstanden. Offensichtlich hatte einer von ihnen schnell reagiert und sofort einen Krankenwagen gerufen. Sie hörte die Sanitäter aus dem Wagen springen und auf sie zueilen. Einer beugte sich zu Anna vor und sprach sie an: „Treten Sie bitte zur Seite."

Sie wandte sich zu dem Fremden um und bemerkte, dass ihre Hand noch immer auf seiner Brust lag, doch als sie sie wegziehen wollte, festigte sich sein Griff.

„Warten Sie. Ich muss Sie noch etwas fragen. Gehen Sie nicht weg, bitte." Seine Stimme war tief und rau.

„Nein, nein, ich bin direkt hier, ich gehe nicht weg." Sie löste ihre Finger aus seinen und stand auf. Ihre Knie fühlten sich an wie Pudding, während sie zwei Schritte zurücktrat, um den Sanitätern Platz zu machen.

Steif verschränkte sie die Arme vor der Brust, um ihren bebenden Händen Halt zu geben, und fixierte den nassen Asphalt vor sich. Einatmen, ausatmen, sie musste sich beruhigen. *Mein Gott.* Solch ein Gefühlschaos hatte sie noch nie erlebt. Woher kamen nur diese Bilder in ihrem Kopf? Noch immer raste ihr Herz, und sie konnte das schnelle Hämmern in der Kehle spüren.

Ein Räuspern ertönte hinter ihr, und als sie sich umsah, erschrak sie fast vor dem Polizisten. Er war mindestens einen Kopf größer als sie, sodass sie zu ihm aufschauen musste.

„Sind Sie die Fahrerin dieses Wagens?", fragte er.

„Ja, das bin ich", antwortete sie mit tonloser Stimme und sackte ein wenig in sich zusammen. Ihr war klar, dass sie jetzt erst mal eine Menge Fragen beantworten musste. Im Gesicht des Beamten flackerte Besorgnis auf.

„Vielleicht möchten Sie sich erst einmal in Ihren Wagen setzen, ich brauche ja dann auch die Papiere."

Anna nickte nur und ging um die beiden Sanitäter herum, die noch dabei waren, den Fremden zu untersuchen. An der weit offenen Fahrertür angekommen, ließ sie sich erschöpft auf den Sitz fallen. Kalt drang die Nässe aus der Polsterung durch ihre Jeans. Der Fahrersitz war inzwischen schon genauso durchgeweicht wie ihr Pulli. Mit steifen Fingern zog sie ihre Geldbörse aus der Handtasche und gab dem Polizisten Führerschein und Fahrzeugschein. Als sie aufsah, fiel ihr Blick durch die Frontscheibe auf den Fremden. Er wurde inzwischen auf der Trage Richtung Krankenwagen geschoben.

Er schien zu spüren, dass sie ihn beobachtete, und versuchte aufzustehen, doch die Bänder hielten ihn fest. Der durchdringende Blick aus seinen braunen Augen brannte sich in ihr Bewusstsein. Das war nicht das normale Gefühl von jemandem, den man schon einmal irgendwo gesehen hat. Das war aus irgendeinem Grund wichtiger. Der Gedanke an das Déjà-vu von vorhin ließ sie wieder den Kopf schütteln. Was war da passiert? Woher kam dieses seltsame Gefühl und woher kannte sie ihn? Immer noch stand dieses Bild von seinem blutigen Gesicht und dem dringenden Bedürfnis, irgendetwas festzuhalten, scharf in ihrem Kopf. Sie versuchte, sich an weitere Einzelheiten zu erinnern, aber da war nichts. Nichts außer diesen Augen.

Schon schob der Sanitäter die Trage zur Rückseite des Krankenwagens, und sie fixierte abwesend ihr Lenkrad. Der Polizist berührte sie leicht an der Schulter, um ihre Aufmerksamkeit zu bekommen. Offensichtlich hatte er sie bereits mehrmals angesprochen.

„Frau Hofmeister, hier, Ihre Papiere zurück.“

Die Türen schlossen sich mit einem Knall, und Mark zuckte zusammen, als hätten sie ihm vor den Kopf geschlagen. Er lag auf der Trage und starrte gegen das Wagendach. Noch immer konnte er nicht ganz verstehen, was da gerade passiert war.

Er war von der Bordsteinkante gestolpert, auf ihr Auto gefallen und dann irgendwo mit dem Kopf aufgeschlagen. So weit war das noch klar. Aber danach kam ihm alles irreal und seltsam vor. Die sanfte Berührung ihrer Hand hatte ihn halb aus der Bewusstlosigkeit geholt, aber er war nicht fähig gewesen, die Augen zu öffnen. Ihre Finger hatte er gespürt, wie sie sich zart und vorsichtig über seinen Nacken zum Hinterkopf vorgetastet hatten, bis sein Kopf in ihren Händen ruhte. Einem Stromschlag gleich waren so viel Wärme und Energie durch seinen Körper geschossen, dass es ihn für einen Moment zurück in die Realität gezogen hatte. Der Blick in ihren lichtblauen Augen war ebenso weich und forschend gewesen wie ihre Berührung, und kurz war es ihm vorgekommen, als hätte sie etwas an ihm erkannt. Als ihre Hand wieder sein Gesicht berührt hatte, war ihm fast schwindelig geworden von einer längst vergessenen Erinnerung.

Aber so sehr er sich auch anstrengte, er bekam sie nicht zu fassen. Ein unbestimmtes Gefühl wie ein feiner Dunstschleier war alles, was ihm von dieser Begegnung blieb. Schwer atmete er ein, sein Brustkorb noch immer verkrampft vom harten Aufprall auf dem Asphalt. Er wollte nicht ins Krankenhaus, er war ja noch nicht einmal verletzt. Er wollte mit ihr sprechen, erfahren, wer sie war und ob sie sich vorher bereits getroffen hatten. Doch stattdessen war er wieder einmal gefangen. Frust stieg in Mark auf. Er hatte schon viel zu viel Lebenszeit in diesem Krankenhaus verschwendet.

Wochenlang hatte er nach dem Unfall vor zwei Jahren auf der Intensivstation gelegen, während die Ärzte um sein Leben gekämpft hatten. Der Scherbenhaufen, der einmal sein Leben gewesen war, hatte nach der Reha auf ihn gewartet. Seine Frau hatte die Scheidung ja schon kurz vorher amtlich gemacht. Während er im Koma gelegen hatte, war sie dann ausgezogen. Die große Wohnung war kalt und leer. Es war niemand mehr da, er war allein, und die Stille dröhnte in seinen Ohren. Die vielen roten Narben in seinem Gesicht waren bereits so weit verblasst, dass man sie nur noch aus nächster Nähe sehen konnte, aber die kaputten Beine machten ohne weitere Physiotherapie kaum noch Fortschritte.

Seine Partner in der Anwaltskanzlei hatten ihn zuerst vom Arbeiten abhalten wollen. Vor allem Karl Wolf, der ihm seit dem Studium ein guter Freund war, hatte versucht, vernünftig mit ihm zu reden. Mark wäre vor dem Unfall ohnehin kurz vor einem Burnout gewesen, jetzt sollte er sich erst einmal um seine Gesundheit kümmern. Aber was konnte er schon mit den endlosen Tagen anfangen? Die Arbeit war schließlich das Einzige, was noch geblieben war. Schon vor dem Unfall hatte er nicht wirklich viel Privatleben gehabt. Immerhin hatte er sich auch heute wieder Arbeit mitgenommen, um wenigstens einen Teil des Wochenendes nicht damit zu verbringen, sinnlos aus dem Fenster zu starren. Zumindest ein Plan, die freie Zeit erträglich zu machen. Und dann ...

Schon lange war er nicht mehr draußen gewesen. Gewöhnlich fuhr er von seiner Wohnung mit dem Aufzug in die Tiefgarage und von dort mit seinem Auto in die des Bürokomplexes. Auch hier hatte er einen reservierten Platz direkt neben dem Aufzug.

Heute war das Parkhaus wegen Renovierungsarbeiten gesperrt gewesen. So hatte er sich ein paar Straßen weiter einen Parkplatz suchen müssen. Bitter hatte er das Gesicht verzogen. Dann war unter seiner Krücke plötzlich der Boden verschwunden, und obwohl er genau erkannte, dass er auf die Straße fallen würde, hatte er keine

Chance gehabt, es zu verhindern. Diese Beine taten einfach nicht, was sie sollten. Das war ja auch kein Wunder, wenn man bedachte, dass nur groteske verbogene Stöcke von ihnen übrig geblieben waren. Im Grunde war es ja Glück gewesen, das er zuerst auf ihrer Motorhaube gelandet war, das hatte seinen Sturz ein wenig abgefangen.

Plötzlich waren seine Gedanken wieder bei den lichtblauen Augen und den warmen Händen. Ihre langen hellen Locken waren nach vorn gefallen, als sie sich über ihn beugte. Dadurch war ihr Gesicht im Schatten gewesen, als er auf der Straße lag. Aber dann, als die Sanitäter kamen und sie aufgestanden war, hatte er sie richtig ansehen können. Ein schmales Gesicht, helle Haut und ein paar Sommersprossen. Und diese Augen, strahlend blau mit einem feinen dunkleren Rand. Er war jetzt sicher, dass er diese Augen kannte, irgendwoher.

Er spürte, dass sein Brustkorb wieder entspannter war als nach dem harten Aufprall auf die Straße, und er sog erleichtert den zarten blumigen Duft ein. Plötzlich wurde ihm bewusst, dass er sein Gesicht in ihre Jacke drückte. Verwirrt sah er auf den feuchten Stoff, den er umschlungen hielt, als wollte er sich daran festhalten. Woher hatte er ihre Jacke? Einen verrückten Augenblick lang wünsche er sich, sie würde noch darin stecken, und er könnte sie in den Arm nehmen. Er erinnerte sich an ihre Berührung, und eine seltsame Schwere machte sich in seiner Brust breit. Er kannte noch nicht einmal ihren Namen und würde sie sicherlich nicht wiedersehen. So konnte er ihr auch die Jacke nicht zurückgeben.

Der Krankenwagen kam zum Stehen und die Trage wurde hinausgeschoben. Nein, er wollte nicht ins Krankenhaus, hier musste er so schnell wie möglich wieder weg. Erschöpft schloss er die Augen und wühlte beide Hände tief in die warme hellbraune Jacke.

Anna stand inzwischen mit dem baumlangen Polizisten unter dem Vordach eines Geschäfts und starrte vor sich auf den Gehweg. Er hatte ihr vorgeschlagen, dass sie zuerst nach Hause fahren und sich trockene Sachen anziehen könne. Die Befragung könnten sie auch später auf der Wache erledigen. Dass sie abgelehnt hatte, weil sie möglichst schnell zu ihrer Verabredung kommen wollte, bereute sie jetzt. Eiskalt klebte ihre Kleidung am Körper, und sie zitterte so sehr, dass ihre Zähne klapperten.

Alle Fragen beantwortete sie wahrheitsgemäß, aber langsam wurde sie ungeduldig. Nachdem sie bestätigt hatte, für weitere Frage jederzeit zur Verfügung zu stehen, ließ der Polizist sie endlich allein. Sie seufzte auf und ging die wenigen Schritte zu ihrem Auto hinüber, wo sie auf dem Fahrersitz in sich zusammensank.

In was war sie da nur hineingeraten? Wer war dieser Mann, und warum gingen seine Augen ihr nicht mehr aus dem Kopf? Erschöpft stand sie auf und tappte noch einmal nach vorn, um die Stelle anzusehen, wo er gelegen hatte. Sie musste sich plötzlich an der Motorhaube festhalten, als ihr klar wurde, wie knapp das vorhin an einem schlimmen Unfall vorbeigeschrammt war. Sie war unkonzentriert gewesen, beinahe hätte sie jemanden ernsthaft verletzt.

Ihr Blick fiel auf seine Krücken, die halb unter ihrem Auto lagen. Schnell bückte sie sich und hob sie auf. Ihre Finger waren völlig steif, so sehr hatte sie die ganze Zeit über ihre Fäuste zusammengeballt. Ratlos stand sie einen Moment da. Ihr Kopf war völlig leer, und sie wusste nicht mehr, was als Nächstes zu tun war. Dann sah sie wieder auf die Krücken in ihrer Hand und setzte sich automatisch in Bewegung. Diese Dinger brauchte er doch, sie musste damit zum Krankenhaus fahren. Doch zunächst musste sie nach Hause und aus den nassen Sachen raus. Wie viel Zeit hatte dieser Vorfall sie nun schon gekostet? Konnte sie es überhaupt noch pünktlich zu ihrem Date mit Steve schaffen?

Zurück im Auto drehte sie langsam den Zündschlüssel und schaltete Heizung und Gebläse auf volle Kraft. Kalter Wind blies in ihr Gesicht. Das würde hoffentlich schnell warm werden, wenn sie erst einmal Gas geben konnte. Aber dann starrte sie minutenlang auf die Straße vor sich, unfähig loszufahren.

Jemand klopfte an die Seitenscheibe. Ihr Blick flog hoch, und sie zuckte zusammen, als sie ein Gesicht direkt hinter dem Glas sah. Es war der Polizist von vorhin. Erleichtert stieß sie den Atem aus und ließ das Fenster herunter.

„Alles in Ordnung?", fragte er. „Soll ich ihnen lieber ein Taxi rufen?"

„Nein, nein, es geht schon, danke." Konzentriert richtete sie ihre Aufmerksamkeit wieder nach vorn und hörte noch ein zweifelndes Brummen, bevor der riesige Mann einen Schritt zurücktrat. Sie umklammerte das Lenkrad und fuhr vorsichtig an. Schon nach wenigen Metern funktionierte der Automatismus des Autofahrens wieder, und sie konnte sich etwas entspannen.

Seit drei Wochen trafen sie und Steve sich regelmäßig, und sie mochte ihn gern. Trotzdem konnte sie sich noch nicht an den Gedanken einer festen Partnerschaft gewöhnen. Zu viel war in ihrem Leben bereits passiert, als dass sie ihre Freiheit so einfach wieder aufgeben würde. Steve wollte mehr als nur eine unverbindliche Freundschaft, so viel hatte er bereits durchblicken lassen. Irgendetwas Besonderes hatte er für heute Abend geplant, bisher aber nur vage Andeutungen gemacht. Auf jeden Fall musste sie sich beeilen, wenn sie noch duschen und sich für den Anlass ein wenig in Schale werfen wollte.

Während ihre Gedanken noch um Steve kreisten, hatte sie die Stadt verlassen und konnte schon kurz darauf am Ende der langen Einfahrt zwischen den Wiesen ihren kleinen Hof erkennen. Die Pferde schauten aus ihrem Unterstand zum Weg herüber, blieben aber bei dem kalten Regen im Schutz des Daches, als ihr Wagen sich näherte. Rasch fuhr sie an dem niedrigen Stallgebäude und der großen Scheune vorbei in den Innenhof. Direkt vor der Haustür parkte sie, stieg hastig aus und suchte mit bebenden Händen nach dem Schlüssel. Trotz der Heizung im Auto hatte sie das Gefühl, nie wieder richtig warm zu werden, und mit den steifen Fingern schaffte sie es kaum, die Tür aufzuschließen. Als sie endlich im Haus war, schlüpfte sie direkt aus den Schuhen und lief eilig ins Bad.

Nach einer heißen Dusche stand sie unschlüssig vor dem Kleiderschrank. Für endlose Überlegungen war jetzt keine Zeit mehr. Eilig griff sie nach einem Winterkleid mit langen Ärmeln. Sie mochte es gern, denn das blauschwarze Muster betonte die Farbe ihrer Augen, außerdem war es bequem und eher locker geschnitten. Heute wollte sie nicht allzu Ausgefallenes tragen und damit eventuell den Abend schon vom ersten Augenblick an eine besondere Bedeutung geben.

Mit einem Seufzer schob sie die aufkommende Frage nach der Bedeutung dieses Abends wieder beiseite. Darüber wollte sie gerade überhaupt nicht nachdenken. Wenn sie jetzt erst noch zum Krankenhaus fuhr, würde sie sich so sehr verspäten, dass Steve ganz sicher sauer wäre. Während sie mit dem Föhn die Haare trockenpustete, wählte sie aus dem Telefonspeicher seine Nummer.

Er ging nicht ran. Dem Anrufbeantworter wollte sie ihre Verspätung auch nicht erklären, also beschloss sie, es darauf ankommen zu lassen. Dieser Typ brauchte seine Krücken, und sie brauchte ihre Jacke. So groß war der Umweg auch wieder nicht. Und überhaupt, sonst war sie immer ein Muster an Pünktlichkeit, heute würde sie sich eben ausnahmsweise einmal verspäten. Sollte Steve ruhig ein wenig warten, davon würde die Welt schon nicht untergehen.

Der Weg zurück in die Stadt und zum Krankenhaus erschien ihr länger als der Hinweg. Unterwegs kam ihr der Gedanke, er könnte vielleicht schon gar nicht mehr dort sein. Er war ja von der Idee, ins Krankenhaus eingeliefert zu werden, nicht so begeistert gewesen, und man war schließlich dort keineswegs eingesperrt. Es blieb jederzeit die Möglichkeit, auf eigene Verantwortung zu gehen. Das war keine große Sache, wenn man jemanden hatte, der einen abholte und dann zu Hause auf einen aufpasste. Das hatte ihr Mann auch schon einmal für sie getan. Moment. Was war das nun plötzlich? Warum erinnerte sie sich jetzt daran? Sie hatte sich doch bisher an nichts erinnern können.

Sie sah ihn vor sich, groß, blond und mit einem breiten Lächeln. Dieses Lächeln war ihr unheimlich, bedrohlich. Sie hatte das Gefühl, er wäre die Katze und sie die Maus. Sie wollte weg.

„Komm, lass uns gehen.“ Er legte seinen Arm fest um ihre Schultern, und sie gingen zusammen den Flur hinunter. Die Schwester rief noch hinter ihnen her.

„Aber nicht aus den Augen lassen, mindestens 48 Stunden.“

„Natürlich nicht“, hatte er grinsend geantwortet, als sie fast bei den Aufzügen waren, und Anna hatte das Gefühl, in eine Falle zu laufen.

Ihr Herz klopfte schon wieder im Hals. Gut, dass sie schon vor dem Parkplatz des Krankenhauses angekommen war. Sie fuhr an die Säule heran und drückte auf den Knopf. Das Ticket erschien, und nachdem sie es abgezogen hatte, öffnete sich die Schranke. Langsam fuhr sie vor und fand gleich rechts einen freien Platz.

Diese automatisch ablaufenden Handgriffe beruhigten sie. Sie musste das Gefühl der Enge und des Gefangenseins wieder loswerden. Die Flashbacks waren verstörend. Nein, das war noch viel zu nett ausgedrückt. Sie wollte es überhaupt nicht wissen, wollte nicht an das erinnert werden, was schon so lange zurücklag. Sie sollten bleiben, wo der Pfeffer wächst, diese verdammten Erinnerungen. Er war weg, und sie wollte nur in Ruhe gelassen werden, allein sein, niemand da, wohltuende Stille und Freiheit.

Die große Glastür glitt surrend auf, und sie trat mit den Krücken in der Hand in den Eingangsbereich des Krankenhauses. Das Foyer war großzügig und hell. Hinter dem Empfang gab es mehrere gemütliche Sitzecken und einen kleinen Kiosk mit Blumen und anderen Mitbringseln. Der Blumenduft hatte sich ausgebreitet und überdeckte, zumindest hier vorn noch, den üblichen Krankenhausgeruch. Anna sammelte sich und war froh, dass ihre Hand nicht mehr zitterte, als sie sie auf den weißen Tresen der Empfangstheke legte.

„Guten Abend, ich suche die Notaufnahme."

Die Mitarbeiterin mit dem Dutt und der roten Brille sah hoch und musterte sie kurz. Dann nickte sie freundlich und wies mit einer Hand nach links. „Hier den Gang entlang, und dann immer den Schildern nach, bis ganz nach hinten."

„Vielen Dank", murmelte Anna, bevor sie der Wegbeschreibung folgte. Hoffentlich würde sie den Mann tatsächlich antreffen. Es waren mehr als zwei Stunden vergangen, seit der Krankenwagen ihn mitgenommen hatte. Wenn er tatsächlich dringend hier weggewollt hatte, war er sicher inzwischen schon zu Hause. Mit ihrer Jacke.

Sie beschleunigte Ihre Schritte und suchte eilig nach dem nächsten Hinweisschild. Etliche Flure später war sie fast am anderen

Ende des Gebäudekomplexes angekommen und fand endlich die Notaufnahme.

Der Wartebereich bestand aus mehreren Reihen hellgrüner Plastikstühle und einigen Tischen mit Zeitschriften. In einer Ecke standen ein Getränke- und ein Snackautomat, und durch die großen Fenster auf der linken Seite konnte man in den Park hinaussehen. Jetzt war es allerdings draußen dunkel, und sie erkannte nur undeutliche Umrisse von Bäumen. Zwei Männer saßen mit mürrischen Gesichtern auf den Stühlen und sahen hoch, als sie den Gang herunterkam. Sonst war niemand da. Auch der Glaskasten mit der Aufschrift „Notaufnahme hier anmelden“ war nicht besetzt.

Anna blieb vor dem offenen Schiebefenster stehen, drückte die Klingel und wartete. Nach einer gefühlten Ewigkeit erschien eine schlecht gelaunte Matrone mit platinblond gefärbtem Bürstenhaarschnitt und fauchte: „Ja bitte?“

Anna hatte inzwischen gedankenverloren ein Bild an der hinteren Wand betrachtet und fuhr bei dem schneidenden Ton erschrocken zusammen. Kurz räusperte sie sich und antworte vorsichtig: „Ich suche einen Mann, der vor cirka zwei Stunden eingeliefert wurde. Ich habe hier seine Krücken und …“

Die Blondine fiel ihr barsch ins Wort: „Na endlich kommt da mal jemand! Vielleicht können Sie ihn ja zur Vernunft bringen. Er will die Aufnahmepapiere nicht unterschreiben. Gut, dass sie ihm seine Krücken bringen, dann kann er gehen. Das will er ja ohnehin. Kommen Sie.“ Bei den letzten Worten öffnete sie eine seitliche Tür, die auf einen weiteren Flur führte, und ging voraus, ohne sich auch nur einmal umzusehen. Anna folgte ihr mit einem heimlichen Grinsen. Dass er diese Kratzbürste anscheinend schon zur Weißglut gebracht hatte, machte ihn direkt sympathisch.

In dem kurzen Gang mit den großen Türen auf beiden Seiten schlug ihr der unverwechselbare Geruch nach Krankenhaus mit neuer Intensität entgegen. Die zweite Tür links wurde aufgerissen.

„Sie haben Besuch", donnerte die Bürste, und bei ihr klang das wie ein Schimpfwort.

Anna betrat eilig das Zimmer und versuchte ihr amüsiertes Grinsen zu verbergen. Kaum war sie eingetreten, fiel die Tür hinter ihr laut ins Schloss.

Ein Krankenbett stand mit dem Kopfende an der Wand des kleinen Raums, und in ihm lag tatsächlich der Mann, den sie gesucht hatte. Das Kopfteil des Bettes war hochgestellt, sodass er beinahe sitzen konnte. Die schwarzen Haare klebten nass auf seiner Stirn, und in dem grellen Licht sah er noch viel blasser aus als vorher. Seine feuchte Kleidung war über das Fußende gelegt, und er trug eins dieser grauenvollen Krankenhaushemden.

Als sie hereinkam, hatte er den Kopf zu Tür gedreht, und jetzt starrte er sie an, als wäre sie ein Geist. Zwischen den dunklen Brauen bildete sich eine tiefe Furche, während er die Lippen zu einem Strich zusammenpresste. Es war offensichtlich, dass die Blondine ihn bereits genauso sehr geärgert hatte wie umgekehrt.

„Hi." Anna trat einen Schritt vor und hielt mit einem zaghaften Lächeln die Krücken hoch. Er starrte immer noch. „Sie haben vorhin auf der Straße etwas vergessen." Zögerlich machte sie einen weiteren Schritt und wartete auf eine Reaktion. Er atmete plötzlich tief ein, als ob er gerade aus einem Traum aufgeschreckt wäre.

„Was machen Sie denn hier?", fragte er und schüttelte den Kopf, während seine Züge sich etwas entspannten. Hatte er ihr nicht zugehört?

„Ich habe Ihre Krücken halb unter meinem Auto gefunden, und ich glaube, Sie haben auch noch etwas von mir." Sie sah auf ihre Jacke, trat näher an das Bett heran und stellte die Krücken dagegen.

„Ja, etwas … ah, die Jacke, ja", stotterte er und schien so überrascht zu sein, dass er sie immer noch mit einem seltsamen Gesichtsausdruck ansah. Unvermittelt griff er nach ihrer Hand. „Danke." Ein kurzes Schweigen entstand zwischen ihnen, während er sie die ganze Zeit festhielt und seinen Blick immer noch nicht von ihrem Gesicht löste. Seine große Hand war warm und umschloss ihre fast vollständig. Sie war überrascht, dass die Berührung eines völlig fremden Menschen sich so vertraut und gut anfühlte, und sah verdutzt auf seine kräftigen Finger.

„Entschuldigung", murmelte er plötzlich und ließ ihre Hand so abrupt los, als hätte er sich daran verbrannt. „Wie komme ich zu Ihrer Jacke?"

„Sie haben gefroren. Ich hoffe, die Jacke hat Sie wenigstens etwas gewärmt." Er nickte wortlos, hielt die Jacke aber fest, als ob er sie nicht wirklich hergeben wollte. „Schwester Kratzbürste sagt, Sie machen Schwierigkeiten", begann Anna und musste bei dem Gedanken wieder schmunzeln.

Mit einem Seufzer starrte er auf seine Hände, die immer noch in dem Stoff vergraben waren.

„Ja, ich will nicht hierbleiben, aber ohne meine Krücken konnte ich auch nicht einfach gehen. Danke, dass ich sie jetzt wieder habe. Ich hoffe nur, jetzt lassen die mich endlich hier weg." Anna nickte schweigend und wartete, aber er sagte nichts mehr. Mit zusammengekniffenen Lippen starrte er nur weiterhin ihre Jacke an.

„Warum wollen die Sie denn hierbehalten?", fragte sie. „Sind Sie verletzt?"

Er schüttelte kaum merklich den Kopf. „Ich soll nur 24 Stunden unter Beobachtung bleiben, weil ich kurz bewusstlos war." Als er sich ihr wieder zuwandte, lag eine seltsame Verlorenheit in seinem Blick. Beinahe erwartete sie, er würde wieder nach ihrer Hand greifen, aber er bewegte sich nicht.

„Dann lassen Sie sich doch von ihrer Familie oder einem Freund abholen, der auf sie aufpasst", schlug Anna vor. Abrupt drehte er den Kopf weg und schwieg. Erst nach einer Weile antwortete er leise.

„Da gibt es niemanden."

Sie sah auf den Boden und schluckte. Auch sie lebte allein, seit ihr Mann gestorben war, aber sie hatte immer noch ihre Eltern, auch wenn sie nicht wirklich in der Nähe wohnten. Außerdem fielen ihr auf Anhieb mehrere Freunde ein, bei denen sie in einem solchen Fall problemlos das Wochenende verbringen könnte. So allein zu sein, dass man selbst in einem Notfall überhaupt niemanden anrufen konnte, das überstieg ihre Vorstellungskraft. Mit einem leisen Stöhnen ließ sie sich auf den einzigen Stuhl im Raum fallen. Hastig drehte er sich wieder zu ihr herum, und kurz zuckte seine Hand in ihre Richtung. Einen Augenblick schwebte sie in der Leere zwischen ihnen, eher er sie auf das Bett fallen ließ.

„Ist alles in Ordnung mit Ihnen?", fragte er.

Lächelnd nickte sie. Das war ja schon ein wenig verrückt. Er hing hier im Krankenhaus in dieser seltsamen Endloswarteschleife fest, und um sie machte er sich Sorgen.

„Ich möchte mich entschuldigen, dass ich Ihnen so viele Umstände gemacht habe", murmelte er leise in die Jacke, die er immer noch festhielt. Dann drehte er sich plötzlich zu ihr herum und schaute sie an, als ob ihm etwas Wichtiges eingefallen wäre. „Ist an ihrem Auto irgendetwas verkratzt oder beschädigt?"

Überrascht schüttelte sie den Kopf und bemerkte, dass sie noch nicht einmal nachgesehen hatte. „Ich glaub nicht, dass Sie so spitze Ellenbogen haben, dass die eine Delle ins Blech schlagen konnten, aber ich habe nicht wirklich darauf geachtet." Sie grinste ironisch, aber er blieb sehr ernst.

„Vielleicht Kratzer von den Krücken, ich bin immerhin seitlich auf ihr Auto gefallen und konnte mich nicht abstützen, weil …" Seine Stimme war wieder sehr dunkel, und das Ende des Satzes blieb offen. Anna drehte sich auf dem Stuhl ganz herum und sah ihn nachdenklich an.

„Machen Sie sich keine Sorgen um mein Auto, das ist nur Blech. Wie geht es Ihnen und ihrem Kopf?" Überrascht hob er die Brauen, dann nickte er vorsichtig.

„Es geht schon. Ein wenig Kopfschmerzen, aber mit Sicherheit nichts Ernstes." Er beugte sich zum Fußende des Bettes und angelte nach seinem Mantel. Dann zog er eine Visitenkarte aus der Innentasche und reichte sie ihr herüber. „Danke, dass Sie sich die Mühe gemacht haben, mir die Krücken zu bringen. Wenn Sie morgen bei Tageslicht doch noch einen Schaden an Ihrem Auto feststellen, lasse ich das sofort in Ordnung bringen. Bitte rufen Sie mich direkt an." Beinahe hörte sich der letzte Satz an, als hoffe er auf irgendwelche Kratzer. Quatsch, warum interpretierte sie solch abwegige Dinge in seine Worte? Sie schüttelte den Kopf, um diesen Gedanken zu verscheuchen, und steckte die Karte in ihre Tasche, ohne sie anzusehen.

„Ich denke, da wird alles o. k. sein. Außerdem muss ich mich jetzt auch verabschieden, ich bin ohnehin schon spät dran." Mit einem Nicken gab er ihr die Jacke. Als sich seine große Hand zum Abschied wieder um ihre schloss, musste sie schlucken. Sie wollte nicht, dass er wieder losließ. Was war das denn für eine seltsame Idee?

„Vielen Dank noch einmal, und entschuldigen Sie die Umstände, die Sie meinetwegen hatten." Seine Worte rissen ihre Aufmerksamkeit von der Berührung los, und wieder wurde sie vom hellen Braun seiner Augen magnetisch angezogen. Irritiert drückte sie seine Hand noch einmal, ehe sie einen Schritt zurücktrat. Zögerlich ging sie zur Tür. Mit der Klinke in der Hand drehte sie sich noch einmal zu ihm um.

„Gute Besserung für Ihren Kopf und auf Wiedersehen."

„Ja, auf Wiedersehen", hörte sie seine tiefe Stimme noch, als sie die Tür schon fast hinter sich geschlossen hatte.

Nachdenklich lief sie die Krankenhausflure entlang, und erst als sie schon draußen bei ihrem Auto stand, sah sie wieder auf die Uhr.

War das wirklich passiert? Mark lehnte sich zurück und schloss die Augen. Sie war hierhergekommen, um ihm seine Krücken zu bringen. In dem dunkelblauen Kleid hatte sie wirklich atemberaubend ausgesehen. Offensichtlich hatte sie heute Abend noch eine Verabredung, für die sie sich in der Zwischenzeit fertiggemacht hatte. Trotzdem war sie erst noch hier aufgetaucht. Ja natürlich, ihre Jacke musste sie abholen.

Er konnte seinen harten schnellen Herzschlag hinter den Rippen fühlen. Das war doch nicht normal, er kannte sie ja schließlich überhaupt nicht. Oder kannte er sie vielleicht doch irgendwoher?

Die Ärzte hatten ihm damals erklärt, dass die partielle Amnesie, die er seit dem Unfall hatte, wohl nicht wieder verschwinden würde. Bisher hatte er aber immer geglaubt, der Gedächtnisverlust bezöge sich nur auf den Unfalltag selbst. Zumindest hatte er bisher keine weiteren Lücken gefunden. Aber wie sollte man wissen, dass man etwas vergessen hatte? Angestrengt runzelte er die Stirn. Wer war sie wirklich? Warum fühlten sich ihre Gegenwart und ihre Berührung so vertraut, so warm, so wichtig an? Nein, damit musste er aufhören, er durfte nicht solchen Gedanken nachhängen, er würde sie ohnehin nicht wiedersehen. Sicher war sie nur gekommen, weil sie unbegründete Schuldgefühle wegen des Unfalls hatte.

Die Tür ging auf und riss ihn aus seinen Gedanken. Im Rahmen stand Tim, ein Krankenpfleger, den er von seiner viel zu langen Zeit auf der Unfallstation kannte. Tims schwarze Haare waren mit reichlich Gel in Igelform gebracht. Überrascht warf er die vollständig tätowierten Arme in die Luft.

„Mark! Bist du das echt? Mann, Alter, was machst du denn hier? Kein Rolli, du läufst mit den Krücken? Das ist ja mal cool. Und wer ist denn die süße Schnecke, die hier grad rausgekommen ist? Wow, du hast es ja echt geschafft, jetzt bin ich neidisch.“ Mark verzog die Mundwinkel zu einem schiefen Grinsen und wollte gerade antworten, als die blonde Schwester wieder hereinkam. Seine unerwartete Besucherin hatte sie vorhin „Schwester Kratzbürste“ getauft. Das passte einfach zu gut zu dem Bürstenhaarschnitt und dem Auftreten. Der Gedanke löste ein spontanes Lachen aus. Bei dem blechernen Ton, der wie eingerostet klang, fuhr er selbst ein wenig zusammen, und einen Augenblick lang wunderte er sich darüber, dass es sich so ungewohnt anfühlte.

Schwester Kratzbürste hatte Papiere und einen Kuli in der Hand und knallte beides auf den kleinen Tisch. „Hier, füllen Sie das aus, dann können Sie gehen. Das ist ja Ihre eigene Verantwortung. Das Krankenhaus ist dann raus, wenn Ihnen etwas passiert.“ In militärisch straffer Haltung baute sie sich vor Mark auf, sah ihn prüfend an und wartete die Wirkung ihrer Worte ab. Obwohl er sich wirklich Mühe gab, zumindest ernst auszusehen, brodelte das Lachen über ihren neuen Namen in seiner Brust. Ganz überzeugend hatte er es wohl nicht unterdrücken können, denn ehe sie sich abwandte, schoss sie noch einen Giftpfeil in seine Richtung. Als sie schon fast draußen war, drehte sie sich noch einmal um.

„Wenn Sie fertig sind, bringen Sie die Sachen nach vorn." Schon war sie verschwunden.

Mark widmete seine Aufmerksamkeit wieder dem Krankenpfleger, der ihn damals wochenlang umsorgt hatte. Auch wenn man vor seiner äußeren Erscheinung Angst bekommen konnte, war er doch ein feiner Kerl mit viel Taktgefühl und Anstand. In der Zeit, die Mark hier verbracht hatte, war Tim fast ein Freund geworden, auch wenn die beiden Männer grundverschieden waren und über vieles sehr unterschiedliche Ansichten hatten.

„Und was tust du hier unten, Tim? Bist du strafversetzt in die Notaufnahme? Hast du Schwester Agathe zu sehr geärgert?"

„Nee, nee, nur eingesprungen. Oben ist grad nicht so viel los, und hier haben sie anscheinend so 'nen komischen Typen, der den ganzen Betrieb aufhält." Tim lachte dröhnend wie immer. „War ja klar, dass das nur du sein konntest. Was machst du überhaupt hier?"

Mark erklärte kurz, wie er vom Bordstein gestolpert und auf das Auto gefallen war. Die seltsame Anziehung, die die Fahrerin des Wagens auf ihn gehabt hatte, ließ er allerdings weg. Erschrocken stellte er dabei fest, dass er noch nicht einmal nach ihrem Namen gefragt hatte. Wenn sie ihn nicht wegen des Autos anrief, hatte er keine Chance, sie wiederzusehen.

Tim riss ihn aus seinen Gedanken und fügte kopfschüttelnd an: „Du weißt, wie sehr ich meine Arife liebe, aber deine Autofahrerin ist ein Sahneschnittchen. Sieh zu, dass du dir die warmhältst."

Arife, ja, so hieß Tims Freundin. Plötzlich erinnerte Mark sich wieder an all die Geschichten, die der jüngere Mann ihm erzählt hatte. Irgendwann hatte er Mark einmal danach gefragt, warum ihn niemand besuchte, und so hatte Mark begonnen, von seinen Eltern und dem kaputten Zuhause zu reden. Irgendwann war dann auch aus Tim die traurige Geschichte seiner Vergangenheit herausgebrochen. Je mehr Parallelen sie in ihrer jeweiligen Kindheit gefunden hatten, umso enger war das Vertrauensverhältnis geworden.

Als Tim ein Schulkind war, hatte das Jugendamt ihn von seinen Eltern weggeholt und in ein Kinderheim gebracht. Was er bis zu diesem Zeitpunkt zu Hause erlebt hatte, darüber konnte er selbst jetzt, als erwachsener Mann, noch nicht sprechen. Dass er den ersten Tag im Heim jedes Jahr wie einen zweiten Geburtstag feierte, sagte mehr darüber aus, als er zugeben wollte. Mit den Erlebnissen seiner Vergangenheit hatte Tim immer Probleme gehabt, sich auf andere Menschen einzulassen und zu vertrauen. Unter seiner fröhlichen Maske war das aber für Außenstehende nicht zu bemerken. Kurz nachdem er zum ersten Mal mit Mark über das alles gesprochen hatte, war Arife in Tims Leben aufgetaucht. Mark war noch immer fasziniert davon, was die echte Liebe der jungen Frau aus dem kaputten Innenleben des Krankenpflegers gemacht hatte. Man konnte spüren, dass das Lachen nicht mehr künstlich und aufgesetzt war. Wenn er von seiner Arife sprach oder auch nur an sie dachte, schien ihm das Glück aus jeder Pore zu strömen.

Mark presste die Lippen zusammen und schüttelte den Kopf. Angenommen und wirklich geliebt zu werden konnte die wunderbarsten Dinge mit einem Menschen anstellen. Schade nur, dass es das nicht für jeden gab.

„Jetzt mach dich hier aber mal vom Acker, damit ich den Raum wieder fertigmachen kann.“ Tims Stimme riss Mark aus der Erinnerung. Benommen nickte er und griff nach den nassen Sachen. Ihm graute davor, die klamme Kleidung wieder überzuziehen, ihm war sowieso immer noch am ganzen Körper eiskalt. Aber später konnte er sich zu Hause ja unter die heiße Dusche stellen und wieder warm werden. Das war auf jeden Fall besser, als die Nacht hier in einem Krankenhausbett zu verbringen.

Kaum war er fertig angezogen und stand mit seinen Krücken in der Hand auf dem Flur, machte Tim sich wieder an die Arbeit.

„War gut, dich mal wieder zu sehen, Mann, und mach dir ein schönes ruhiges Wochenende mit der Süßen, das hast du dir verdient."

Marks Brustkorb wurde eng bei dem Gedanken. Ruhige Wochenenden hatte er in den letzten beiden Jahren wirklich genug gehabt. Doch hatte er wohl keine Alternative, als in die kalte Leere seiner Wohnung zurückzukehren. Die Frau mit den lichtblauen Augen, die Tim so flapsig „die Süße" genannt hatte, würde er auch nicht wiedersehen. Seine Hände verkrampften sich um die Griffe der Krücken, bis die Knöchel weiß hervorstachen. Tim stand plötzlich neben ihm.

„Hey, Mann, alles okay?", fragte er besorgt.

Mark hatte nicht gemerkt, dass er stehen geblieben war. Wortlos nickte er und ging langsam weiter, während er im Rücken noch den Blick seines Freundes spürte. Plötzlich hatte er den wilden Drang wegzulaufen, weg von seinem ganzen verkorksten Leben und am besten auch von sich selbst. Er wünschte, er könnte sich jetzt ins Auto setzen und losfahren, immer geradeaus, egal wohin, solange es nicht hier war.

Mit gesenktem Kopf schlurfte er den grell beleuchteten Flur hinunter, in dem die Menschen um ihn herumwuselten, ohne von seiner Anwesenheit Notiz zu nehmen.

Kapitel 2

Anna hatte sich bemüht, auf dem Weg nicht noch mehr Zeit zu verlieren, und stand nun vor dem schicken Hotel, wo sie heute Abend mit Steve verabredet war. Die riesige Drehtür führte sie in die lange, unter einem Glasdach gelegene Eingangshalle. Links und rechts präsentierten sich ein Bistro, die drei unterschiedlichen Hotelrestaurants und eine Autovermietung, ehe man überhaupt die Rezeption erreichte.

Nun war sie also fast eine ganze Stunde zu spät. Unschlüssig stand sie im Rezeptionsbereich und fragte sich, wo sie Steve hier suchen sollte. Mit einem Seufzer zog sie ihr Telefon aus der Tasche und tippte eine Nachricht.

Bin jetzt da, stehe in der Halle.

Sie ging im Foyer ein paar Schritte weiter und sah sich um. Gegenüber dem Empfang reckte sich der Kasten der großen gläsernen Aufzüge zur Glaskuppel und darüber hinaus an der Fassade des Hotels entlang zum Himmel. Weiter geradeaus ging es über eine Treppe in den Konferenzbereich, der auch noch eine Bar und ein Bistro bot.

Plötzlich stand Steve hinter ihr, umfasste ihre Taille und hauchte einen Kuss in ihren Nacken. Obwohl er nicht sonderlich groß war, musste er sich für den Kuss zu ihr hinunterbeugen.

„Hallo mein Täubchen, da bist du ja endlich."

Überrascht versteifte Anna sich, zog sich aus seinem Griff und drehte sich zu ihm um. Seine Hände blieben dabei jedoch auf ihrer Taille liegen, und sofort machte er noch einen Schritt auf sie zu. Er zog sie an sich heran und küsste ihren Hals direkt unter dem Ohrläppchen. Wieder trat sie einen Schritt zurück und sah zu ihm hoch.

„Steve, ich …“

Seine Augen wurden schmal, und ein verspannter Zug zuckte um seinen Mund. „Ja, ja, ich vergaß, dass du das nicht magst, entschuldige“, unterbrach er sie. Dann griff er ihre Hand, drehte sich um und zog sie mit sich die Treppe hinauf. „Ein Freund von mir hat die ganze Hotelbar gemietet und feiert hier seinen runden Geburtstag. Er lässt es heute richtig krachen und hat wahrscheinlich die halbe Stadt eingeladen. Komm, die Party ist schon in vollem Gange.“

Überrascht folgte sie ihm zur Bar und wäre auf der Treppe beinahe gestolpert. Auch wenn der feste Griff seiner Hand schon wieder diese seltsame Enge in ihrem Brustkorb aufsteigen ließ, wollte sie ihn nicht inmitten dieser unbekannten Menschen verlieren. So ließ sie es widerstrebend zu, dass er sie mit sich zog. Trotz der Größe des Raumes herrschte dichtes Gedränge. Die Gäste saßen gedrängt um die U-förmige Theke in der Mitte. Auch die Stehtische waren alle besetzt. Außerdem standen noch jede Menge Leute in kleinen Grüppchen herum und unterhielten sich.

Als Steve plötzlich stehen blieb und Anna endlich Luft holen konnte, vernebelte die von den verschiedensten Parfums und Rasierwassern geschwängerte Luft ihr beinahe die Sinne. Sie wusste genau, warum sie so große Menschenansammlungen nicht mochte. Immerhin roch es besser als im Bus oder in der U-Bahn. Bei dem Gedanken zuckte ein Lächeln um ihre Mundwinkel, als Steve sich zu ihr herumdrehte. Er sah daraufhin wieder entspannter drein und nahm einem vorbeikommenden Kellner zwei Sektgläser vom Tablett. Eins davon reichte er ihr.

„Komm, jetzt müssen wir erst mal Max gratulieren, da hinten irgendwo ist er." Wieder zog er sie hinter sich her, zu einer Gruppe Menschen, die laut lachend mitten im Raum stand. Steve tippte einem Mann mit grauen, sehr kurz geschnittenen Haaren auf die Schulter.

„Max, darf ich vorstellen, meine Freundin Anna Hofmeister. Anna, das ist Max Maurer, Journalist und Schriftsteller und das Geburtstagskind."

Anna lächelte den Mann in dem sehr eleganten Anzug etwas gezwungen an und streckte höflich eine Hand aus. „Guten Abend und herzlichen Glückwunsch."

Max fasste ihre Hand und trat ein wenig auf sie zu. Dabei sah er ihr so tief und eindringlich in die Augen, als ob er versuchte, mit einem Blick ihre gesamte Persönlichkeit zu erfassen. Es kostete sie einige Mühe, der intensiven Prüfung standzuhalten. Max' kantiges Gesicht hatte eine gewisse Strenge, aber aus den Augen strahlte eine freundliche Ruhe, die sich nicht nur durch Lebenserfahrung erklären ließ. Plötzlich beneidete Anna ihn für etwas, dass sie noch nicht einmal richtig benennen konnte. Er war einfach er selbst. Friedlich, entspannt und mit sich und der Welt im Reinen erschien er wie ein Ruhepol inmitten der lauten Menge.

„Vielen Dank", sagte er nach einer gefühlten Ewigkeit. „Es ist mir eine Freude, Sie kennenzulernen." Als sie verlegen den Blick senkte, ließ er ihre Hand los und wandte sich mit leicht hochgezogenen Augenbrauen an Steve. „Das ist ja schön, dass ihr beiden zusammengefunden habt."

Steve grinste und legte seinen Arm um Annas Schultern. „Ja, das finde ich auch." Dann zog er sie fest an sich und drückte ihr einen besitzergreifenden Kuss auf den Mund, bevor er sich wieder Max zuwandte und sein Glas hob. „Auf dich, mein Freund!"

Wild klopfte Annas Herz in ihrem Hals, und ihr Brustkorb zog sich zusammen. Er würde sie sicherlich gleich loslassen. Mühsam versuchte sie, sich zu beherrschen, lächelte gezwungen und stieß ebenfalls mit den beiden an. Natürlich wollte sie Steve hier vor seinen Freunden keine Szene machen, aber dieses Verhalten kannte sie von ihm gar nicht. Dass er sie als seine Freundin vorstellte und sie dann auch noch in einer so unwirschen Art küsste, ging ihr entschieden zu weit. Außerdem hielt er sie zu fest, viel zu fest. Unauffällig versuchte sie, sich aus seinem Arm zu lösen, doch er presste sie nur noch enger an sich.

~

Steve schickte Max ein siegessicheres Lächeln. Sein Freund war skeptisch gewesen und hatte ihm geraten, langsam und behutsam an die Sache heranzugehen. Aber das war keine Option gewesen.

Seit er sie zum ersten Mal in seiner Firma bei der Besichtigung der Unfalldummys getroffen hatte, ging Anna ihm schon nicht mehr aus dem Sinn. Zunächst hatte er Schwierigkeiten gehabt, sie überhaupt zu einem Date zu überreden. Immer hatte sie von der Trennung von Beruf und Privatleben gesprochen. Nach einigen Bemühungen hatte sie aber dann doch nachgegeben, und inzwischen waren sie mehrmals zusammen ausgegangen. Trotzdem hatte sie bis jetzt immer Abstand gehalten, und es war noch nicht einmal zu einem anständigen Kuss gekommen. Bisher hatte er sich zurückhalten können, doch die Versuchung war heute zu stark. Ihre schlanke Gestalt wirkte so zart und anschmiegsam, und ihre zurückhaltende schüchterne Art machte sie besonders begehrenswert. Jedes Mal, wenn er in ihrer Nähe war, reagierte sein

Körper prompt, und es fiel ihm mit jedem Date schwerer, Abstand zu halten.

Er spürte, wie sie unruhig wurde, beinahe, als wolle sie seinem Griff entkommen. War er zu weit gegangen? Aus dem Augenwinkel erkannte er ihre verspannte Miene. Aber was, wenn es ein Fehler war, sie einfach loszulassen? Vielleicht musste sie sich nur daran gewöhnen, ihm so nahe zu sein.

Doch als er Max noch einmal zuprostete, nutzte sie die Gelegenheit, sich aus seiner Umarmung zu schlängeln.

„Ich muss mich kurz entschuldigen", sagte sie lächelnd und verschwand in Richtung Toilette.

Steve ließ sie gehen, doch Max' skeptischer Blick entging ihm nicht. „Sie ist etwas scheu", erklärte er.

Max schüttelte den Kopf und sah ihn mit zusammengezogenen Brauen an. „So richtig verliebt kommt sie mir aber nicht vor. Du übrigens auch nicht."

„Ach was, das muss ja mit der Zeit erst wachsen."

Max sah ihn schräg an. „Ja, und du? Bist du denn absolut sicher, dass sie die Frau deiner Träume ist? Ich meine, sie ist wirklich attraktiv und scheint auch nett zu sein. Mir fällt nur auf, dass sie ein ganz anderer Typ ist als die Frauen, mit denen ich dich normalerweise sehe."

„Wie meinst du das?" Er starrte auf sein Glas, um Max nicht ins Gesicht sehen zu müssen. Was hatte sein Freund heute für seltsame Ideen?

„Nun, sonst hast du eher Freundinnen, die deutlich mehr Wert auf ihr Äußeres legen. Mehr Schmuck, mehr Schminke, teure Klamotten, du weißt schon, was ich meine. Anna ist viel natürlicher."

Steve funkelte seinen Freund wütend an. „Was soll das heißen? Sie sieht aus wie ein Mädchen vom Land?"

Max hob abwehrend eine Hand. „Nein, nein, so habe ich das gar nicht gemeint, eher positiv. Sie ist viel echter, nicht so künstlich und aufgebrezelt."

„Was, du fandest Camille künstlich und aufgebrezelt?"

Max sah ihn mit hochgezogenen Augenbrauen an und zuckte mit den Schultern. „Ja, sehr sogar. Und Evelyn war auch eher das Modemagazinpüppchen. Das war immer schon dein Typ. Aber davon mal abgesehen. Du bist nicht wirklich über beide Ohren in Anna verliebt, oder?"

„Na ja, sie ist wirklich etwas Besonderes, und sie ist mir seit unserer ersten Begegnung nicht mehr aus dem Kopf gegangen. Dass sie nicht so leicht zu haben ist, macht es noch spannender."

„Jagdtrieb, hm?" Max sah ihn durchdringend an. „Soll sie eine deiner Trophäen werden?"

„Ach, Quatsch." Diese Unterhaltung ging ihm so langsam auf den Nerv. Was bildete sein Freund sich eigentlich ein, ihm solche Dinge zu unterstellen? „Ich gehe mal nachsehen, wo sie bleibt." Damit verabschiedete er sich von Max und ging in Richtung Bar.

~

Anna stand vor dem Waschbecken und sah fragend ihr Spiegelbild an. Wann würde sie es endlich zulassen können, dass jemand sie anfasste und festhielt? Steve hatte sie schließlich nur küssen wollen und ihr freundschaftlich den Arm um die Schulter gelegt. Eigentlich hatte sie gedacht, darüber hinweg zu sein, aber sein fester Griff hatte wieder die alte Angst in ihr aufsteigen lassen. Er benahm sich aber tatsächlich etwas seltsam heute Abend.

Bisher hatte er sich bei jeder Verabredung höflich und zurückhaltend gegeben und sie mit seinem Charme gefesselt. Sie hatte ja sogar schon ein schlechtes Gewissen gehabt, ihn so sehr auf Abstand zu halten. Trotzdem hatte sie sich auf diesen Abend gefreut und auf die Möglichkeit, ihre Freundschaft zu vertiefen. Aber mit seinem aufdringlichen Benehmen fühlte sie sich plötzlich überfordert.

Mit einem Schulterzucken wandte sie sich vom Spiegel ab, um in die Bar zurückzugehen. Vielleicht beruhigte er sich ja wieder, und der Abend würde doch noch ganz nett werden. Als sie durch die Tür trat, kamen ihr plötzlich wieder die bernsteinbraunen Augen dieses Fremden in den Sinn, der ihr heute buchstäblich vors Auto gefallen war. Gedankenverloren lächelte sie und blieb einen Augenblick stehen, während sie an den dunklen Bart, die wilde Lockenmähne und an dieses seltsame Gefühl beim Blick in seine Augen denken musste. Plötzlich legte sich eine Hand sacht auf ihre Schulter.

„Da bist du ja wieder, meine Hübsche", flüsterte Steve in ihr Ohr und legte zart seine Lippen auf ihren Hals. Eine Gänsehaut stellte die feinen Härchen in ihrem Nacken auf, und für einen seltsamen Moment war sie nicht sicher, ob der Gedanke an die braunen Augen oder dieser wunderbar zarte Kuss der Grund für ihr Herzklopfen war. Ein unwillkürliches leises Seufzen stahl sich über ihre Lippen und kurz lehnte sie sich entspannt gegen Steves breite Brust. Gerade wollte sie sich zu ihm herumdrehen, als er sie mit beiden Armen fest umschlang. Er zog sie zu sich heran und seufzte in ihren Nacken.

Ihr ganzer Körper versteifte sich augenblicklich. Sie hielt die Luft an und versuchte verzweifelt, sich zusammenzureißen und die Umarmung zuzulassen. Er hielt sie schon wieder viel zu fest, presste sie zu sehr an sich. Energisch löste sie seine Arme und machte einen Schritt von ihm weg. Als sie sich umdrehte, sah er sie mit einem brennenden Blick an.

„Warum bist du denn immer noch so steif? Bin ich denn so schrecklich? Lass dich doch einfach mal fallen, und genieße den Abend."

„Steve, bitte sei nicht gleich sauer. Das geht mir einfach nur alles zu schnell. Lass uns erst mal etwas essen, und dann sehen wir weiter."

Er zog die Brauen zusammen. „Ich verstehe gar nicht, was du eigentlich willst. Du bist nun mal eine begehrenswerte Frau, da ist es doch normal, dass ein Mann sich mehr wünscht als nur Freundschaft." Damit zog er sie wieder zu sich heran und beugte sich vor, um sie zu küssen, doch sie schob ihn von sich. Verletzt sah er sie an, nahm ihre Hand und küsste stattdessen ihre Handfläche.

„Na gut", flüsterte er zwischen ihre Finger. „Ganz wie du willst. Gehen wir erst mal etwas essen, und dann sehen wir weiter." Er drehte sich herum und schob sich mit ihr durch die Menge in Richtung Buffet.

Enttäuscht drückte Steve sich mit Anna im Schlepptau durch die Leute. Diese Frau brachte ihn noch um den Verstand. So verführerisch und heiß sah sie aus. Dann hatte sie sich mit so einem verheißungsvollen Seufzer an ihn gelehnt und ihn richtig angemacht, nur um ihn im nächsten Augenblick wieder wegzustoßen. An der Bar angekommen, sammelte er sich, bevor er Anna wieder seine Aufmerksamkeit widmete.

„Möchtest du erst noch einen Wein, bevor wir etwas essen?", fragte er betont versöhnlich und strich ihr dabei sacht über den Oberarm. Anna starrte zu Boden und nickte nur. Nach wenigen Augenblicken stand er mit zwei Gläsern Rotwein wieder vor ihr und bemühte sich, seine Reue zu zeigen. „Bitte entschuldige, wenn ich vorhin etwas ungestüm war. Ich verspreche, mich ab jetzt wieder wie ein Gentleman zu benehmen. Verzeihst du mir?"

Ihr zögerliches Lächeln ließ ihn befreit aufatmen, und er fasste wieder ihre Hand, um sie zum Buffet zu führen. Mit vollendeter Höflichkeit füllte er ihren Teller und trug ihn zu einem freien Sitzplatz, ehe er sich selbst etwas zu essen nahm.

Sie unterhielten sich wie immer über dies und das, während er seine weiteren Pläne für den Abend erwog. Zusehends entspannte sie sich wieder und schien ihm den Zwischenfall von vorher nicht mehr nachzutragen.

Auch wenn die Bar eigentlich keine Tanzfläche bot, hatte man einige Tische zur Seite geräumt, und die ersten Gäste begannen, sich zu der langsamen Musik zu bewegen. Er stand auf, und mit einem breiten Lächeln forderte er sie zum Tanzen auf.

„Oh, ich fürchte, ich kann gar nicht mehr tanzen, ich bin schon ein wenig beschwipst." Grinsend blinzelte sie ihn mit ihren wunderschönen Augen an. Er zog sie mit beiden Händen vom Stuhl hoch.

„Das macht nichts, ich werde dich schon gut festhalten", flüsterte er in ihr Ohr. Damit schob er sie sacht in Richtung Tanzfläche und legte seine Hände bewusst vorsichtig auf ihre Hüften. Mit ihren schmalen Händen hielt sie sich an seinen Schultern fest und legte mit einem leisen Lachen ihren Kopf an seine Brust, während sie begannen, sich zu dem langsamen Blues zu bewegen. Ihre Nähe und Anschmiegsamkeit brachten sein Herz zum Rasen. Schon nach dem ersten Lied konnte er dem Drang, sie zu küssen, kaum noch widerstehen. Eng presste er sie an sich und genoss die Wärme ihres Körpers. Sie wurde plötzlich in seinen Armen ganz steif und versuchte sich aus der Umarmung zu lösen, aber er konnte sie einfach nicht wieder loslassen. Er musste etwas tun, jetzt sofort.

„Anna, du bist die aufregendste und begehrenswerteste Frau, die ich je getroffen habe.“ Tief seufzte er und streifte mit seinen Lippen ihr Ohrläppchen, während er sie trotz ihres Widerstands festhielt und beinahe atemlos in ihr Ohr flüsterte: „Du musst dich entscheiden. Ich will dich ganz oder gar nicht. Lass mich nicht länger zappeln, und sag mir, dass du mich auch willst.“

Anna blieb mitten in der Bewegung wie eingefroren stehen und starrte ihn an. Ihr Körper glich plötzlich einem Eisblock, und verwirrt löste er seine Umarmung. Im nächsten Augenblick befreite sie sich energisch aus seinem Griff, drehte sich in einer blitzschnellen Bewegung um und verschwand in der Menge. Völlig perplex stand er da, während er versuchte zu begreifen, was gerade geschehen war. Erst mehrere Atemzüge später löste er sich aus seiner Starre und lief ihr nach. Obwohl er sich schon fast unhöflich durch die Menschen drängelte, konnte er sie nicht mehr finden, und nach einigen Minuten blieb er frustriert stehen. Das hatte noch nie eine Frau mit ihm gemacht, ihn einfach so stehen lassen. Er war sich so sicher gewesen, dass sie auch etwas für ihn empfand. Die heiße Sehnsucht nach ihr mischte sich mit Wut. Mit zusammengebissenen Zähnen bahnte er sich einen Weg zur Bar, um sich etwas Härteres als Rotwein zu besorgen. Kaum hatte er bestellt, stand plötzlich Max neben ihm.

„Nicht gelaufen wie geplant?“, fragte er scheinbar beiläufig, und Steve hätte ihm am liebsten den Whisky ins Gesicht gekippt. Er war ohnehin schon genug in Rage, dumme Bemerkungen brauchte er jetzt wirklich nicht. Wobei er nicht einmal sicher war, ob er auf Anna oder doch eher auf seine eigene Ungeschicklichkeit wütend war.

„Lass mich in Ruhe“, schnauzte er seinen Freund an und verzog sich mit dem Whisky ans andere Ende der Bar.

Völlig außer Atem stand Anna auf dem weitläufigen Platz vor dem Hotel. Das war nun ganz und gar nicht so gelaufen, wie sie es sich vorgestellt hatte. Eigentlich war sie schon vor dem Essen über sein Verhalten so entsetzt gewesen, dass sie direkt gehen wollte. Doch dann hatte er sich entschuldigt, und obwohl sie dem Frieden nicht wirklich traute, hatte sie sich von seinem zuvorkommenden und höflichen Verhalten wieder einwickeln lassen. Dass sie beim Tanzen so engen Körperkontakt hatte, war ihr in ihrem leicht beschwipsten Zustand zuerst gar nicht aufgefallen. Aber dann hatte er sie wieder so hart gepackt, dass sie glaubte, keine Luft mehr zu bekommen. Dass er ihr dann quasi ein Ultimatum gestellt hatte, das war ja wohl der Gipfel.

Jacke und Arme gegen die Kälte und den Nieselregen eng um sich geschlungen überquerte sie den Platz. Sie wusste gar nicht, warum sie überhaupt so viel getrunken hatte. Jedenfalls war an Autofahren nicht mehr zu denken. Tränen der Wut und der Enttäuschung traten ihr in die Augen, während sie am verwaisten Taxistand auf einen Wagen wartete. Sie zitterte am ganzen Körper. Ob es mehr vor Wut, Enttäuschung oder Kälte war, wollte sie gar nicht so genau ergründen.

Um sich aufzuwärmen und gleichzeitig die Wut loszuwerden, schritt sie energisch auf und ab. Lag es wirklich an ihm, oder war ihr kaputtes Innenleben für das verantwortlich, was heute passiert war? Wie sollte es jetzt weitergehen? Wollte sie ihn überhaupt noch wiedersehen? Ihre Hände waren so fest zu Fäusten geballt, dass ihre Fingernägel sich schmerzhaft in die Handballen gruben. Sie drückte noch fester zu. An dem Schmerz konnte sie sich festhalten, um nicht in Tränen auszubrechen. Sie wollte sich nicht auch noch vor dem Taxifahrer völlig lächerlich machen.

Endlich kam ein Wagen, und sie nannte dem Fahrer ihre Adresse. Mit einem erleichterten Seufzer lehnte sie sich im Sitz zurück und versuchte, sich zu entspannen. Kurz schloss sie die Lider, um zumindest ein kleines bisschen innere Ruhe zu finden. Schon wieder sah sie den brennenden bernsteinfarbenen Blick vor sich und schüttelte verwundert den Kopf. Wo kam dieser Gedanke jetzt plötzlich her? Heute Abend hatte sie doch wirklich andere Sorgen. Wieder erinnerte sie sich an das Déjà-vu, das sie überfallen hatte, als er sie zum ersten Mal ansah. Komische Sache, nur seine Augen und das zwingende Gefühl, irgendetwas festhalten zu müssen, ganz fest, nur nicht loslassen, als ob ihr Leben davon abhinge, oder seins.

Ihr Herz klopfte schon wieder im Hals. Warum regte es sie bloß so auf, wenn sie daran dachte? Wer war er nur? Seine Karte hatte sie doch eingesteckt, oder? Mit immer noch geschlossenen Augen fühlte sie in der Jackentasche herum und zog die Karte heraus.

„Eigentlich wären wir da, aber hier ist gar kein Haus", hörte sie plötzlich den Taxifahrer sagen. Hastig lehnte sie sich nach vorn und sah rechts den Weg, der zu ihrem Hof führte.

„Sie müssen hier die Einfahrt hinein und dann noch ganz bis zum Ende durchfahren." Während der Wagen den geschotterten Weg hinunterfuhr, kramte sie ihre Geldbörse aus der Handtasche.

„So, da wären wir." Das Taxi hielt an, und nachdem sie gezahlt hatte, stieg sie gedankenversunken aus. Im letzten Augenblick erinnerte sie sich an die Regeln der Höflichkeit und drehte sich noch einmal zum Wagen herum.

„Vielen Dank und eine gute Nacht noch", wünschte sie dem Fahrer, ehe sie sich endgültig abwandte und die Tür aufschloss.

Nachdem sie die Schuhe abgestreift und die Jacke an den Haken gehängt hatte, tappte sie in ihre Küche. Automatisch trat sie an den Schrank, füllte den Wasserkocher, nahm eine Tasse und zwei Beutel

Kräutertee heraus. Wieder erlaubte sie der Routine, die Kontrolle über ihren Körper zu übernehmen, und sortierte dabei ihre Gedanken. Während der Tee durchzog, saß sie am Tisch und versuchte, die Ereignisse des Abends zu verstehen.

Was war nur in Steve gefahren? Von einem liebenswerten Freund hatte er sich plötzlich in irgendjemanden verwandelt, der gar nicht mehr höflich war. Er hatte endlich wissen wollen, woran er mit ihr war. Eigentlich konnte sie ihm das nicht einmal übelnehmen, nachdem sie ihn schon so lange hatte zappeln lassen. Nach dem heutigen Abend war ihr allerdings völlig klar, dass sie im Moment für eine Beziehung dieser Art überhaupt noch nicht bereit war. Sie musste versuchen, ihm das morgen zu erklären. Natürlich würde er wütend sein. Sie stieß einen entmutigten Seufzer aus und lehnte das Kinn in beide Hände. Seine Firma war auch ein großer Auftraggeber für ihre Übersetzungen. Mit einem kleinen Lächeln erinnerte sie sich an ihr erstes Kennenlernen.

Durch einen Zufall waren sie sich in der Werkshalle begegnet, als sie sich die Funktion der Unfalldummys von einem Techniker hatte erklären lassen. Ihr Auftrag war es, die deutschen Handbücher des Herstellers für den italienischsprachigen Kunden zu übersetzen. Sie legte immer Wert darauf, wenigstens einen kleinen Einblick in die Technik zu haben, für die sie übersetzte. Manches Mal war eine einfache Übertragung in die andere Sprache nicht genug, und es war leichter, die Dinge auf andere Art zu erklären, wenn man sie selbst gesehen hatte. Im Fall der Dummys hatte sie sogar das deutsche Handbuch noch an einigen Stellen ergänzt. Die Anweisungen wurden natürlich von Technikern geschrieben, die ihre Produkte in- und auswendig kannten. Daher waren ihre laienhaften Fragen manchmal ein wertvoller Hinweis, etwas noch deutlicher auszuführen.

Steve hatte sich die Vorführung des Dummys aus der Ferne angesehen und sie dann auf Italienisch angesprochen. Im ersten Moment hatte Sie daher geglaubt, einen Mitarbeiter des italienischen Kunden vor sich zu haben. Beide hatten sich ungezwungen unterhalten und fröhlich miteinander gelacht. Im Laufe des Gesprächs hatte sie ihm auch von ihrer italienischen Großmutter erzählt. Steve kam ursprünglich aus England, war aber in Italien am Gardasee aufgewachsen, ganz in der Nähe des Wohnortes ihrer Oma.

Nach einiger Zeit war ein Mitarbeiter mit einer wichtigen Nachricht hinzugekommen, und es hatte ihr fast die Sprache verschlagen, als sie erfuhr, dass sie den Chef des Unternehmens vor sich hatte. Daraufhin hatte er sich höflich verabschiedet, sie aber schon am nächsten Tag angerufen. Wieder hatten sie sich auf Italienisch über die Dummys und ihre Arbeit unterhalten. Sie hatte sich bereits bei diesem Telefonat gefragt, warum er sich plötzlich persönlich um die ganze Sache kümmerte. Am Telefon war es ihr leichtgefallen, zu einem unbeschwerten Plauderton zurückzufinden, und schnell war das Gespräch wieder in private Bereiche abgeglitten. Er hatte zugegeben, dass er gern mit ihr italienisch sprach, weil er sonst niemanden hatte, um die Sprache im Gedächtnis zu behalten. Außerdem würde er sie gern näher kennenlernen und wollte sie zu einem Abendessen einladen. Hier war die Sache kompliziert geworden. Er gefiel ihr, und sie unterhielt sich gern mit ihm, sie hatte aber eigentlich überhaupt keine Lust, ihr Privatleben mit der Arbeit zu verbinden. Er war ein großer Auftraggeber, wenn sie ihm einen Korb gab, könnte er das persönlich nehmen. Wenn sie mit ihm ausging und ihm später einen Korb gab, würde das noch viel schlimmer werden. So hatte sie sich erst einmal mit zu viel Arbeit herausgeredet und das Problem damit auf später verschoben.

Prima, jetzt war später, und jetzt hatte sie das Problem. Wie würde er auf das Desaster von heute Abend reagieren? Die Freundschaft war ja nun ziemlich sicher zu Ende, aber würde er ihr auch die laufenden Aufträge entziehen?

Entschlossen stand sie auf. Morgen oder übermorgen würde sie es schon erfahren. Im Stehen nahm sie den letzten Schluck Tee und ging in ihr Schlafzimmer. An der Tür gegenüber hielt sie kurz inne. Dieses Zimmer war abgeschlossen. Johans Sachen standen da drin, die mehr oder weniger privaten Dinge. Die Kameras und alle anderen Fotosachen, die in seinem Atelier gewesen waren, hatte sie mithilfe seines Kollegen Alexej gleich verkauft. Hier waren nur noch Johans großer antiker Schreibtisch, dessen Schlösser sie nicht aufbekommen hatte, mehrere Kartons mit Unterlagen aus seinem alten Büro und der größte Teil seiner Kleidung. Sie hatte damals einfach alles in Kartons gestopft ohne etwas davon genauer anzusehen. Dann hatte sie das hier in einen freien Raum gestellt und die Tür abgeschlossen.

Irgendwann würde sie dort hineingehen und ihrer Vergangenheit gegenübertreten. Irgendwann, aber noch nicht so bald. Was machten jetzt plötzlich diese Erinnerungen mit ihr? Sie schüttelte den Kopf. Das hier führte zu nichts, morgen konnte sie weiter darüber nachdenken.

~

Kapitel 3

Bernsteinbraune Augen sahen sie an, durchdringend, warm, nah, dann verschwammen sie plötzlich. Sie streckte ihre Hand aus, wollte etwas rufen, ihnen folgen, aber sie konnte nicht. Immer blasser und durchscheinender wurden diese Augen, verschwanden im Hintergrund, bis sie sie nicht mehr sehen konnte. Es war dunkel, sie war eingesperrt, wollte weg. Johan hatte die Tür zugeknallt, und sie hörte, wie er den Schlüssel herumdrehte. Seine Stimme dröhnte durch ihren Kopf.

„Du bleibst gefälligst hier drin, bis ich wiederkomme, und wehe ...“ Seine Worte wurden leiser, und sie konnte ihn nicht mehr verstehen, während die Schritte sich entfernten.

Anna fuhr hoch und sah sich um. Es war zwar dunkel, doch der Raum war nicht eng und stickig, und sie saß auch nicht auf dem Boden. Sie saß im Bett, es war ihr Schlafzimmer, und ihr war kalt. Das Schlafshirt klebte feucht an ihrem Rücken, und ihre Decke lag auf dem Boden. Sie zitterte. Es war nur ein Traum, nur ein Traum, wieder mal.

Vorsichtig schielte sie zum Wecker und stellte fest, dass es schon fast Zeit zum Aufstehen war. Gut, schlafen konnte sie sowieso nicht mehr. Die Ereignisse von gestern Abend kehrten langsam in ihr Bewusstsein zurück und mischten sich mit dem Traum. Mit einer Hand zog sie die Bettdecke wieder nach oben. Nun träumte sie also auch schon von seinen Augen. Das war doch verrückt. Die Träume vom Eingesperrtsein waren ja nicht neu. Wenn sie sich auch an diese Ereignisse im Wachzustand nicht erinnerte, hatte sie schon oft davon geträumt.

Mit einem Seufzer stand sie auf. Draußen war es noch stockfinster, aber das beklemmende Gefühl aus ihrem Traum trieb sie aus dem Bett. Eine heiße Dusche und ein Kaffee würden diese Nachwirkung schon vertreiben.

Nach dem Kaffee ging sie zuerst in den Stall, um die Pferde zu versorgen. In der Nacht war es kalt geworden. Über alles hatte der Raureif einen zarten weißen Schleier gelegt. Das Gras, die Sträucher und die Bäume waren mit einer feinen kristallenen Kruste überzogen, und ein dünner Dunstschleier bewegte sich träge über den Boden. Die Wiesen und Felder sahen im Dämmerlicht verzaubert und unwirklich aus, wie in einem Märchenfilm.

Als die Pferde sie hörten, kamen sie auf Anna zu, und die weißen Wolken, die aus ihren Nüstern pufften, hüllten sie beinahe wie Nebel ein. Die warmen Nasen fragten mit zarten Stupsern nach Aufmerksamkeit und Leckereien.

Verträumt strich Anna durch Stanleys dichte Mähne und genoss die Wärme seines Fells, während ihre Gedanken wieder zu dem seltsamen Traum zurückwanderten. Sie schüttelte den Kopf. Nein, Träume hatten nichts zu bedeuten. Sie waren ein Abbild nicht aufgearbeiteter Probleme. Weiter nichts. Sie wollte nicht länger mit dieser Vergangenheit kämpfen und schob die beängstigenden Gefühle wieder in die dunkle kleine Ecke zurück, in der sie schon so lange wohnten. Es lag ein ganzer Tag vor ihr, den sie bestreiten musste.

Mit einem Blick kontrollierte sie im langsam zunehmenden Morgenlicht den Zaun und den Auslauf, um sich dann um das Futter für die Pferde zu kümmern. Ganz zaghaft tönte aus einer Ecke hinter dem Heu ein Miauen. Anna drehte sich um und sah einen rot getigerten Katzenkopf vorsichtig über die oberste Kante des Heustapels hinunterspähen.

„Hallo meine Kleine, oder bist du vielleicht ein kleiner Kater?“ Sie machte einen Schritt nach vorn, und die Katze verschwand augenblicklich wieder. Anna zuckte mit den Schultern. Wahrscheinlich war die Katze hungrig, aber zu wenig an Menschen gewöhnt. Sie würde gleich in der Küche nach geeignetem Katzenfutterersatz schauen und ihr einfach eine Portion hinstellen. Wenn sie morgen immer noch da war, würde sie beim nächsten Einkauf Katzenfutter mitbringen und sehen, ob die Rote etwas zutraulicher würde.

Ihr Auto stand noch in der Tiefgarage des Hotels, also rief sie nach dem Frühstück ihre Freundin Ella an. Sie war stets zur Stelle, wenn sie gebraucht wurde, und mit ihrer unkomplizierten direkten Art eine wahre Wohltat in Annas manchmal chaotischen Leben. Als sie damals kurz nach dem Unfall hierhergezogen war, musste sie erst einmal viel renovieren, bevor das Haus einigermaßen bewohnbar war. Ellas Eltern wohnten auf dem Nachbarhof, aber Anna wollte zumindest ein vernünftig vorzeigbares Wohnhaus haben, ehe sie die Nachbarn zum Antrittsbesuch einlud. Ella hatte in ihrer forschen Art natürlich nicht so lange warten wollen. Eines Nachmittags war sie einfach mit dem berühmten Apfelkuchen aus ihrer Bäckerei aufgetaucht und hatte sich damit quasi selbst zum Kaffee eingeladen. Wie sich herausstellte, suchte sie eine neue Bleibe für ihr Pferd, und Anna wollte ohnehin wieder eigene Pferde haben. Auch der Stalltrakt war noch nicht ordentlich bewohnbar, und es musste am Zaun und an den Weiden noch einiges gemacht werden. Zuerst war aber die Renovierung des Hauses an der Reihe. Ella hatte nur gelacht und stand am nächsten Tag mit ihren beiden Brüdern vor der Tür. Zu viert hatten sie schnell die notwendigsten Dinge erledigt, sodass Ellas Pferd zusammen mit Annas beiden einziehen konnte. Seitdem war auch in Ellas Leben so einiges drunter und drüber gegangen, und zu allen möglichen und unmöglichen Uhrzeiten hatte sie schon bei Anna vor der Tür gestanden, weil sie dringend und sofort reden musste. „Mal was abwerfen“ war ihr gemeinsamer Ausdruck für das dringende Bedürfnis, etwas loszuwerden. Immer hatten die beiden Frauen über alles miteinander sprechen können, und manchmal kam es Anna vor, als würden sie sich schon ewig kennen.

Selbstverständlich kam Ella auch heute sofort mit ihrem Wagen vorbei und brachte Anna zum Hotel, damit sie ihr eigenes Auto nach Hause fahren konnte. Genauso selbstverständlich wollte sie jedes Detail über den gestrigen Abend wissen.

„Also, raus damit, wie ist es gelaufen mit deinem Mister Supersnob?“

„Liebe Gabriella, Steve ist nicht ‚Mister Supersnob‘! Obwohl, vielleicht hast du genau damit recht.“

Theatralisch zuckte Ella zusammen. „Gabriella“ durfte nur ihre Oma sie nennen, und auch nur dann, wenn sie französisch sprach. Doch ihre Neugier schien zu überwiegen, und sie sparte sich einen Tadel. „Pack aus, was hat er getan?“

Zögerlich erzählte Anna ihr von dem Desaster, und während sie den Wagen durch den Wochenendverkehr steuerte, stellte Ella in ihrer unnachahmlichen Art fest: „Weißt du, ich habe gleich gedacht, dass dieser Macho nichts für dich ist. Du brauchst einen feinfühligen charmanten Ritter, der *dich* sieht und nicht nur sich selbst.“

Anna lachte. „Oh ja, ein feinfühliger charmanter Ritter wäre echt ein Traum, aber der ist wahrscheinlich aus Lebkuchen und muss erst noch gebacken werden.“

„Ha, das wäre doch der Verkaufshit für meine Bäckerei! Wenn wir das Rezept für den perfekten charmanten Ritter fänden, könnte ich mich vor Aufträgen nicht mehr retten.“ Über die nötigen Zutaten für den Lebkuchenritter diskutierten die beiden den restlichen Weg, und sie lachten dabei, bis ihnen fast die Tränen kamen. Schließlich waren sie vor dem Hotel angekommen. Anna stieg aus und bedankte sich für die Taxidienste. Immer noch lachend holte sie ihren eigenen Wagen aus der Tiefgarage und fuhr wieder zurück nach Hause. Auf dem Weg kam sie auch an der Stelle vorbei, wo gestern der Beinahe-Unfall passiert war, und sofort hingen diese ungewöhnlich ausdrucksvollen braunen Augen wieder in ihren Gedanken fest. Er war besorgt gewesen, irgendwelche Kratzer an ihrem Auto hinterlassen zu haben, allerdings hatte sie immer noch keine Zeit gefunden nachzusehen. Wenn nichts war, konnte sie sich ja mit der guten Nachricht bei ihm melden und so auch gleich erfahren, ob es seinem Kopf wieder besser ging. Vor dem Haus angekommen, parkte sie und sah sich gründlich die Vorderseite ihres Autos an. Wie erwartet fand sie keinerlei Schäden. Also musste er sich keine Gedanken mehr über ihr Auto machen.

In Gedanken versunken ging sie zurück ins Haus und begann, ihre Jacke nach der Visitenkarte zu durchsuchen. Sie hatte sie doch eingesteckt, da war sie ganz sicher. Verflixt. Plötzlich fiel es ihr wieder ein. Im Taxi hatte sie die Karte herausgezogen und dann mit ihrer Geldbörse herumgefummelt. Wahrscheinlich war sie dabei heruntergefallen. Einen Augenblick stand sie wie hypnotisiert vor der Garderobe, und ihre Gedanken purzelten durcheinander. Wenn sie ihn nicht anrufen konnte, würde sie ihn auch nicht wiedersehen. Sie könnte ihn nicht fragen, ob er sie irgendwoher kannte und … Warum zog die Vorstellung, einen Fremden nie wieder zu sehen, so seltsam in ihrem Herzen? Verwirrt schüttelte sie den Kopf und beschloss, sich ihrer Arbeit zu widmen.

Als sie jedoch später an ihrem Schreibtisch saß, überlegte sie hin und her, ob sie nicht einfach zum Krankenhaus fahren sollte. Vielleicht war er ja noch da. Sie stockte. Er hatte doch gestern unbedingt gehen wollen. Natürlich wäre er nicht mehr da, und da sie ja noch nicht einmal auf die Karte gesehen hatte, wusste sie auch gar nicht, wie er hieß. Es war sinnlos, sich den Kopf zu zerbrechen. Sie sollte den ganzen Vorfall vergessen und sich auf ihre Arbeit konzentrieren. Schließlich zog sie die Unterlagen für die Kamera heraus und blätterte sie lustlos durch. An den Dummys wollte sie heute nicht arbeiten. Zumindest nicht, bevor klar war, dass sie den Auftrag behalten würde. Die Handbücher für den neuen Typ Überwachungskameras für den Außenbereich waren eigentlich ein Klacks. Sie hatte bereits die Unterlagen für das Vorgängermodell übersetzt, sodass sie sich schnell wieder in die Technik einlesen konnte. Sie legte das kleine Gerät, das sie als Anschauungsmodell erhalten hatte, vor sich auf den Tisch und starrte darauf, ohne wirklich hinzusehen. Ihre Gedanken gingen wieder ihre eigenen Wege.

Wenn er nun gestern Abend allein aus dem Krankenhaus nach Hause gefahren war – immerhin hatte er das vorgehabt –, vielleicht hatte es dann doch noch Komplikationen gegeben. Man hatte ja im Krankenhaus sicherlich nicht ohne Grund darauf gepocht, dass er unter Beobachtung bleiben sollte. Und sie hatte ihn auch noch fragen wollen, ob sie ihm vielleicht bekannt vorkam. Wenn sie sich tatsächlich früher schon einmal getroffen hatten, würde er sich doch daran erinnern. Ihr Gedächtnis war bei Personen wirklich nicht das Beste.

Ungeduldig schob sie ihren Bürostuhl zurück und stand auf. Wenn sie dauernd darüber nachdachte, konnte sie sowieso nicht ordentlich arbeiten. Außerdem war heute Samstag, da arbeiteten andere Leute auch nicht. Entschlossen verließ sie das Büro, um zum Krankenhaus zu fahren. Wenn er nicht mehr dort war, könnte sie vielleicht wenigstens seine Telefonnummer herausfinden und sich vergewissern, dass alles in Ordnung war.

Am Empfang begrüßte sie heute ein älterer Mann mit grauen Haaren und einer dicken Hornbrille. Kaum sah er von seiner Zeitung auf, als sie ihn ansprach, und als sie ihr Anliegen vorgebracht hatte, verzog er mürrisch den Mund.

„Wenn Sie noch nicht einmal den Namen wissen, kann ich Ihnen wirklich nicht helfen. Ich kann hier im Nachhinein nicht erkennen, wer aus der Notaufnahme kam und wer ganz normal aufgenommen wurde." Mit einem gleichgültigen Achselzucken wandte er sich ab und nahm seine Tageszeitung wieder in die Hand. Anna wollte noch etwas erwidern, als ihr der Gedanke kam, einfach direkt in der Notaufnahme zu fragen. Ein Dankeschön für Herrn Hornbrille schenkte sie sich. Er war ohnehin schon wieder so sehr in seine Zeitung vertieft, dass er es gar nicht mitbekommen hätte.

Zügig ging sie die langen Flure entlang. Die hellgrünen Plastikstühle waren heute fast alle besetzt. Vor dem Glaskasten stand bereits eine kleine Schlange, sodass sie sich einfach dort anstellte. Als sie endlich an der Reihe war, trug sie ihr Problem vor. Die junge Frau hinter der Scheibe war deutlich freundlicher als Herr Hornbrille.

„Es tut mir leid, ich war gestern nicht da, und eigentlich können wir auch keine Patientendaten herausgeben." Sie runzelte die Stirn und drehte sich halb zur hinteren Tür. „Hm, warten Sie mal." Plötzlich zog ein Lächeln über ihr Gesicht. „Schwester Inge hatte gestern Abend Dienst. Sie ist gerade zur Schicht gekommen, ich werde sie mal fragen." Im gleichen Augenblick öffnete sich die rückwärtige Tür des Glaskastens, und eine kräftige Stimme ertönte.

„So, dann mach mal Feierabend, Simone, ich übernehme jetzt." Erschrocken sah Anna auf. Schwester Kratzbürste hatte sich zum Drucker gedreht und nahm die Unterlagen herunter. „Na, das ist ja mal ein Stapel, da hast du uns heute schon eine Menge Leute ins Wartezimmer gesetzt", brummte sie ihre Kollegin an. Dann sah sie durch die Scheibe, und ihre Augenbrauen zogen sich zusammen. „Sie kenn ich doch. Sie waren doch gestern Abend mit diesem fürchterlichen Mann hier, der ewig das Aufnahmezimmer blockiert hat." Anna wäre bei dem giftigen Ton beinahe einen Schritt zurückgetreten, holte jedoch nur kurz Luft und zwang sich zu einem verbindlichen Lächeln.

„Ja, deswegen bin ich hier. Ich wollte ihn besuchen und fragen, auf welcher Station ich ihn finden kann."

Schwester Kratzbürstes Miene gefror. Noch eine Spur ärgerlicher fauchte sie: „Wir sind hier die Notaufnahme, nicht die Auskunft oder die Anmeldung. Aber da brauchen Sie auch nicht hinzugehen. Der ist gestern Abend auf eigene Verantwortung verschwunden, direkt nachdem Sie weg waren." Sie ließ sich auf den freigewordenen Bürostuhl fallen und polterte weiter. „Die Kerle meinen immer, sie wüssten es besser als die Ärzte, aber wenn dann etwas passiert, stehen sie wieder da und verlangen, dass man sich um sie kümmert."

Anna zwang ihr Lächeln, noch etwas breiter zu werden. „Oh, das ist aber dumm, ich müsste etwas mit ihm regeln. Sie haben nicht zufällig einen Namen oder eine Telefonnummer für mich?"

„Na, hören Sie mal, ich kann doch vertrauliche Patientendaten nicht einfach an jede dahergelaufene Person weitergeben." Inzwischen glich Schwester Kratzbürste einem Vulkan kurz vor dem Ausbruch, aber bevor sie sich in Rage reden konnte, unterbrach Anna sie. Einen Trumpf hatte sie sich für so eine Situation vorher schon zurechtgelegt.

„Wissen Sie, er ist ja gestern auf mein Auto gestürzt, und nun sind da Kratzer und auch eine Beule. Er hatte versprochen, er würde das reparieren lassen, aber ich habe dummerweise die Visitenkarte verloren." Sie machte ein zerknirschtes Gesicht und wartete die Wirkung ihrer Worte ab.

Plötzlich änderte sich der Gesichtsausdruck der Blondine völlig, aber sie schüttelte bedauernd den Kopf. „Ach Mädchen, das ist ja furchtbar. Sie haben ihm extra noch die Krücken gebracht, und nun lässt er Sie mit den Schäden am Auto so hängen. Diese Kerle sind aber auch unverschämt. Es tut mir so leid, aber ich kann Ihnen trotzdem keine Patientendaten geben. Wenn es nicht anders geht, müssen Sie sich an die Polizei wenden. Die haben den Unfall schließlich aufgenommen." Erschrocken fuhr Anna zusammen. Das wollte sie ja nun gar nicht.

„Ok, vielen Dank." Damit wandte sie sich hastig ab, bevor Schwester Kratzbürste noch auf weitere hilfreiche Ideen kam. Nein, bei der Polizei konnte sie mit dieser Geschichte nicht auftauchen. Es war schließlich überhaupt kein Schaden am Auto, und sie wollte auch nicht, dass er Schwierigkeiten bekam, nur weil sie die Visitenkarte verbummelt hatte. In Gedanken versunken ging sie den grell beleuchteten Flur hinunter, in dem die Menschen um sie herumwuselten, ohne von ihr Notiz zu nehmen.

~

Gestern Abend hatte Steve noch mehrere Gläser Whisky getrunken und sich am Ende sogar mit seinem Freund gestritten. Max hatte ihm dann gegen zwei Uhr morgens ein Taxi gerufen und ihn trotz seines Protestes nach Hause geschickt.

Mit einem Brummschädel saß er inzwischen am Küchentisch und dachte über den Verlauf des gestrigen Abends nach. Anna hatte ihn einfach mitten auf der Tanzfläche stehen lassen und war verschwunden. Dabei hatte er sie Max und den anderen als seine Freundin vorgestellt. Wie stand er jetzt denn da? Der Streit mit Max wäre auch nicht nötig gewesen. Sie wäre zu schade für seine

Trophäensammlung, hatte er gesagt. Zu schade. Unglaublich. Noch nie war eine Frau zu schade für ihn gewesen. Wenn er sich deshalb schon mit seinem Freund streiten musste, wie sollte das alles dann weitergehen?

Verärgert griff er zum Telefon. So eine Blamage ließ er nicht so einfach auf sich sitzen. Er ließ es klingeln, bis der Anrufbeantworter sich einschaltete. Na, dann würde er es später eben noch einmal versuchen. Eigentlich hatte er noch Arbeit auf seinem Schreibtisch liegen, aber auf die konnte er sich jetzt auch nicht konzentrieren. Also ging er erst mal in seinen Fitnessraum. Ein paar Kilometer auf dem Laufband würden wenigstens den Brummschädel vertreiben.

Nachdem er fast eine ganze Stunde gelaufen war und erfrischt vom kalten Wasser aus der Dusche stieg, war der Kater tatsächlich fast verschwunden und seine Laune hatte sich auch deutlich gebessert. Trotzdem musste er endlich mit Anna telefonieren. Diese Sache konnte nicht so einfach zwischen ihnen in der Luft hängen bleiben. Entschlossen griff er zum Telefon, und schon nach dem zweiten Klingeln meldete sie sich.

„Wir sollten noch einmal über gestern Abend sprechen, denke ich", sagte er ohne Umschweife. Es entstand eine Pause, und ihm ging auf, dass sein Ton recht unwirsch geklungen hatte.

Schließlich begann sie zögerlich: „Steve, es tut mir leid, wie das gestern Abend gelaufen ist. Ich wäre gern weiterhin mit dir befreundet, aber ich denke …" Oh, das lief in eine völlig falsche Richtung. Ungeduldig unterbrach er sie, bevor sie diesen folgenschweren Satz beenden konnte. Einmal ausgesprochen wäre so ein Schlussstrich endgültig. Es ging nicht an, dass eine Frau eine Beziehung mit ihm beendete. Das hatte es noch nie gegeben, und das würde es auch nicht geben.

„Nein Anna, lass uns das nicht am Telefon besprechen. Komm doch einfach nachher noch bei mir vorbei. Ich mach eine Flasche Wein auf, und wir können in Ruhe alles bereden." Ihre weiche warme Stimme hatte ihn schon nach wenigen Worten wieder gefangen genommen. Nein, er konnte sie nicht so einfach gehen lassen, er musste sie zurückgewinnen. Als er an den letzten, eng umschlungenen Tanz gestern Abend dachte, spürte er, wie das Verlangen nach ihr wieder einmal durch ihn hindurchfloss. Er war sicher, dass er sie überzeugen könnte, weiterhin mit ihm auszugehen. Es würde eben noch einige Dates mehr brauchen, bis er endlich zu seinem Ziel kam, aber beim ersten Widerstand aufzugeben kam nicht in Frage. Sie seufzte am anderen Ende, und ein siegessicheres Lächeln huschte über sein Gesicht.

„Steve, lass uns zum Essen treffen oder im Alex etwas trinken. Für so eine Aussprache fände ich das bei dir zu Hause nicht passend." Enttäuscht biss er die Zähne zusammen und stöhnte. Wollte denn gar nichts klappen heute?

„Gut, wie du meinst, mein Täubchen, lass uns im Alex etwas trinken. Ich hol dich um acht zu Hause ab, ist das o. k.?" Eine unsichere Zustimmung von Anna ließ ihn wieder lächeln. „Prima, bis nachher dann."

Entspannt lehnte er sich auf seiner weißen Ledercouch zurück und ließ den Kopf nach hinten fallen. Voller Motivation fasste er einen Plan für abends. Hier in seiner Wohnung wäre alles natürlich viel einfacher gewesen, aber sie hatte es ihm ja noch nie leicht gemacht. Breit grinsend stand er auf. Es war, als ob sie wüsste, dass erst die Jagd den Fang so richtig begehrenswert machte.

Gegen halb neun hatten sie im Alex einen Platz direkt vor dem Weinregal gefunden und etwas zu trinken und einen kleinen Snack bestellt. Bis jetzt hatte er streng darauf geachtet, sie bis auf einen zarten Begrüßungskuss auf die Wange nicht anzufassen. Heute Abend trug sie leider kein reizvolles Kleid wie gestern, trotzdem fiel es ihm sehr schwer, sie nicht einfach in den Arm zu nehmen. Sie war halt immer begehrenswert. Selbst mit dem sprichwörtlichen Sack über dem Kopf würde sie heiß aussehen. Oder ganz ohne. Er biss wieder die Zähne zusammen, als sein Körper auf diese Idee sofort reagierte. Das war jetzt nicht wirklich hilfreich. Trotzdem stahl sich ein Grinsen auf sein Gesicht, und er war froh, dass der Tisch zwischen ihnen seine Reaktion auf diesen wilden Gedanken verbarg.

Zuerst unterhielten sie sich nur über die Arbeit und andere belanglose Dinge. Erst nachdem sie gegessen hatten, begann Steve, das eigentliche Thema des Abends anzusprechen.

„Anna, ich hoffe, du verzeihst mir inzwischen meinen kleinen Ausbruch von gestern Abend. Ich hatte vielleicht doch schon ein bisschen viel getrunken, und ich konnte deiner Anziehungskraft einfach nicht mehr widerstehen." Er griff nach ihrer Hand und drückte seine Lippen in ihre Handfläche. Anna wollte etwas antworten, doch er redete einfach weiter. „Weißt du, du bedeutest mir sehr viel, und ich möchte dich nicht verlieren, nur weil ich ungeduldig geworden bin. Wenn du noch mehr Zeit brauchst und mich erst noch besser kennenlernen möchtest, kann ich das gut verstehen." Seine Lippen wanderten weiter zum Handgelenk und auf der zarten Haut ihres Unterarms entlang, während er verstohlen ihre Reaktion beobachtete. Plötzlich zog sie ihre Hand weg.

„Steve, ich …"

„Anna, du machst mich einfach verrückt. Ich kann kaum noch an etwas anderes denken. Bitte schieb mich nicht einfach so zur Seite, ohne mir noch eine Chance zu geben." Er griff wieder nach ihrer Hand und presste seine Lippen darauf. „Bitte", hauchte er in ihre

Handfläche. Er wunderte sich über sich selbst. Noch nie hatte er es über sich gebracht, so um ein Date zu betteln. Was war nur mit ihm los? Sein Blick suchte ihre Augen, doch sie starrte auf die Tischplatte und entzog ihm mit einer nachdrücklichen Bewegung ihre Hand.

„Steve, ich mag dich wirklich gern, aber ich bin für eine feste Beziehung noch nicht bereit. Auch wenn wir noch weiterhin miteinander ausgehen würden, änderte das nichts. Ich kann …“ Er unterbrach sie wieder.

„Gut, kein Problem. Wenn du keine feste Beziehung möchtest, muss das nicht sein. Wir können aber doch trotzdem unseren Spaß zusammen haben.“ Entgeistert starrte sie ihn an.

„Nein, so läuft das bei mir nicht. Das hat keinen Zweck. Ich glaube, du hörst mir gar nicht zu.“

Es kostete ihn einige Anstrengung, seine aufkeimende Wut über ihre Ablehnung zu unterdrücken. Sie stand auf, doch er war schneller, und noch bevor sie einen Schritt machen konnte, schlang er seine Arme um sie und zog sie an sich. Heiser flüsterte er in ihr Ohr: „Anna, ich begehre dich so sehr. Du kannst doch nicht wieder einfach so weggehen.“ Indem er sie eng umschlungen hielt und die Haut unter ihrem Ohr zart mit seinen Lippen streifte, versuchte er, sie zum Einlenken zu bewegen, doch anscheinend gelang ihm das nicht. Ihr ganzer Körper versteifte sich.

„Lass mich los!“, forderte sie eine Spur lauter, als notwendig gewesen wäre, und sofort drehten sich einige Gesichter zu ihnen um. Mit einem theatralischen Stöhnen lockerte er seinen Griff ein wenig.

„Aber nur, wenn du dich wieder hinsetzt. Geh nicht so weg, Anna, nicht schon wieder.“ Sie holte tief Luft und nickte.

Widerstrebend löste er sich von ihr, und beide setzten sich. Mit verschlossener Miene sah sie ihn an und nippte an ihrem Weinglas. Er schaute tief in ihre wunderbaren blauen Augen und versuchte wieder, ihre Hand zu nehmen. Dieses Mal nahm sie sie schon vorher weg.

„Hör zu, wir kriegen das schon irgendwie hin", versuchte er, sie zu besänftigen. „Nimm dir alle Zeit, die du brauchst, dann werden wir sehen, wie es weitergeht."

Anna fixierte ihr Glas, die Augenbrauen zusammengezogen, sodass eine steile Falte in ihrer Mitte entstand. „Nein, das hat keinen Zweck."

Er spürte, wie weiter die Wut in ihm hochkroch und presste die Lippen zusammen. Das hatte keinen Sinn so, er musste wohl zum Schein einlenken und dann irgendwann in der nächsten Woche noch einmal durchstarten. Mit aller Kraft drängte er den Wunsch, sie einfach zu packen, zurück und zwang ein Lächeln auf sein Gesicht.

„Gut, Anna, ich verstehe das. Es wäre mir wirklich wichtig, wenn wir trotzdem Freunde bleiben könnten." Er sah, wie ihre Züge sich entspannten, und holte erleichtert Luft. Das war ja gerade noch einmal gut gegangen.

„Danke Steve. Ich bin froh, dass du nicht zu sehr enttäuscht bist. Jetzt sollte ich gehen, denke ich. Wir telefonieren ja ohnehin im Laufe der Woche." Sie stand auf, und nach einem zustimmenden Gemurmel erhob er sich ebenfalls, um ihr einen Abschiedskuss auf die Wange zu drücken. Mit einem spitzbübischen Grinsen fragte er: „Das darf ich aber weiterhin, oder?"

Sie lachte ein wenig angespannt, wobei ihre Augen beinahe kalt wirkten. Dann nickte sie aber, während sie sich zum Gehen wandte. Nachdenklich blickte er ihr nach. Für ihr nächstes Treffen brauchte er einen besseren Plan.

Kapitel 4

Mit einem Keuchen fuhr Mark aus seinem Traum hoch. Er zitterte am ganzen Körper. Langsam fand sein Bewusstsein wieder ins Hier und Jetzt zurück, und er fuhr mit der Hand über seine Brust, wo sein T-Shirt klatschnass an seinem Körper klebte. Sein Blick fiel auf den Wecker neben dem Bett. Sechs Uhr. An einem Sonntag eigentlich nicht die richtige Zeit zum Aufstehen, aber an Schlafen war jetzt nicht mehr zu denken. Mit zitternden Händen griff er nach den Krücken, um ins Bad zu gehen und sich mit einer heißen Dusche von den Nachwirkungen des Traums zu befreien.

Anfangs hatte er oft von dem Unfall geträumt, doch in letzter Zeit waren die nächtlichen Erinnerungen blasser und weniger intensiv geworden. Der Schmerz und das Gefühl zu sterben hatten ihn heute völlig überwältigt, sodass er selbst nach einigen Minuten unter der heißen Dusche das Zittern noch nicht ganz unterdrücken konnte. Bebend saß er auf dem Duschhocker und betrachtete die wulstige Narbe an der Innenseite seines Arms. Das Gefühl, jeden Augenblick sterben zu müssen, drückte ihm immer noch den Brustkorb zusammen.

Nachdem er sich angezogen hatte, ging er zum Fenster und lehnte seine Stirn gegen das kalte Glas. Wie so oft stand er hier und starrte in die nächtliche Dunkelheit. Was sollte er nun mit diesem endlos langen, leeren Sonntag anfangen? Das Gefühl der Einsamkeit kroch wie ein düsterer Nebel in ihm hoch. Allein sein war auf die Dauer nicht gut für ihn, das wusste er. Es zog ihn in ein tiefes Loch, in dem nur all seine dunklen Gedanken und Erinnerungen lauerten. Und er wusste auch ganz genau, dass es auf die Dauer immer schwerer wurde, sich aus diesem schwarzen Loch selbst wieder herauszuziehen. Schon in seiner Schulzeit, als seine Mutter plötzlich verschwand, hatte er dieses Gefühl kennengelernt. Damals hatten ein Klassenkamerad und seine Familie ihm geholfen. Aber jetzt war niemand da, und was konnte er allein schon tun? Mit einem Seufzer ging er in die Küche und zog eine Kaffeetasse aus dem Schrank. Während die Maschine aufheizte, fiel ihm der Freitagabend wieder ein.

Hatte der Beinahe-Unfall die Erinnerungen an das Desaster vor zwei Jahren wieder hochgeholt? Abwesend drückte er auf den Startknopf, und die braune Flüssigkeit ergoss sich dampfend in die Tasse. Diese lichtblauen Augen. Sein Herzschlag beschleunigte sich wieder, als er sich an ihr Gesicht und das Gefühl ihrer Hände in seinen Haaren erinnerte. Er würde sie wahrscheinlich nie wiedersehen, und ein Stich des Bedauerns schoss durch sein Herz, als er daran dachte. Sie hatte nicht angerufen, und sie würde es auch nicht tun.

Kopfschüttelnd goss er Milch in den Kaffee, griff nach der Tasse und drehte sich vorsichtig zum Tisch herum, um sie abzustellen. Arbeit würde ihn ablenken. Wie immer.

Unwillig kniff Mark die Augen zusammen und lehnte den Kopf zurück. Inzwischen war es Nachmittag, und die Buchstaben auf dem Bildschirm begannen zu tanzen. Mürrisch stellte er fest, dass er seit dem sehr frühen Frühstück heute noch nichts gegessen hatte.

Er würde sich etwas zu essen besorgen und dann weiterarbeiten, bis er zu müde war zu denken. Konstante Beschäftigung als Schutz vor sich selbst. Frustriert ballte er die Hände zu Fäusten. Er hatte das doch ändern wollen, hatte sich vorgenommen, sich mit Freunden zu treffen, rauszugehen. Das nächste Wochenende wollte er ganz sicher nicht mehr nur hinter seinem Schreibtisch verbringen. Er würde mit

… Die blauen Augen und das blonde lange Haar, die helle Haut mit den feinen Sommersprossen. Plötzlich sah er sie wieder vor sich, wie sie sich über ihn beugte und zart seine Stirn berührte.

Natürlich würde sie nicht anrufen, warum auch? Wahrscheinlich waren keine Schäden an ihrem Auto. Wieso nur wünschte er sich so sehr, sie würde sich trotzdem melden?

Mark verscheuchte die ungebetenen Gedanken, stand auf und suchte den Bestellzettel vom Lieferservice heraus. Er würde jetzt etwas essen und dann noch ein bisschen fernsehen, bis es Zeit war zum Schlafen. Vielleicht könnte er sich entspannen. Morgen begann die neue Woche, die Woche in der er endlich wieder anfangen wollte zu leben.

~

Anna hatte noch lange in der dunklen Küche gesessen und gegrübelt, nachdem sie von dem Treffen mit Steve wieder nach Hause gekommen war.

Sie mochte ihn ja eigentlich, und sie hatte sich auch fest vorgenommen, nicht mehr länger den Einsiedler zu geben und wieder öfter auszugehen. Trotzdem fühlte es sich falsch an, sich weiterhin mit ihm zu treffen. Die Freiheit, die sie seit Johans Tod genoss, sollte ihr nie wieder jemand nehmen. Sie würde ausschließlich selbst über ihr Leben bestimmen und es nie wieder irgendeinem Mann überlassen, Entscheidungen für sie zu treffen. Überhaupt war sie gar nicht sicher, ob sie je wieder jemandem vertrauen und sich in einer Partnerschaft ganz und gar auf einen anderen Menschen einlassen könnte. Vielleicht war dieser Teil von ihr damals einfach zerbrochen.

Mit hängenden Schultern war sie schließlich ins Schlafzimmer geschlurft und hatte sich in ihrem gemütlichen alten Bauernbett zusammengerollt. Dieses neue Leben, das sie sich in der letzten Zeit mühsam aufgebaut hatte, durfte niemand wieder zerstören. Und wenn das bedeutete, ohne einen Partner zu leben, dann musste es eben so sein.

Sie saß im Auto neben ihrem Mann und starrte durch die Windschutzscheibe in die Dunkelheit. Die Nebelschwaden bewegten sich geisterhaft im Scheinwerferlicht, und es schien außer ihnen niemand unterwegs zu sein. Seine Stimme dröhnte in ihrem Kopf.

„Ich will nicht, dass du damit wieder anfängst."

Ihr Herz krampfte sich zusammen. Keinen Streit. Bitte. Nicht schon wieder. Die Übersetzungsarbeit war ihr wichtig. Sie hasste es, den ganzen Tag nutzlos zu Hause herumzusitzen. Das bisschen Putzen und Kochen war schnell erledigt, danach vergrub sie sich meist in ein Buch. Sie hätte trotzdem nicht wieder davon anfangen sollen. Er würde wieder ärgerlich werden und ihr Vorwürfe machen. Wie um ihre Gedanken zu bestätigen, redete er weiter.

„Du brauchst das nicht, ich verdiene genug Geld für uns beide, ich will es einfach nicht, aber wahrscheinlich ist dir das ganz egal. Du willst dich nur wieder mit anderen Männern treffen." Seine Stimme wurde immer lauter, während er sich allmählich in Rage redete. „Du weißt, dass ich mir das nicht tatenlos ansehen werde. Ich werde das Telefon abstellen lassen, wenn du damit nicht aufhörst."

Panik stieg in ihr auf. Etwas Furchtbares würde gleich geschehen, sie wusste es genau. Verzweifelt versuchte sie, sich auf dem Beifahrersitz ganz klein zu machen und nickte nur beklommen.

Dann knallte es, ihr Kopf explodierte in einer Welle aus Schmerz, und die Welt wurde dunkel.

Wie betäubt starrte sie in die Dunkelheit und spürte, wie ihr Herz raste. Ganz klein hatte sie sich zusammengerollt, und Arme und Beine waren völlig verkrampft. Langsam löste sie sich aus der starren Haltung und streckte sich lang aus. Dann schielte sie zum Fenster und stellte fest, dass es draußen noch vollkommen dunkel war. Benommen schloss sie noch einmal die Augen, war aber zum Schlafen viel zu aufgewühlt.

Ihre Vergangenheit mit Johan war ihr immer wie ein dunkler Nebel vorgekommen. Sie wusste, dass ihr Widerwille gegen Festhalten und Einsperren auf irgendeine Art von ihm stammte. Dennoch hatte sie sich nie wirklich an Einzelheiten erinnern können, die ihre seltsamen Gefühle erklären könnten. Ihr Vater war der Einzige, der Johan gekannt hatte, und der hatte auf ihre Fragen immer nur ausweichend geantwortet. Seltsam, hatte sie in den zwei Jahren ihrer Ehe keine Freunde gehabt? Alle Leute, mit denen sie jetzt befreundet war, hatte sie erst nach dem Umzug in dieses Haus kennengelernt.

Ihr Vater hatte großes Verständnis gehabt, das sie schnell aus der gemeinsamen Stadtwohnung ausziehen wollte. Erst wenige Monate zuvor hatte er diesen kleinen Hof von seiner Schwester geerbt, ihn aber nie vermieten können, weil er in sehr renovierungsbedürftigem Zustand war. Still lächelte sie in sich hinein. Das hatte sie immerhin Johan zu verdanken, dass genug Geld für die umfangreichen Arbeiten da war. Bei ihrem Mann hatte Geld nie eine Rolle gespielt, und nachdem er nicht mehr da gewesen war, hatte sie plötzlich viel mehr davon gehabt, als erwartet.

Natürlich hatte sie sich gewundert, wie er als Eventfotograf so viel verdienen konnte. Aber er war eben ziemlich berühmt gewesen. Nur für private Fotoshootings und auf den Partys, Galas und Empfängen der oberen Zehntausend wurde er gebucht. Das musste wohl so einige Euros eingebracht haben, sie hatte nie danach gefragt.

Auf dem Hof hatte sie die Verpflichtung übernommen, alles wieder auf den neuesten Stand zu bringen, und durfte dafür mietfrei hier wohnen.

„Kind, du brauchst ein neues Zuhause, damit du wieder durchstarten kannst.“ Das hatte ihr Vater damals zu ihr gesagt. Aber sie startete nicht durch. Immer noch griff die Vergangenheit mit langen Fingern nach ihr. Mit einem zynischen Grinsen schüttelte sie den Kopf. Irgendwie war ihr Durchstarten ein Rohrkrepierer. Energisch stützte sie die Hände auf die Schreibtischplatte und stand auf. Dann ging sie mit festen Schritten in die Küche, um sich einen Kaffee zu machen. Es wurde wirklich Zeit, dass sie sich von den Schatten der Vergangenheit löste und anfing, wieder zu leben.

Während sie dem Kaffee dabei zusah, wie er dampfend in die Tasse lief, dachte sie plötzlich wieder an bernsteinbraune Augen. Wieder beschlichen sie alle diese seltsamen Gefühle. Irgendwo hinter dem Nebel war etwas, woran sie sich erinnern musste, doch er waberte dick und grau und undurchdringbar. Sie seufzte frustriert. Hätte sie nur seine Visitenkarte nicht verloren.

Kosimo trabte fleißig über den Waldweg, und Anna versank im Gleichmaß seiner Tritte, während ihre Augen über die winterliche Landschaft glitten. Raureif lag immer noch wie eine Zuckerkruste auf den Ästen und ließ den ganzen Wald wie eine Bleistiftzeichnung aus einem Märchenbuch wirken. Zwischen den Bäumen tanzten die Sonnenstrahlen über den Waldboden, und ab und an waren kleine und größere Tierspuren im feinen weißen Puder zu erkennen.

Annas Gedanken wanderten ziellos umher, bis sie plötzlich wieder bei Steve und der Party am Freitagabend angekommen waren.

Nein, sie war jetzt ganz sicher. Sie würde sich mit Steve nicht mehr privat treffen. Ihr war inzwischen sonnenklar, was er von ihr wollte, und das war nicht, was sie sich unter einer Partnerschaft vorstellte. Wahrscheinlich würde er es weiterhin versuchen. So wie sie ihn kannte, würde er nicht so schnell aufgeben, aber sie musste ihm unmissverständlich klarmachen, dass es zwischen ihnen höchstens eine platonische Freundschaft geben konnte. Weiter nichts.

Sie spannte ihren Körper ein wenig mehr an und fokussierte ihre Aufmerksamkeit nach vorn. Gehorsam fiel Kosimo in einen leichten Galopp, schob fordernd die Nase nach vorn und streckte sich immer mehr, bis sie schließlich in einem Tempo dahinschossen, bei dem der eiskalte Wind ihr die Tränen in die Augen trieb. Seine Freude an der Geschwindigkeit war ansteckend, und so ließ sie ihn gern gewähren, solange der Waldweg übersichtlich und nicht vereist war. Tief über seinen Hals beugte sie ihren Oberkörper, sodass seine lange Mähne ihr Gesicht streifte. Als der Wallach einen viel zu großen Hüpfer über einen kleinen am Boden liegenden Ast machte, stockte kurz ihr Atem, bevor sie herzhaft über seinen Übermut lachte.

Erst als sie beide ziemlich außer Atem waren, richtete sie sich langsam auf und ließ sich entspannt wieder in den Sattel sinken. Ohne Widerstand nahm der Araber sofort das Tempo zurück und fiel schließlich schnaubend und schweißnass in den Schritt. Nach einem kurzen Blick auf die Sonne, die sich in Richtung Horizont zu senken begann, nahm sie die nächste Abzweigung nach rechts, um in einem kleinen Bogen langsam zum Stall zurückzureiten. Mit einem glücklichen Lächeln schloss sie kurz die Augen und kraulte Kosimos Mähne, um sich für diesen wunderbaren Ritt zu danken.

Kapitel 5

Die Aufzugtür öffnete sich, und Mark fasste die Griffe seiner Krücken fester, bevor er heraustrat. Die Koordination beim Laufen erforderte immerhin nicht mehr so viel Konzentration wie am Anfang. Der Bewegungsablauf war ihm inzwischen in Fleisch und Blut übergegangen. Nur wenn ihn etwas sehr aus dem Konzept brachte, oder er eine plötzliche Bewegung machte, um zum Beispiel etwas aufzufangen, dann passierte es, dass er die Dinger komplett vergaß. Seit der Reha war er allerdings nicht wieder der Länge nach hingefallen. Bis auf Freitagabend. Mist. Warum dachte er jetzt schon wieder daran? Verbissen presste er die Lippen zusammen und schob den Gedanken beiseite. Die Tür der Glaswand, welche die Kanzlei vom Flur und den anderen Firmen im Gebäude abtrennte, schob er mit der Schulter auf. Die Büros seiner Partner standen offen, wie immer. Die Sekretärin Karin Seegers an der Anmeldung grüßte kurz und freundlich, wie immer. Sie erwartete keine Antwort, wie immer.

Mark ließ die Glastür hinter sich zugleiten und ging mit starr geradeaus gerichtetem Blick weiter. In seinem Büro angekommen, stellte er in der gewohnten Art und Weise den Rucksack auf einem Besucherstuhl ab und hängte den Mantel an den Haken. Dann ließ er sich mit einem Seufzer in seinen lederbezogenen Bürosessel fallen und starrte das deckenhohe Bücherregal an, das die gesamte gegenüberliegende Wand einnahm.

Mal wieder fragte er sich, ob sein Leben jetzt immer so eintönig und langweilig aussehen würde. Ja, er hatte sich nach dem Unfall verändert, war eigenbrötlerisch und abweisend geworden. Viele Freunde hatte er so lange vor den Kopf gestoßen, bis sie sich schließlich abgewandt hatten. Er hatte gewollt, dass sie ihn in Ruhe ließen. Diese Fragerei nach seinem Gesundheitszustand und dieses Mitleidsgetue hatte er nicht ertragen. Was für ein Glück er doch hatte, den Unfall überhaupt überlebt zu haben, wollte er auch nicht ständig wieder hören. Daher hatte er es vorgezogen, mit gar keinem mehr zu sprechen. Inzwischen wünschte er sich jedoch etwas von der alten Normalität zurück. Ein gemeinsames Bier nach Feierabend oder eine kleine Feier nach einem guten Prozessende. Ja, die Zeit im Gerichtssaal fehlte ihm am meisten. Energisches auf- und abschreiten vor dem Richterpult, während er sprach, um sich dann im passenden Augenblick zum Zeugen oder zum Angeklagten herumzudrehen und ihn mit einem harten Blick und einer plötzlichen Frage aus dem Gleichgewicht zu bringen. Das hatte einen großen Teil seines Erfolges ausgemacht, wenn er sie mit seiner gekonnten Show dazu brachte, genau das zu sagen, was er wollte, und damit den gesamten Saal von seiner Version der Wahrheit überzeugte.

Aber das konnte er jetzt nicht mehr. Mit den Krücken würde er wie eine Witzfigur aussehen, und niemand würde mehr gebannt an seinen Lippen hängen.

Frustriert biss er die Zähne aufeinander und beugte sich vor, um die Mappe mit den Unterlagen aus dem Rucksack zu ziehen. Allgemeines Vertragsrecht und Handels- und Wirtschaftsrecht, das war jetzt sein Spezialgebiet. Über die Menge an Arbeit konnte er sich nicht beklagen, aber diese Dinge ödeten ihn inzwischen so sehr an, dass er ernsthaft über Veränderungen nachdachte.

„Jetzt sind alle da, dann kommt doch bitte zur Montagsbesprechung in den Konferenzraum“, tönte Karls tiefe Stimme durch den Flur.

Also stemmte Mark sich wieder hoch, griff nach seinen Krücken und ging zur Tür. Neben Karl hatten auch die Zwillinge Daniel und Noah ihre Plätze eingenommen. Sie hatten einige Jahre nach Mark in der Kanzlei, die Karl von seinem verstorbenen Vater übernommen hatte, angefangen und sich beide durch ihren Einsatz bald den Rang des Partners erarbeitet. Mit einem Nicken begrüßte Mark alle Anwesenden und setzte sich auf seinen Platz. Die drei Männer grüßten freundlich zurück. Niemand wunderte sich, dass er den ganzen Morgen noch kein Wort gesprochen hatte. Karl war selbst ja auch nicht besonders gesprächig. Auch wenn er für einen selbstständigen Anwalt noch jung war, pflegte er stets das souveräne und seriöse Erscheinungsbild, das die Kunden der alteingesessenen Kanzlei erwarteten. Er wirkte stets distanziert, beinahe kühl und hielt auch im Privatleben die Leute auf Abstand. Warum das so war, wusste Mark nur zu gut. Allerdings hatte Karl auch mit ihm nicht wirklich ausführlich über das gesprochen, was am Ende der Studienzeit in der Waldhütte passiert war.

Noah und Daniel kannte Mark auf der persönlichen Ebene nicht wirklich gut. Natürlich redete man miteinander, und natürlich kamen auch private Dinge zur Sprache. Warum die beiden aber ebenfalls noch single waren, war noch nie ein Thema gewesen. Sie waren schon ein ungewöhnlicher Junggesellenclub in der Kanzlei. Marks Mundwinkel zuckten kurz nach oben bei dem Gedanken.

Wie immer eröffnete Karl die Besprechung. Der Fall um den vermeintlichen Mord am Bürgermeister vor vier Jahren wurde zur weiteren Beweisaufnahme wieder einmal vertagt. Karl vertrat den Angeklagten, und obwohl die Ermittler alles versuchten, war dem Mann nichts nachzuweisen. Eigentlich hätte Karl froh sein müssen, denn es sah aus, als würde alles zu guter Letzt aus Mangel an Beweisen fallen gelassen, aber irgendetwas schien seinen Freund an der ganzen Sache zu stören. Mit zusammengekniffenen Lippen warf er die Akte auf den Tisch und ging zum nächsten Punkt über. Die anderen Fälle, an denen er gerade arbeitete, wurden kurz angesprochen, und Noah war direkt danach an der Reihe.

Er blinzelte kurz, als er von Karl angesprochen wurde und blätterte hektisch in seinen Unterlagen. Der Junge war irgendwie durch den Wind in letzter Zeit, bemerkte Mark. Obwohl Noah nicht viel jünger war als er selbst, betrachtete er ihn immer als den ‚Jungen'. Er konnte noch nicht einmal genau sagen, warum. Anscheinend hatte Noah inzwischen gefunden, was er suchte, denn jetzt nickte er zu Mark herüber.

„Unser dänischer Kunde *Danegard Holding* hat uns eine Anfrage geschickt. Seine deutsche Niederlassung plant eine Zusammenarbeit mit einem italienischen Unternehmen, und wir sollen die Verträge prüfen. Willst du den Fall übernehmen, Mark?"

Solche Anfragen, bei denen alle Geschäftspartner weit weg saßen und man ausschließlich per Post und Mail kommunizierte, höchstens mal per Telefonkonferenz, das waren die richtigen Fälle für ihn. Wenn er schon nicht mehr bei Gericht seine Mandanten vertreten konnte, wollte er am liebsten in Ruhe gelassen werden und nicht ständig irgendwelche fremden Leute in seinem Büro sitzen haben.

„Hm, hm", brummte er bestätigend. Plötzlich fiel ihm auf, dass er immer noch kein einziges ordentliches Wort gesprochen hatte. Es war ja nicht so, dass er sich absichtlich zurückhielt. Es war ihm einfach nichts wichtig genug, um sich um einen Satz zu bemühen. Noah sah ihn allerdings so an, als ob er eine ausführlichere Antwort erwartete.

„Ja klar, Karin kann mir die Akte gleich reingeben", bestätigte Mark also noch. Am Wochenende hatte er ja zu Hause wieder einmal reichlich Zeit mit den aktuellen Fällen verbracht, sodass er schon recht gut vorangekommen war. Eine neue Sache kam da ganz gelegen. Nachdem alle ihre Fälle dargelegt hatten und auch er seinen Beitrag geleistet hatte, ging er langsam in sein Büro zurück. Kraftlos ließ er sich in den Bürosessel hinter dem eleganten halbrunden Schreibtisch fallen und widmete sich mit einem ergebenen Seufzer seinen Unterlagen.

~

Anna lehnte sich in dem schwarzen modernen Bürostuhl zurück und verschränkte die Arme hinter dem Kopf. Der große Eckschreibtisch war vollgepackt mit Papier. Auf der rechten Seite lag ihre Arbeit. Die Übersetzungen machte sie natürlich direkt mithilfe der Originaldateien am Computer. Die beiden großen Bildschirme waren sehr praktisch für all die verschiedenen Fenster, die sie beim Arbeiten gleichzeitig geöffnet hatte. Zusätzlich hatte sie aber die technischen Unterlagen auch in Druckform vorliegen. Außerdem gab es manchmal das zu beschreibende Gerät zur Ansicht mit dazu.

Die linke Seite des Schreibtisches war gefüllt mit Rechercheunterlagen und Ausdrucken der fertigen Kapitel ihres aktuellen Buches. Daran hatte sie jetzt schon zwei Wochen nicht mehr gearbeitet. Gott sei Dank hatte sie sich nicht breitschlagen lassen, dem Verlag ein verbindliches Abgabedatum zu nennen. Mit diesen Dingen konnte sie nur vorwärtskommen, wenn sie den Kopf frei hatte, und das war im Moment schlicht unmöglich. Es war Zeit für eine kurze Kaffeepause, beschloss sie gerade, als plötzlich das Telefon klingelte. Beinahe zuckte sie zusammen. Steve! Würde er jetzt wegen der Übersetzungen anrufen? Würde er sie wieder einladen wollen, oder hatte er diese Idee mit der Beziehung endgültig begraben? Angespannt sah sie auf das Display, wo eine unbekannte Festnetznummer erschien. Wahrscheinlich doch ein ganz normaler Kunde. Sie meldete sich förmlich.

„Anna Hofmeister, Übersetzungsbüro.“

Eine geschäftsmäßige Frauenstimme antwortete: „Anwaltskanzlei Wolf, Bach und Winkler, Seegers am Apparat. Spreche ich mit Frau Hofmeister persönlich?" Anna stutzte. Dachten die, dass sie ein so großes Übersetzungsbüro hätte, dass sie eine Sekretärin bräuchte? Interessiert lehnte sie sich nach vorn. Ein Anwaltsbüro hatte sie noch nicht in ihrem Kundenkreis. Oder ging es vielleicht gar nicht um eine Übersetzung?

„Ja, Anna Hofmeister, was kann ich für Sie tun?"

„Ah, das ist gut. Ich habe hier ein Problem. Ich benötige für einen Klienten Übersetzungen aus dem Dänischen und dem Italienischen jeweils in die andere Sprache und ins Deutsche. Es scheint hier in der Stadt kein Übersetzungsbüro zu geben, das diese Kombination beherrscht. Können Sie uns da helfen?" Das hörte sich spannend an. Das war eindeutig mal etwas anderes als die technischen Handbücher und Arbeitsanweisungen, mit denen sie sonst hauptsächlich ihr Geld verdiente. Allerdings war es auch ein ganz neues Gebiet für sie, das musste sie von vornherein ehrlich zugeben.

„Ja, die Sprachen sind kein Problem. Ich übersetze sonst aber hauptsächlich technische Texte. Wenn es bei Ihnen um Rechtsangelegenheiten geht, bin ich vielleicht doch nicht die Richtige. Auf dem Gebiet habe ich keine Erfahrung."

Die Frau am anderen Ende schien trotz ihrer Aussage erleichtert. „Nein, es handelt sich um Vertragsunterlagen, also keine juristischen Texte im engeren Sinne. Sie würden auch mit dem bearbeitenden Rechtsanwalt alles persönlich besprechen, da wir die Verträge selbst auch juristisch prüfen müssen. Dabei geht es oft um Feinheiten in den Formulierungen. Kommen Sie doch bitte kurzfristig vorbei, um sich die Unterlagen anzusehen." Anna seufzte. Nein, in irgendeinem Stadtbüro mit lauter fremden Menschen herumzuhocken, darauf hatte sie überhaupt keine Lust.

„Es tut mir leid, Frau Seegers. Ich arbeite ausschließlich von meinem Büro aus. Sie können mir die Texte gern zukommen lassen, dann sehe ich, wie ich damit zurechtkomme, und wir können anschließend telefonieren.“ Doch die Dame blieb beharrlich.

„Ich verstehe, aber zumindest zu einer kurzen Vorbesprechung würden wir Sie gern herbitten. Da wir noch nicht mit Ihnen gearbeitet haben, würden wir Sie gern persönlich kennenlernen. Bei Aufträgen dieser Art ist natürlich auch die Geheimhaltung ein wesentlicher Bestandteil der Vereinbarungen. Sie hätten da vorab eine entsprechende Erklärung zu unterzeichnen. Wie wir danach die weitere Zusammenarbeit gestalten, können wir dann im persönlichen Gespräch klären.“

Anna seufzte. Einmal Händeschütteln und Geheimhaltungswisch unterschreiben, das war ja durchaus üblich. Das würde sie dann wohl machen müssen.

„Gut, ich bin einverstanden. Wann soll ich vorbeikommen?“

„Sehr schön. Wir würden natürlich gern sofort mit der Bearbeitung der Unterlagen beginnen. Wenn es Ihnen schon heute Nachmittag möglich wäre, das würde uns wirklich sehr freuen.“ Diese komische Art, immer von sich selbst im Plural zu sprechen, löste bei Anna zusammen mit der etwas gestelzten Ausdrucksweise inzwischen ein wildes Kopfkino aus.

„Ja, in Ordnung, ich denke, ich könnte um vierzehn Uhr da sein. Wo muss ich genau hin?“ Nachdem die Dame ihr die Adresse genannt hatte, legte Anna auf und lehnte sich wieder in ihrem Stuhl zurück. Ihre Lippen kräuselten sich zu einem belustigten Lächeln. Mit einem Blick zu der bunten Pferdefigur, die neben dem Laptop auf ihrem Schreibtisch stand, wedelte sie hoheitsvoll mit der rechten Hand und proklamierte mit leicht gehobener Stimme:

„Oh, Eure Ladyschaft, wenn Ihr bitte so freundlich wäret, uns mit Ihrer geschätzten Anwesenheit zu beehren. Wir würden uns wirklich außerordentlich geehrt fühlen, wenn Ihre Hoheit sich herablassen könnten, uns aufzusuchen." Lebhaft stellte sie sich eine aristokratische Dame der viktorianischen Zeit vor, mit entsprechend pompösem Kleid, hoch aufgetürmter Frisur und passender Schminke. Aus dem breiten Grinsen wurde ein leises Giggeln, bis sie nicht mehr an sich halten konnte und laut losprustete. Oh nein, sie durfte sich da jetzt nicht hineinsteigern, sonst würde ihre Fantasie komplett mit ihr durchgehen. Später am Nachmittag würde sie diese Frau sicherlich treffen. Wenn sie sich jetzt nicht zusammenriss, könnte es nachher sehr schwierig werden, einen seriösen Eindruck zu hinterlassen. Sie hätte ständig diese viktorianische Dame im Kopf und würde ganz bestimmt das blöde Grinsen nicht mehr wegbekommen. Schnell skizzierte sie Miss Vic mit einigen Sätzen in ihre Personenliste. Die Hauptdarsteller ihrer Romane waren immer erfundene Personen, aber für die kleineren Nebenfiguren nutzte sie gern auffällige Charaktere aus dem wirklichen Leben. So wie auch für Schwester Kratzbürste würde sie für Miss Vic sicher später noch Verwendung haben.

Da sie bis zu diesem Termin noch reichlich Zeit hatte, konnte sie sich jetzt noch um ihre anderen Übersetzungsaufträge kümmern. Die Texte zu der Überwachungskamera waren soweit fertig. Ein letztes Mal Korrektur lesen, dann konnten die rausgeschickt werden. Als sie sich nach getaner Arbeit einen Kaffee kochen wollte, fiel ihr Blick durch den Flur auf die gegenüberliegende Zimmertür, hinter der sich der Schreibtisch und all die Sachen ihres verstorbenen Mannes befanden. Sie hatte sich vorgenommen, das Zimmer zu öffnen und dort endlich einmal Ordnung zu machen. Sie nannte es immer nur „das Zimmer", weil ausschließlich seine Sachen darin abgestellt waren. Aber heute könnte sie es aufschließen und frische Luft durchs Fenster reinlassen. Mehr nicht, oder vielleicht später. Immer eins nach dem anderen. Sie zog den Schlüssel aus der Schublade und ging hinüber. Entschlossen steckte sie ihn ins Schloss, drehte ihn herum und drückte die Klinke herunter. Muffige Luft schlug ihr entgegen. Flach atmend lief sie zum Fenster, riss die Vorhänge zur Seite und öffnete beide Flügel ganz bis zum Anschlag. Dann drehte sie sich in den Raum. Der Aktenschrank stand leer in der Ecke, und die Kisten mit den Unterlagen stapelten sich davor. Der wuchtige antike Schreibtisch mit den geschnitzten Ornamenten nahm die Mitte des Raums ein. Das dunkle Holz und die schiere Größe hatten etwas Bedrohliches.

Sie durfte da nicht näher herangehen, das ging sie nichts an, er würde es merken, wenn sie an seinem Schreibtisch gewesen war, dann würde er…

Was? Was würde er? Sie drehte sich zum Fenster und sog die frische Luft ein. Das war doch wirklich nicht zu glauben. Wie hatte er diese Abneigung so tief in ihrem Kopf verankern können, dass sie nach mehr als zwei Jahren noch wirkte? Brauchte sie einen Psychologen, bevor sie sich an die Durchsicht seiner Akten machen konnte? Unwillig schüttelte sie den Kopf und konzentrierte sich auf den Schreibtisch, der dunkel und bedrohlich inmitten des Raums stand. Um herauszufinden, was hier los war, musste sie sich diesem seltsamen Gefühl stellen. Sie nahm den Erinnerungsfaden wieder auf. Was würde also passieren, wenn er es bemerkte?

Einsperren würde er sie, in dem dunklen Raum ohne Fenster, und lange würde er sie da drin lassen. Ihr Brustkorb zog sich vor Angst zusammen, und sie hatte das Gefühl, keine Luft zu bekommen. Ihr wurde schwindelig. Ihre Lippen und ihr Hals waren plötzlich trocken. Sie hatte sehr lange nichts zu Trinken bekommen.

Erschrocken keuchte sie auf und hatte das Verlangen, einfach durch das offene Fenster nach draußen zu klettern. Eilig schloss sie die Fensterflügel und lief an dem schweren Schreibtisch vorbei in den Flur. Das war genug für heute. Sie schloss ab und brachte den Schlüssel wieder an seinen Platz. Dann ging sie mühsam konzentriert mit ruhigen Schritten in die Küche, um sich einen Kaffee zu kochen. Während die heiße braune Flüssigkeit in die Tasse lief, trank sie zwei Gläser Wasser. So viel zu dem Durst. Das hier konnte sie nicht, zumindest nicht allein. So sehr sie die Angst überrascht und überwältigt hatte, so groß war auch ihre Entschlossenheit, dieses Problem endlich anzugehen. Wie das gehen sollte, war ihr noch nicht klar, aber dies war ein Teil ihrer Vergangenheit, und sie würde lernen, damit umzugehen. Irgendwann.

Einige Stunden später trat sie aus dem Aufzug und sah direkt gegenüber auf eine halbdurchsichtige Glasfront. Die Namen der Anwälte waren in eleganten Schriftzügen in das Glas geätzt und das ganze Design machte einen aufwendigen und teuren Eindruck. Der obere Teil der Tür war klar, aber dort sah man auch nur einen weiteren Flur. Als sie durch die Tür trat, erkannte sie Miss Vic sofort an der Stimme.

„Oh, Frau Hofmeister, wie schön, dass Sie so kurzfristig kommen konnten. Ich werde sofort den zuständigen Partner benachrichtigen." Offensichtlich hatte Miss Vic sie anhand des Fotos von ihrer Homepage erkannt, denn sie hatte ja noch gar keine Gelegenheit gehabt, sich vorzustellen. In dem weiträumigen, kühl und sachlich eingerichteten Empfangsbereich fühlte sie sich schon nach zwei Minuten unwohl. Die Sekretärin arbeitete direkt hier am Empfang. Gegenüber von ihrem Schreibtisch sah Anna zwei Türen mit den Aufschriften „Küche" und „WC". Ein kurzer Flur erstreckte sich nach rechts. Dort gab es am Ende eine geschlossene Tür mit der Beschriftung „Konferenzraum“, und einige weitere Türen, deren Schilder sie nicht erkennen konnte, gingen rechts und links vom Flur ab. Das andere Ende des Flurs war als Wartebereich für Besucher eingerichtet. Die meisten Türen waren offen, sodass man gut hören konnte, dass jemand sich unterhielt oder telefonierte. Hier war alles hell und kühl. Angefangen von der Rezeptionstheke aus Chrom und Glas bis hin zu den Besucherstühlen aus weißem Metall und dem kleinen, dazu passenden Bistrotischchen. Sogar die wenigen Bilder an den Wänden wirkten, als sei sämtliche Farbe aus ihnen hinausgelaufen. Sie war froh, dass sie nicht selbst in so einem kalten und ungemütlichen Stadtbüro arbeiten musste. Wieder einmal freute sie sich über den Luxus, direkt zu Hause ihr gemütliches Büro mit Blick auf den Pferdestall zu haben. An einem Ort wie diesem könnte sie jedenfalls nicht dauerhaft arbeiten. Glücklicherweise sollte sie ja nur kurz etwas unterschreiben, in zehn Minuten wäre sie wieder weg. Miss Vic sprach über die Gegensprechanlage.

„Noah, die Übersetzerin für die Danegard-Sache ist jetzt da. Möchten Sie sich mit ihr im Konferenzraum zusammensetzen, oder soll ich sie Ihnen ins Büro schicken?“ Immerhin schien man sich hier mit den Vornamen anzusprechen, das machte die Leute wiederum ein wenig sympathischer.

„Das hat Mark doch übernommen“, tönte es knapp aus dem Lautsprecher. Miss Vics Miene gefror.

„Oh, stimmt. Das hatte ich vergessen.“ Dann saß sie da und starrte die Gegensprechanlage an, als ob sie den Faden verloren hätte. Ihre Brauen waren zusammengezogen, und ihre Lippen kräuselten sich. Anscheinend war das keine gute Nachricht. Anna versuchte, die Sache zu beschleunigen, und beugte sich leicht über die Empfangstheke.

„Ich kann doch die Geheimhaltungserklärung direkt bei Ihnen unterschreiben, danach können Sie mir die Unterlagen mailen und …“ Mitten im Satz sprang Miss Vic auf und verschwand in einer der halb offenen Türen, schloss diese aber hinter sich. Verwirrt starrte Anna ihr nach und beschloss, einfach abzuwarten, was weiter passierte. Nach wenigen Augenblicken ging die Tür wieder auf, und ein sehr großer, sehr breitschultriger Mann in einem eleganten Anzug folgte ihr. Er hatte kurze, helle Haare und einen strengen, fast schon traurigen Gesichtsausdruck. Als er Anna sah, erhellte ein strahlendes Lächeln seine ernsten Züge. Plötzlich sah er nicht mehr aus wie ein mit Anzug verkleideter Basketballprofi, dessen Team gerade verloren hat. Jetzt war er der freundlichste und offenste Mensch, dem man unbedingt alle seine Probleme anvertrauen wollte. Und doch, trotz des Sonnenscheinlächelns blieben seine Augen dunkel. Diese Verwandlung erstaunte Anna so sehr, dass sie ihn sprachlos anstarrte.

„Frau Hofmeister, ich bin Karl Wolf. Wie schön, dass sie heute schon kommen konnten. Der Kollege, der den Fall bearbeitet, wird sich gleich mit Ihnen treffen. Kommen Sie doch bitte hier in den Konferenzraum. Karin, würden Sie schon einmal Kaffee nach hinten bringen?“ Anna bedankte sich höflich und fragte sich, wer denn nun schlussendlich den Fall bearbeitete. Würde sie denn die ganze Kanzlei kennenlernen? Zugegeben, dieser Herr Wolf erschien wirklich sympathisch, aber wenn auch er nicht ihr Ansprechpartner war, wer denn dann? Karl Wolf verschwand in einem anderen Büro, und Anna blieb unentschlossen vor dem großen Tisch des Konferenzraums stehen. Die Tür, hinter der Herr Wolf verschwunden war, trug die Aufschrift „Markus von Bach“. Nachdem Anna einen Augenblick den Schriftzug angestarrt hatte, öffnete sie sich wieder. Allerdings war Herr Wolf mit der Schimpftirade noch nicht fertig, und es war Anna einigermaßen peinlich, dass sie die letzten Sätze mit anhören musste.

„Mann, sei doch nicht so stur. Dich wird schon niemand auffressen, wenn du endlich mal hinter deinem Schreibtisch hervorkommst. Letztens sagtest du doch noch, dass du das ändern wolltest, aber jetzt benimmst du dich wieder wie der letzte Einsiedler."

Anna spannte ihren Rücken an und trat wieder in den Flur zurück. Was war das denn für eine seltsame Sache? Warum wollte der Anwalt, der den Fall bearbeitete, sie denn nicht sprechen? Wenn das alles so kompliziert war, wollte sie den Auftrag vielleicht doch nicht. Fast stieß sie mit der Sekretärin zusammen, die gerade ein Tablett mit Kaffee bringen wollte. Mit einer gemurmelten Entschuldigung wich sie aus, drehte sich aber sofort wieder herum. Der Anwalt stand jetzt so dicht vor ihr, dass sie den Kopf in den Nacken legen musste, um ihn anzusehen.

„Entschuldigen Sie, Herr Wolf, aber ich fürchte, ich muss gehen. Sie werden schon ein anderes Übersetzungsbüro finden." Er starrte überrascht auf sie herunter und hielt die offene Bürotür noch immer in der Hand, als sie sich vorbeidrückte. In diesem Augenblick war sie neugierig genug, einen Blick auf den Menschen, der da so gar nicht mit ihr sprechen wollte, zu riskieren. Als sie den Mann sah, der gerade hinter dem Schreibtisch aufstand, blieb sie wie angewurzelt stehen.

„Sie?" Überraschung und Freude flogen in schneller Folge über sein Gesicht, bevor er sich fasste, den Blick abwandte und ein geschäftsmäßiges, kühles Lächeln aufsetzte.

„Hallo, schön, Sie wiederzusehen."

Jetzt zog Karl Wolf die Augenbrauen hoch. „Ihr kennt euch?"

Der Mann, der offensichtlich Markus von Bach sein musste, ignorierte ihn und kam mit seinen Krücken langsam um den riesigen Schreibtisch herum. Unterdessen stand Anna wie vom Donner gerührt in der Tür und wusste nicht, was sie sagen sollte. Verlegen sah sie zu Boden, während Herr Wolf den Kopf schüttelte und dabei von einem zum anderen sah.

„Nein, wir kennen uns nicht wirklich. Wir haben uns nur kurz getroffen, am Freitag." Er nahm die rechte Krücke zu der anderen in die Linke und streckte die Hand aus. „Markus von Bach, ich hatte nicht damit gerechnet, Sie noch einmal zu treffen."

Lächelnd schüttelte sie die angebotene Hand. „Anna Hofmeister." Ihre Hände blieben aus irgendeinem Grund länger als üblich ineinander hängen. Als sie das bemerkte, zog sie ihren Arm langsam zurück.

„Karin soll doch bitte die Unterlagen hinüberbringen", bat Markus von Bach seinen offensichtlich verblüfften Partner, bevor er sich Anna zuwandte. „Wollen wir dann?" Damit ging er an ihr vorbei in den Konferenzraum. Sie lächelte verlegen zu Karl Wolf hinauf, der sie jetzt völlig verwirrt ansah, und ging dann auch wieder zurück in den Konferenzraum.

~

Mark spürte das Herz hinter seinen Rippen hämmern. Da stand sie im Flur, mit ihren hellen Augen, ihrem wunderbaren Lächeln und ihren Sommersprossen, in einem geschäftsmäßigen Hosenanzug und mit fest zurückgesteckten Haaren. So ganz anders als an dem Abend, als er vor ihrem Auto gelandet war, und die wilden Locken regenfeucht an ihren zarten Wangen geklebt hatten. Sein Herz machte einen riesigen Freudensprung, als er sie sah, aber die Ernüchterung folgte auf der Stelle. Sie war genauso überrascht wie er. Natürlich, sie war zum Arbeiten hier und nicht seinetwegen. Und überhaupt, er hatte sie doch nur zweimal kurz gesehen, was war nur los mit ihm, dass er bei ihrem Anblick gleich so reagierte? Er atmete tief durch und versuchte, seinen hektischen Herzschlag zu ignorieren. Jetzt musste er erst einmal dieses Gespräch mit professioneller Routine hinter sich bringen. Nachher konnte er ihr immer noch all die Fragen stellen, die ihm auf der Seele brannten. Mit einem gezwungenen Lächeln schob er sich an ihr vorbei. Der Duft frischer Blüten ließ eine plötzliche Erinnerung in ihm aufsteigen, als er sie im Vorbeigehen fast berührte. Hastig versuchte er, mehr Abstand zu gewinnen, und wäre vor der Tür fast gestolpert. Er musste sich schnell auf den erstbesten Stuhl setzen, damit es nicht auffiel. Ärgerlich presste er die Kiefer aufeinander und ballte unter dem Tisch die Fäuste. Während Frau Seegers die vorbereiteten Unterlagen brachte und den Kaffee servierte, starrte er verbissen auf den Tisch.

„Wie möchten Sie Ihren Kaffee, Frau Hofmeister?", fragte Frau Seegers höflich.

„Mit viel Milch bitte und ohne Zucker."

„Genauso wie ich", murmelte er automatisch und ohne nachzudenken. Irritiert über seine eigenen Worte blickte er auf und wurde von Annas Lächeln angestrahlt. Einen Moment lang starrte er sie an und wusste nicht, was er sagen sollte. Dann senkte sie den Blick und nahm einen Schluck von ihrem Kaffee.

„Ich wollte Sie anrufen und fragen, ob alles o. k. ist, aber ich hatte leider Ihre Karte verloren. Sie sind nicht im Krankenhaus geblieben?", fragte sie.

Sie wollte ihn anrufen? Sein verrücktes Herz nahm noch mehr Tempo auf. Er musste schlucken und hoffte, dass seine Stimme bei der Antwort nicht zitterte. Verzweifelt versuchte er, möglichst entspannt zu klingen.

„Oh, es ist alles in Ordnung. Es gab ja keinen Grund, noch länger da zu bleiben. Ich bin dann auf eigene Verantwortung nach Hause gegangen."

„Ja, das sagte man mir in der Notaufnahme auch." Sie zögerte einen Augenblick und räusperte sich. „Ich war Samstag noch einmal da, nachdem ich Ihre Karte nicht finden konnte, aber man wollte mir Ihre Telefonnummer nicht geben."

Sie starrte in ihre Kaffeetasse, als ob sie gerade ein sehr unangenehmes Geständnis abgelegt hätte.

Plötzlich fiel es ihm wieder ein.

„Oh, natürlich, wegen Ihres Autos. Ist die Motorhaube zerkratzt, oder gibt es eine Beule? Ich lasse das selbstverständlich sofort reparieren."

„Nein, nein, am Auto ist alles o. k. Ich wollte nur …" Sie blieb mitten im Satz hängen, als ob sie den Faden verloren hätte. Dann setzte sie noch einmal an. „Ich wollte mich nur erkundigen, ob mit Ihnen auch alles in Ordnung ist." Sie hob die Tasse wieder an den Mund, wie um sich dahinter zu verstecken, während er sie verblüfft anstarrte. War sie tatsächlich zum Krankenhaus gefahren, nur um sich nach ihm zu erkundigen, obwohl an ihrem Auto kein Schaden war? Er schluckte wieder und spürte, wie eine seltsame Wärme sich in ihm ausbreitete.

„Danke. Ich meine, das ist sehr nett von Ihnen, vielen Dank." Um sich nicht wieder in ihren strahlenden Augen zu verlieren, fixierte er lieber die Tischplatte. Dabei fiel sein Blick auf die Mappe mit Unterlagen, und plötzlich erinnerte er sich wieder, warum sie hier überhaupt zusammensaßen. Mit fahrigen Händen suchte er den Geheimhaltungsvertrag heraus und schob ihn vor sie hin. „Wenn Sie sich den bitte durchlesen und dann hier Namen und Adresse eintragen und unterschreiben.“ Als er ihr den Stift gab, streiften seine Finger kurz ihre Hand, und sie zuckte fast unmerklich zusammen.

Während sie die Vereinbarung durchlas, nahm er eine Visitenkarte aus dem Jackett und legte sie auf den Tisch. Verzweifelt versuchte er, seinen Blick an der Karte festzunageln, um nicht die ganze Zeit in ihr Gesicht zu starren. Elegant sah sie aus, in ihrer Businesskleidung, aber auf eine seltsame Art nicht ganz wie sie selbst. Bei dem Gedanken schüttelte er beinahe den Kopf. Woher wollte er wissen, welches ihr wirkliches Selbst war? Er kannte sie ja schließlich überhaupt nicht. Das musste er ändern. Dringend. Sein Kopf arbeitete auf Hochtouren. Er musste sie wiedersehen, aber er konnte sie auch nicht einfach zu einem Essen einladen. Wahrscheinlich war sie mit jemandem liiert, schließlich hatte sie Freitagabend ein Date gehabt. Aber zumindest bis er das herausgefunden hatte, durfte er sie nicht einfach so wieder aus seinem Leben verschwinden lassen. Immerhin arbeiteten sie jetzt zusammen, das war ein Anfang. Als sie den ausgefüllten und unterschriebenen Bogen zurückgab, schob er seine Visitenkarte über den Tisch zu ihr.

„Ein Ersatz für die verlorene. Falls Sie irgendwelche Fragen zum Auftrag haben, können Sie mich gern jederzeit anrufen.“ Er sah auf seine Hand und die Karte und holte kurz Luft, bevor er fortfuhr. „Ich würde es allerdings sehr begrüßen, wenn wir möglichst viel direkt zusammenarbeiten könnten.“ Sie straffte den Rücken, und er hielt automatisch die Luft an. Einen Augenblick lang hatte er den Eindruck, sie wollte die Zusammenarbeit ablehnen.

„Eigentlich arbeite ich ausschließlich in meinem eigenen Büro und verschicke die bearbeiteten Unterlagen per Mail oder Post. Aber ich denke, in diesem Fall wäre eine engere Zusammenarbeit wohl sinnvoll. Ich muss ehrlich sein, das ist mein erster Auftrag im juristischen Bereich, da werde ich wahrscheinlich häufiger

Rückfragen haben.“ Ihr Lächeln ließ ihn erleichtert ausatmen. Mit einem Nicken zog er die Mappe zu sich heran und blätterte sie auf.

„Möchten Sie sich die Unterlagen gleich einmal ansehen? Dann bekommen Sie einen ersten Eindruck, worum es sich handelt.“ Er schob die Mappe zu ihr hinüber und wünschte sich einen verrückten Moment lang, er könnte sie noch einmal wie zufällig berühren. Sie nickte nur und heftete ihren Blick sofort auf die Papiere. Konzentriert überflog sie den Text, während er wieder krampfhaft versuchte, sie nicht die ganze Zeit anzustarren. Schließlich hob sie den Kopf, um eine Frage zu stellen, und er nahm schnell einen Schluck von seinem Kaffee.

Fast eine Stunde sprachen sie über verschiedene Details zu den Übersetzungen, bevor sie die Mappe zuklappte und sich zurücklehnte.

„Morgen kann ich meinen Laptop mitbringen und direkt mit der ersten Übersetzung anfangen, wenn es Ihnen recht ist. Hier im Konferenzraum würde ich ja sicher stören. Haben Sie denn irgendwo noch einen freien Arbeitsplatz?“

„Den Konferenzraum nutzen wir nicht häufig, eigentlich nur zur Montagsbesprechung. Mein Büro ist gleich nebenan, aber ich habe dort keinen zusätzlichen Arbeitstisch. Wenn Ihnen so ein kahler Konferenzraum nicht zu ungemütlich ist, wäre es eigentlich ganz praktisch, wenn Sie hier arbeiten.“ Mit einem Nicken stand sie auf, und er beeilte sich, nach seinen Krücken zu greifen, um ihr zu folgen.

„Gut, wann soll ich morgen hier sein?“ Ein zaghaftes Lächeln ließ ihr Gesicht ganz weich und anziehend erscheinen. Er musste schlucken, ehe er antworten konnte.

„Ab acht Uhr ist Frau Seegers hier, und ich beginne meistens um neun. Kommen Sie einfach, wie Sie es einrichten können. Ich begleite Sie noch nach vorn.“ Auf dem kurzen Weg durch den Flur bis zum

Empfang folgte er ihr in einigem Abstand. Sie war nicht groß und eher zierlich gebaut, das fiel ihm erst jetzt auf. Wenn er ihr gegenüberstand, strahlte sie so viel Souveränität und Selbstbewusstsein aus, dass sie deutlich größer wirkte. Die Sekretärin war bereits von ihrem Platz aufgestanden und musterte Anna und ihn mit einem undurchschaubaren Gesichtsausdruck.

„Karin, wir haben doch sicherlich noch eine Dauerparkkarte für Frau Hofmeister. Sie wird jetzt für ein paar Tage regelmäßig im Konferenzraum arbeiten, bis wir die Danegard-Sache abgeschlossen haben."

„Ja, natürlich." Sofort machte Frau Seegers einen Schritt zur Seite und zog eine der unzähligen Schubladen des Empfangstresens auf. Daraus beförderte sie mit einem gezielten Griff eine Plastikkarte zutage und legte sie vor ihm hin. Mark gab die Karte an Anna weiter und streckte danach zum Abschied die Hand aus.

„Auf gute Zusammenarbeit." Mit diesen Worten verschob er all die persönlichen Fragen, die er noch hatte stellen wollen, auf die nächsten Tage. Sie nahm seine Hand und sah ihn wieder mit diesem zarten Lächeln an, bei dem sein Herz jedes Mal einen Schlag vergaß.

„Ich freue mich schon. Bis morgen dann." Auch dieses Mal dauerte ihr Handschlag länger als üblich an, als ob es eine magnetische Anziehung geben würde, und er hatte plötzlich das seltsame Gefühl, diese schmale warme Hand nicht mehr loslassen zu wollen.

Schließlich drehte sie sich zum Aufzug um, und er fand es bedauerlich, dass sie ihre Hand mitnahm. Über diese seltsame Idee musste er beinahe laut lachen. Als die Aufzugtür sich hinter ihr schloss, drehte er sich widerstrebend um und wollte zu seinem Büro zurückgehen, als er sah, wie Karin ihn anstarrte. Schnell wandte sie ihren Blick ab, und er hörte noch, wie sie mit einem versteckten Grinsen murmelte: „Das wird ja interessant."

Wieder musste er lachen. Ja, das würde interessant, zumindest hoffte er das sehr.

Mit einem kleinen Lächeln um die Mundwinkel ging Anna zu ihrem Auto zurück. Markus von Bach hieß er also, und er hatte einen Übersetzungsauftrag für sie. Als sie ihm im Krankenhaus die Krücken zurückgebracht hatte, war er ihr etwas seltsam, vielleicht sogar ein wenig verschroben vorgekommen. Wahrscheinlich war er da noch etwas mitgenommen von dem Aufprall auf der Straße gewesen. Heute hatte sie eine ganz andere Seite von ihm kennengelernt. Eigentlich schien er sogar wirklich nett zu sein. Und außerdem sah er echt gut aus, mit seinen dunklen, etwas eigenwilligen Haaren. Ein bisschen viel Bart vielleicht, aber seine Größe und die breiten Schultern waren schon eindrucksvoll. Wenn er sie berührte, fühlte sich das allerdings sehr seltsam an. Wie ein warmer Energiefluss irgendwie. Schon auf der Straße, als sie ihn zum ersten Mal berührte, hatte sie das gespürt. Und diese braunen Augen. Sie hatte noch fragen wollen, ob er sich an irgendeine vorherige Begegnung erinnerte, das war ihr aber während der geschäftlichen Besprechung unpassend erschienen. Geschäftlich, da war wieder das Problem. Auch wenn er ihr noch so sympathisch war, sie musste endlich lernen, den Beruf vom Privatleben zu trennen. Eine Situation wie mit Steve konnte sie nicht erneut riskieren.

Als sie am Auto ankam, war ihre gute Laune einem düsteren Unmut gewichen. Nein, sie konnte sich ohnehin nie wieder wirklich auf einen Mann einlassen. Durchgefroren und erschöpft ließ sie sich auf den Fahrersitz fallen und freute sich schon auf die Wärme ihres Kamins, während sie das Auto durch den Feierabendverkehr steuerte.

Zu Hause angekommen, hatte sie sich zuerst nur ein schnelles Abendessen gemacht. Dann war sie wieder in ihre dicken Winterstiefel und die Arbeitsjacke geschlüpft und zur Scheune herübergegangen. Seit Tagen drückte sie sich davor, die frisch angekommenen Späneballen ordentlich wegzuräumen und die Palette, auf der sie geliefert wurden, wieder zurückzugeben. Die Holzspäne verwendete sie als Einstreu im offenen Unterstand, weil hier bei starkem Wind das Stroh oft zu einem Haufen in der Ecke zusammengeblasen wurde. Die Späne ergaben einen elastischen und warmen Untergrund, auf dem die Pferde gerne lagen, der aber nicht bei jedem Windstoß gleich wegflog.

Die unhandlichen Pakete rutschten ihr immer wieder aus den Händen. Nach dem dritten Ballen, der ihr beinahe auf die Füße gefallen wäre, nahm sie ihre Arbeitshandschuhe aus dem Sattelschrank. Mit den gummierten Innenflächen war es leichter, die rutschige Folie zu greifen, sodass sie jetzt schneller vorankam. Als die Palette abgeräumt war, ließ sie sich mit einem Keuchen auf den letzten Ballen plumpsen.

Die Arbeit in der dicken Jacke hatte Ihr T-Shirt am Rücken feucht werden lassen, und sie brauchte eine kurze Pause, um ihre Atmung zu beruhigen. Erschöpft stützte sie die Ellenbogen auf die Knie und sah durch das kleine Scheunenfenster den Pferden beim Heukauen zu. Die kleine rote Katze, die gestern hier plötzlich aufgetaucht war, hatte ihr von den obersten Strohballen aus bei der Arbeit zugesehen und näherte sich jetzt mutig. Anna saß ganz still, und die Rote, die noch keinen Namen hatte, setzte sich zwei Meter vor ihr auf den Betonboden. Mit dem typisch intensiven Katzenblick prüfte sie eine Weile, ob Anna wohl gefährlich wäre. Dann stand sie plötzlich auf, kam zielstrebig heran und strich auffordernd um Annas Beine. Ganz langsam beugte sie sich herunter, streckte die Hand aus und berührte sachte das rot gestreifte Fell. Kehliges Schnurren ertönte, und mit einem Lächeln streichelte Anna weiter.

„So, du hast also schon Vertrauen gefasst“, flüsterte sie leise, um die kleine Rote nicht zu verschrecken. „Bedeutet das, du möchtest hier wohnen? Habe ich jetzt Gesellschaft?“ Die Katze antwortete mit noch kräftigerem Schnurren. Anna wunderte sich, dass so ein kleines Tier solch laute Geräusche von sich geben konnte.

Sie seufzte, und wieder einmal fragte sie sich, was es wohl für ein Gefühl wäre, wenn jetzt im Haus jemand auf sie warten würde. War es nicht armselig, hier draußen in der eiskalten Scheune zu sitzen, um den Pferden beim Fressen zuzusehen und eine halbwilde Katze zu streicheln, weil es in ihrem eigenen Haus zu einsam war? Hatte sie es nicht genau so gewollt? Allein sein, in Ruhe gelassen werden und frei sein. Das war ihre Vorstellung gewesen, als sie hierhergezogen war, und genau das hatte sie auch bekommen. Warum fühlte es sich jetzt nicht gut an? Warum brannten plötzlich Tränen in ihren Augen, wenn doch alles genau so war, wie sie es gewollt hatte?

Mit einer unwilligen Bewegung wischte sie die einzelne Träne von ihrer Wange, die ihr trotz hektischem Blinzeln entkommen war. Erschreckt sprang die Katze weg und versteckte sich wieder zwischen den Strohballen. Anna stand betrübt auf, füllte den Napf mit Katzenfutter und ging dann mit hängenden Schultern zum Haus zurück. Nein, sie kam gut zurecht mit dem Hof und ihrer Arbeit, Hilfe bei diesen Dingen brauchte sie nicht. Sie hatte Freunde und eine liebevolle Familie, das war es auch nicht, was ihr fehlte. Aber die Leere und Traurigkeit, die sich manchmal in ihr Herz einnisteten, hatte sie bisher nicht dauerhaft vertreiben können. Vielleicht würde ja irgendwann der Zeitpunkt kommen, an dem sie das Gefühl hätte, sich wieder auf eine Partnerschaft einlassen zu können. Im Augenblick war sie jedenfalls sicher, dass sie noch nicht so weit war. Mit Schaudern dachte sie wieder an Steves Ultimatum. Nein, ganz bestimmt war noch nicht der richtige Zeitpunkt gekommen. Oder die richtige Person. Ganz sicher könnte es niemand sein, mit dem sie zusammenarbeitete, aber davon abgesehen hatte sie ja nicht viele Gelegenheiten, Leute kennenzulernen.

Vielleicht war es auch einfach mal wieder an der Zeit für einen Mädelsabend. Morgen würde sie deswegen mit Ella telefonieren. Als Bäckerin musste ihre Freundin ja schon mitten in der Nacht raus, daher konnte sie sie heute Abend nicht mehr stören.

Inzwischen war Anna im Wohnzimmer angekommen und nahm das Buch vom Tisch, das sie vorgestern angefangen hatte. Damit konnte sie in eine andere Welt eintauchen und sich um weniger reale und wesentlich unterhaltsamere Probleme sorgen.

~

Mark saß an seinem Schreibtisch und starrte die Unterlagen an. Er konnte die Unterschiede zwischen der alten und der neuen Vertragsvorlage einfach nicht finden. Warum zum Teufel war das auch nicht ordentlich markiert?

Ärgerlich schob er das Papier zur Seite, als ihm die Kopfzeile auffiel. Mit einem Stöhnen ließ er sich im Sessel nach hinten fallen. Natürlich konnte er keinen Unterschied finden, wenn er zweimal denselben Vertrag ausgedruckt hatte. Was war nur heute mit ihm los? Ständig musste er an ihre Augen und das zarte Lächeln denken, das seinen Puls aus unerklärlichen Gründen beschleunigte. Wieder hatte er das Gefühl gehabt, sie irgendwoher zu kennen, und er sehnte sich, erneut die warme Berührung ihrer Hand zu spüren. Ungläubig schüttelte er den Kopf. Wenn sie in der kommenden Woche vernünftig zusammenarbeiten wollten, durfte er sich nicht in irgendwelche wirren Vorstellungen hineinsteigern. Morgen würde er sie fragen, ob sie ihn früher schon einmal gesehen hatte, und es würde sich alles ganz einfach aufklären. Da gab es mit Sicherheit keinerlei unerklärtes Mysterium. So ein Quatsch, wahrscheinlich kannten sie sich gar nicht, und sie sah nur jemandem ähnlich. Oder er war so einsam, dass sein Hirn begann, sich etwas zusammenzuträumen.

Energisch schob er das Papier zur Seite und zog die Tastatur zu sich heran, um den richtigen Vertrag zu drucken. Anna, welch ein schöner Name und welch eine hübsche Frau. Zierlich, aber nicht zu dünn. Mit den hellen Haaren und der zarten Haut mit den Sommersprossen wirkte sie ein bisschen wie eine Elfe oder eine Meerjungfrau. Herrje, was für einen Blödsinn träumte er sich da nur zusammen, anstatt sich endlich auf den Vertrag zu konzentrieren? Auch wenn sie noch so wunderbar und anziehend war, er hatte genug von Frauen. Seine Scheidung lag noch nicht lange genug zurück, dass er das Gefühl der Zurückweisung und Ablehnung vergessen hätte. Nein, eine Frau würde er so bald nicht in sein Leben lassen, das brachte nur Schmerz und Trauer, denn früher oder später würde sie wieder gehen. Das war eben ein Naturgesetz. Und doch, er konnte seine verflixten Gedanken einfach nicht von ihr losreißen. Was hatte sie nur mit ihm gemacht?

Plötzlich stand Karl in der Tür und sah ihn mit gerunzelter Stirn an. „Was ist denn mit dir los? Du sitzt da herum und starrst Löcher in die Luft. Ist irgendetwas passiert?“

Mark beugte sich vor und griff nach dem Papier, um es zu entsorgen. Mürrisch presste er hervor: „Bist du gekommen, um mir beim Arbeiten auf die Finger zu gucken, oder hattest du einen Grund?"

Karl zog überrascht eine Augenbraue hoch. „Welche Laus ist dir denn über die Leber gelaufen? Ich wollte dich eigentlich fragen, ob du heute mal eine Ausnahme machst und noch auf ein Feierabendbier mit ins Outside kommst." Ärgerlich stopfte Mark die doppelten Seiten in den Aktenvernichter, der ihm die rüde Behandlung natürlich sofort übel nahm und stoppte. Mitleidlos zog er den Stecker und stand auf.

„Wahrscheinlich kann ich heute Abend tatsächlich ein Bier gebrauchen. Gehen wir."

Sprachlos stand Karl im Türrahmen und starrte ihn an. „Im Ernst?"

„Ja, im Ernst. Du liegst mir ja schließlich schon lange genug damit in den Ohren. Vielleicht ist heute der Tag, an dem ich endlich mal etwas Unerwartetes tue." Damit griff er nach seinem Mantel und warf beim Anziehen ein „Was ist los, willst du so gehen?" über die Schulter. Karl schüttelte verdutzt den Kopf und beeilte sich, Mantel und Aktenkoffer aus seinem Büro zu holen. Sie trafen sich an der Eingangstür, und Karin sah ihn genauso seltsam an wie Karl.

„Mark, Sie gehen schon, ist heute irgendetwas Besonderes?", fragte sie.

„Ja, ich habe den Aktenvernichter geärgert." Einen Augenblick blieb er stehen, um sich zu sammeln. Er konnte seinen Missmut jetzt nicht an Frau Seegers auslassen, das war einfach nicht seine Art. „Ich habe wohl zu viele Seiten zugleich reingesteckt. Könnten Sie bitte nachher mal nachsehen, ob Sie das wieder richten können?", fragte er extra freundlich. Die Sekretärin sah ihn zweifelnd an.

„Natürlich, mach ich gleich. Kommen Sie gut nach Hause."

„Wir trinken erst noch gegenüber ein Bier“, mischte sich Karl ein, woraufhin Karins Augenbrauen in die Höhe schossen. Mark sah aus dem Augenwinkel, wie Karl vielsagend nickte, und stieß mit einem Schnauben die Luft aus, während er seinem Freund zum Aufzug folgte.

Sie überquerten die Straße und traten fast direkt gegenüber von dem Büroblock, in dem ihre gemeinsame Kanzlei sich eingerichtet hatte, durch die große Glastür. Der lange schmale Raum, dessen gesamte Rückwand die riesige Theke einnahm, war heute gut besucht. Die schier endlose Reihe Stehtische, die vor der Theke standen, waren bereits zur Hälfte besetzt. Auch an den niedrigen Tischen mit den bequemen Sesseln vor den Glasscheiben konnte Mark keinen freien Platz mehr finden. Die riesige Glasfront ließ sich fast komplett öffnen. Im Sommer, wenn alles offen war, hatte man selbst an der Theke das Gefühl, draußen zu sitzen. Das lag zum großen Teil auch an der Einrichtung, die diesen Effekt absichtlich verstärkte. Die Rückwand der Bar, soweit man sie hinter den Flaschen und Gläsern sehen konnte, war wie die Außenwand eines alten Fabrikgebäudes gemauert. Der Bodenbelag aus roten Ziegelsteinen zog sich nahtlos von draußen bis vor den Fuß der aus altem Holz gefertigten Theke. Mit einem Schulterzucken wandte Mark sich also zu den Hockern vor der langen Theke, um dort zu sitzen. Er presste die Lippen zusammen, während er sich auf einen der schmiedeeisernen Barhocker schob und eine möglichst sichere Position zum Anlehnen seiner Krücken suchte. Beim letzten Mal, als er hier gesessen hatte, brauchte er noch keine Krücken, und die Barhocker waren ihm immer sehr bequem vorgekommen. Aber jetzt fühlte er sich unwohl und beobachtet.

Als er noch als Strafverteidiger tätig war, hatten sie sich fast täglich nach Feierabend hier mit Freunden und Kollegen getroffen.

Auch wenn in dieser Bar immer ein gewisser Männerüberschuss herrschte, war er selten ohne weibliche Gesprächspartnerin geblieben. Marks kleinen Feierabendflirt hatte Karl das immer genannt und ihn damit aufgezogen, dass er offensichtlich eine besondere Anziehungskraft ausübte, selbst wenn er das gar nicht beabsichtige. Sogar nach seiner Heirat mit Susanne hatte sich das nicht wirklich geändert.

Jetzt spürte er nur verstohlene Blicke und bildete sich ein, dass sie über ihn redeten, während sie heimlich herüberschielten. Niemand kam, um sie zu begrüßen oder sich ein bisschen über die Arbeit und das Wetter zu unterhalten. Mürrisch bestellte er ein alkoholfreies Bier und starrte die Flaschen hinter der Theke an, während er den besetzten Tischen den Rücken zuwandte. Sollten sie ihn doch in alle Ruhe begutachten, immerhin hatte er sich in den letzten zwei Jahren ziemlich verändert. Die Haare hatte er immer schon etwas länger getragen, sodass ihm die schwarzen Locken in die Stirn fielen, aber nicht so lang wie jetzt. Der Vollbart war dagegen neu, und auch wenn die feinen roten Narbenlinien, welche die Glassplitter damals über sein Gesicht gezeichnet hatten, inzwischen fast völlig verblasst waren, blieb das Gefühl, sie hinter dem Bart verstecken zu müssen. Die größte äußerliche Veränderung waren natürlich die kaputten Beine. Auch wenn er gerade in diesem Augenblick wieder sehr froh war, dem Rollstuhl knapp entkommen zu sein, blieben die Krücken der meistgehasste Gegenstand in seinem Leben. Diese Beine veränderten alles: seine Arbeit, seinen Tagesablauf, die Art, wie andere Leute ihn ansahen. Früher war er offen und selbstsicher auf jeden Menschen zugegangen und hatte sie alle mit seiner verbindlichen und freundlichen Art eingewickelt. Jetzt starrten sie nur noch auf die Krücken, und er spürte die Wand aus Eis in seinem Inneren immer höher wachsen.

„Und, wie gefällt dir die Übersetzerin? Du musst mir noch erzählen, woher du sie kennst", riss Karl ihn plötzlich aus seinen Gedanken. Um nicht sofort antworten zu müssen, nahm Mark erst mal einen großen Schluck Bier.

„Ach, ich kenne sie nicht wirklich. Freitagabend auf dem Weg zum Auto bin ich ihr kurz begegnet." Obwohl er den Impuls verspürte, sich eine belanglose Geschichte auszudenken, wusste er, dass er Karl die Wahrheit erzählen musste. Nur das Déjà-vu wollte er für sich behalten. Schließlich war das nur so ein unbestimmtes Gefühl, und bevor er es nicht besser einordnen konnte, wollte er darüber noch nichts sagen. Doch über den Rest konnte er sprechen, daher tat er es.

„Du warst im Krankenhaus?", unterbrach ihn Karl mitten in seiner Erzählung. Er stellte sein Bierglas etwas zu fest auf dem Tresen ab, einige Tropfen schwappten über. „Warum hast du mich nicht angerufen? Ich hätte dich abholen können." Seine tiefe Stimme nahm einen besorgten Klang an. „Nach so einem Crash hättest du wirklich nicht allein zu Hause bleiben sollen. Du hättest zumindest Bescheid geben müssen, dann wäre ich vorbeigekommen."

Mark sah auf sein Bier und mied den stechenden Blick seines Freundes. Er wusste selbst, dass es nicht besonders schlau gewesen war, niemandem etwas zu sagen. Aber er konnte sich überhaupt nicht an den Gedanken gewöhnen, dass jemand sich um ihn kümmerte. Das hatte er noch nie gekannt. Selbst Susannes Hilfe hatte er stets ausgeschlagen – wieso, das wusste er selbst nicht. Also versuchte er auszuweichen.

„Ach, du hast freitagsabends sicher Besseres zu tun, als in Krankenhäusern herumzulaufen und bei mir Händchen zu halten."

Karl starrte in sein Glas. „Das wäre schön, aber du weißt ja, wie es ist."

Darüber, was sein Freund an den Wochenenden tat, hatte Mark lange nicht mehr nachgedacht. Zu sehr war er in letzter Zeit mit seinen eigenen Problemen beschäftigt gewesen. Oberflächlich betrachtet war Karl ein attraktiver erfolgreicher Anwalt mit einer gut laufenden Kanzlei und vielen Freunden. Wie früher auch Mark blieb er nur selten ohne weibliche Begleitung, wenn er ausging, und so mancher wunderte sich, warum er immer noch nicht in festen Händen war. Wie es buchstäblich unter der Schale aussah, wusste außer Mark kaum jemand. Er war damals dabei gewesen, als sie kurz vor Karls Studienabschluss mit Freunden gefeiert hatten. Die Erinnerung an die wilde Partynacht in der Waldhütte ließ Mark zusammenfahren.

Als bereits alle sturzbetrunken in den Schlafsäcken lagen, war aus irgendeinem Grund ein Feuer ausgebrochen. Da niemand mehr nüchtern genug war, um die Gefahr zu erkennen, hatte es ewig gedauert, bis alle aus der Hütte heraus waren. Zwei der Freunde hatten die Nacht nicht überlebt, und Karl war mit schweren Verbrennungen am ganzen Körper aus der Hütte geschleift worden. Mark musste kurz die Augen schließen, als die Bilder wieder in ihm aufstiegen. Er sah vor sich, wie sein Freund bewusstlos vom Rauch da lag und sich nicht bewegte, obwohl sein Schlafsack und seine Kleidung brannten. Auch nachdem das Feuer an seinem Körper mit einer Decke erstickt war, hatte er sich nicht gerührt, und Mark war sich einen schrecklichen Augenblick lang sicher gewesen, dass Karl tot war. Im Krankenhaus hatten sie ihm keine großen Überlebenschancen eingeräumt. Zu viel Hautfläche war geschädigt. Aber er hatte es geschafft. Jetzt war der größte Teil seines Oberkörpers von tiefen und wulstigen Brandnarben bedeckt. Da Gesicht und Hände nicht betroffen waren, sah man auf den ersten Blick nichts davon, und Karl führte nach außen hin ein völlig normales Leben. Mark erinnerte sich noch gut an Karls damalige Freundin, die ihn in der ersten Woche regelmäßig im Krankenhaus besucht hatte. Karl hatte ihm später davon erzählt, dass sie irgendwann beim Verbandswechsel hereingeplatzt war und nur mit offenem Mund auf seine zerstörte Haut gestarrt hatte. Die Schwester hatte sie wieder hinausgeschickt, bis sie mit ihrer Arbeit fertig war, doch das war das letzte Mal gewesen, dass er sie gesehen hatte. Jahre später, als sie nach einem Abendessen noch bei Karl zusammengesessen hatten, waren Erinnerungen an die wilde Studentenzeit aufgewärmt worden, und auch der Abend der Party war wieder hochgekommen. Karl hatte ihm verbittert von den vergeblichen Versuchen erzählt, jemanden zu finden, der nicht nur die kaputte Oberfläche anstarrte.

Dann hatte er Laura getroffen. Auch wenn Mark sie nie wirklich gemocht hatte, schien Karl aufzuleben und wieder glücklich zu sein. Ein Jahr lang waren sie ein Paar, bis es plötzlich, von einem Tag auf den anderen, vorbei war. Noch immer fragte sich Mark, was damals eigentlich genau geschehen war. Zum allerersten Mal, seit sie sich kannten, hatte Karl nicht darüber sprechen wollen und sich komplett zurückgezogen. Bis heute hatte er keine feste Beziehung mehr gehabt und immer erklärt, er wolle lieber allein bleiben. Er wäre eben ein Einzelgänger. Damals hatte Mark noch versucht, ihm das auszureden. Er würde schon die richtige Frau finden, durfte nur nicht aufgeben. Inzwischen konnte er Karl nur zu gut verstehen. Zurückweisung konnte man nicht beliebig oft ertragen.

„Und jetzt willst du sie im Konferenzraum arbeiten lassen, an der Danegard-Sache?“ Wieder lenkte Karl das Gespräch auf Anna zurück. Ein seltsames Ziehen machte sich in Marks Inneren breit, über dessen Ursache er überhaupt nicht näher nachdenken wollte.

„Mal sehen, ob das klappt. Sie hat noch keine Erfahrung mit dieser Art von Verträgen. Wenn sie Fragen hat, kann sie ja rüberkommen." Karl sah ihn schräg von der Seite an, und ein Mundwinkel zuckte leicht nach oben, während er sein Glas in den Händen drehte.

„Sie sieht ziemlich gut aus und scheint außerdem noch ganz nett zu sein, oder?"

„Jaja, aber das sagt nichts darüber, wie gut sie übersetzt, oder?"

Karl drehte sich ganz herum und hatte sein persönliches schräges Grinsen aufgesetzt. „Du magst sie, willst es nur nicht zugeben, oder?"

Mit verschlossener Miene leerte Mark sein Bier und setzte das Glas unsanft ab. „Ach hör schon auf mit deinem oder, oder. Ich habe dir doch erzählt, sie war am Freitagabend verabredet. So eine Frau ist natürlich in festen Händen, da brauchen wir beide gar nicht weiter darüber nachzudenken." Er legte das Geld auf den Tresen und nahm seine Krücken. „Lass uns gehen, es ist spät."

KAPITEL 6

Anna hatte heute ihren Laptop und die zusätzliche Tastatur mitgebracht, aber die Aussicht, nur auf dem kleinen Bildschirm zu arbeiten, dämpfte ihre gute Laune erheblich. Sie war mal wieder von einem üblen Traum um sechs Uhr aufgewacht und hatte nicht wieder einschlafen können. Daher stand sie nun pünktlich um acht vor der Tür der Kanzlei.

„Guten Morgen", grüßte Frau Seegers gut gelaunt und nahm eine Tasse vom Kaffeeautomat, um die nächste darunterzusetzen. „Sie sind ja heute auch schon so früh dran." Anna stutze.

„Wieso auch? Ich hatte gedacht, um die Zeit ist außer Ihnen noch niemand hier." Frau Seegers nickte und drückte den Knopf für normalen Kaffee.

„Ja, normalerweise, aber heute früh sind schon zwei von den vier Herren da. Der Kaffee ist auch gleich fertig." Anna zog verwundert die Augenbrauen hoch und fragte sich, ob Mark wohl einer von den Zweien war, während sie zum Konferenzraum weiterging. Die Tür zu Marks Büro stand offen, und vom Flur aus fiel ihr Blick direkt auf den großen modernen Schreibtisch. Doch der Stuhl hinter dem Schreibtisch war leer, also ging sie weiter. Die Tür zum Konferenzraum stand ebenfalls offen, und auf einen der Tische hatte jemand einen großen Bildschirm platziert. Ein erfreutes „Oh wie schön" rutschte ihr heraus. Jemand wollte ihr wohl die Arbeit erleichtern. Im nächsten Moment fiel ihr Blick auf die Krücken, die an den Tisch gelehnt standen. Von deren Besitzer jedoch war weit und breit nichts zu sehen. Verwundert stellte sie ihre Tasche auf einem Stuhl ab, als plötzlich Marks Kopf hinter dem Tisch auftauchte.

„Hallo. Sie sind aber früh dran. Frau Seegers hat den Bildschirm für Sie hier hingestellt, aber das Kabel am Kopfende des Tisches war in der Bodensteckdose nicht richtig eingesteckt", entschuldigte er sich mit einem verlegenen Grinsen.

„Guten Morgen, aber das hätte ich doch selbst machen können."

Mit beiden Händen stützte er sich auf die Tischplatte und stand auf. „Kein Problem, ich bin hier mit der Technik schon per du, daher habe ich das Problem schnell gefunden." Einen Augenblick sah er auf die Krücken, die jetzt auf der falschen Tischseite standen. Dann setzte er sich auf den Tisch und drehte sich mit einem Schwung auf die andere Seite herüber. Noch von der Tischkante aus streckte er Anna die Hand hin.

„Ich vertraue auf ihre Verschwiegenheit. Sie erzählen niemandem, dass ich hier über und unter den Tischen herumturne." Sein rechter Mundwinkel war leicht hochgezogen, und Anna musste über das schräge Grinsen beinahe lachen. „Das wäre gar nicht gut für meinen Ruf als seriöser Anwalt."

„Und als alter Griesgram", tönte es plötzlich von der Tür. Mit einem ebenso schrägen Grinsen stand Karl Wolf da und lehnte seine Schulter lässig an den Türrahmen. Als Anna sich umdrehte, kam er herein, um sie auch zu begrüßen. Direkt hinter ihm trat Frau Seegers mit Kaffee in den Raum.

„Wird das ein Meeting, soll ich mehr Tassen holen?", fragte sie amüsiert. Dann wandte sie sich an Anna. „Sie haben ja schon nach zwei Minuten ein volles Haus, da bin ich mal gespannt, ob Sie überhaupt zum Arbeiten kommen." Als alle lachten, entspannte sich auch Anna ein wenig. Anscheinend war die Arbeitsatmosphäre hier doch lockerer, als der erste Eindruck sie glauben gemacht hatte.

Nachdem Herr Wolf und Frau Seegers das Büro wieder verlassen hatten, half Mark ihr noch beim Anschließen ihres Laptops.

„Vielen Dank für den zusätzlichen Bildschirm, das erleichtert die Arbeit wirklich sehr“, sagte sie.

„Leider haben wir nur einen übrig. Sie sagten ja, dass Sie in Ihrem Büro zwei große Bildschirme nebeneinander haben. Hier werden Sie hoffentlich mit einem und dem Laptop auskommen.“ Mark zuckte bedauernd mit den Schultern.

Anna drehte sich zu ihrem neuen Arbeitsplatz herum und antwortete mit schräg gelegtem Kopf: „Wenn ich jetzt noch einen richtigen Bürostuhl hätte, würde es sich fast wie zu Hause anfühlen.“

Mark schmunzelte vielsagend und ging mit zwei Schritten in die Ecke hinter der Tür.

„Die gleiche Farbe wie Ihr Auto“, offenbarte er, während er einen Bürostuhl mit den Krücken vor sich herschob. Mit einem überraschten Auflachen fasste sie an die Rückenlehne und zog ihn zum Tisch heran, im selben Augenblick, als Mark ihm gerade noch einen Stoß geben wollte. Durch den plötzlich fehlenden Widerstand aus dem Gleichgewicht gebracht, stolperte er einen Schritt nach vorn und fiel ihr beinahe in die Arme. In einer Reflexbewegung packte sie seine Schulter und half ihm, das Gleichgewicht wiederzufinden. Seine Miene war plötzlich wie eingefroren, und sein Körper versteifte sich, während er eine Entschuldigung murmelte.

„In Zukunft sollten Sie rot meiden, die Farbe scheint gar nicht gut für ihre Balance zu sein“, platzte Anna heraus, während ihre beiden Hände an seinen Schultern lagen und aus irgendeinem unbekannten Grund dort bleiben wollten. Ihre Gesichter waren sich so nah, dass sie glaubte, die Wärme seiner Haut an ihrer Wange zu spüren. Sein Blick fand ihren, und kurz glaubte sie, selbst den Boden unter den Füßen zu verlieren. Dann lachten sie gleichzeitig los, und der Zauber war gebrochen.

„Ja, daran muss es wohl liegen. Vielleicht ist es auch Ihre umwerfende Anwesenheit." Als er den Satz ausgesprochen hatte, hielt er plötzlich den Atem an, als ob er sich selbst darüber erschrocken hätte. Im nächsten Moment war er auf dem Weg zur Tür. „Ich bin in meinem Büro, wenn sie Fragen haben oder etwas brauchen."

Anna nickte wortlos. Als Mark verschwunden war, ließ sie sich auf den Bürostuhl fallen und rollte zum Tisch. Automatisch drückte sie den Startknopf ihres Laptops und starrte abwesend auf den Bildschirm, während das Gerät arbeitete. Sie hatte das Gefühl, die Wärme seiner Schultern noch immer in ihren Handflächen spüren zu können. Die kurze Distanz zwischen ihren Gesichtern hätte sie mit einer kleinen Kopfbewegung überbrücken können. Dann hätten ihre Lippen seine Wange berührt. Etwas in ihrem Inneren regte sich, als bedaure sie es, dass der Augenblick einfach so verstrichen war.

Verwundert schüttelte sie den Kopf und stützte ihr Kinn in die Hände. Was passierte da gerade mit ihr? Keine Verwicklungen zwischen Arbeit und Privatleben, ermahnte sie sich. Außerdem kannte sie diesen Anwalt gar nicht. Steve war ihr zu Beginn auch sympathisch vorgekommen. Selbst Johan … nein, ihr Bauchgefühl hatte sie schon zu oft in eine Falle gelockt. Sie würde dieses Mal besser auf sich aufpassen. Mit schierer Willenskraft beruhigte sie ihr klopfendes Herz und konzentrierte sich auf die vor ihr liegende Aufgabe.

~

Karl stand plötzlich in Marks Bürotür und räusperte sich. Irritiert sah Mark auf und blickte direkt in ein schelmisches Grinsen.

„Du starrst jetzt schon seit fünf Minuten den Bildschirm an, ohne dich zu bewegen. Willst irgendetwas auswendig lernen?"

„Sag bloß, du stehst schon seit fünf Minuten da herum und beobachtest mich“, konterte Mark grimmig.

„Eigentlich wollte ich dich fragen, ob du zum Mittagessen mit nach nebenan zum Thailänder kommst.“ Als Mark gerade zu einer Antwort ansetzen wollte, schob er noch hinterher: „Ich weiß, ich weiß, das tust du nie, aber gestern Abend hast du ja auch eine Ausnahme gemacht.“ Dann reckte er sein Kinn vor und fügte mit einem herausfordernden Blick an: „Deine Übersetzerin kommt auch mit.“

„Sie ist nicht *meine* Übersetzerin“, warf Mark zurück. Aber er spürte, wie sich bei dem Gedanken, dass sie mit Karl zum Mittagessen gehen würde, etwas in ihm zusammenzog. Mit einem Schulterzucken wandte Karl sich ab und war schon fast wieder in seinem eigenen Büro, als Mark ihm hinterherrief: „Schon gut, ich komme ja mit.“ Mit einem ergebenen Seufzer stand er auf, fischte über den Schreibtisch nach Mantel und Schal und zog sich an. Als er bereit war zu gehen, stand Anna mit ihrer hellbraunen Jacke und ihrem umwerfenden Lächeln in der Tür. Sofort hatte er wieder das Bild von Freitagabend vor Augen. *Er lag auf der Straße und versank in ihren Augen, während ihre Hand leicht wie eine Feder seine Stirn berührte.* Mit Mühe konzentrierte er sich auf seine Schritte, während er den Schreibtisch umrundete.

„Was ist denn mit den anderen?“, fragte Anna, als sie im Aufzug nach unten fuhren.

„Die Zwillinge sind heute den ganzen Tag im Gericht, die kriegen wir wahrscheinlich gar nicht zu sehen, und Karin bringt sich immer etwas mit. Die geht mittags nie raus“, antwortete Karl.

„Zwillinge?“, fragte Anna verwundert.

„Daniel und Noah sind zweieiige Zwillinge und so verschieden, wie Geschwister überhaupt sein können. Die werden Sie wohl erst morgen kennenlernen. Heute müssen Sie mit uns beiden vorliebnehmen." Karl sah mit einem undefinierbaren Gesichtsausdruck zu Anna hinüber, und Mark hätte sich am liebsten dazwischengeschoben. Dann öffneten sich die Aufzugtüren, und alle drei gingen die wenigen Schritte zur großen Drehtür des Gebäudes.

Draußen empfing sie ein scharfer eisiger Wind, und Mark fluchte innerlich, dass er die Handschuhe vergessen hatte. Im Gegensatz zu den anderen beiden konnte er seine Hände nicht einfach in den Manteltaschen vergraben. Schweigend und mit eingezogenen Köpfen gingen sie über die Straße und dann einige Häuser weiter in Richtung Innenstadt. Nach wenigen Minuten standen sie vor dem thailändischen Imbiss, in dem Mark früher so oft mit den Kollegen die Mittagspause verbracht hatte.

Schon im Eingang begrüßte sie der unverwechselbare Duft, und sofort fiel ihm wieder der Name seines Lieblingsgerichtes ein: Panang Gai. Etwas vergleichbar Leckeres hatte er in der ganzen Zeit nicht gegessen, dachte er wehmütig. Es wurde wirklich Zeit, dass er sein Einsiedlerdasein aufgab und wieder in das Leben zurückfand, das er vor dem Unfall geführt hatte. Hart biss er die Zähne zusammen bei dem Gedanken. Nein, so würde es nie wieder werden, nicht mit diesen Beinen und diesen Krücken. Aber wenigstens die kleinen Dinge könnte er sich zurückholen. Angefangen hatte er damit an dem Tag, als das Parkhaus wegen Renovierungsarbeiten geschlossen war, und er einige Blocks entfernt vom Büro parken musste. Dann war er vor ihr Auto gestürzt.

Verstohlen schielte er zu Anna hinüber, die gerade gegenüber von Karl Platz genommen hatte. In dem Moment sah sie auf und rutschte mit einem Lächeln auf der Bank ein Stückchen weiter, damit er sich neben sie setzen konnte. Sein Herz tat den mittlerweile üblichen Hüpfer. Wenn das so weiterging, würde er noch

Herzrhythmusstörungen bekommen, schoss ihm plötzlich durch den Kopf, und unweigerlich stahl sich ein Grinsen auf seine Lippen, als er sich neben sie setzte.

Beim Essen unterhielt er sich hauptsächlich mit Karl über die Arbeit, und Anna hörte interessiert zu. Viel lieber hätte er sich mit ihr unterhalten, um mehr über sie zu erfahren. Sie auszufragen erschien ihm aber unpassend, und Karl verstrickte ihn immer wieder in Diskussionen über einen Fall, der ihn gerade sehr beschäftigte.

Das thailändische Essen schien ihr auf jeden Fall sehr zu gefallen. Erst als sie mehr oder weniger schweigend aßen, spürte er mit einem Mal, wie nah er neben ihr saß. Wie zufällig berührte ihn ihr Arm, als sie zum Besteck griff. Nur wenige Zentimeter trennten seine Schulter von ihrer, und er wunderte sich über den plötzlichen Drang, sich ein klein wenig Hinüberzulehnen, um den Abstand zu überbrücken und sie zu berühren.

Die Gelegenheit, einige persönliche Worte mit ihr zu wechseln, ergab sich auf dem Rückweg ins Büro. Karl wollte noch etwas aus seinem Wagen in der Tiefgarage holen und war daher schon vorausgegangen. Er musste sie endlich fragen, ob und woher er sie kannte, sonst würde er sich später wieder ärgern. Obwohl es eine einfache Frage war, wusste er nicht, wie er anfangen sollte. Daher begann er mit einem unverfänglicheren Thema.

„Sie sind am Freitagabend meinetwegen ganz bestimmt zu spät zu Ihrer Verabredung gekommen." Überrascht drehte sie den Kopf zu ihm.

„Sehr sogar. Aber machen Sie sich keine Gedanken deswegen."

„Das tut mir sehr leid. Ich hoffe, es gab keinen Ärger."

Wie in Gedanken versunken antwortete sie: „Doch, es gab sogar ziemlichen Ärger, aber nicht deswegen. Er ist einfach ein Idiot. Ich hätte gar nicht erst mit ihm ausgehen sollen."

Überrascht sah Mark sie an, während ein kleiner Blitz der Freude durch sein Herz schoss. Im nächsten Augenblick wunderte er sich darüber, aber sie sprach bereits weiter. Die Freude starb unmittelbar, als sie hinzufügte: „Man sollte die Arbeit nicht mit dem Privatleben vermischen, das gibt immer nur Stress."

Zweifelnd beobachtete er sie von der Seite, aber sie schien ganz in den Gedanken an den vergangenen Freitag verloren und löste ihren Blick nicht vom Boden. Den weiteren Weg bis zum Büro legten sie schweigend zurück. Dort angekommen, ließ Mark sich in seinen Sessel fallen und versuchte vergebens, seine wild umherspringenden Gedanken zu ordnen.

Es dämmerte bereits, als Anna am späten Nachmittag aus der Stadt heraus nach Hause fuhr. Feine Schneeflocken tanzten vor ihren Scheinwerfern, und sie konnte kaum die Straße erkennen. Für den Weg bis zu ihrem Hof brauchte sie fast doppelt so lange wie üblich, und am Ende wäre sie mitten in der Einfahrt fast in einen Sekundenschlaf gefallen. Hart trat sie auf die Bremse, als urplötzlich ein kleiner Transporter mitten auf dem Weg stand und die Zufahrt fast blockierte. Sie kniff die Augen zusammen und starrte durch das immer dichter werdende Schneetreiben. Nur mit Mühe erkannte sie das Auto ihrer Freundin Ella. Ganz langsam lenkte sie an dem Wagen vorbei und fuhr noch viel vorsichtiger als zuvor die letzten Meter bis zum Haus. Kaum war sie ausgestiegen, tauchte Ella auch schon aus dem Stall auf und lief auf sie zu.

„Anna, Gott sei Dank, dass du da bist. Mein Auto! Ich bin doch nicht mehr im ADAC. Die olle Kiste ist nach ein paar Metern einfach liegengeblieben. Ich kann auch meine Brüder nicht erreichen, die sind heute Abend feiern und ich warte schon 'ne Ewigkeit auf dich." Trotz der dicken Winterjacke schlotterte Ella.

„Okay, okay, jetzt komm erst mal rein und wärm dich auf. Dann erzählst du mir das alles in Ruhe." Anna legte ihrer Freundin den Arm um die Schultern und schloss mit der anderen Hand die Tür auf. Ella nickte und folgte ihr, nicht ohne dabei unablässig weiterzureden.

„Es ist aber auch wirklich zum Verrücktwerden. Vor zwei Wochen erst die Waschmaschine. Letzten Donnerstag dann die Sache mit Pepsi, und jetzt macht auch noch das Auto schlapp." Anna erinnerte sich mit einem Schaudern daran, dass sie Ellas Pferd vor wenigen Tagen in die Klinik bringen mussten und sich erst nach dem Röntgen herausstellte, dass Pepsis Verletzung doch nicht so gravierend war. Sie nickte wortlos und ließ Jacke und Schuhe im Eingang, bevor sie in die Küche weiterging, um Tee zu kochen. Ella folgte ihr mit einem ununterbrochenen Redeschwall.

„Setz dich hin und wärm dich erst mal auf", bestimmte Anna und zog den Kräutertee aus dem Schrank. Noch bevor das Wasser kochte, hatte sie bereits alles über die Autopanne erfahren. Erst die heißen Schlucke Tee ließen ihre Freundin wieder zur Ruhe kommen.

„Ah, das tut gut. Wenn man nichts Richtiges zu tun hat, merkt man erst, wie kalt es da draußen ist." Mit geschlossenen Augen ließ Ella den heißen Dampf aus der Tasse an ihrem Gesicht entlangziehen.

„Soll ich dich nach Hause fahren?", fragte Anna, während Ella vorsichtig schlürfte. Diese nickte langsam und stellte die Tasse vorsichtig ab.

„Das wäre ja schon enorm nett, aber ich hab noch gar keine Ahnung, was ich morgen früh ohne Auto machen soll. Ich muss die Lieferung um fünf abholen und dann den Laden aufmachen. Dafür kann ich mir um die Uhrzeit keinen Leihwagen nehmen. So früh haben die noch gar nicht auf. Außerdem muss ich eh mein ganzes Erspartes für die Tierklinik einplanen, da hab ich schon am fünfzehnten Monatsende, wenn ich an die Kosten denke, und …“ Anna unterbrach Ella mit einem Räuspern.

„Mein Auto ist auch nicht gerade klein, meinst du, da würde deine ganze Lieferung reinpassen?“

„Schon, aber du willst ja sicher nicht mitten in der Nacht aufstehen, um meine Brote und Brötchen durch die Gegend zu fahren. Der Kuchen kommt erst mittags und außerdem …“ Anna hob die Hand.

„Nein, ich dachte, du nimmst einfach meinen Wagen und bringst ihn morgen im Laufe des Tages zurück.“

Ella blinzelte, und für einen Moment verschlug es ihr tatsächlich die Sprache. Dann holte sie tief Luft. „Im Ernst?“

Anna musste angesichts der völligen Verblüffung auf Ellas Gesicht laut lachen. „Ja, im Ernst. Ich wollte morgen ohnehin zu Hause arbeiten, und einkaufen muss ich auch nicht. Es reicht, wenn du mir die Kiste nach Feierabend zurückbringst. Bis dahin hat dein Bruder den Caddy bestimmt schon wieder zum Laufen bekommen.“ Sie hob mit einem Zwinkern einen mahnenden Zeigefinger. „Aber ich will nachher keine Brötchenkrümel zwischen den Sitzen finden.“

Ella blinzelte noch einmal und sprang auf, um Anna überschwänglich zu umarmen. „Ach, du bist die beste Freundin der Welt. Du rettest mich einfach immer.“

Nachdem beide ihre Tassen geleert hatten, gingen sie zurück zur Tür. Anna übergab die Autoschlüssel und sah ihrem roten Flitzer mit gemischten Gefühlen nach, als er im Schneetreiben verschwand.

Kapitel 7

Sie starrte in das blutverschmierte Gesicht und musste die Hand festhalten, damit sie nicht immer wieder die feinen Glassplitter hin und her wischte und alles nur noch schlimmer machte. Festhalten, ganz fest, aber es kam immer mehr Blut. Panik stieg in ihr auf. Sie hielt doch schon so fest sie konnte. Warum blutete es denn immer noch? Krampfhaft presste sie die Finger zusammen, obwohl ihre Hände bereits schmerzten und sie am ganzen Körper zitterte. Plötzlich sahen bernsteinbraune Augen sie an, und ihre Kehle war wie zugeschnürt. Sie wollte etwas sagen, musste irgendetwas sehr Wichtiges sagen. Aber dann kippte der Kopf plötzlich zur Seite, und die Augen schlossen sich. Sie schrie, rief so laut sie konnte, bis ihre Stimme versagte.

Schweißgebadet saß sie zitternd in ihrem Bett, die Hände schmerzhaft in die Decke gekrampft. Ihre Kehle fühlte sich trocken und rau an, und ihr Herz stampfte wie eine Dampflok. Langsam öffnete sie die Finger und versuchte, tiefer zu atmen. Nach und nach konnte sie auch ihre Gedanken wieder sortieren und schielte zum Wecker hinüber. Sechs Uhr – mal wieder. Nach zwei weiteren tiefen Atemzügen ließ sie die Beine aus dem Bett gleiten und tappte unsicher in Richtung Badezimmer. Erst nach einigen Schlucken kalten Wassers fühlte sich ihr Hals wieder besser an, und mit einem tiefen Seufzer stellte sie sich unter die heiße Dusche.

Die braunen Augen gehörten Mark, so viel war ihr inzwischen schon klar. Aber warum träumte sie neuerdings diese seltsamen Sachen? Die Träume von ihrem verstorbenen Ehemann hatte sie ja wirklich schon lange, aber jetzt hatte sie schon zum zweiten Mal von Marks Augen geträumt. Das waren ganz neue Dinge, die sie da im Traum gesehen hatte. Irgendetwas mit Glassplittern, und dass sein

Gesicht voller Blut war. Warum musste sie etwas festhalten? Dann war er plötzlich gestorben. Ihr Puls raste wieder. Das konnte ja nun wirklich nicht sein. Ihr Ehemann war gestorben, Mark hingegen war quicklebendig. Irgendetwas brachte ihr verwirrter Geist da offensichtlich durcheinander. Verstört schüttelte sie den Kopf. Gleich morgen würde sie ihn endlich fragen, ob er sie irgendwoher kannte. Sie musste es jetzt wirklich wissen. Für heute hatte sie sich die Unterlagen mit nach Hause genommen, um mal wieder einen Tag in ihrem eigenen Büro zu arbeiten.

Während das heiße Wasser auf ihre Schultern prasselte, dachte sie über ihren ersten Arbeitstag in der Anwaltskanzlei nach. Auch wenn die Umgebung zuerst einen strengen und kühlen Eindruck gemacht hatte, waren doch alle, die sie bisher kennengelernt hatte, sehr freundlich und gingen locker miteinander um. Sie musste zugeben, dass sie sich bei der Arbeit und auch beim Mittagessen sehr wohl gefühlt hatte. Karl war wirklich nett und hatte eindeutig das Auftreten eines altmodischen Gentlemans, auch wenn er ihrer Meinung nach höchstens Mitte dreißig sein konnte. Ein kleines Lächeln zog an ihren Mundwinkeln. Er sah wirklich aus wie ein mit Anzug verkleideter Basketballprofi, so groß und breit. Beinahe auf zwei Meter schätzte Anna ihn, und offensichtlich verbrachte er viel von seiner Freizeit mit Sport.

Aber Mark ging ihr auf eine seltsame Art unter die Haut, die sie bisher noch nie erlebt hatte. Inzwischen hatte das Zittern aufgehört, und sie rubbelte sich kräftig trocken, um die Lebensgeister noch ein bisschen anzuregen.

Nachdem sie ihren ersten Kaffee getrunken hatte, ging sie zum Stall, um sich wie immer zuerst um die Pferde zu kümmern. Doch sie musste feststellen, dass vorher Schneeschaufeln angesagt war, damit sie überhaupt die Stalltüren aufbekam. In der Nacht war es anscheinend noch windig geworden, und der feine Schnee hatte sich in einem großen Haufen vor der Tür aufgetürmt.

Eine halbe Stunde später war das gröbste Chaos beseitigt, und ihr war trotz der eisigen Temperaturen ausreichend warm. Beim Vorbereiten des Futters summte sie ein fröhliches Lied, und als sie den Pferden beim Fressen zusah, stellte sie wieder einmal fest, dass die Arbeit im Stall doch die beste Art war, den Tag zu beginnen. Dabei konnte sie alle Sorgen und Probleme und sogar die schrecklichen Träume vergessen.

Auch die kleine rote Katze strich um ihre Beine und verlangte nachdrücklich ihr Futter. Sie wurde jetzt mit jedem Tag anhänglicher, und Anna fragte sich, ob sie ihr vielleicht irgendwann auch ins Haus folgen würde. So einen Kuscheltiger auf dem Sofa konnte sie sich gut vorstellen.

Nach dem Frühstück nahm sie noch eine Tasse Kaffee mit zum Schreibtisch. Ein Blick auf die Uhr zeigte, dass es schon fast neun war. Obwohl der Tag mit diesem seltsamen Albtraum so schlecht begonnen hatte, war er bis jetzt doch schon deutlich besser geworden. Entspannt lehnte sie sich zurück und schloss kurz die Augen, während der Laptop hochfuhr. Doch das gewohnte Startgeräusch blieb aus. Verwirrt ruckelte sie an dem Gerät, als könnte das etwas bewirken. Die Kiste startete aus irgendeinem Grund nicht. Sie hörte Lüfter und Festplatte kurz anlaufen, dann klickte es und wurde wieder still. Dann begann das Gleiche von vorn. Sie fluchte. Alles konnte mal kaputtgehen, aber bitte nicht ihr Computer. Verzweifelt zog sie die Stecker von Zweitbildschirm, Netzwerk und Lautsprechern wieder ab, aber das Verhalten des Laptops änderte sich nicht. Rauschen, klick, aus, Neustart. Mist!

Verbissen starrte sie das Gerät an und umfasste mit beiden Händen die heiße Kaffeetasse. Bei einigen Schlucken vom schaumigen Milchkaffee ging sie die verschiedenen Möglichkeiten durch. Ihr Auto hatte sie gestern Abend Ella gegeben, und ohne fahrbaren Untersatz konnte sie den Computer nicht zu Nikolo in den Laden bringen. Der Grieche wohnte zwar in der Nachbarschaft, aber sein Laden war in der Stadt, und schließlich brauchte sie vor allem ein Ersatzgerät. Mit einem Seufzer stellte sie die Tasse ab, suchte in ihrem Telefon Nikos Nummer und rief an. Nach dem zweiten Klingeln meldete sich der Anrufbeantworter. Heute war der Laden geschlossen, morgen ab neun Uhr könnte man bitte wieder anrufen. Noch einmal Mist! Heute lief aber wirklich alles schief. Sie ließ sich mutlos nach hinten sinken und starrte auf die ordentlich beschriftete Reihe Datensticks.

Die Dateien der verschiedenen Kunden hatte sie jeweils auf eigenen USB-Sticks gespeichert, damit sie jederzeit und von jedem Gerät aus darauf zugreifen konnte. Sogar ihre Buchprojekte hatte sie auf einem Stick. Der Laptop selbst war daher nicht wirklich wichtig. Nur irgendein Gerät zum Arbeiten hätte sie jetzt gebraucht, bis Nikos Laden wieder aufmachte und er ihre Kiste hoffentlich in Ordnung bringen würde. Das Danegard-Projekt für Mark war das Einzige, das im Moment eilig war. Sie hatte sich vorgenommen, alle Vertragsvorlagen bis heute Abend fertig übersetzt zu haben, sodass sie morgen an die jeweiligen Empfänger verschickt werden konnten. Danach wäre sowieso erst einmal eine Pause, bis die Änderungsvorschläge der Vertragspartner zurückkämen. Mit gerunzelter Stirn fischte sie Marks Karte aus der Laptoptasche und legte sich die Erklärung für die Verspätung zurecht.

Mark fuhr zusammen, als sein Telefon plötzlich klingelte. Es steckte noch im Rucksack. Normalerweise rief ihn zu Arbeitszeiten nie jemand auf dem Handy an. Hastig sprang er auf und angelte über den Schreibtisch nach dem Schulterriemen. Gerade noch rechtzeitig fand er es und meldete sich, ohne einen Blick auf das Display zu werfen.

„Guten Morgen, hier ist Anna Hofmeister."

„Guten Morgen. Ich freue mich, dass Sie anrufen. Ich habe Sie schon vermisst." Er stockte und schüttelte verwundert den Kopf. Was redete er da bloß? Mit den Fingern kämmte er automatisch seine widerspenstigen Haare aus der Stirn. „Hoffentlich gibt es keine Probleme mit den Verträgen. Haben Sie irgendwelche Fragen?"

Sie seufzte. „Doch, leider gibt es ein Problem. Es tut mir sehr leid. Ich fürchte, ich kann heute nicht an den Verträgen weiterarbeiten."

„Oh, das ist nicht gut, wir hatten ja eigentlich geplant, die ersten Vertragsentwürfe morgen früh rausschicken zu können."

„Ja, natürlich, es tut mir auch sehr leid, aber mein Computer läuft nicht, und ich habe heute mein Auto nicht zur Verfügung, um mich um einen Ersatz zu kümmern. Ich fürchte, ich kann erst morgen den Laptop zur Reparatur bringen und dann hoffentlich mit einem Ersatzgerät weiterarbeiten." In Marks Kopf nahm ein Plan Form an, und er unterbrach weitere Entschuldigungen, noch bevor er diesen Plan selbst sachlich durchdacht hatte.

„Sie brauchen also nur einen Ersatzlaptop? Wir haben einen hier, den kann ich Ihnen gleich vorbeibringen. Die Danegard-Verträge haben sowieso Priorität. Meine anderen Sachen können ruhig einen Tag liegen bleiben." Es entstand eine kleine Pause, bevor sie antwortete.

„Oh, das … das wäre wirklich prima, dann könnte ich gleich anfangen. Das schaffe ich auf jeden Fall heute noch. Aber Sie können doch auch einen Boten schicken, dann müssen Sie sich nicht selbst die Mühe machen.“ Er spürte einen kleinen Stich bei ihren Worten.

„Nein, einem Boten würde ich den Firmencomputer nicht gern anvertrauen. Wenn es Ihnen nicht unangenehm ist, würde ich wirklich lieber selbst fahren.“ Mit angehaltenem Atem wartete er, ob sie das Angebot ablehnen würde, und wunderte sich zugleich, wie er überhaupt auf diese aberwitzige Idee gekommen war. Wenn sie sein Angebot annahm, würde er sie jetzt gleich zu Hause besuchen. Der Gedanke löste Vorfreude und Nervosität gleichermaßen aus.

„Im Gegenteil, ich würde mich freuen. Allerdings wohne ich ziemlich weit draußen, da müssen Sie fast zwanzig Minuten einrechnen.“ Sie freute sich. Hastig schrieb er ihre Adresse von dem Geheimhaltungsvertrag ab, der noch auf seinem Tisch lag.

„Gut, dann bin ich in zwanzig Minuten da. Bis gleich.“

„Übrigens, Sie müssen die lange Einfahrt bis ganz zum Ende hinunterfahren. Das Haus ist von der Straße aus nicht zu sehen. Da steht nur das Schild mit der Hausnummer. Wundern Sie sich nicht, ich wohne nicht auf dem Straßenbaum.“ Bei den letzten Worten hörte er beinahe das Grinsen in ihrer Stimme, und bei der Vorstellung, wie sie aus einem Baumhaus am Straßenrand herunterwinkte, musste er plötzlich lachen.

„In Ordnung. Ich denke, das werde ich finden.“ Immer noch über dieses verrückte Bild lachend, drückte er auf die Gegensprechanlage und bat Karin, ihm den Ersatzlaptop herauszulegen. Schwungvoll stand er auf und nahm Krücken, Mantel und Schal. Mit einiger Verwunderung bemerkte er, wie sehr er sich auf diesen Ausflug freute, obwohl er wirklich lange nicht mehr aus der Stadt herausgekommen war. Eigentlich war er wirklich lange überhaupt nicht mehr unter Menschen gekommen, wenn man von den Kollegen einmal absah. In dieser Woche schienen sich viele Dinge zu ändern, stellte er fest. Voller Vorfreude grinste er in sich hinein, während er nach vorn zur Rezeptionstheke ging. Den Computer hatte Karin schon bereitgelegt, und er steckte ihn ohne Umschweife in seinen Rucksack.

„Ich bin dann außer Haus, mindestens bis zum Nachmittag", erklärte er. Sie sah ihn mit großen Augen an und schüttelte ungläubig den Kopf.

„Es geschehen noch Zeichen und Wunder", stellte sie fest. Sein Grinsen wurde noch eine Spur breiter, während er den Rucksack über die Schultern streifte, die Krücken nahm und zum Aufzug ging.

Ziemlich genau nach zwanzig Minuten meldete sein Navi: „Sie haben Ihr Ziel erreicht."

Wie schon angekündigt war weit und breit kein Haus zu sehen, aber ein Schotterweg führte rechts von der Straße ab und wand sich in einem leichten Bogen hinter einige Bäume. Langsam bog er ein und ließ den Wagen gemächlich über den Weg rollen, während er die Umgebung betrachtete. Hier sagten sich ja wirklich Fuchs und Hase gute Nacht. Als er die Baumgruppe umrundet hatte, lag unmittelbar vor ihm ein kleiner Bauernhof. Drei Gebäude waren U-förmig angeordnet. Davor lag auf der rechten Seite eine Weide, auf der einige Pferde ausgelassen durch den Schnee tobten. Vorsichtig fuhr er in den verschneiten Innenhof und stellte das Auto vor dem roten Backsteinhaus ab. Dann stieg er aus und ließ den Blick über die Gebäude und die Umgebung schweifen. In dem Moment erschien Anna in der Tür und kam direkt auf ihn zu. Erstaunt fragte er: „Kann man auf so einem Hof auch eine Wohnung und ein Büro mieten?" Sie lachte und schüttelte vehement den Kopf.

„Nein, alles meins, soweit das Auge reicht." Mit einem Zwinkern setzte sie hinzu: „Zumindest abends im Dunkeln." Er sah sie ungläubig an, und sie zog entschuldigend die Schultern hoch. „Okay, nicht wirklich, so viel Land gehört nicht dazu, nur ein paar Wiesen. Die Felder da hinten gehören dem Nachbarn, aber unter der Schneedecke erkennt man den Unterschied sowieso nicht. Und eigentlich gehört es auch nicht wirklich mir, sondern meinem Vater. Ich halte es in Ordnung und darf es dafür nutzen."

„Es ist sehr abgeschieden hier, aber wunderschön", sagte er ehrlich beeindruckt. Anna lächelte ihr besonderes Lächeln. Sein Herz hüpfte wieder, bevor es doppelt so schnell weiterschlug.

„Vielen Dank, aber jetzt kommen Sie doch erst mal herein."

Mark inspizierte den Boden. Auf festgetretenem Schnee kam er mit den Krücken überhaupt nicht klar. Da rutschten die unten angebrachten Gumminoppen in alle Richtungen weg, und er war ständig in Gefahr zu stürzen. Erleichtert stellte er fest, dass der Weg zum Haus nicht nur geräumt, sondern sogar gestreut und somit völlig schneefrei war. Trotzdem lief er vorsichtig, während er ihr ins Haus folgte und gab ihr im Flur seinen Rucksack. Kurz berührten sich ihre Finger, und er hätte beinahe nach ihrer Hand gegriffen, nur um sie zu spüren.

„Willkommen in meiner bescheidenen Hütte. Hier ist der Laptop drin?", fragte sie. Er nickte abwesend und starrte immer noch auf seine Hand mit dem seltsamen Eigenleben. Sie trat zu einer der Türen und stellte die Tasche in ein angrenzendes Zimmer, das wahrscheinlich ihr Büro war. Dann wandte sie sich ihm wieder zu. „Darf ich Ihnen einen Kaffee anbieten, oder müssen Sie sofort wieder zurück?"

„Nein, ich habe genug Zeit. Einen Kaffee nehme ich gern." Zögerlich trat er in die offene Diele. „Schön haben Sie es hier."

„Danke sehr. Sie können Ihren Mantel hier aufhängen, ich gehe schon mal vor in die Küche." Während er sich von dem schweren

Wintermantel befreite, sah er sich um. Eine große Anzahl an Bildern füllte die Wände der Diele fast vollständig.

„Das ist ja eine interessante Auswahl an Expressionisten", rief er in Richtung Küche. Sie lachte und kam nach wenigen Augenblicken wieder zurück.

„Oh nein, ich habe hier keine großen Künstler hängen. Das ist alles selbst gemalt. Von den berühmten Expressionisten habe ich nur einige Anregungen geklaut."

„Selbst gemalt?", wiederholte er ungläubig. „Und wie viel bekommen Sie für so ein Bild?" Jetzt lachte Anna laut los.

„Um Gottes willen. Ich habe noch nie welche verkauft. Ab und an verschenke ich mal eins. Das ist nur Hobby Nummer zwei." Sie grinste und schüttelte den Kopf. „Was für eine lustige Idee, die Bilder zu verkaufen. Für so etwas würde doch niemand Geld ausgeben."

Voller Staunen glitt sein Blick von einem Bild zum nächsten, bis er an einem außergewöhnlichen grüngelben Gemälde hängen blieb. Er hatte einige Drucke expressionistischer Künstler in seiner Wohnung. Die Formen und klaren Linien faszinierten ihn wesentlich stärker, als gegenständliche Malerei es je könnte. Aber dieses besondere Bild fesselte ihn auf eine ganz eigene Weise. Die grünen und gelben Linien in den vielen Abstufungen waren klar und scharf gezeichnet, doch gleichzeitig verschwammen sie auf eine Art und Weise, die zwei Reiter in der Ferne verschwinden ließ, wie eine Fata Morgana im Flimmern der Hitze. Nachdem er es eine Weile angesehen hatte, drehte er sich zu ihr herum.

„Würden Sie mir eins verkaufen, bitte?", fragte er.

Sie sah ihn forschend und ein wenig skeptisch an. „Welches würde Sie denn interessieren?"

„Das hier, mit den beiden Reitern im Sonnenuntergang."

„Das sehen Sie in dem Bild?“ Ungläubig sah sie zwischen ihm und dem Bild hin und her. Hatte er das etwa nicht richtig gedeutet und sie gekränkt? „Dieses eine ist unverkäuflich. Wollen Sie sich nicht ein anderes aussuchen?“ Bedauernd nickte er. Natürlich, das war ganz sicher ihr Lieblingsbild.

„Sie sind alle sehr schön, aber dieses ist besonders. Ich verstehe, wenn Sie das nicht abgeben wollen.“ Sie sah das Bild noch einmal mit schräg gelegtem Kopf an und zuckte unentschlossen mit den Schultern.

„Ich werde drüber nachdenken, okay? Kommen Sie, der Kaffee ist schon fertig.“

Er folgte ihr langsam in die große Wohnküche. Im vorderen Bereich des Raumes erstreckte sich eine weiß lackierte Küchenzeile mit altmodischen geschnitzten Türen und Schubladen über die rechte Wand. Davor stand ein großer Tisch mit ebenfalls geschnitzten Beinen und dazu passenden Stühlen. Weiter hinten sah er einen Kamin, und daneben bildete eine wuchtige Ledercouch mit zwei Sesseln und einem Fernseher eine gemütliche Sitzecke. Alle übrigen Wände waren mit beinahe überquellenden Bücherregalen gefüllt. Auch auf dem Couchtisch und auf einem der Sessel stapelten sich Bücher, und eine Wolldecke war nachlässig auf das Sofa geworfen. Insgesamt wirkte der Raum wie eine Mischung aus einer alten Bauernküche und einer Bibliothek. Der Duft von frischem Kaffee zog ihm in die Nase, und das Gefühl von Zuhause ließ ihn tief einatmen. Das war seltsam, denn das Zuhause seiner Kindheit hatte ganz anders ausgesehen. Es war im Vergleich kalt und streng gewesen. Alles musste immer sehr ordentlich und aufgeräumt sein. Niemals hätte man ein Buch irgendwo anders als an seinem festen Platz im tadellos aufgeräumten Regal gefunden. Annas Stimme riss ihn aus den Erinnerungen.

„Setzen Sie sich doch bitte. Den Kaffee mit viel Milch und ohne Zucker, richtig?“ Als er nickte, lachte sie, und ein warmer Schauer lief über seinen Rücken. „Wir haben in vielerlei Hinsicht den gleichen Geschmack. Fast schon erschreckend.“

„Sie haben es sehr gemütlich hier“, stellte er fest und war selbst erstaunt über den rauen Klang seiner Stimme. Das Haus passte zu ihr. Insgesamt gaben die Atmosphäre des Hauses und ihr Lächeln ihm das Gefühl, an dem Ort angekommen zu sein, den er schon immer gesucht hatte. Um diesen seltsamen Gedanken zu vertreiben, schüttelte er den Kopf und schloss kurz die Augen, während er die heiße Tasse in beide Hände nahm. Vom Duft des Kaffees und der Hitze auf seiner Haut wurde das Gefühl allerdings nur stärker. Vorsichtig nahm er einen Schluck Milchkaffee und vermied es, sie dabei anzusehen.

„Sie haben ja wirklich einige Bücher hier. Lesen Sie in Ihrer Freizeit so viel, oder ist das größtenteils Fachliteratur?“

„Das ist meine häufigste Abendbeschäftigung. Ich bin nicht der Typ zum Fernsehen, da versinke ich lieber in einem guten Buch. Die Fachliteratur steht im Büro, aber das sind nicht so viele.“ Er nickte und fragte sie nach ihren Lieblingsautoren und Lieblingsbüchern aus. Plötzlich verstummte sie, und als er aufsah, fixierte sie ihre Tasse mit festem Blick.

„Als ich Sie Freitag vor meinem Auto zum ersten Mal gesehen habe, hatte ich ein seltsames Déjà-vu. Kann es sein, dass wir uns vorher schon einmal getroffen haben?“

Sein Atem stockte. „Ich weiß es nicht“, brachte er nach einer kurzen Pause hervor. „Aber ich hatte auch so einen Eindruck.“ Er sah auf, und ihre Blicke trafen sich. „Vielleicht finden wir es ja irgendwann heraus.“ Sein Herz hämmerte gegen seine Rippen, und er hatte das Gefühl, wie ein Idiot zu grinsen. Sie hatte es also auch gespürt. Hastig hob er die Tasse wieder und nahm noch einen Schluck. Mit schierer Willenskraft versuchte er, seinen Herzschlag wieder zu beruhigen. Von diesen seltsamen Gefühlen durfte er sich jetzt nicht beeinflussen lassen, schließlich hatte er ihr nur den Laptop gebracht. Außerdem hatte sie schon gestern nach der Mittagspause klargemacht, dass sie Arbeit und Privatleben gern getrennt hielt. So gern er auch den ganzen Tag mit Anna verbracht hätte, es war Zeit, sich wieder auf den Grund seines Kommens zu konzentrieren. Wenn er noch länger hier herumsaß, würde er sie nur davon abhalten, die Übersetzungen fertig zu machen.

„Wollen wir den Laptop anschließen?", schlug er daher vor. Falls Sie noch irgendeine zusätzliche Software benötigen, brauchen Sie auch das Passwort. Wir sollten sichergehen, dass sie alles haben, bevor ich wieder fahre." Bei dem Gedanken, Anna und ihren Hof schon zu verlassen, musste er schlucken, aber im nächsten Augenblick riss er sich wieder zusammen und stand entschlossen auf. Immerhin saß er hier schon seit einer Stunde herum und hielt sie von ihrer Arbeit ab. Mit einem Nicken leerte sie ihre Tasse und ging dann voran in das Arbeitszimmer.

Hier nahm ein riesiger Schreibtisch den größten Teil des Raumes ein. Auf ihm lagen in ordentlich getrennten Stapeln verschiedene Unterlagen und Zeichnungen sowie kleinere technische Geräte. An der Fensterseite stand eine Staffelei mit einem abgedeckten Bild und einem Malhocker davor. Auch hier war eine Wand komplett mit Bücherregalen gepflastert, allerdings schien in diesem Raum jeder einzige Gegenstand einen festen Platz zu haben. Die Wand neben dem Schreibtisch war ebenso mit Bildern geschmückt wie der gesamte Flur. Sein Rucksack mit dem Laptop stand schon auf dem Tisch, und sie wies auf einen eleganten lederbezogenen Besucherstuhl.

„Sie können sich am besten hier hinsetzen. Ich werde ihn erst mal anschließen und hochfahren, dann sehen wir weiter."

Während er auf dem Besucherplatz saß und ihr zusah, stellte er fest, dass es draußen immer dunkler wurde, obwohl es noch nicht einmal Mittag war. Beunruhigt ging er zum Fenster. Dicke schwarze Wolken hatten sich zusammengezogen, und man musste kein Prophet sein, um zu sehen, dass sich ein heftiges Unwetter zusammenbraute. Die Bäume bogen sich bereits im Wind, doch noch fielen weder Schnee noch Hagel. Mit einem flauen Gefühl im Magen drehte er sich vom Fenster weg, und Anna winkte ihn herbei. Im Eingabefeld für das Passwort blinkte der Cursor. Ganz automatisch stellte er die rechte Krücke an ihren Schreibtisch und beugte sich nach vorn, um die Zahlenfolge einzugeben. Erst als er den Code eingetippt hatte, bemerkte er ihren Blütenduft und dass ihre Haare weich sein Gesicht berührten. Er schluckte hart und konnte gerade noch den Impuls unterdrücken, sich an sie zu schmiegen. Mit einer hastigen Bewegung richtete er sich wieder auf und nahm die Krücke von der Schreibtischkante. Lächelnd drehte sie sich zu ihm herum.

„Es wäre wohl besser, wenn Sie mir das Passwort verraten, sonst kann ich eventuell nachher nicht mehr weiterarbeiten."

„Ja, natürlich", murmelte er und schrieb die Zahlenfolge auf ihren Notizblock. „Da draußen braut sich ganz ordentlich was zusammen."

„Machen Sie sich keine Gedanken, das Dach bleibt schon drauf. Wir haben hier schon so einige Stürme überstanden." Im selben Moment prasselte Hagel so laut und hart gegen die Scheibe, dass beide erschrocken zum Fenster herumfuhren. „Vielleicht sollten Sie mit dem Rückweg noch warten, bis sich das wieder beruhigt hat."

„Es tut mir wirklich sehr leid, dass sie jetzt meinetwegen hier festsitzen."

„Nein, das ist nicht schlimm", beteuerte er. „Ich bin wirklich sehr gern hier, und es gab heute ohnehin keine unaufschiebbar wichtige Arbeit mehr in der Kanzlei." Er linste über ihre Schulter, während sie den Datenstick einsteckte und nach Eingabe ihres Passworts die Dateien öffnete.

„Ich sollte mich mit den Übersetzungen sputen, aber andererseits wäre es sehr unhöflich, wenn ich hier arbeite, während Sie sich langweilen." Bei ihren Worten hatte er eine plötzliche Eingebung und grinste voller Vorfreude.

„Sie haben ja so viele Bücher nebenan, da werde ich sicher etwas finden."

„Das ist eine prima Idee. Ich zünde den Kamin an, und Sie machen es sich mit einem Buch gemütlich. Möchten Sie noch einen Kaffee?" Schwungvoll erhob sie sich, und plötzlich stand sie viel zu nah vor ihm. So fröhlich, wie sie ihn anstrahlte, schien sie sich tatsächlich darüber zu freuen, dass er noch blieb. Er trat einen halben Schritt zurück und schüttelte den Kopf.

„Später vielleicht. Im Moment reicht mir ein gemütlicher Sitzplatz und ein Buch."

„Das sollte kein Problem sein. Kommen Sie." Damit verschwand sie aus dem Büro und hockte schon vor dem Kamin, als er in die Wohnküche kam.

Eine warme Hand auf seiner Schulter weckte ihn. Der Duft von Kaffee lag in der Luft. Anna kniete neben der Couch und lächelte. Sie war ihm so nah, dass er die Wärme ihres Arms durch sein Hemd spürte. Nur mühsam konnte er dem Wunsch widerstehen, den Kopf zu drehen, um die Hand auf seiner Schulter mit den Lippen zu berühren. Ihre lichtblauen Augen sahen ihn so voller Wärme und Zuneigung an, dass ein heißes Kribbeln über seinen Rücken lief.

„Wach werden, der Kaffee ist fertig", sagte sie leise.

Mark reckte sich. Er hatte geträumt – einen angenehmen Traum, wie er überrascht feststellte. An seine Albträume war er gewöhnt. Visionen von Finsternis und Leere, von Schmerz und Angst, rennen zu müssen und sich doch nicht bewegen zu können. Doch dieses wohlige Gefühl war ihm neu. Bei dem Versuch, sich zu erinnern, fand er nur noch Fetzen wieder. Sonnenschein, eine Wiese, ein Bach, er lief barfuß durch das Gras. Ein anderer Junge stand mit hochgekrempelten Hosenbeinen im plätschernden Wasser und winkte ihm zu. Sein Bruder. An mehr konnte er sich nicht erinnern. Langsam öffnete er die Augen wieder und richtete sich auf.

Anna saß am Tisch und hielt eine dampfende Kaffeetasse vor ihr Gesicht. „Kommen Sie, ich hatte Hunger, und da die Mittagszeit schon lange vorbei ist, habe ich ein paar Stücke Apfelkuchen aufgetaut."

Mit einer Hand griff er nach den Krücken, und jäh war jedes angenehme Gefühl aus seinem Kopf verschwunden. Die Couch war zu niedrig, er konnte so nicht aufstehen. Verflixt, darauf hatte er nicht geachtet, als er sich hingesetzt hatte, um in dem Buch zu blättern. Jetzt musste er sich auf Händen und Knien bis zu dem Stuhl vorarbeiten, um sich daran zum Sitzen hochzuziehen und dann aufzustehen. Entwürdigend. Er fand es schon schlimm genug, wenn ihm das zu Hause passierte, wo er allein war. Jetzt sah Anna ihm auch noch dabei zu. Er presste resigniert die Lippen zusammen und rollte sich von der Couch auf die Knie. Plötzlich stand ein Stuhl vor ihm. Er hob den Kopf und sah in Annas Lächeln. Mit beiden Händen packte er die Sitzfläche, stemmte sich hoch und setzte sich, dann nahm er die Krücken und stand auf.

„Wir sollten den Stuhl neben der Couch stehen lassen, das ist praktischer", sagte Anna nur und setzte sich wieder an den Tisch.

Erleichtert atmete er durch. Das war nur halb so unangenehm gewesen, wie er befürchtet hatte. Eigentlich war es gar nichts Besonderes, es war ganz normales Aufstehen, wie immer. Er setzte sich an den Tisch und beobachtete sie einen Moment lang.

„Woher wussten Sie, dass ich einen Stuhl brauche?"

„Ich habe mich an mein Gipsbein vor ein paar Jahren erinnert. Da konnte ich von dieser niedrigen Couch auch nicht einfach so aufstehen und habe immer einen Stuhl zu Hilfe genommen." Verwundert schüttelte er den Kopf. Er wollte die Hand nach ihr ausstrecken und noch einmal ihre Wärme spüren. Stattdessen nahm er langsam die Tasse und trank einen Schluck vom heißen Milchkaffee.

„Vielen Dank – für den Stuhl und den Kaffee. Ich bin wohl über dem Buch eingeschlafen, es tut mir leid."

„Das muss es gar nicht. Ich hatte schon fast ein schlechtes Gewissen, Sie zu wecken, aber den Kuchen wollte ich auch nicht allein essen." Sie grinste schelmisch hinüber, während er vehement den Kopf schüttelte.

„Auf gar keinen Fall. Ich bin ein wahres Apfelkuchen-krümelmonster, das hätte ich Ihnen nie verziehen." Sie lachten beide, und sie legte den Kuchen auf die Teller.

„Mit den Verträgen bin ich schon gut vorangekommen, aber an einigen Stellen habe ich doch noch Fragen. Vielleicht können wir sie gleich gemeinsam besprechen."

Da er mit vollem Mund nicht sprechen wollte, brummte er nur ein zustimmendes „Hm, hm." Sein Blick ging zum Fenster, während er sich fragte, wie lange er wohl geschlafen hatte. Verstohlen schielte er auf die Uhr. Mittagszeit vorbei war ja wohl eine freundliche Untertreibung. Allerdings tobte das Unwetter unvermindert. Würde das heute überhaupt noch so weit nachlassen, dass er gefahrlos Auto fahren konnte? Sie bemerkte seinen Blick und drehte sich ebenfalls zum Fenster um.

„Das sieht nicht gut aus da draußen. Auf dem Hof hat der Sturm riesige Schneewehen aufgehäuft. Wenn das irgendwann aufhört, kann ich mit meinem kleinen Hoftruck den Innenhof und den Weg zur Straße räumen. Für solche Fälle hat er extra ein Schneeschild. Aber ob der Räumdienst die Landstraße freigemacht hat, will ich mal bezweifeln. Die fahren auch erst los, wenn es aufhört zu stürmen, und dann nehmen sie sich erst die Hauptstraßen vor."

Ein Holzscheit knackte im Kamin, der Duft vom Apfelkuchen und Kaffee hing in der Luft, und eine leise Stimme in seinem Inneren fragte, warum er überhaupt wieder gehen sollte. Irritiert versuchte er, sich zu sammeln.

„Ich muss heute ..." Einen Augenblick verlor er den Faden. Was musste er denn überhaupt so dringend? Mit einem Kopfschütteln ließ er das Ende des Satzes offen.

„Es ist mir sehr unangenehm, dass Sie wegen meines blöden Computers all diese Umstände haben, aber ich fürchte, heute kommen Sie hier nicht mehr weg." Sie fixierte ihre Kaffeetasse und schien ihre folgenden Worte abzuwägen. Nach einer kleinen Pause fügte sie hinzu: „Ich habe ein Gästezimmer." Es dauerte einen Augenblick, bis er die Tragweite ihrer Aussage erfasst hatte.

„Ich soll hier übernachten?"

„Es tut mir wirklich leid. So hatten Sie sich den heutigen Tag sicher nicht vorgestellt. Eine bessere Lösung fällt mir auch nicht ein, aber ich fürchte, mit Ihrem Auto kommen Sie bei diesem Wetter noch nicht einmal vom Hof, geschweige denn bis in die Stadt." Sie seufzte. „Außerdem würde ich mir nicht verzeihen, wenn Ihnen etwas passiert. Bei so einem Sturm fliegen auch schon mal große Äste durch die Gegend, oder Bäume stürzen auf die Straße." Mit gerunzelter

Stirn sah sie ihn an, und Wärme breitete sich in ihm aus. Sie machte sich Sorgen um ihn. Das hatte schon ewig niemand mehr getan.

Plötzlich klingelte ihr Telefon, und sie murmelte eine Entschuldigung, während sie in ihr Büro lief. Er konnte nicht verstehen, was sie sagte, und versuchte, sich an die Idee zu gewöhnen, dass er hier übernachten würde. Es gefiel ihm. Nein, so hatte er sich den Tag ganz sicher nicht vorgestellt. Normalerweise hätte er allein an seinem Schreibtisch gesessen und möglichst lange gearbeitet. Dann wäre er nach Hause gefahren, um dort irgendwie den Abend vergehen zu lassen, bis es Zeit zum Schlafen wäre. Der Gedanke, den Abend stattdessen mit Anna zu verbringen, verursachte den gleichen Hüpfer in seinem Inneren, wie es ihr Lächeln immer wieder tat. Erleichtert lehnte er sich zurück und leerte die Kaffeetasse.

Dann stand er auf und begann, den Tisch abzuräumen. Wenn sie ihn schon als Übernachtungsgast aufnehmen musste, wollte er sich wenigstens ein bisschen nützlich machen. Er lehnte eine Krücke an den Tisch und stützte sich nur auf die andere, während er einhändig den restlichen Kuchen die beiden Schritte zur Arbeitsfläche hinüberbalancierte. Anschließend drehte er sich wieder herum und nahm die beiden Teller. Das ging besser als gedacht. Vielleicht könnte er bald überhaupt mit einer Krücke auskommen, wenn er die Übungen für seine Beine wieder regelmäßiger machte. Gerade hatte er den Tisch abgeräumt, als Anna aus dem Büro zurückkam.

„Oh, das war wirklich nicht nötig."

„Ich finde, das war nötig. Wenn ich schon hier als unerwarteter Gast einfalle, kann ich wenigstens etwas helfen."

„Sie haben sich also entschlossen hierzubleiben?" Ihr Strahlen traf erneut direkt in sein Herz.

„Ich habe wohl keine andere Wahl. Aber ich möchte Ihnen nicht lästig werden." Sie legte ihre Hand auf seinen Arm.

„Aber Sie sind mir nicht lästig, ganz im Gegenteil. Ich freue mich, dass Sie da sind.“ Als er sie ansah, leuchteten ihre hellen Augen voller Wärme. Gleichzeitig brannte sich die Stelle an seinem Arm, auf der ihre Hand lag, in sein Bewusstsein. Sein Blick glitt von ihren Augen zu ihrem Mund, und für einen Augenblick schoss der Wunsch, sie zu küssen, durch seinen Kopf. Er schluckte, wandte sich hastig ab und setzte sich auf den erstbesten Stuhl.

„Der Anruf gerade war wegen meinem Auto“, erklärte sie. „Das bekomme ich wohl auch erst morgen zurück, aber was soll's. Heute könnte ich sowieso nirgendwo hinfahren.“ Mit ein paar Handgriffen hatte sie das schmutzige Geschirr in die Spülmaschine geräumt. „Würden Sie sich jetzt die Stellen in dem Vertrag ansehen, zu denen ich noch Fragen habe?“

Mit einem Nicken erhob er sich wieder und folgte ihr ins Büro, während sein Blick an ihrer feenhaften Gestalt hängen blieb.

~

Anna lehnte sich zurück und streckte ihren Rücken durch. Nachdem alle Fragen geklärt waren, hatte Mark sich wieder mit dem Buch ins Wohnzimmer gesetzt, und sie hatte die Übersetzung fertiggestellt. Inzwischen knurrte ihr Magen laut und schmerzhaft. Ernüchtert stellte sie fest, dass der Pizzaservice bei dem Wetter wohl auch nicht kommen konnte. Wenn es doch nur schon Botendrohnen gäbe. Bei der Vorstellung, wie so eine Drohne mit ihrer Pizzalieferung vom Wind hin und her geschleudert wurde, und anschließend mit vereisten Flügeln und zermatschter Pizza auf dem Hof landete, musste sie prusten. Den Kopf über ihre eigene Fantasie schüttelnd stand sie auf und ging in die Küche. Irgendetwas aus den Vorräten würde doch noch ein brauchbares Abendessen ergeben. In der Diele kam ihr Mark bereits entgegen. Mit einem entschuldigenden Lächeln meinte er: „Mein Magen ruft nach Abendessen. Können wir da etwas tun?“

„Das hoffe ich doch. Ich war gerade auf dem Weg, die Küchenschränke zu erforschen. Mal sehen, was die Expedition zutage fördert.“ Nachdem sie die Bestückung von Kühlschrank und Vorratsschrank überprüft hatte, drehte sie sich zu Mark um, der hinter dem Tisch stand. „Was halten Sie von Spaghetti al Tonno?“

Er schmunzelte. „Ob es wohl besonders gut schmeckt, wenn es italienisch heißt?“

Sie grinste frech zurück. „Machen wir den Test: Wie würden Ihnen denn lange dünne Nudeln in Tomatensauce mit Zwiebeln und Thunfisch schmecken?“

Lachend schüttelte er den Kopf. „Nicht mal halb so gut. Darf ich denn wenigstens beim Kochen helfen?“

„Eigentlich ist dabei ja gar nicht viel zu tun, es sei denn, Sie wollen die Zwiebeln schneiden.“

„Immer her damit, wo finde ich die?“

Sie begannen zu kochen, und Anna musste lachen, als Mark tapfer gegen die Zwiebeltränen anblinzelte. Gemeinsam hatten sie wirklich nicht viel Arbeit, und bald blubberte eine unerwartet köstlich duftende Sauce auf dem Herd vor sich hin. Anna öffnete den Deckel und schnupperte an dem Gericht. Eine Prise Salz und Pfeffer später hielt sie Mark den Probierlöffel hin. Der hatte die Krücken an einen Stuhl gestellt und lehnte sich entspannt gegen die Arbeitsplatte. Wenn sie so dicht vor ihm stand, musste sie schon fast den Kopf in den Nacken legen, um ihn anzusehen. Als sie den Löffel hochhob, bemerkte sie seinen Duft, ein wenig holzig und nach einer Zitrusfrucht und natürlich nach ihm selbst. Kurz war sie versucht, die Augen zu schließen und tief einzuatmen, stattdessen konzentrierte sie ihren Blick auf den Löffel. Mit seiner großen Hand umfasste er ihre, beugte sich ein wenig herunter und schlürfte vorsichtig die heiße Nudelsauce. Sie starrte auf seine Hand, die ihre eigene mit einem sanften Griff fast vollständig umschloss, und auf einmal hatte sie das Gefühl, die Luft um sie herum wäre aufgeladen. Es war wie ein Geräusch, von dem man wusste, dass es da war, ohne es zu hören. Ihr Blick wanderte hinauf zu seinen Augen, und sie war sicher, dass ihre Stimme zitterte, als sie fragte: „Und? Was denken Sie?"

„Hmm, perfekt." Dabei sah er sie so intensiv an, als wollte er eigentlich etwas ganz anderes sagen. Nach einem ewig erscheinenden Moment ließ er ihre Hand los und wandte den Blick ab. Sie holte tief Luft, als die Anspannung verschwand, stellte Nudeln und Sauce auf den Tisch, und sie setzten sich an gegenüberliegende Plätze. Den Rotwein hatten sie beim Kochen schon geöffnet und probiert. Ohne zu fragen, füllte er ihr Glas wieder auf, und nachdem sie sich beide eine Portion Nudeln genommen hatten, hob er sein Glas und sah sie erwartungsvoll an. Mit einem Lächeln nahm sie den Wein und sagte: „Auf ein besonders schönes Schneesturmabendessen." Er nickte, und beide nahmen einen Schluck Rotwein, aber er setzte sein Glas noch nicht ab.

„Ich möchte mich für die Gastfreundschaft und die wunderbare Gesellschaft bedanken. Außerdem würde ich mich freuen, wenn wir uns duzen könnten." Er sah sie bei den letzten Worten nicht direkt an, als ob er sich ihrer Zustimmung nicht sicher wäre.

„Das finde ich eine prima Idee, Mark. Oder soll ich Markus sagen?" Sein breites warmes Lächeln hätte einen Gletscher zum Schmelzen bringen können.

„Mark ist besser. Markus mit einem ganz langen A hat mich meine Mutter früher gerufen, wenn ich etwas ausgefressen hatte."

Sie lachte übermütig. „Das ist ein guter Hinweis, den werde ich mir für später merken, Maaarkus."

Mark hätte sich beinahe an seinem Wein verschluckt und hustete theatralisch, bevor er antwortete: „Oh, bitte nicht, ich verspreche auch, ganz brav zu sein."

~

Beim Essen sah er immer wieder verstohlen zu ihr hinüber. Er versuchte, sich daran zu erinnern, wann er sich zuletzt mit jemandem so entspannt und vertraut unterhalten hatte, und vor allem, wann er zuletzt an einem Abend so viel gelacht hatte wie heute. Letzte Woche hatten sie sich noch gar nicht gekannt, und jetzt fühlten sich ihre Gegenwart und ihre Wohnküche so an, als wäre er hier schon immer zu Hause. Sie schaute auf, und ihre Blicke trafen sich wieder. Diese auffallend helle Iris mit dem dunkelblauen Rand faszinierte ihn jedes Mal, wenn er sie ansah. Er musste einfach herausbekommen, woher er diese Augen kannte.

Nach dem Essen räumten sie gemeinsam den Tisch ab und setzten sich zum Kamin hinüber. Das Feuer war schon ziemlich heruntergebrannt, und während sie Holz nachlegte, fragte er: „Du wohnst hier ganz allein in diesem großen Haus?"

Sie zuckte ein wenig zusammen, und eine kurze Pause entstand, bevor sie antwortete: „Mit meinem Ehemann hatte ich früher eine Wohnung in der Stadt. Johan haben ihn alle genannt, aber eigentlich hieß er Johannes. Er ist bei einem Unfall ums Leben gekommen, vor zwei Jahren ungefähr. Danach wollte ich so schnell wie möglich weg, aus der Wohnung und auch aus der Stadt. Mein Vater hatte den Hof vor längerer Zeit von seiner Schwester, meiner Patentante, geerbt. Er wollte ihn nicht verkaufen, aber er hat auch keinen Mieter finden können. Es war alles in ziemlich renovierungsbedürftigem Zustand. Daher bin ich dann kurz nach dem Unfall hierhergezogen. Ich habe unsere Stadtwohnung aufgelöst und auf dem Hof nach und nach alles in Ordnung gebracht. Hier habe ich immer nur allein gewohnt. Wirklich Verschwendung in diesem riesigen Haus." Sie zuckte mit den Achseln und holte Luft, als ob sie noch etwas sagen wollte. Aber schließlich schüttelte sie nur den Kopf. Er schwieg betroffen und wusste nicht so recht, was er antworten sollte. Dann nahm er ihre Hand und drückte sie.

„Es tut mir leid, das wusste ich nicht. Das mit deinem Mann meine ich."

Anna sah auf, und ihre Blicke trafen sich. Schmerz erkannte er in ihren Augen und noch etwas, das er nicht einordnen konnte. Bis jetzt hatte er nur ihre fröhliche unbeschwerte Seite kennengelernt, aber offensichtlich hatte auch sie eine Vergangenheit, die nicht spurlos an ihr vorübergegangen war.

„Warst du dabei, bei dem Unfall? Wurdest du auch verletzt?", fragte er.

Sie nickte zuerst, dann schüttelte sie den Kopf. „Ich war dabei, aber ich wurde nicht verletzt. Nicht ernsthaft, nur ein paar Schnitte an meinen Händen. Man hat mich erst Stunden später zusammengekauert im Gebüsch neben der Straße gefunden. Meine Hose und meine Hände waren über und über mit Blut verschmiert, aber es war viel mehr, als ich selbst aus den kleinen Schnitten geblutet haben konnte. Woher das kam, konnte sich aber niemand erklären. Sie haben gesagt, vom Auto wäre nicht mehr viel übrig gewesen. Ich wurde wahrscheinlich herausgeschleudert. Eigentlich kann das aber auch nicht sein. Ich fahre nie ohne Gurt, und der hätte das ja verhindert. Vielleicht war ich einige Zeit bewusstlos. Ich erinnere mich an gar nichts, deshalb weiß niemand, was wirklich passiert ist."

Sie seufzte und starrte wieder vor sich auf den Tisch. Bei der Vorstellung, wie sie nach dem Unfall unter Schock gestanden haben musste und stundenlang allein im Gebüsch gehockt hatte, ohne dass sie jemand fand, zog sich sein Magen schmerzhaft zusammen. Sie sah plötzlich so verloren und zerbrechlich aus, dass er das Gefühl hatte, sie beschützen zu wollen. Ein seltsamer neuer Teil von ihm wollte gern die steile Falte zwischen ihren Augenbrauen wegwischen und ihr sagen, dass alles gut war. Nach einem kurzen Schweigen nahm sie einen Schluck Wein und atmete tief aus, als ob sie das alles dadurch wegschieben könnte. Dann lehnte sie sich zurück, und zu seinem großen Erstaunen erschien sofort wieder ein Lächeln in ihrem Gesicht.

„Schon okay. Jetzt habe ich dich mit meiner gruseligen Vergangenheit erschreckt. Nun möchte ich auch etwas von dir erfahren, ich kenne dich ja noch gar nicht."

„Was möchtest du denn wissen?", fragte er vorsichtig. Sie sah ihn wieder mit diesem forschenden Blick an.

„Nun ja, was ich gerade erzählt habe, war so ziemlich das einschneidendste Erlebnis in meinem Leben. Gab es bei dir auch etwas, das dein Leben nachhaltig verändert hat?" Ihr Gesicht wurde ernst, als sie sein Zögern bemerkte. „Nur, wenn du das erzählen möchtest, natürlich." Er seufzte tief. Darüber hatte er bisher nur oberflächlich mit Karl gesprochen, aber trotzdem erschien es ihm richtig, ihr davon zu erzählen.

„Ja, so etwas gibt es bei mir." Er machte eine Pause und erlaubte seinen Gedanken, zu dem Abend zurückzukehren, an dem er fast sein Leben verloren hatte. „Es war auch ein Unfall. Ich fuhr auf der Autobahn von einem Mandanten nach Hause zurück. Man konnte nicht viel sehen, es war sehr nebelig und schon fast dunkel. Vielleicht war ich auch zu schnell, woran ich mich erinnern kann, ist die

Müdigkeit. Jedenfalls waren ganz plötzlich viele Lichter vor mir, und dann knallte es. Alle Airbags schossen los, und das halbe Auto bestand aus weißen Polstern. Ich hatte das Gefühl, keine Luft mehr zu bekommen und habe mich dann da herausgewunden. Dann stand ich neben meinem Auto, und dann muss mich wohl noch ein anderer Wagen erfasst haben. Als die Sanitäter mich fanden, lag ich auf der Straße, mitten in einem Haufen Scherben von dem Wagen eines Glasers."

Bis jetzt hatte er auf den Tisch gestarrt. Als er aufsah, stellte er fest, dass Anna mit weit aufgerissenen Augen das Kaminfeuer fixierte. Das Weinglas zitterte in ihren Händen.

„Anna, alles in Ordnung?"

Sie zuckte zusammen. „Jaja, alles o. k., nur schon wieder so ein Déjà-vu. Erzähl weiter." Was war das für eine seltsame Reaktion? Schockierte seine Beschreibung des Unfalls sie so sehr? Er hatte sie nicht erschrecken wollen. Während er weitersprach, behielt er ihr Gesicht im Blick.

„Was genau passiert ist, hat niemand gesehen, und meine Erinnerung ist auch löchrig. Auf jeden Fall waren meine beiden Beine zertrümmert, und ich hatte viel Blut verloren. Irgendjemand hatte bis zum Eintreffen der Sanitäter eine offene Schlagader an meinem Oberarm abgedrückt, sonst wäre ich zu dem Zeitpunkt sicher schon verblutet gewesen. Ich weiß bis heute nicht, wer mir damals das Leben gerettet hat."

Er nahm einen Schluck Wein, bevor er wieder ins Feuer sah und fortfuhr. „Jedenfalls habe ich lange auf der Intensivstation gelegen. Sie waren kurz davor, beide Unterschenkel zu amputieren, aber ich war die ganze Zeit im künstlichen Koma, und meine Frau Susanne wollte das nicht entscheiden. Nur wenige Tage vor dem Unfall hatten wir uns getrennt. Sie hatte schon die Scheidung eingereicht, ohne dass ich davon wusste. Als ich aus dem Koma erwachte, war sie ausgezogen. Ich habe sie nie mehr gesehen. Sie ist irgendwo ins Ausland gegangen, hat der Anwalt gesagt.“

Sein Atem ging schwer, und sein Herz dröhnte in seinen Ohren, als ob er gerade drei Stockwerke hoch gerannt wäre. Sie hatte ihn nach fünf Jahren Ehe einfach so verlassen. Es schmerzte immer noch, aber es wollte heraus. Er konnte jetzt nicht mehr aufhören. Annas Stimme war dunkel und kratzig, als sie antwortete.

„Das tut mir sehr leid. Das muss bestimmt schwer gewesen sein, ausgerechnet in der Zeit nach dem Unfall plötzlich völlig allein dazustehen.“ Sie schüttelte ungläubig den Kopf. Nach einem Moment des Schweigens fuhr Mark fort.

„Sie haben die Beine dann so halbwegs wieder zusammengeflickt. Vier Mal haben sie daran herumgebastelt. Immer, wenn der Schmerz gerade wieder erträglich war, haben sie alles noch einmal aufgeschnitten. Mir war das alles egal, ich wollte nur, dass die Schmerzen aufhören und ich endlich wieder nach Hause konnte. Und ich wollte mein altes Leben zurück, aber das war eigentlich gar nicht mehr da. Nach vier Wochen haben sie mich in die Reha geschickt, und meine Beine haben wieder neu laufen gelernt. Na ja, vorwärtskommen mit Krücken, sozusagen. Laufen ist wohl etwas anderes. Als ich damit so halbwegs klarkam, haben sie mich endgültig nach Hause entlassen. Ja, das war schon die ganze Geschichte.“ Er nahm noch einen großen Schluck Wein, während Anna ihr Glas absetzte und sich zu ihm drehte.

„Vielen Dank für dein Vertrauen. Dass du mir das alles erzählt hast.“ Er wartete, bis der Schmerz etwas abgeebbt war, dann sah er direkt in ihr Gesicht. Ihre ungewöhnlichen Augen weckten in ihm dieses Gefühl, das seine Kehle ganz eng machte. Mit gepresster Stimme antwortete er: „Vielen Dank, dass du mir zugehört hast. Das war das erste Mal, das ich mit jemandem so ausführlich darüber gesprochen habe."

Anstatt des erwarteten Mitleids schwang Verständnis in ihrer Stimme mit, als sie fragte: „Es tut noch sehr weh, oder?"

Er wusste, dass sie nicht die Beine meinte und nickte langsam. „Jetzt, wo es raus ist, geht es besser." Dann griff er nach ihrer Hand. Er fragte sich, ob er sie irgendwann wieder loslassen sollte, doch Anna schien die Berührung nicht zu stören. Im Gegenteil, sie drückte seine Finger, und die Wärme zwischen ihnen breitete sich in ihm aus und hielt das Eis, das sich wieder über die Wunde in seinem Inneren legen wollte, davon ab zu gefrieren. Sie beobachteten eine Weile lang zufrieden schweigend das Feuer, während er den Zauber ihrer Berührung genoss.

Plötzlich stand Anna auf. „Ich glaube, wir brauchen noch mehr Wein, oder möchtest du etwas Stärkeres? Ich habe auch Whisky im Schrank."

„Der Wein ist sehr gut. Ich trinke nicht so gern harte Sachen." Sie entkorkte eine zweite Flasche und kam zum Kamin zurück. Nachdem sie beide Gläser wieder gefüllt hatte, stießen sie miteinander an.

„Begraben wir die Vergangenheit", sagte sie mit einem seltsamen Blick. Er nickte, bevor er einen Schluck Wein nahm.

„Nachdem du hierhergezogen bist, hast du ein neues Leben angefangen?"

„Ja, zumindest habe ich das versucht. Ich träume schlecht. Auch nach der langen Zeit noch. Aber es ist nicht der Unfall, sondern die Zeit davor, die mich verfolgt." Mark wartete, ob sie weitererzählen würde. Anna schien eine bequeme Pose finden zu müssen, bevor sie weitersprach. „Er war krankhaft eifersüchtig und hat mich eingesperrt. Zuerst nur in der Wohnung. Er hat abgeschlossen und den Schlüssel mitgenommen, wenn er zur Arbeit ging. Später hat er mich in der Besenkammer eingesperrt, wenn ich etwas getan hatte, was ihm nicht gefiel."

Wut loderte in Mark auf. Wie konnte ein Mann nur so etwas tun? Ein Tropfen Wein schwappte aus Annas Glas. Sie zitterte. Vorsichtig wollte Mark eine Hand auf ihren Arm legen, zog sie aber sofort zurück, als sie zusammenzuckte. Erschrocken sah sie auf.

„Entschuldige, die Erinnerung … Ich glaube, ich habe mich nicht gern von ihm berühren lassen."

Scharf zog er die Luft ein. „Hat er, hat er, mit Gewalt …?" Er wusste nicht, wie er es sagen sollte, und sie schnitt ihm das Wort ab.

„Ich weiß es nicht. Das Einzige, woran ich mich bis jetzt wirklich erinnere, ist das Einsperren. Immer wenn ich Widerworte gegeben habe oder er meinte, ich hätte etwas falsch gemacht. In sein Büro und an seinen Schreibtisch zu gehen war ganz sicher das Schlimmste, was ich tun konnte. Ich muss es irgendwie fertigbringen, mir diesen Schreibtisch anzusehen, damit ich endgültig damit abschließen kann." Verwundert sah er sie von der Seite an.

„Den Schreibtisch? Wo ist der denn jetzt?"

„Nebenan. Er ist verschlossen, alle Schubladen und Türen sind verrammelt. Ich habe ihn damals zusammen mit seinen anderen Sachen einfach in ein leeres Zimmer stellen lassen und den Raum abgeschlossen. Seitdem steht er da, und ich bringe es nicht fertig, ihn mir vorzunehmen." Ihre Hände zitterten immer noch, und er hätte sie am liebsten in den Arm genommen und vor all diesen Dingen beschützt, die sie so sehr aus dem Gleichgewicht brachten. Aber vermutlich war es gerade nicht ratsam, sie zu berühren. Vorsichtig stieß er den Rand seines Glases gegen ihres.

„Begraben wir die Vergangenheit." Sie nickte und sah ihn mit einem gezwungenen Lächeln an.

„Diesem Teil der Vergangenheit werde ich mich wohl erst noch stellen müssen, bevor ich ihn begraben kann. Aber für heute Abend schubsen wir sie mal in ein Loch."

Nichts war ihm lieber als das. Er wahrte eine respektvolle Distanz, doch spürte auch, dass sie sich wieder entspannte, während sie sich über ihr Lieblingsessen, die Pferde und andere unproblematische Themen unterhielten.

Es war schon nach zwölf, als Anna zum ersten Mal gähnte.

„Oh, es tut mir leid, vor lauter Reden habe ich gar nicht auf die Uhr gesehen. Es ist längst Zeit zum Schlafen." Beide standen gleichzeitig auf, und sie schwankte ein wenig, sodass sie sich unwillkürlich mit der Schulter gegen ihn lehnte. Die Wärme, die ihr Körper ausstrahlte, zog durch sein Hemd bis in seine Brust. Zum ersten Mal war er froh, dass seine Hände mit den Krücken beschäftigt waren. Er hätte sich sonst nur schwer davon abhalten können, sie einfach an sich zu ziehen.

„Ups, Entschuldigung. Ein bisschen zu viel Rotwein fürchte ich", sagte sie. „Ich habe noch eine brandneue Zahnbürste im Schrank. Die und zwei Handtücher lege ich dir raus, dann kannst du morgen früh duschen, wenn du magst. Hier ist das Gästezimmer." Sie öffnete die Tür, knipste das Licht an und wies mit einer eleganten Armbewegung in den Raum. „Gute Nacht", hörte er noch hinter sich, dann war sie im Bad verschwunden.

Als er die Zimmertür hinter sich geschlossen hatte, lehnte er sich mit dem Rücken dagegen. Dieser Abschied war ein wenig plötzlich gekommen. Aber vielleicht war das auch besser so. Die Anziehung, die sie auf ihn ausübte, war beinahe magnetisch, und es war ihm im Laufe des Abends immer schwerer gefallen, sie nicht an sich zu ziehen und leidenschaftlich zu küssen. Immer wieder musste er sich ermahnen, dass sie ja Arbeit und Privatleben nicht vermischen wollte.

Er würde das respektieren, auch wenn es ihm noch so schwerfiel. Irgendwann wäre diese Danegard-Sache ja zu Ende, dann … Er seufzte tief. Sie war eine so wunderbare und außergewöhnliche Frau. Dass so jemand mit ihm, so kaputt wie er war … Energisch schüttelte er den Kopf. Darüber sollte er wirklich nicht weiter nachdenken, zumindest jetzt noch nicht. Dies war auf jeden Fall der beste Abend gewesen seit … seit … der beste Abend überhaupt.

Er machte einen Schritt in den Raum hinein und sah sich um. Das Zimmer war nicht groß, aber sehr gemütlich eingerichtet. An einer Wand stand ein breites Bauernbett mit geschnitzten Kopf- und Fußteilen. Daneben eine Kommode mit drei Schubladen und den gleichen Schnitzereien. Auf der anderen Seite gab es einen passenden Tisch und Stuhl, und an den Wänden hingen abstrakte Kunstwerke. Er erkannte Annas Pinselführung. Diese Bilder waren allesamt deutlich fröhlicher und bunter als jene, die er in seiner Wohnung hängen hatte. Ihm fiel eine flache Tonschale mit einigen großen Tannenzapfen und einem Stern aus silbrigem Metall auf, die Quelle des zarten Waldduftes, der ihn direkt willkommen geheißen hatte. Sie musste das heute Abend extra hier hingestellt haben. Etwas machte ihn schwindelig, ob das die Wirkung des Weins war oder das Gefühl von Wärme und Zuneigung, das aus dieser Geste sprach, wusste er nicht. Was auch immer der Grund war, er musste sich setzen. Vorsichtig strich er mit dem Finger über den Stern. Sie hatte sich extra die Mühe gemacht, das Zimmer so liebevoll vorzubereiten. Seine Kehle wurde wieder eng, und ein seltsames Gefühl von Sehnsucht zog sein Herz zusammen. Er ließ sich auf das Bett fallen und starrte an die Decke.

Aus einem unverständlichen Grund erinnerte er sich an das Zimmer, in dem er früher zu Hause gewesen war. Bett, Schrank, Schreibtisch, ein Regal für seine Schulsachen, weiter nichts. Noch nicht einmal die Bilder, die er in der Schule selbst gemalt hatte, durfte er aufhängen. Geschrei und Türenschlagen drangen durch die dünnen kahlen Wände. Wenn es ganz schlimm wurde, schlich sein jüngerer Bruder Thomas sich zu ihm ins Zimmer und kuschelte sich an ihn. Damals hatte ihre Mutter noch bei ihnen gelebt. Dann, eines morgens, war sie einfach weg. Zuerst war er noch froh gewesen, dass Streit und Geschrei nun vorbei waren. Aber die drückende Stille, die sich danach ausbreitete, und die kalte Gleichgültigkeit, die ihr Vater seinen Söhnen entgegenbrachte, war beinahe noch schwerer zu ertragen gewesen.

Mit einem Stöhnen schob er die ungebetenen Erinnerungen zur Seite und zog sich aus. Der Wein machte seinen Kopf schwer, und ohne noch einen weiteren Gedanken an das Bad zu verschwenden, schlüpfte er unter die Decke und schloss die Augen.

Kapitel 8

Unruhig wälzte sie sich hin und her, bis sie schließlich aufwachte. Mit halb geschlossenen Augen schielte Anna zum Wecker hinüber. Fünf Uhr dreißig, na prima, das wurde scheinbar ihre neue Aufwachzeit. Immerhin war sie heute ausnahmsweise mal nicht von einem Albtraum geweckt worden. Sie zog die Decke über den Kopf und versuchte vergeblich, noch einmal in den Schlaf zurückzugleiten. Was war heute? Donnerstag. Plötzlich erinnerte sie sich an den gestrigen Abend. Sie hatte Besuch, Mark war nebenan im Gästezimmer. Mit einem Schlag war sie hellwach und hatte die Beine aus dem Bett gestreckt, bevor sie den Gedanken zu Ende führte. Mit einem Seufzer ließ sie sich wieder auf ihr Kissen fallen und ihre Gedanken erst einmal aufholen.

Es kam ihr alles ein bisschen surreal vor. Solche Sachen passierten doch eigentlich nur im Film. Ihr Auftraggeber kommt mit einem geliehenen Computer vorbei, dann tobt draußen ein Unwetter, und er landet am Ende in ihrem Gästezimmer. Anna musste lächeln, als sie feststellte, dass sie ihn immer mehr mochte. Obwohl sie ihn noch nicht lange kannte, jagte ihr der Gedanke keine Angst ein. Mark war anders als die Männer, die sie bisher in ihr Leben gelassen hatte. Er spielte kein Spiel, sondern ging aufrichtig mit ihr um. Es hatte nicht nur am Rotwein gelegen, dass sie beide über so persönliche Dinge gesprochen hatten. Auch heute früh war ihr noch nicht unangenehm, dass er jetzt all das über sie wusste. Er war ungewöhnlich, und sie fühlte sich ausgesprochen wohl in seiner Nähe. Ja, er gefiel ihr, der Besuch. Breitschultrig, dunkelhaarig, gut aussehend, mit angenehmer Stimme, gutem Geschmack, höflichem Auftreten. Jemand, der seine Größe nicht nutzte, um einzuschüchtern, sondern um zu beschützen. Außerdem war da noch dieser seltsame Magnetismus, der ihr jedes Mal ein wohliges Gefühl bescherte, sobald sie sich berührten. Zum ersten Mal musste sie sich eingestehen, dass sie Interesse daran hatte, jemanden näher kennenzulernen. Anders als bei Steve war sie es, die das Bedürfnis hatte, den nächsten Schritt zu gehen.

Ihre Freundinnen versuchten schon seit einiger Zeit, immer wieder Verkupplungsversuche zu starten, aber bisher hatte es sich immer falsch angefühlt. Sie war verheiratet. Sie musste ihrem Mann treu bleiben. Verdammt. Nein, sie war nicht verheiratet, sie war Witwe. Scheißwort. Witwen waren alte Tanten mit grauen Haaren und einem Stock. Nicht sie. Tränen traten in ihre Augen, und wütend sprang sie auf. Darüber wollte sie nicht nachdenken. Verdammt. Warum stahl sich dieser Mistkerl von einem Ehemann immer in ihren Kopf, wenn sie auch nur ein kleines bisschen glücklich war? Sie lief ins Bad und drehte den Wasserhahn weit auf. Mit beiden Händen warf sie kaltes Wasser in ihr Gesicht, wo es sich mit den Tränen vermischte. Es musste viel davon in den Abfluss sickern, bis sie sich wieder im Griff hatte und sich endlich fertig machen konnte.

Als sie angezogen war, legte sie schnell einen Zettel auf den Tisch und ging erst mal nach draußen. So früh würde Mark sicher nicht aufstehen, und wenn sie sich jetzt um die Pferde kümmerte, hätten sie nachher mehr Zeit für das gemeinsame Frühstück. Mit Thermostiefeln, Handschuhen und dicker Jacke ausgerüstet öffnete sie die Tür. Sofort fiel ein großer Schneehaufen auf die Fliesen, den sie mit den Stiefeln wieder hinauszuschieben versuchte. Hastig trat sie einen Schritt vor und zog die Tür wieder hinter sich zu. Dann überschaute sie erst einmal ihr keines Reich.

Das war wirklich ein ergiebiger Sturm gewesen. Absolut alles war mit einer dicken weißen Schneeschicht bedeckt. Selbst nachdem der

Wind aufgehört hatte, musste es in der Nacht noch eine ganze Weile weiter geschneit haben. Im Innenhof gab es immerhin keine größeren Verwehungen, sodass sie ohne Probleme zum Stall gehen konnte. Vor der Seitentür musste sie nur ein wenig Schnee mit dem Fuß zur Seite schieben. Dann ging sie einen Spalt weit auf, gerade genug, um hineinzuschlüpfen. Zuerst bereitete sie das Frühstück für die Pferde und die kleine Katze vor, dann hängte sie das Schneeschild auf die Frontaufnahme ihres Hoftrucks. Als Nächstes versuchte sie, das große Tor von innen zu öffnen. Keine Chance. Mit einem wütenden Schnauben griff sie nach dem Schneeschieber und stapfte außen um das Gebäude herum. Auf dieser Seite hatte der Sturm tatsächlich eine ordentliche Menge Schnee zusammengeblasen. Nachdem sie sich da hindurchgekämpft hatte und das Tor endlich öffnen konnte, war ihr schon wieder ordentlich warm. Erleichtert stellte sie den Schneeschieber in die Ecke und startete den Hoftruck. Zuerst schob sie den Bereich zwischen Stall und Weg frei, um sich dann nach und nach weiter die Zufahrt hochzuarbeiten. Den Innenhof wollte sie zuletzt freimachen, weil das Motorgeräusch Mark sonst viel zu früh aus dem Schlaf reißen würde.

Der Weg zur Straße kam ihr heute mindestens doppelt so lang vor wie sonst. Obwohl sie nur den Weg für eine PKW-Breite freischob, war schon fast eine Stunde vergangen, als sie schließlich am Ende ankam. Erstaunt stellte sie fest, dass der Winterdienst dort bereits vorbeigekommen war, und die Straße in beide Richtungen freigeräumt hatte. Erleichtert machte sie sich wieder auf den Rückweg und drehte zum Schluss noch einige Runden im Innenhof. Nachdem sie den Hoftruck wieder in der Scheune abgestellt hatte, nahm sie noch einen Eimer Streusalz, um wenigstens den unmittelbaren Eingang bis zum Parkbereich rutschfrei zu bekommen. Gerade als sie auch damit fertig war, klingelte ihr Telefon.

„Guten Morgen, liebe Schneefrau. Ist auf dem Hof alles in Ordnung nach dem Sturm?“ Ellas Stimme war fröhlich und nur halb so besorgt, wie ihre Worte im ersten Moment klangen.

„Ja, hier ist alles gut“, antwortete Anna gut gelaunt. „Der Schnee auf dem Hof und in der Zufahrt ist auch schon geräumt, das normale Leben kann weitergehen.“ Im Hintergrund hörte sie Stimmengemurmel.

„Prima. Auf dein Schneemonster hab ich gut aufgepasst, den Yeti schick ich dir mit meinen beiden Brüdern gleich vorbei. Tut mir echt leid, aber gestern Nachmittag ging da gar nichts mehr.“

„Schon okay, Ella. Mach dir mal keine Gedanken. Gib den Jungs ein paar Brötchen mit, dann habe ich gleich etwas zum Frühstück.“

„Was, du räumst den ganzen Hof und den Weg vor dem Frühstück? Das könnte mir ja nicht passieren. Ich pack dir ein paar mehr ein, du musst ja Hunger haben bis unter beide Arme.“

Anna lachte. „Ja, Hunger habe ich, und Besuch auch. Also pack ruhig ein paar mehr ein.“

„Was? Besuch? Wer denn, erzähl! Jemand, den ich kenne? Doch hoffentlich nicht der Supersnob!“ Sie konnte das Entsetzen aus Ellas Stimme heraushören und musste schmunzeln.

„Nein, nein, keine Sorge. Den kennst du nicht, erzähle ich dir morgen oder so. Bis dann.“

~

Als Mark aufwachte, verstand er zunächst nicht, wo er war. Schließlich kehrte die Erinnerung zurück. Er war bei Anna. Mit einem entspannten Lächeln drehte er sich auf den Rücken und erinnerte sich noch einmal an den gestrigen Abend. So ein Schneesturm konnte doch die erstaunlichsten Dinge verursachen.

Wenn er nur den Laptop abgegeben hätte und dann wieder gefahren wäre, hätten sie sich wahrscheinlich nie so gut kennengelernt. Beide hatten sie gestern Abend beim Rotwein über sehr persönliche Dinge gesprochen. Aus irgendeinem Grund gab es eine Verbindung und ein Vertrauen zwischen ihnen, das er so bisher noch nie gefunden hatte. Niemals hätte er sich vorstellen können, mit einer fast fremden Person über den Unfall und die Trennung von seiner Frau zu sprechen. Und doch hatte es sich richtig angefühlt, und er wusste, dass seine tiefsten Gefühle und schmerzlichsten Erfahrungen bei ihr sicher aufgehoben waren. Trotzdem war es immer noch seltsam. Jetzt, bei Tageslicht, beobachtete er das Zimmer genauer. Ihm fiel der Kontrast zwischen der rustikalen Kommode und dem abstrakten Bild, das darüber hing, auf. Es passte wunderbar zusammen. Das ganze Haus bestand aus diesen auf seltsame Art passenden Widersprüchen. Damit erinnerte es ihn an Anna. Sie war ernst und fröhlich, ruhig und ausgelassen, stark und verletzlich zugleich. In diesem Zimmer und in ihrer Nähe fühlte er sich wohler als in seiner eigenen großen, edel eingerichteten Wohnung. Wie in einem Traum, schoss es ihm plötzlich durch den Kopf. Aber das hier war nicht wie seine üblichen Träume, dunkel und voller Schmerz. In der letzten Nacht hatte er keinen Albtraum gehabt, zum ersten Mal seit langer Zeit. Doch dieser Traum würde jetzt zu Ende gehen, und dann würde er wieder in seinem alten Leben aufwachen. So war das eben mit Träumen.

Leise stand er auf und ging hinüber in das Bad. Als er sich fertig angezogen hatte, schlich er in die Küche. Das leise Klicken der Krücken konnte er natürlich nicht vermeiden. Trotzdem hatte er die Hoffnung, er könnte unbemerkt das Frühstück vorbereiten. Diese Vorstellung zerschlug sich gleich wieder, denn auf dem Tisch lag ein Zettel.

Guten Morgen, Mark. Bin im Stall und beim Schneeschieben, brauche ca. eine Stunde. Anna.

P.S. Jetzt ist 6:15 Uhr

Gedankenverloren drehte er den Zettel in den Fingern. Sie hatte extra eine Nachricht hinterlassen, damit er wusste, wo sie war. Ein kribbelndes Gefühl breitete sich in ihm aus, und er steckte das Stück Papier tief in seine Hosentasche. Dann ging er zum Eingang und schaute durch die kleine Scheibe in der Haustür auf den Hof.

Auf der linken Seite vom Wohnhaus lag das Stallgebäude mit dem großzügigen Auslauf, in dem mehrere Pferde herumstanden und Anna beobachteten. Der kleine Hoftruck fuhr gerade von der Zufahrt in den Innenhof und schob eine große Ladung Schnee zur Seite. Sie war so konzentriert, dass sie ihn nicht bemerkte, und schnell trat er einen Schritt zurück. Dann machte er sich eilig auf den Weg in die Küche. Wenigstens den Kaffee wollte er fertig haben, wenn sie wieder hereinkam.

Von der Küchenzeile bis zum Tisch waren es nur zwei Schritte. Die hatte er ja auch gestern Abend schon mit einer Krücke geschafft. So hatte er die andere Hand frei, um etwas zu tragen. Nach und nach brachte er so alles, was zum Frühstück gebraucht wurde, zum Tisch. Erst als er fast fertig war, hörte er die Haustür zuklappen. Den letzten Schritt machte er zu schnell, und er brachte ihn ins Wanken. Mit einem lauten Klirren fiel das Saftglas zu Boden und zersprang. Verärgert stöhnte er auf. So ein Mist. Da hatte er ihr ja eine prima Überraschung vorbereitet. Vorsichtig stützte er sich auf der Sitzfläche des Stuhls ab und ließ sich auf die Knie herunter. Er wollte zumindest noch die Scherben aufheben, bevor sie hereinkam. Mit fahrigen Händen versuchte er eilig, die Glassplitter zusammenzusuchen. Ein Fehler. Im nächsten Moment musste er das Blut stillen, das aus zwei Schnitten floss. Enttäuscht und wütend presste er die Lippen zusammen. Ihm wurde heiß, und feine Schweißperlen entstanden auf seiner Stirn. Ihre Schritte klangen aus dem Flur.

„Mark, was ist los? Ist alles o. k.?“, rief sie. Er sah auf und wollte mit einer Hand den Schweiß aus seinen Augen wischen. Plötzlich machte Anna einen Satz nach vorn und packte mit aller Kraft sein Handgelenk. „Nein!“, keuchte sie entsetzt. Ihre Augen füllten sich mit Tränen, und zwei Tropfen kullerten ihre Wange hinab. Er musste schlucken. Auch wenn er nicht wusste, was da gerade passierte, ihre Tränen schnürten ihm das Herz zusammen.

„Anna, es ist nichts, ich habe nur ein Glas fallen lassen. Es tut mir leid“, flüsterte er. Wie aus einem schlechten Traum erwacht, starrte sie auf das am Boden liegende Glas und ließ sein Handgelenk los. Er räusperte sich, um seine kratzige Stimme wieder besser unter Kontrolle zu bekommen. „Anna, sieh mich an. Alles in Ordnung mit dir?“ Konfus nickte sie, ohne den Blick von seinen blutenden Fingern abzuwenden.

„Ja, ja, schon okay. Nur so ein verrücktes Gefühl. Die Scherben und das Blut und … ach ich weiß auch nicht.“ Zittrig holte sie Luft und drehte sich weg. „Setz dich hier hin, wir müssen das abwaschen und ein Pflaster drauf machen.“ Mit einer Hand stützte sie sich am Tisch ab und wartete, bis Mark sich auf den Stuhl gesetzt hatte. Dann holte sie ein feuchtes Tuch, Desinfektionsmittel und eine Pflasterbox. Sie ließ sich auf den nächsten Stuhl fallen, und während sie seine Wunden versorgte, sprachen beide kein Wort. Als sie aufstehen wollte, um alles wegzuräumen, hielt Mark ihre Hand fest. Eindringlich sah er in ihr Gesicht.

„Es tut mir leid, dass ich das Glas kaputt gemacht habe.“ Sie lächelte zaghaft.

„Das Glas ist total egal. Ich habe gerade nur das Blut gesehen, und es hat mich an irgendetwas erinnert. Ich hatte plötzlich Angst um dich.“ Obwohl sie leise sprach, dröhnten die Worte in seinem Kopf.

„Du hattest Angst? Um mich?“ Sie schüttelte verwirrt den Kopf.

„Frag mich nicht. Ich weiß, es hört sich total irre an, aber es hat sich gerade sehr real angefühlt. Ich glaube, es war etwas, das ich letztens geträumt habe.“

In diesem Augenblick klingelte es an der Tür, und Anna stand auf. Verwundert und von ihrer Sorge gerührt sah er ihr nach.

Vom Flur her hörte er die Stimmen von zwei Männern und fragte sich, wer so kurz nach dem Schneesturm und so früh am Morgen schon hier auftauchte. Kurz darauf kam Anna mit einer Brötchentüte zurück in die Küche.

„Es gibt hier auf dem Land nicht wirklich einen Brötchenservice, oder?“, fragte er überrascht. Mit einem schelmischen Grinsen legte die Tüte auf den Tisch.

„So zahlt man auf dem Dorf sein Schutzgeld.“

Beim Frühstück unterhielten sie sich über den Hof und die Pferde. Acht von ihnen wohnten insgesamt dort, wobei aber nur zwei Anna selbst gehörten.

„Hast du schon einmal auf einem Pferd gesessen?“ Die Frage gefiel ihm gar nicht. Worauf wollte sie denn jetzt hinaus?

„In der Reha haben sie es auch mal mit Reittherapie versucht. Das war, bevor ich meine Beine überhaupt wieder gebrauchen konnte. Sie haben mich mit einem Hebelift auf das Pferd gehievt und anschließend zwei Runden im Kreis geführt. Das Pferd hat sich dann erschreckt, und ich wäre beinahe an der Seite heruntergerutscht. Es war ein grauenhaftes Gefühl. Ich weiß nicht, ob du das verstehen kannst. Ich war vorher immer derjenige, der bestimmte, wie die Dinge liefen, und der alles unter Kontrolle hatte, wenn es eng wurde.

Nach dem Unfall hatte ich plötzlich nicht einmal mehr meine eigenen Muskeln unter Kontrolle. Es waren ja nicht nur die Beine. Durch das Koma und die Operationen war mein ganzer Körper völlig schlaff und kraftlos. Ich hing hilflos an diesen Haltegriffen und konnte mich nicht einmal mehr aufrichten. Das Ganze war so erbärmlich, dass ich es eigentlich für immer vergessen wollte." Er schluckte trocken, als dieses tief in seinem Inneren begrabene Gefühl der Hilflosigkeit wieder in ihn hochkroch. Dann sah er sie an und wunderte sich, dass er mit ihr wieder ohne zu zögern über seine tiefsten und unangenehmsten Empfindungen gesprochen hatte. Anna legte eine Hand auf seinen Arm und strich sacht darüber. Ihre sanfte Berührung schien alles wegzuwischen, bis nur noch ihr Lächeln übrig blieb. Seine andere Hand legte sich ganz von allein über ihre.

„Inzwischen haben deine Muskeln sich ja wieder an alles gewöhnt. Wenn ich dir verspreche, dass das Pferd nicht einmal mit der Wimper zuckt, und du keine Haltegriffe, sondern einen ordentlichen Sattel hättest, würdest du mir den Gefallen tun, es noch einmal zu versuchen?"

„Wozu?", fragte er gequält.

Sie strahlte mit einer inneren Sicherheit und Überzeugung, die beinahe ansteckend war. „Weil es wunderbar ist, sich von vier starken Beinen tragen zu lassen, die so viel mehr können als die eigenen zwei. Das ist nur eine von so vielen wunderbaren Seiten des Reitens. Ich sollte erst gar nicht davon anfangen, sonst sitzen wir heute Abend noch hier und reden. Bitte versuch es mal. Wenn es dir nach fünf Minuten nicht gefällt, hören wir sofort auf, versprochen."

Ergeben seufzte er. „Und wie würdest du mich ohne Hebelift da draufbekommen?"

Sie grinste. „Indem du einfach aufsteigst. Vielleicht hast du ja am Wochenende Lust, mal auf einen Kaffee und eine kleine Pferderunde vorbeizukommen." Überrascht zog er die Brauen hoch. Plötzlich schien sie unsicher zu werden. „Nur wenn du möchtest. Und wenn du überhaupt Zeit hast. Du hast ja meine Nummer, ruf einfach an, wenn du vorbeikommen willst." Damit stand sie auf und räumte den Tisch ab.

Ha, nur wenn er Zeit hatte. Natürlich hatte er am Wochenende immer so viel Besseres zu tun. Aus dem Fenster starren zum Beispiel. Wie viele Stunden hatte er schon damit zugebracht, aus seinen riesigen Panoramafenstern auf die Stadt hinunterzusehen und sich zu fragen, wohin sein Leben verschwunden war? Alles, was davon übrig geblieben war, hatte Ähnlichkeit mit einer Mondlandschaft: voller Krater, staubig und ohne Leben. Ein kalter Schauer lief über seinen Rücken, dann spürte er eine warme Hand auf seiner Schulter.

„Alles okay?" Ihr Mund lächelte, aber ihr Blick war ernst. Er nickte abwesend und stand auf.

„Ich muss zuerst nach Hause und mich umziehen. Wir sehen uns ja dann nachher im Büro."

„Ja, natürlich. Ich werde etwas später kommen, weil ich den Computer noch zur Reparatur bringen muss. Ich werde die Dateien und den Laptop der Kanzlei dann mitbringen."

„Wenn du möchtest, kannst du ihn auch bis Montag ausleihen. Deiner wird so schnell wohl nicht wieder repariert sein."

„Das wäre vielleicht ganz gut. Manchmal kann ich auch ein Ersatzgerät bekommen, aber das hängt immer davon ab, was gerade da ist. Wenn ich den hier nach der Arbeit wieder mitnehmen darf, muss ich am Wochenende nicht faul herumsitzen."

„Dir wird doch sicher für das Wochenende etwas Besseres einfallen, als faul herumzusitzen oder zu arbeiten."

„Nur wenn du zum Reiten vorbeikommst, sonst werde ich leider, leider arbeiten müssen."

Kapitel 9

Ernüchtert stapfte Anna durch den Schneematsch von Nicos Ladentür zum Auto zurück. Als Ein-Mann-Unternehmen, das unter anderem auch einige Firmen betreute, hatte *Nicos Computer* nicht wirklich feste Ladenöffnungszeiten, und ausgerechnet heute hatte er geschlossen. Also musste sie wohl doch Marks Angebot annehmen.

Der Aufzug der Kanzlei öffnete sich, und sofort sah Anna durch die Glastür hindurch, dass Mark bei Frau Seegers stand. Erstaunt stellte sie fest, dass ihr Herz in Galopp fiel. So etwas Seltsames, sie hatte doch noch vor zwei Stunden erst mit ihm gefrühstückt. Mit einer Hand drückte sie die Glastür auf, und seine eben noch ernste Miene verwandelte sich in ein strahlendes Lächeln, als er sie sah.

„Hallo, Anna. Prima, dass du schon da bist. Wir haben von Danegard ein Fax bekommen. Es muss bei den Lieferfristen noch etwas geändert werden, bevor wir die Verträge rausschicken können." Eigentlich wäre so eine kurzfristige Änderung ein Ärgernis gewesen, aber so wie er es sagte, hörte es sich an wie ein Geburtstagsgeschenk. Frau Seegers Blick schoss hoch und flog zwischen ihnen beiden hin und her. Beinahe sah es aus, als wollte ihr Mund offenstehen bleiben. Anna musste über ihren verblüfften Gesichtsausdruck schmunzeln. Mit einem verschmitzten Grinsen auf den Lippen wandte Frau Seegers sich schließlich ab. Natürlich war ihr aufgefallen, dass Mark Anna duzte. Was daran so erstaunlich war, wollte sie später noch herausfinden. Doch zunächst würde sie ihre Arbeit erledigen.

Anna machte sich direkt daran, den Laptop im Konferenzraum aufzubauen. Mark, der ihr gefolgt war, stand etwas verloren im Raum.

„Anna", sagte er schließlich leise und unerwartet ernst. „Ich bin nach dem Frühstück etwas eilig aufgebrochen. Dabei habe ich versäumt zu sagen, wie schön der Tag mit dir war." Er kam zwei Schritte näher und lehnte sich ein wenig gegen den Tisch. Eine Krücke stellte er ab und griff nach ihrer Hand. „Wir werden sicherlich noch eine Weile zusammenarbeiten, und ich weiß, dass du mit Geschäftspartnern eigentlich keinen privaten Kontakt möchtest." Sie spürte, wie ihr Puls sich beschleunigte. „Wenn unsere berufliche Verbindung beendet ist, ich meine, wenn die Danegard-Sache erledigt ist …" Er blickte ihr tief in die Augen. „Könntest du dir vorstellen, mit mir essen zu gehen?" Sein Blick glitt von ihrem Gesicht zu Boden, und sie war überrascht, wie leise und unsicher seine Stimme geklungen hatte. Eine Welle der Sympathie breitete sich in ihr aus, und sie drückte seine Hand.

„Wir müssen nicht warten, bis die Übersetzungen fertig sind, denke ich. Ich habe zwar eine unangenehme Erfahrung gemacht, aber dein Besuch hat mir auch sehr gefallen." Als er aufschaute, lag eine unglaubliche Erleichterung in seinem Gesicht. Jetzt erst fiel ihr auf, dass die goldenen Sprenkel in seinen Augen leuchteten, wenn er sich freute.

„Danke, dass du das sagst. Es muss dir etwas seltsam vorkommen, aber es ist das erste Mal, dass ich mit jemandem ausgehen möchte seit – hm – seit dem." Er schnippte gegen die Krücke und lächelte schief. „Ich war seit dem Unfall ein ziemlicher Einsiedler, aber ich glaube, es wird endlich Zeit, das zu ändern."

Anna lächelte ein wenig verlegen zurück. Ja, das mit dem Einsiedlerdasein kannte sie nur zu gut. Und auch wenn ihr erster Versuch, das zu ändern, am vorigen Wochenende grandios den Bach heruntergegangen war, fühlte sie sich bereit für einen zweiten Versuch. Zumindest hoffte sie das.

Es dauerte nicht lange, bis alle übersetzten Unterlagen ausgedruckt und versandbereit auf dem Schreibtisch lagen. Anna wunderte sich, dass in Zeiten moderner Bürotechnik solche Unterlagen immer noch in Papierform verschickt wurden. Während sie über diese Unsinnigkeit nachdachte, war Karin Seegers dabei, eine elaborierte Obstschale auf dem Konferenztisch zu inszenieren, da für den Nachmittag ein Fotografentermin angesetzt war. Die Homepage der Kanzlei wurde überarbeitet, und es waren dringend neue Fotos der Partner und Mitarbeiter nötig. Ihre Gedanken glitten plötzlich wieder in die Vergangenheit.

Solche Termine hatte ihr Mann früher auch gehabt. Firmenprofile erstellen, vom Gebäude über die Innenräume bis zu den Mitarbeitern, das war auch ein Teil seines täglichen Business gewesen. Dazu die großen Events und Partys. Die beiden Bereiche hatten sich natürlich wunderbar ergänzt, denn auf den Events traf er immer wieder neue und zahlungskräftige Auftraggeber, während zufriedene Firmenkunden gleich daneben saßen und direkt für eine Empfehlung sorgten.

Anna hatte bereits zusammengepackt und wollte sich noch einen Kaffee aus der Küche holen, als sich die Aufzugtür öffnete und das Fototeam herauskam. Ein kalter Schauer fuhr ihren Rücken hinunter, als sie den Mann mit dem flachen breiten Gesicht, den eisgrauen Augen und den Igelhaaren vor sich sah. Es war Alexej Bensson, mit dem Johan zusammen das Fotografiebusiness betrieben hatte. Seitdem sie damals, kurz nach Johans Tod, dessen komplette Ausrüstung an Alexej verkauft hatte, waren sie sich nicht wieder begegnet. Bis jetzt. Als wäre es gestern gewesen, erinnerte sie sich an dieses Treffen.

Zwei Wochen waren vergangen seit dem Unfall, und sie war in ihrer neuen Lebenssituation noch nicht wirklich angekommen. An schlechten Tagen lief sie wie ein Geist durch die gemeinsame Wohnung und wusste nichts mit sich anzufangen. An guten Tagen machte sie Pläne. Die Übersetzungsarbeit wollte sie wieder aufnehmen, die Wohnung verkaufen und in das Bauernhaus ihrer Tante umziehen, vielleicht Pferde anschaffen. Zuerst musste sie all die Dinge loswerden, die sie nicht in ihr neues Leben mitnehmen wollte. Die Fotosachen ihres Mannes zu verkaufen war der erste Schritt. Mit der gesamten Ausrüstung war sie zu den Geschäftsräumen von Alexejs Fotoagentur gefahren. Ein Mitarbeiter hatte ihr beim Auspacken der Beleuchtungsschirme und Lampenständer geholfen und kaum hatten sie alles in Alexejs Büro verstaut, war er plötzlich hinter ihr aufgetaucht. Statt einer Begrüßung hatte er den Arm um ihre Hüfte geschlungen und ihr einen Kuss in den Nacken gegeben. Bei der Erinnerung zog wieder eine Gänsehaut ihren Rücken hoch. Hastig hatte sie sich einen von ihm wegbewegt, doch er war ihr gefolgt, und hatte sie mit seinem Körper an die Wand gedrückt.

„Meine Schöne, warum so spröde? Jetzt wo dein Mann nicht mehr da ist, wäre es doch endlich an der Zeit, dass wir uns näherkommen.“ Diese Worte hatten sie völlig sprachlos gemacht, und er hatte den Moment der Verwirrung sofort ausgenutzt, um sie hart und fordernd zu küssen. In dem Augenblick war sein Mitarbeiter hereingekommen, und Alexej hatte sich mit einem wütenden Schnauben zu ihm herumgedreht. Sofort hatte Anna sich aus seinem Griff gewunden, war aus dem Büro geflohen und in ihrem Auto nach Hause gerast. Am nächsten Tag hatte er sie angerufen und sich entschuldigt, aber sie war den Eindruck nicht losgeworden, dass er das nicht wirklich so meinte. Über den Preis der Ausrüstung waren sie sich am Telefon einig geworden, und das Geld hatte sie zwei Tage später auf ihrem Konto verbuchen können.

Jetzt stand er nach zwei Jahren wieder vor ihr, und die Art, wie er sie musterte, brachte sofort ihren Magen in Aufruhr.

„Hallo liebste Anna." Er zog ihren Namen mit seinem seltsamen Akzent so in die Länge, dass er sich wie eine anzügliche Bemerkung anhörte. „Du siehst blendend aus." Wieder ließ er seinen Blick über sie gleiten, und es fühlte sich an, als ob sie nackt vor ihm stünde. Ohne ihn einer Antwort zu würdigen, lief sie davon. Erst als sie in Marks Büro stand und er überrascht aufschaute, merkte sie, dass sie nicht einmal geklopft hatte.

„Anna, was ist denn los? Du siehst aus, als hättest du ein Gespenst gesehen." Er erhob sich und stützte sich an der Tischplatte ab. Sie griff nach der Hand, die er ihr anbot. Die Wärme der Berührung löste ihren Schock.

„Der Fotograf, ich kenne ihn von früher. Er war ein Freund meines Mannes. Keine gute Erinnerung, aber das erzähle ich dir lieber, wenn wir unter uns sind." Er nickte verständnisvoll. „Ich bin hier fertig und würde jetzt fahren. Rufst du mich an?" Sein breites Lächeln und die goldenen Sprenkel in seinen Augen ließen ihr Herz wieder schneller klopfen.

„Ja, natürlich, sobald ich heute Abend zu Hause bin, ist das in Ordnung?"

„Okay, bis dann." Damit verschwand sie schnell aus der Kanzlei.

Umständlich ließ Mark sich auf der Sitzbank seiner Rudermaschine nieder. Das Telefongespräch mit Anna hatte fast eine Stunde gedauert. Eigentlich hatte er sie ja hauptsächlich angerufen, um sich für das Wochenende zu verabreden.

Doch dann hatte sie ihm am Telefon von dem Fotografen und seinem Übergriff berichtet. Allein bei der Erinnerung stieg Wut in ihm hoch, zusammen mit dem Bedürfnis, sie vor diesem ungehobelten Klotz zu beschützen. Aber wie sollte er das tun, wenn er ihr nicht einmal Frühstück zubereiten konnte?

Entschlossen zog er die Schnallen der Fußrasten fest. Dann beugte er sich nach vorn, um dem Handgriff zu nehmen. Seine Wadenmuskeln, oder eher die knotigen narbigen Dinger, die ihm anstelle von Wadenmuskeln geblieben waren, spannten sich schmerzhaft. Ja, er hatte sie zu lange vernachlässigt, doch das würde er jetzt ändern. Rudern war natürlich nicht das perfekte Training dafür, aber zum Aufwärmen war es nun mal das Einzige, was er noch konnte. Früher war er dazu eine halbe Stunde auf dem Laufband gelaufen. Er lachte bitter auf, zog mit festem Schwung den Handgriff heran und streckte die Beine durch.

Als er langsam seinen Rhythmus fand, verzog sich die Wut, und Marks Gedanken kehrten zu den wunderschönen Erfahrungen der letzten Tage zurück. Er hatte sich auf Annas idyllischem Hof so wohl gefühlt. Das war wohl auch der Grund, warum er auf der Couch völlig entspannt eingeschlafen war und von längst vergangenen Tagen geträumt hatte. Oh Gott, Thomas, so lange hatte er ihn nicht gesehen. Vor fünf Jahren hatte Marks Bruder bei einem beruflichen Aufenthalt in den USA seine Avery kennengelernt. Danach war er nur noch einmal herübergekommen, um seine Wohnung aufzulösen. Die beiden hatten kurz darauf geheiratet und sich gemeinsam ein neues Leben aufgebaut. Ein Jahr nach der Hochzeit hatten Mark und seine Frau Susanne eine Rundreise durch die USA gemacht und auch Thomas und Avery für ein paar Tage besucht. Noch im selben Jahr war eine E-Mail von seinem Bruder gekommen, dass sie beiden ein kleines Mädchen bekommen hatten. Er schloss die Augen, als das beigefügte Bild durch seinen Kopf schoss. Es hatte sich wie die Gleichung für Liebe in sein Gehirn gebrannt. Tom, wie sie ihn dort alle nannten, und Avery, die ihrem deutschen Ehemann mit viel Humor die Feinheiten ihrer afroamerikanischen Kultur nähergebracht hatte, waren einander auf eine Weise verbunden, die ihm märchenhaft vorkam. Die vertraute und liebevolle Art, miteinander umzugehen, und die unzähligen kleinen Gesten zeugten von so viel Liebe, Respekt und gegenseitiger Wertschätzung, wie er es noch nie zuvor erlebt hatte. Das war es wohl, was in Liedern und Gedichten Liebe genannt wurde. Beinahe war er eifersüchtig auf Baby Jessica. Dieses neugeborene Menschenkind würde ein wunderbares und liebevolles Zuhause haben, wie Mark es nie gekannt hatte. Schon seine ersten Erinnerungen waren von Streit und Wut geprägt. Als er größer wurde, hatte er die seelische Grausamkeit erkannt, mit der seine Eltern einander täglich begegneten. Keiner ließ ein gutes Haar am anderen, und jede Schwäche wurde gnadenlos ausgenutzt. Als er vierzehn war, stand sein Vater mit seinen Söhnen plötzlich allein da. Über Nacht war seine Mutter plötzlich verschwunden.

Im Studium hatte Mark sich auf der Suche nach Geborgenheit und Wärme von einer Affäre in die nächste gestürzt. Aus irgendeinem Grund war er immer an Frauen geraten, die nur auf kurze unverbindliche Bettgeschichten aus waren und danach wieder verschwanden. Das Vergraben in die Arbeit hatte ihn immer wieder vom Liebeskummer und der Leere seines Lebens abgelenkt. Schließlich hatte genau das ihm die guten Noten beschert und ihn auch danach so erfolgreich werden lassen. Selbst mit Susanne war die Partnerschaft trotz aller Bemühungen vergleichsweise oberflächlich geblieben.

Die Erinnerung an Tom und Avery ließ ihn mit einer gewissen Verzweiflung immer härter am Rudergriff zerren. So eine Liebe war selten und kostbar. Für ihn würde es das ganz sicher nicht geben. Seine Mutter hatte ihre beiden Söhne mit einem abweisenden Vater im Stich gelassen, all seine Studienfreundinnen und selbst Susanne hatten ihn verlassen. Das war es eben, wie die Dinge in seinem Leben liefen. Er war von Anfang an allein gewesen und würde es auch immer sein.

Er krallte die Finger in den Rudergriff und zog mit aller Kraft, bis ein Krampf in der rechten Wade ihn stoppte. Diese verdammten Beine, dieses ganze verdammte Leben. Erschöpft legte er die Stirn auf die Knie und versuchte, den Muskel zu kneten, um den Krampf wieder zu lösen. Annas Lächeln blitzte plötzlich in seiner Erinnerung auf. Ja, er wollte sie. Anna war besonders, und sie war gut für ihn. Irgendetwas tief in seinem Inneren griff mit aller Macht nach diesem Guten. Auch wenn er genau wusste, dass er am Ende, wie immer, mit leeren Händen und gebrochenem Herzen dastehen würde, er konnte einfach nicht anders.

Plötzlich erinnerte er sich wieder. Sie hatten über vieles gesprochen, vorhin am Telefon, aber verabredet hatten sie sich nicht. Das war doch der eigentliche Grund des Anrufs gewesen. Wo war er nur immer mit seinen Gedanken? Sobald er ihre Stimme hörte, schien sein Kopf nicht mehr wie gewohnt zu funktionieren. Mit einem Grinsen stand er von der Ruderbank auf und griff nach dem Telefon. Nun würde er ihre Stimme noch einmal hören, und hoffentlich schaffte er es dieses Mal, sich auf das zu konzentrieren, was er sagen wollte.

Kapitel 10

Nach einem kleinen Mittagessen hatte Anna wieder einen Anlauf unternommen, das Zimmer mit dem Schreibtisch aufzuräumen. Sie hatte Johans Kleidung in große Plastiksäcke gepackt, um sie endlich abzugeben. Alles war ein wenig muffig gewesen, und doch hatte, selbst nach der langen Zeit, Johans Geruch noch in seinen Kleidern gehangen. Wie ein Güterzug hatten die Erinnerungen Anna wieder überrollt, und die Angst hatte ein stählernes Band um ihren Brustkorb gelegt. Seine krankhafte Eifersucht, das Einsperren, alles stand plötzlich vor ihr wie ein unüberwindbarer Berg. Anfangs war er noch liebevoll und aufmerksam gewesen. Erste Eifersuchtsszenen hatte sie seiner Liebe zugerechnet. Nach ihrer Hochzeit war es aber immer schlimmer geworden. Jeder Mann, der sie auch nur ansah, war ein Feind, und selbst der Nachbar und der Postbote waren vor seiner Eifersucht nicht sicher.

Selbst bei der Erinnerung daran kroch dieses Gefühl wieder in ihr hoch. Das Gefühl, Johan stünde hinter ihr und würde sie mit versteinertem Gesicht beobachten. Mit seiner Größe, den hellblonden Haaren und der blassen Hautfarbe hatte er sie immer an einen Wikingerkrieger erinnert. Zuerst hatte sie das als sehr attraktiv empfunden, aber als er begann, immer mehr über ihr Leben zu bestimmen und sie schließlich sogar einsperrte, sah sie diese eisige Ausstrahlung nur noch mit Furcht. Auch jetzt begann diese wieder in ihr zu rumoren. Sie traf sich mit einem anderen Mann, dachte an einen anderen Mann und träumte sogar von seinen bernsteinbraunen Augen. Johan würde das wissen. Er würde sich so etwas nicht gefallen lassen. Eiskalte Angst überfiel sie, und Tränen stiegen in ihre Augen.

Hastig lief sie ins Bad und warf sich einige Handvoll kaltes Wasser ins Gesicht.

Was für eine absurde Situation war das jetzt? Würde ihr wirklich die bloße Erinnerung an ihren Ehemann selbst nach zwei Jahren noch jeden Gedanken an einen anderen Mann verbieten? Mist, schon wieder kamen die Tränen. Sie musste damit aufhören, sonst würde sie noch ihr ganzes restliches Leben ruinieren.

Das Klingeln des Telefons riss sie endgültig aus ihren melancholischen Gedanken. Verwundert sah sie auf das Display, das Marks Nummer zeigte. Sie hatten doch gerade erst miteinander gesprochen. Kopfschüttelnd nahm sie das Gespräch an.

„Mark, wie schön, dass du noch mal anrufst. Hast du schon über das Reiten am Wochenende nachgedacht?“ Am anderen Ende blieb es einen Moment lang still, und sie setzte hastig zu einem Rückzieher an. „Natürlich will ich dich nicht drängen. Also, wenn du das nicht möchtest, ist das völlig okay. Entschuldige, dass ich gefragt habe, ich …“ Er unterbrach sie mit einem leisen Lachen.

„Genau deshalb rufe ich ja an, aber ich hatte nicht damit gerechnet, dass wir zur selben Zeit denselben Gedanken haben. Also, ich bin mir zwar noch nicht sicher, was das Reiten angeht, aber auf jeden Fall möchte ich dich öfter sehen. Wenn du nichts anderes geplant hast, würde ich sehr gern morgen zum Kaffee kommen, und dann sehen wir, wie das mit dem Reiten läuft. Es ist dir wichtig, also will ich es versuchen. Einverstanden?“

Ihr Herz machte einen kleinen Hüpfer bei dem Gedanken, mit Mark durch den verschneiten Winterwald zu reiten. Sie war ganz sicher, dass er es auch genießen würde. Das, was ihr im Leben das Liebste war, mit ihm zu teilen, war ihr tatsächlich wichtiger, als sie bis zu diesem Moment gedacht hatte. Ihr Blick fiel nach draußen, auf die im Mondlicht leuchtenden schneebedeckten Felder, und sie trat einen Schritt näher ans Fenster.

„Vielleicht sollten wir uns zum Reiten besser vormittags verabreden und den Kaffee danach trinken. Es wird immer noch viel zu früh dunkel, und wir wollen uns ja nicht im Wald verirren."

„Oh, ich wusste gar nicht, dass du dich rund um deinen eigenen Hof nicht auskennst. Oder hast du etwa Angst mit mir allein im Wald?"

Mit einem schelmischen Grinsen gab sie zurück: „Ich habe natürlich keine Angst, aber was ist mit dir? Du hast doch sicher schon von den Schneegespenstern gehört, die sich da draußen herumtreiben. Die fressen am liebsten attraktive Anwälte aus der Stadt." Es blieb für einen Augenblick still am anderen Ende.

„Findest du?", fragte er schließlich.

„Hm?" Kurz hatte sie den Faden verloren und wünschte sich, ihm direkt gegenüber zu stehen, anstatt nur dieses dumme Telefon in der Hand zu halten.

„Findest du diesen seltsamen kaputten Anwalt aus der Stadt tatsächlich attraktiv?" Die Spannung, die plötzlich in der Luft lag, war greifbar, und in seiner Stimme lagen so viel Verletzlichkeit und Sehnsucht, dass ihr davon fast schwindelig wurde. Sie hatte auf einmal das Bedürfnis, ihre Arme fest um seine Schultern zu schlingen und sich an seine breite Brust zu drücken. Wäre er doch bloß hier und nicht nur am Telefon. Sie schloss die Augen und lehnte die Stirn an die kalte Fensterscheibe.

„Ja, das finde ich, und ich mag ihn sehr gern." Eine Pause, dann rumste etwas, und es erklang erst ein kurzes Stöhnen und dann ein genuschelter Fluch.

„Entschuldige, ich habe nicht dich gemeint. Ich wollte mich hinsetzen und habe den Stuhl nicht ganz getroffen.“ Sie lachten gleichzeitig los, und die Spannung war verflogen.

„Ich freue mich schon auf morgen. Soll ich so gegen zwei bei dir sein?“, fragte er.

„Zwei ist prima.“ Ihre Stimme zitterte ein wenig. „Gute Nacht.“

„Gute Nacht.“ Hastig legte sie auf und drückte das Telefon an ihre Brust. Dann lehnte sie sich mit der Schulter an den Fensterrahmen und schaute eine Weile in die Dunkelheit hinaus.

~

Nach dem Telefongespräch mit Anna hatte er gegessen und danach wie immer noch einige Stunden gearbeitet, bis er wirklich zu müde war, um sich zu konzentrieren. Auf dem Weg zum Schlafzimmer blieb er vor den bodentiefen Panoramafenstern seines Wohnzimmers stehen und zählte die Lichter der Stadt. Wie oft hatte er schon hier hinaus in die Dunkelheit gestarrt und sich gewünscht, es gäbe da draußen jemanden. Jemanden, der ihm etwas bedeutete, jemandem, dem er etwas bedeutete.

Es war einfach niemand mehr übriggeblieben. Kaum hatte er das Studium beendet, war sein Vater plötzlich gestorben. Auch wenn er immer streng und distanziert gewesen war, so hatte Mark sich doch eingeredet, dass er ihm etwas bedeutete. Sein Vater hatte ihm das Studium finanziert, und obwohl er nie der Mann großer Gefühle oder großer Worte gewesen war, hatte Mark geglaubt, auf seiner Abschlussfeier Stolz in seinen Augen seines Vaters gesehen zu haben. Kurz danach hatte er plötzlich einen Herzanfall erlitten und war innerhalb weniger Stunden gestorben. Sein Bruder war auf seiner Urlaubstour durch die Wildnis der Rockies nicht erreichbar gewesen.

Noch nicht einmal die direkten Nachbarn waren gekommen. Ganz allein hatte er am Grab gestanden und sich gefragt, ob es ihm wohl auch eines Tages so ergehen würde. Er ließ sich in den hellen Ledersessel fallen und spürte, wie sein Herz hinter den Rippen pochte.

Anna, sie mochte ihn, sie verbrachte gern Zeit mit ihm. Immer wenn er die Augen schloss, war ihr Lächeln in seinem Kopf wie ein Sonnenstrahl. Würde sie die leere Stelle in seinem Inneren füllen, wenigstens für eine gewisse Zeit? Natürlich würde es nicht für immer sein. Liebe, so wie Tom und Avery sie gefunden hatten, das wäre wohl zu viel gewollt. Aber vielleicht könnte sie für eine gewisse Zeit die Einsamkeit vertreiben, und er könnte wieder für jemanden da sein, zu jemandem gehören. Schmerzhaft zog die Sehnsucht nach ihr in seinem Herzen. Er schloss die Augen und atmete zitternd aus. Diese Hoffnung war mehr, als er in den letzten beiden Jahren gehabt hatte. Alles Weitere musste die Zeit zeigen. Er sah noch ein letztes Mal auf die Lichter draußen, dann wandte er sich ab. Hoffentlich konnte er heute wenigstens einige Stunden ohne Träume schlafen.

Er bekam keine Luft und versuchte keuchend, sich aus einer weißen Masse zu befreien. Es war wieder der Unfall, die Airbags. Als ob er selbst danebenstünde, beobachtete er die Szene, doch die Gefühle, die Angst und der Schmerz waren trotzdem da. Auch wenn ein Teil seines Bewusstseins ihm sagte, dass es ein Traum war. Er stand neben dem Auto und wusste genau, was gleich passieren würde. Er wollte weg, musste rennen, konnte sich nicht bewegen.

Dann lag er im Krankenhausbett und konnte sich nicht bewegen. Sie sprachen von Koma und dass sie ihn dringend operieren müssten. Aber er war nicht im Koma, er war wach. Er musste es ihnen sagen, ein Zeichen geben, aber sein Körper gehorchte ihm nicht. Völlig regungslos lag er da und hörte die Stimme des Arztes, die über seine Beine sprach. Dann wurde alles dunkel.

Schmerz brannte in seinem ganzen Körper, und er wollte schreien. Er hörte die Geräte piepsen und die Schwester etwas sagen, aber er konnte sich nicht bemerkbar machen. Verzweifelt keuchte er, und die Stimme der Schwester kam näher. Sie sagte etwas von Dosierung erhöhen, dann wurde es wieder dunkel. Susannes Stimme klang in seinen Ohren.

„Nein, ich gehe nach Spanien, noch diese Woche, es ist besser so. Er kann ein neues Leben beginnen, wenn er aufwacht. Nein, ich kann nicht länger warten, warum auch. Ich habe ihn nie geliebt, und er mich auch nicht. Wir hätten nicht heiraten sollen, aber das ist jetzt auch egal, es ist vorbei." Er konnte sich nicht bewegen, aber er musste doch mit ihr sprechen. Verzweifelt keuchte er wieder. „Schwester, ich glaube, er wacht auf. Kann er etwas verstehen?"

„Nein, er ist noch im künstlichen Koma. Das soll auch noch mindestens drei Tage so bleiben." Sein Geist schrie, aber sein Körper blieb stumm, es gab keine Verbindung.

Vom Geräusch seiner eigenen Stimme wachte er auf. Sein Hals tat weh, und ihm war eiskalt. Ein Blick auf den Wecker verriet ihm, dass es vier Uhr war. Fahrig suchte er nach der Decke. Es gab keinen Grund, an einem Samstag um vier Uhr aufzustehen. Es war Wochenende, wieder ein ödes und trostloses Wochenende. Nein, dieses Mal nicht. Anna, er würde sie heute sehen. Zitternd zog er die Decke bis zum Hals und wickelte sich ganz darin ein, um sich wieder aufzuwärmen. Dann schloss er die Augen und versuchte, nur noch an Anna zu denken und diesen schrecklichen Traum zu vergessen. Ihr Lächeln, ihre wunderbaren blauen Augen, die zarte Berührung ihrer Lippen.

Kapitel 11

Das Telefon vibrierte und erzeugte neben dem Klingelton ein tiefes Brummen auf ihrem Küchentisch. Der Kaffee lief gerade in die Tasse, und ohne hinzusehen, griff sie in Richtung Tisch und nahm das Gespräch an.

„Hofmeister."

„Guten Morgen, liebste Anna." Steves Stimme klang aufgekratzt und übertrieben fröhlich. „Du hörst dich ein bisschen so an, als wärst du noch nicht ganz wach. Ich habe dich doch wohl nicht aus dem Bett geworfen, oder?" Sie verdrehte die Augen und ließ sich auf den Stuhl fallen.

„Nein, ich war schon im Stall, aber ich hatte noch keinen Kaffee." Das war kurz angebunden, sie hatte allerdings heute früh wirklich keine Energie für seichte Konversation mit Steve.

„Und, was hast du an diesem wunderbaren Samstag vor? Wir haben uns die ganze Woche nicht gesehen, und ich habe Sehnsucht nach dir." Jetzt klang er wie eine Katze, die einem um die Beine schnurrte, wenn sie ihr Frühstück wollte. Bei dem Gedanken musste sie grinsen. „Heute entführe ich dich zu einem Ausflug. Ich habe eine Überraschung geplant. Um elf hole ich dich ab. Die Überraschung enthält auch ein Mittagessen, aber das ist nicht die Hauptsache. Mehr verrate ich nicht. Es ist alles schon vorbereitet." Das Grinsen rutschte abrupt in den Keller. Er hatte sie fest eingeplant, ohne auch nur auf die Idee zu kommen, sie vorher zu fragen. Das war mal wieder typisch.

„Warte mal, Steve, ich habe heute schon etwas vor. Du kannst doch nicht einfach so über meine Zeit verfügen."

„Ach, Anna, so wichtig kann das gar nicht sein. Sag es ab. Meine Überraschung wird dir garantiert gefallen. Ich habe dich die ganze Woche vermisst, mein Schatz. Wir werden einen wunderbaren Tag haben, du wirst schon sehen." Allmählich wurde sie wütend. Er hörte mal wieder gar nicht zu. Außerdem sollte die „mein Schatz"-Sache doch eigentlich auch geklärt sein.

„Nein, ich werde gar nichts absagen. Außerdem hatten wir darüber gesprochen, dass wir unsere Beziehung so nicht weiterführen können. Steve, wir haben eine rein geschäftliche Verbindung und weiter nichts." Er unterbrach sie.

„Du hattest doch versprochen, wir könnten Freunde bleiben. Komm schon, ich will dir doch nur eine Freude machen. Was kann schon so viel spannender sein als …" Er stockte mitten im Satz. „Bist du mit einem anderen Mann verabredet?" Sein Ton war plötzlich hart und frostig, und bei seinen Worten stach die Erinnerung an Johan wie ein Eispickel in ihren Brustkorb. Ihre Hände zitterten, und ihr Atem stockte. Mühsam unterdrückte sie den Impuls, sich zu entschuldigen und nachzugeben. Nein, das war nicht Johan, das war Steve, und er hatte keine Macht über sie. Um das Zittern zu unterdrücken und ihre Kraft wiederzufinden, ballte sie die linke Hand zur Faust und presste sie auf den Tisch.

„Ja, das bin ich, aber das geht dich eigentlich gar nichts an. Unsere private Beziehung ist beendet. Du hast kein Recht, dich in mein Leben einzumischen." Sie zitterte innerlich immer noch, und konnte kaum fassen, was sie da gesagt hatte. Nach diesen Worten fühlte sie sich aber wesentlich besser.

„Du triffst dich mit einem anderen und servierst mich einfach so ab? Das kannst du nicht machen", zischte er durch den Hörer. „Wer ist es, den du mir vorziehst? Ach, mach dir keine Mühe, ich werde es herausfinden, und dann wird es dir leidtun. Es wird euch beiden leidtun." Dann war die Leitung tot. Langsam öffnete Anna ihre Faust und presste die Handfläche flach auf den kühlen Tisch. Nein, das war nicht Johan, er hatte keine Macht über sie, er konnte ihr nichts tun. Wie ein Mantra wiederholte sie das, doch es half nicht. Ihre Gedanken kreisten um die Frage, ob er doch etwas tun könnte, und auch ohne dass sie sich irgendetwas Konkretes ausmalte, breitete sich das Zittern in ihrem ganzen Körper aus. Sie spürte, wie ihre Handflächen feucht wurden, als die Erinnerung an Johans Drohungen in ihr hochkrochen und das Gefühl einer unbestimmten Gefahr noch verstärkten. Mit einem energischen Kopfschütteln unterdrückte sie den Impuls, Mark anzurufen und ihr von dem Telefongespräch zu berichten. Er würde sich nur unnötige Sorgen machen. Gar nichts würde passieren, und sie musste ihn wirklich nicht mit ihren verrückten Ängsten belasten. Ohne dem frischen Kaffee einen Blick zu schenken, stand sie auf und ging ins Bad. Eine heiße Dusche half immer. Danach würde sie sich wieder beruhigen und sich auf den Nachmittag mit Mark freuen. Die Erinnerung an seine braunen Augen und seine warme Berührung ließ sie wieder lächeln und sich etwas entspannen. Ja, sie würde sich ganz auf den Gedanken an Mark konzentrieren. Nie würde er so mit ihr sprechen und ihr Angst machen. Er war ganz anders, und sie freute sich wirklich auf den Nachmittag mit ihm.

~

„Darf ich vorstellen: Kosimo und Stanley. Stan möchte dich heute tragen. Bei mir ist er in Altersteilzeit, aber nur, weil ich zu wenig Zeit habe, um zwei Pferde regelmäßig zu reiten. Eigentlich ist er topfit. Du kannst beim Putzen helfen, wenn du magst, oder dich solange da vorn hinsetzen." Erleichtert sah Mark zu der bunt lackierten Holzbank hinüber.

„Das Angebot nehme ich an. Ich habe nicht wirklich eine Ahnung, wie man das alles macht."

Mit geübten Handgriffen putzte und sattelte sie beide Pferde, während er ihr neugierig zusah. Stan stattete sie zusätzlich zum normalen Kopfstück mit einem Führstrick aus. Dann nickte sie auffordernd zu Mark herüber.

„Fertig. Hopp und rauf." Fragend sah er sie an, und sie zeigte auf ein Gebilde, das aussah wie der vergessene untere Teil einer Treppe ohne das dazugehörige Haus. „Denkst du, du kannst da hochgehen?" Er schluckte, nickte dann aber. Einzelne Stufen waren kein Problem. Nur eine ganze Treppe schaffte er nicht auf einmal. Langsam und konzentriert kletterte er auf den Treppenklotz. Sie dirigierte das Pferd so dicht heran, dass der Sattel direkt vor ihm war. Dann stellte sie sich zu ihm auf die Treppe. „Gut, jetzt beug dich etwas rüber, halt dich mit beiden Händen am Sattel fest, hier und hier, dann gib mir die Krücken." Er folgte ihren sorgfältigen Anweisungen und ehe er sich versah, saß er auf dem Pferd.

„Das war ja viel einfacher, als ich gedacht habe!"

Sie stieg wieder von der Treppe und führte das Pferd einige Schritte vor. Dann trat sie an seine Seite und schob seinen Fuß in die Steigbügel. Er verkrampfte sich sofort, als sie seinen Unterschenkel berührte. Fragend sah sie zu ihm hoch.

„Habe ich dir wehgetan?"

„Nein, alles in Ordnung, ich war nur nicht vorbereitet."

„Okay, die Bügellänge sieht passend aus. Vier Löcher länger als meine. Da habe ich ja gut geschätzt." Sie grinste übermütig und ging auf die andre Seite. Dieses Mal berührte sie sein Bein nicht, sondern fasste nur den Schuh, um seinen Fuß im Steigbügel zu positionieren.

Während er noch versuchte, sich gerade und entspannt hinzusetzen, ging sie zurück zum Anbindeplatz, um das andere Pferd zu holen. Überrascht fragte er: „Was machst du denn jetzt?"

Mit einem Lachen drehte sie sich zu ihm herum. „Denkst du, ich will laufen? Dazu bin ich viel zu faul. Wenn wir schon reiten, dann reiten wir zusammen."

Ihm wurde plötzlich ganz flau im Magen. Was dachte sie, wie gut er reiten konnte? Er hatte es ihr doch erklärt. Inzwischen war sie auf die gleiche Art aufgestiegen wie er und nahm das dicke Seil von Stans Hals in die Hand.

„Alles okay, können wir los?"

„Du weißt schon, dass ich nicht reiten kann? Ich hatte gedacht, du führst das Pferd."

„Klar führe ich das Pferd." Sie hob zum Beweis den Strick an. „Keine Sorge, selbst ohne würde Stan keinen Meter von Kos Seite weichen. Also, auf in den Busch." Beide Pferde setzten sich gemächlich in Bewegung. Mark versuchte, sich zu entspannen und von der Bewegung mitnehmen zu lassen, so wie sie es ihm bei den beiden Reittherapietagen immer gesagt hatten. Anna lächelte mit schiefgelegtem Kopf zu ihm herüber, und sein Herz machte wieder seinen kleinen Salto. „Deine fünf Minuten Bedenkzeit beginnen jetzt. Wenn es dir nicht gefällt, drehen wir sofort um, versprochen."

Mit einem zustimmenden Brummen konzentrierte er sich auf die Bewegung des Tieres. Nach wenigen Metern erreichten sie den grasbewachsenen Seitenstreifen des Weges, und die Schritte der Pferde wurden länger und schwungvoller. Vorsichtig schielte er zu ihr hinüber und beneidete sie um ihre völlig entspannte Haltung, mit der sie fließend und unverkrampft ihre Bewegung mit der des Pferdes verschmelzen ließ. Nach einer Weile fragte er: „Wie lange braucht man, um reiten zu lernen?"

„Ein ganzes Leben."

„Wie meinst du das?"

„Reiten gehört zu den Dingen, bei denen man niemals aufhört zu lernen. Wer behauptet, er könnte es, hat nur noch nicht verstanden, was er alles noch besser machen kann."

„So richtig verstehe ich das nicht. Du kannst es, und ich kann es nicht."

„Nein, nein. Du kannst es auch. Wie du es jetzt gerade machst, ohne groß darüber nachzudenken, ist übrigens ganz prima, Naturtalent würde ich sagen." Er konzentrierte sich auf seinen Körper, und sofort wurden die Bewegungen wieder eckig und holperig. Anna fuhr fort: „Ich kann es zwar schon besser, aber noch lange nicht gut genug. Wenn man es so betrachtet, sind wir beide nur auf verschiedenen Stufen des Nichtkönnens." Sie lachte vergnügt. „Deine fünf Minuten sind vorbei. Was sagst du?"

„Ich will mein Naturtalent noch ein bisschen ausleben", beschloss er übermütig.

Anna grinste, und beide sahen wieder nach vorn auf den schneebedeckten Feldweg. Noch einige Minuten ritten sie schweigend nebeneinander her, und er lauschte dem Knirschen des Schnees und dem Atem der Pferde. Schon bald waren sie zwischen die Bäume getaucht, und er atmete tief den Duft des Waldes ein. Obwohl die Vögel laut und vielstimmig sangen und er durch die Schritte des Pferdes in ständiger Bewegung war, hatte er das Gefühl von Stille und Entspannung. Als sie einen kleinen Bach erreichten, hielt Anna die Pferde an.

„Wir können hineinreiten, vielleicht möchten die zwei etwas trinken. So fest, wie du im Sattel sitzt, traue ich dir das zu. Stan wird erst mit den Vorderbeinen die Böschung heruntertreten. Du legst dich einfach ein wenig nach hinten, sodass du mit dem Oberkörper immer senkrecht zum Schwerpunkt bleibst, okay? Ich gehe vor und zeige dir, was ich meine.“ Ohne auf eine Antwort zu warten, ließ Anna Ko einen Schritt in den Bach machen und mit den Hinterbeinen auf der Böschung stehen. „Siehst du? Ist nicht weiter schwierig.“

Mark sah, was sie meinte, und lehnte sich nach hinten. Anna ließ Stan einen Schritt vorgehen, und plötzlich sackte er vorn weg. Erschrocken lehnte Mark sich noch mehr nach hinten, bis er das Gleichgewicht wiedergefunden hatte. Dann machte Stan den zweiten Schritt und war wieder gerade. Erleichtert atmete er auf. Beide Pferde standen jetzt so dicht zusammen, dass Mark mit seinem Knie fast das von Anna berührte. Mit einem entspannten Seufzer drehte er sich zu ihr und streckte, ohne nachzudenken, eine Hand in ihre Richtung. Ihre Finger verschlangen sich ineinander, und einen Augenblick lang saßen sie Hand in Hand nebeneinander auf den Pferden.

„Anna, es ist so schön hier.“ Er ließ seinen Blick durch die Bäume streifen, und plötzlich durchzuckte ihn ein Gedanke, der ihn lächeln ließ. Sie war gar kein Mensch, sie war eine gute Fee. In den Geschichten, die seine Oma ihm früher erzählt hatte, begegneten den Menschen gute Feen, die einem drei Wünsche gewährten. Er hatte nur einen Wunsch, dass sie nie wieder aus seinem Leben verschwinden würde, seine Fee. Eigentlich sah sie wie ein ganz normaler Mensch aus. Nein, korrigierte er sich sofort, wie ein ganz besonderer Mensch. Ihre helle Haut, die zarten Sommersprossen und das lange, helle Haar mit dem feinen goldenen Schimmer. Das war die Tarnung der Feen. Er grinste, über seine eigenen verworrenen Ideen, und wahrscheinlich sah er in dem Moment aus, als wäre er nicht ganz richtig im Kopf. Sie drehte sich zu ihm um und sah ihn mit dem üblichen schräg gelegten Kopf an.

„Worüber amüsierst du dich denn gerade so? Du siehst aus, als hättest du eine sehr lustige Entdeckung gemacht." Sein Lächeln wurde breiter.

„Ja, ich hab gerade gemerkt, dass du eine Fee bist." Zuerst grinste sie nur, aber dann brach eine Lachsalve aus ihr heraus, dass ihr die Tränen in die Augen traten. Nach Luft schnappend gluckste sie:

„Oje, wie hast du das denn herausgefunden, jetzt bin ich für immer an dich gebunden, weil du mich durchschaut hast." Unter ihrem Gekicher konnte sie kaum weitersprechen, als sie erklärte: „Mein Opa hat immer schon darauf bestanden, dass ich eine Tylwyth Teg bin. Er kommt aus Wales, da gibt es die interessantesten Geschichten von Feen. Er hat immer behauptet, ich wäre nach meiner Geburt gegen ein Feenbaby getauscht worden und hat mich immer Jili Ffrwtan, Mädchen aus dem See, gerufen. Jili war immer mein Spitzname in unserer Familie, und mein Großvater nennt mich noch heute so." Lachend schüttelte sie den Kopf. Nun bin ich enttarnt. Das hab ich nun davon, dass ich dich mit in meinen Feenwald genommen habe."

Unvermittelt wurde sie wieder ernst. „Wir sollten jetzt umdrehen, sonst kannst du dich morgen vor lauter Muskelkater gar nicht regen." Plötzlich bewegten sich beide Pferde gleichzeitig, und Mark hatte für kurz das Gefühl, nach hinten hinunterzukippen, als Stan die Vorderbeine wieder auf die Böschung setzte. Mark krallte sich mit beiden Händen in Stans Mähne fest und konnte sich so gerade noch festhalten. Erschrocken fuhr Anna herum.

„Oje, es tut mir leid, ich hätte dich vorwarnen müssen. Ich war ganz in Gedanken und hab nicht aufgepasst. Alles okay?" Vorsichtig löste Mark die Hände wieder aus den langen Pferdehaaren und richtete sich auf. Er nickte, obwohl sein Herz von dem Schreck immer noch raste. Sie schob ihr Pferd ganz nah an Stan heran und legte eine

Hand auf seinen Arm. „Es tut mir wirklich leid. Ich war so in Gedanken versunken, dass ich gar nicht mehr daran gedacht habe, dass du noch kein Profi bist." Ihre lichtblauen Augen waren voller Sorge.

„Schon in Ordnung, ich lebe ja noch", scherzte er möglichst unbeschwert.

„Ja, das stimmt, das tust du. Aber wenn du vom Pferd gefallen wärst, nur weil ich geträumt habe ..." Sie ließ das Ende des Satzes offen und kniff die Lippen zusammen. Irgendwie musste er sie wieder aufheitern.

„Hey, solange du von mir träumst, ist das schon in Ordnung." Oh nein.

„Wenn du wüsstest, wie oft ich von dir träume."

Völlig perplex starrten sie einander an. Anna öffnete den Mund, doch es schien ihr genauso die Sprache verschlagen zu haben wie ihm. Euphorie machte sich in ihm breit. Gott sein Dank war er nicht der Einzige, dem so etwas passierte. Als er begann, sich vor Lachen zu schütteln, fiel sie mit ein.

Als sie sich beide wieder beruhigt hatten, bewegte sie Kosimo näher zu Stan. „Es ist sehr schön, dass du heute mit mir hier bist, Mark."

Mit einem glücklichen Lächeln sah er zu ihr hinüber. Schon sehr lange war er nicht mehr so entspannt und fröhlich gewesen. Niemals hatte er erwartet, dass dieser Ausritt so überwältigend sein würde. Sie schwiegen den ganzen Weg zurück zum Hof, und er genoss die laute Stille des Waldes. Mit Vogelgesang, schneeknirschenden Hufen und ab und an schnaubenden Pferden war es stiller und friedlicher als in einer Kirche.

Kurz bevor sie am Hof angekommen waren, kam ihnen eine Frau auf einem Pferd entgegen.

„Hallo, Anna, ich hab mich schon gewundert, wem das Auto vor dem Haus gehört und warum du gar nicht da bist. Jetzt wird mir alles klar." Sie grinste in Richtung Mark. „Dann gibt es nach dem Reiten wohl Apfelkuchen, denke ich."

„Ach, Ella. Du denkst mit, wie immer."

„Na klar. Übrigens müssen wir noch mal reden. Vielleicht haben wir ein zweites Pferd gefunden. Ich klingle nachher eben an, wenn ich zurück bin." Sie sah bedeutungsvoll zu Mark und senkte die Stimme. „Außer, ich störe vielleicht." Anna lachte nur und hob in einer abwehrenden Geste die Hand, während sie weiterritten.

Am Hof angekommen stieg sie ab und holte seine Krücken. Sie lehnte sie an den Anbindebalken und trat neben das Pferd. „So, absteigen ist viel einfacher als aufsteigen. Lehn dich nach vorn und halt dich mit beiden Händen hier fest. Dann bringst du das Bein mit Schwung auf meine Seite und bleibst mit dem Bauch auf dem Sattel liegen. Anschließend lässt du dich so langsam wie möglich herunterrutschen." Er schaute verwirrt zu ihr hinunter.

„Warum steige ich nicht mit der Treppe ab?"

„Zum Absteigen ist das gefährlich. Wenn Stan sich bewegt und du die Stufe nicht triffst, landest du zwischen der Treppe und seinen Beinen." Er nickte und versuchte, es so zu machen, wie sie es erklärt hatte. Sie legte seine Hände an die richtigen Stellen zum Festhalten. Als er sich herunterrutschen ließ, schlang sie beide Arme um seinen Brustkorb, um ihn zu stabilisieren. „Halt dich weiter mit beiden Händen am Sattel fest. Okay so? Kannst du stehen, wenn ich dich jetzt loslasse?"

„Ja, kann ich, aber lass nicht los." Oh Gott, was hatte er schon wieder gesagt? Warum kamen andauernd Worte aus seinem Mund, die den Umweg über das Gehirn irgendwie abgekürzt hatten? Er spürte, wie sie ihren Kopf an seine Schulter schmiegte und ihn fester hielt. Sein Herz wollte ihm davonrennen, doch es war ihm egal, ob sie seine Aufregung bemerkte. Er wollte, dass sie wusste, welche Gefühle sie in ihm auslöste. Sie ließ ihn los, als er ihren Namen sagte, doch trat nicht zurück. Er drehte sich um, und sie war so dicht bei ihm, dass er nicht anders konnte, als seine Arme um sie zu legen. Ihre Augen funkelten, und er wollte nichts weiter, als sie zu küssen. Seine tiefe Stimme bebte, als er sagte: „Oh, Anna, du bist so … so besonders. Ich danke dir. Das war der schönste Tag aller Zeiten.“ Sie beugte sich ein wenig nach hinten, um ihn ansehen zu können, und er wollte sich gerade zu ihr hinunterbeugen, als Stan laut schnaubte und sich schüttelte. Beide zuckten sie zusammen.

„Ihm wird wohl kalt“, hauchte Anna. „Wir müssen die beiden dringend absatteln.“

Obwohl jede Faser seines Körpers sich sträubte, ließ er sie los, und gemeinsam brachten sie die Pferde in den Stall.

Eine kleine rote Katze beobachtete ihn argwöhnisch aus einigen Metern Entfernung, und als er die Krücken langsam vorsetzte, um einen Schritt in ihre Richtung zu machen, verschwand sie mit einem großen Satz hinter den Heuballen.

„Sie ist erst einige Tage hier und noch ganz wild“, bemerkte Anna hinter ihm. „Sie kennt dich noch nicht. Mit der Zeit wird sie zutraulicher werden.“ Mark nickte.

„Hat sie einen Namen?“

„Nein noch nicht, wir können ja gemeinsam überlegen“, schlug Anna vor. „Komm, mir wird auch inzwischen kalt. Lass uns reingehen.“

Die hatten nach dem Ausritt gemeinsam gegessen und gelacht, und schließlich saßen Sie mit einem Glas Rotwein am Tisch.

„Ich wüsste zu gern, wie du als Feenkind ausgesehen hast, dass dein Großvater da so sicher war“, bemerkte Mark

Anna schüttelte mit einem übermütigen Grinsen den Kopf. Er wollte also die Feengeschichte vom Ausritt noch mal hervorholen. „Oh nein, wir werden keine peinlichen Kinderbilder gucken. Hm. Na gut, vielleicht die allerersten, aber die sind noch altmodisch auf Papier.“ Mit sicherem Griff fand sie ein ledergebundenes Fotoalbum mit Bildern einer vierjährigen Anna-Jili und ihrer Eltern. Es waren wundervolle Bilder einer glücklichen Familie. Auf den meisten Fotos wuselten viele Kinder herum, obwohl Anna selbst keine Geschwister hatte. Ihre Eltern hatten guten Kontakt zu ihren jeweiligen Brüdern und Schwestern und so war jede Familienfeier ein großer Auflauf von Erwachsenen und Kindern jeden Alters. Die Liebe, die in dieser Großfamilie herrschte, sprach aus jedem der Bilder und gab ihm einen kleinen Stich ins Herz. Eine so liebevolle und fürsorgliche Familie hatte er nie kennengelernt und beim Ansehen dieser Bilder wurde ihm wieder einmal bewusst, wie sehr er das immer vermisst hatte.

Sie hatten beide nicht bemerkt, dass es draußen bereits dunkel war, bis sie das Album wieder wegräumte. Mit einem bedauernden Blick sah er zur Uhr. Inzwischen war es so spät, dass Anna Mark ohne gute Ausrede wohl nicht mehr darum bitten könnte, länger zu bleiben. So sehr sie ihn mochte und so glücklich sie in seiner Gegenwart war, wusste sie auch, dass sie es langsam angehen musste. Mark spürte wohl auch, dass nun der letzte und richtige Zeitpunkt war, sich zu verabschieden.

Mit einem Seufzer stellte er die eine Krücke gegen die Wand und nahm sacht ihre Finger in seine. Er musste etwas sehr Wichtiges zu sagen haben, denn er sah ihr fest in die Augen, und schluckte, bevor er sprach.

„Anna, ich danke dir sehr für den heutigen Tag. Es war unglaublich schön mit dir. Ich hätte nie gedacht, dass ich … dass jemand wie du … Ich weiß, dass du keine Beziehung mit jemandem führen möchtest, mit dem eine berufliche Verbindung besteht. Ich bin außerdem selbst ziemlich beziehungsgeschädigt und auch sonst bestimmt nicht der Mann, von dem eine Frau wie du träumt." Er atmete schneller. „Aber ich wünschte mir sehr, wir könnten uns regelmäßig sehen. Privat meine ich. Ich mag dich sehr gern, und deine Freundschaft würde mir wirklich viel bedeuten. Vielleich könnte …" Er zögerte, als ob er nicht die richtigen Worte finden würde. Anna musste dringend etwas unternehmen, bevor er sich um Kopf und Kragen redete. Langsam stellte sie sich auf ihre Zehenspitzen, und erst als ihr Gesicht nur noch wenige Zentimeter vor seinem war, sah er sie an. Dann legte sie ihre Hand in seinen Nacken und drückte ganz sacht ihre Lippen auf seine. Sie spürte, wie er den Atem anhielt und sein ganzer Körper sich anspannte. Nach der kurzen, zarten Berührung flüsterte sie:

„Ich habe dich sehr gern. Lassen wir es einfach langsam angehen und sehen, was daraus wird, okay?" Mit einem tiefen Seufzer schloss er die Augen und nickte. „Wir sehen uns ja in den nächsten Tagen, gute Nacht", sagte sie leise und öffnete die Haustür.

„Gute Nacht, Anna", antwortete er ebenso leise. Dann ging er langsam zum Auto und stieg ein. Nachdem er den Motor gestartet hatte, sah er noch einmal herüber und hob grüßend die Hand. Dann fuhr er davon, und sie starrte gedankenversunken in die Nacht, in der immer dickere Schneeflocken wie weiche Daunen durch die Luft tanzten. Sie blieb noch eine Weile in der offenen Tür stehen, obwohl die Kälte ihren Atem in weiße Wolken verwandelte, und eine

Gänsehaut bereits über ihre Arme lief. Versonnen schaute sie hinaus auf den Schnee, der im Vollmond ein blasses Leuchten über die Landschaft breitete. Sie versuchte sich darüber klar zu werden, was da eigentlich heute Abend passiert war. Was er vorhin gesagt hatte, vor allem die Art, wie er es gesagt hatte, zeigte deutlich, dass er noch viel mehr wollte als nur Freundschaft. Und sie selbst? Ein tiefer sehnsüchtiger Seufzer kämpfte sich an die Oberfläche. Diese dunkle bedrückte Stimmung, die sie manchmal einholte, wenn sie allein war, verscheuchte er allein durch seine Anwesenheit. Sie wollte ihn ganz fest halten, ganz nah bei sich spüren, und alle Sorgen würden verschwinden.

~

Kapitel 12

Plötzlich tauchten viele Lichter aus dem Nebel auf. Hart trat Johan auf die Bremse, und das Auto kam knapp hinter einem schwarzen Mercedes zum Stehen. Überall leuchteten Warnblinker. Vor ihnen wurde die Tür des Wagens geöffnet, und jemand stieg aus. Sie war mit Wucht nach vorn geschleudert worden, und der Gurt hatte schmerzhaft in ihre Schulter geschnitten. Einen Augenblick blieb sie wie betäubt sitzen, dann löste sie mechanisch ihren Gurt und öffnete die Tür, um auszusteigen. Mit einem Ruck wurde sie zur Seite geworfen, und es ertönte ein lautes Krachen und Reifenquietschen. Ihr Kopf prallte gegen die Mittelsäule, dann rutschte sie nach unten auf den Asphalt. Noch bevor ihr Kopf den Boden traf, sah sie die Hinterräder eines LKWs an der Stelle, wo vorher noch Johans Auto gestanden hatte. Dann war alles dunkel.

Schweißgebadet und zitternd wachte sie auf und starrte an die Wand, bis ihr Verstand so weit wieder funktionierte, dass ihr klar wurde, dass sie geträumt hatte. Der Unfall kam plötzlich alles mit erschreckender Klarheit zurück. Jetzt, nach über zwei Jahren begann sie zu verstehen, was passiert war.

Schluchzen schüttelte ihren Körper. Sie wollte das nicht, sie wollte das alles nicht noch einmal erleben und sich auch nicht erinnern. Verzweifelt schüttelte sie den Kopf und versuchte, die Erinnerung wieder zu verscheuchen. Der Wecker stand auf vier Uhr. Jetzt konnte sie ohnehin nicht wieder einschlafen. Mit zitternden Beinen stand sie auf und wankte in die Küche, um sich einen Kaffee zu kochen. Während die braune Flüssigkeit träge in die Tasse lief, nahm sie die Milch aus dem Kühlschrank und setzte sich an den Tisch. Diese alltäglichen Handgriffe schienen ihren wirren Gedanken wieder etwas Ordnung zu geben.

Nachdem sie ihren Kaffee getrunken hatte, ging sie hinüber in ihr Büro, ließ sich auf den Schreibtischstuhl fallen und lenkte sich mit Arbeit ab. Wegen der Danegard-Sache hatte sie alles andere liegen lassen. Es wäre wirklich gut, wenn sie sich einige Tage um ihre anderen Aufträge kümmern würde. Dabei könnte sie gerade jetzt Marks ruhige und einfühlsame Art gut gebrauchen. Ihm könnte sie erklären, wie sehr der Traum sie verwirrt hatte, und er würde ihr helfen, ihre Träume und Flashbacks zu ordnen.

Und dann war da noch der Schreibtisch. Es fiel ihr so unendlich schwer, dort hinein zu gehen und dieses Ding endlich zu öffnen. Mehr und mehr drängte das Gefühl, dass sie niemals mit ihrer Vergangenheit abschließen könnte, wenn sie sich dieser Sache nicht endlich stellte. Sie biss die Zähne zusammen und fasste einen Entschluss. Später am Vormittag würde sie Mark anrufen und ihn bitten, ihr zu helfen. Eigentlich wollte sie ihn nicht mit ihren ganzen Problemen belasten, aber er war wirklich zu einem guten Freund geworden, und ein Freund war genau das, was sie jetzt brauchte. Wenn er Zeit hatte, in den nächsten Tagen vorbeizukommen, könnte sie mit ihm zusammen das Zimmer betreten und den Schreibtisch öffnen. Ja, seine Anwesenheit würde ihr die Sicherheit geben, sich dieser elendigen Sache endlich zu stellen. Sie würde die Schubladen aufziehen, feststellen, dass sie leer waren oder was auch immer darin war ausräumen. Dann könnte sie das Ding verkaufen und müsste es nie wiedersehen.

Nachdem sie ihre Stallarbeit erledigt und ein paar Minuten mit der roten Katze gekuschelt hatte, legte sie ein übrig gebliebenes Brötchen vom gestrigen Frühstück zum Aufbacken auf den Toaster. Ein zweiter Kaffee stand bereits auf dem Tisch, als sie Marks Nummer wählte. Er meldete sich schon nach dem zweiten Klingeln, klang aber etwas verschlafen. Erschrocken schoss ihr Blick zur Uhr. Oje, erst acht Uhr. Sie war schon so lange auf den Beinen, dass es ihr beinahe wie Mittag vorkam. Umständlich entschuldigte sie sich für den frühen Anruf. Dass er schon längst aufgestanden war, glaubte sie ihm nicht wirklich. Als sie dann endlich mit ihrem Anliegen herausrückte, schien er tatsächlich froh zu sein, sie später besuchen zu können. Also verabredeten sie sich wieder für den frühen Nachmittag. Mit einem erleichterten Seufzer biss sie in ihr Brötchen und stellte fest, dass sie sich trotz ihres Vorhabens mit dem Schreibtisch schon auf den Nachmittag freute.

Mark war bei ihrem Anruf tatsächlich schon wach gewesen, aber hatte noch nicht gefrühstückt. Mit dem Kopf in den Händen hatte er am Tisch gesessen und über eine sinnvolle Beschäftigung für den langen trostlosen Sonntag nachgedacht. Er wollte nicht mehr die ganzen Sonntage am Schreibtisch verbringen, das hatte er sich ja schon letzte Woche vorgenommen. Dann hatte plötzlich das Telefon geklingelt, und als er Annas Nummer sah, war er beinahe erschrocken zusammengezuckt. Warum rief sie so früh schon an? Es war Wochenende, da würden normale Leute ausschlafen. War etwas passiert? Als sie endlich mit dem Grund für ihren Anruf herausrückte, war er erleichtert und froh zugleich. Sie wollte ihn sehen, auch wenn es nur war, damit er ihr half, den Schreibtisch zu öffnen. Das war genau die sinnvolle Beschäftigung, die er für diesen Tag gebraucht hatte. Ein Nachmittag bei Anna war so ein scharfer Kontrast zu seiner normalen Wochenendbeschäftigung, dass er grinste wie ein Honigkuchenpferd. Heute wollte er ihr eine kleine

Überraschung mitbringen. Was das genau sein könnte, musste er sich noch überlegen. Er hatte jetzt schon so oft bei ihr gegessen und ihre Zeit und Gastfreundschaft strapaziert. Vielleicht bedankte er sich am besten mit einem Blumenstrauß.

Nach dem Frühstück arbeitete er noch einige Zeit, um sich dann für seine Verabredung mit Anna bereit zu machen. Er schlüpfte in Jeans und Sweatshirt. Natürlich könnte er heute auch etwas Edleres tragen, aber bei Anna war er inzwischen recht sicher, dass Jeans genau die Art von Kleidung waren, die sie bei seinem Besuch erwartete. Oft genug hatten sie schon gemeinsam über das förmliche Verkleiden geflachst, das man im Berufsleben nicht vermeiden konnte, und ihre gemeinsame Neigung zu lockerer, einfacher Freizeitkleidung festgestellt. Es war schon so, wie Anna manchmal sagte. Sie hatten viele Gemeinsamkeiten. Erschreckend. Bei dem Gedanken an diesen Ausspruch von ihr und die Art, wie sie dabei immer grinste, wurde sein Herz ganz leicht. Dann drehte er sich zum Spiegel herum, sah sein Spiegelbild kritisch an und runzelte die Stirn. Durch den Vollbart und die wilde Lockenmähne war von seinem zerschnittenen Gesicht nicht allzu viel zu sehen. Trotzdem konnte man gut erkennen, dass die Haut von lauter feinen Narbenlinien durchzogen war. Es sah furchtbar aus. Wenn man dann noch die kaputten Beine und den Psychoknacks dazurechnete, musste man sich wirklich wundern, dass sie gesagt hatte, sie fände ihn attraktiv. Ihre Freundschaft war wie der Sonnenschein in sein dunkles Leben gekommen, aber eigentlich wünschte er sich viel mehr von ihr als nur Freundschaft. Hatte er überhaupt eine Chance auf mehr? Auch wenn es immer schwerer fiel, realistisch zu bleiben, er war ganz sicher kein Traumprinz, nicht mehr. Ein seltsames Gefühlschaos aus Glück und Schmerz zog durch sein Herz, als er sich zur Haustür wandte.

Auf dem Weg aus der Stadt hielt er bei einem Blumenladen an. Er hasste es, in Geschäfte zu gehen, die Stufen vor der Tür hatten, und dieser Eingang hatte sogar fünf Stufen. Immerhin konnte er direkt vor der Tür parken. Nachdem er sich aus dem Auto gestemmt hatte und zur Tür gegangen war, holte er tief Luft. Ein paar Stufen gingen immer, aber oben die Tür öffnen, dafür fehlte dann die dritte Hand, und mit nur einer Krücke auf der Treppe stehen konnte schwierig werden. Kaum setzte er an, den ersten Schritt zu machen, wurde oben die Tür geöffnet, und ein Mädchen mit einer kleinen Topfblume in der Hand erschien. Zu seiner tiefen Erleichterung hielt sie die Tür auf, bis er hochgegangen und in den Laden getreten war. Eine wilde Mischung aus Blumendüften und dem Geruch frischer Tannenzweige strömte auf ihn ein und erinnerte ihn an die Schale in Annas Gästezimmer. Kurz schloss er die Augen, um tief einzuatmen und den Duft zusammen mit dem kleinen Erinnerungsfetzen zu genießen. Außer ihm war kein Kunde im Laden, und er wunderte sich, warum das kleine Blumengeschäft überhaupt an einem Sonntag offen hatte. Links und rechts standen große Gefäße mit den verschiedensten Schnittblumen. Sein Blick fiel sofort auf die roten Rosen, und wieder war da dieses sehnsüchtige Ziehen. Einen großen Strauß davon wollte er ihr schenken und ihr endlich sagen, wie viel sie ihm bedeutete. Bedauernd drehte er sich weg und ließ seinen Blick über die Schnittblumen auf der anderen Seite gleiten. Im selben Moment trat eine kleine ältere Mitarbeiterin mit grauen Haaren, die zu einem strengen Dutt nach hinten gebunden waren, hinter dem Tresen hervor.

„Guten Tag, was kann ich für Sie tun?“, fragte sie freundlich.

„Ich brauche einen Strauß, als Dankeschön für ein Abendessen.“

„Wir haben hier fertige Sträuße.“ Sie wies mit einer Hand zu den Blumen, die direkt neben dem Verkaufstisch angeordnet waren. „Ich kann Ihnen aber gern auch etwas anderes binden. Wissen Sie, welche Blumen die Dame mag?“ Sein Blick glitt wieder zu den Rosen.

„Einen bunten und fröhlichen Strauß.“ Ein wenig Trauer lag in seiner Stimme, und wieder sah die ältere Dame ihn forschend an.

„Das kann ich machen. Außerdem könnte ich noch drei von diesen hübschen dunklen Rosen hineinbinden, das gibt dem Strauß mehr Bedeutung, ist aber unverfänglich.“ Er lächelte schief. Sie schien seine Gedanken genau erraten zu haben. Er nickte nur und sah ihr dabei zu, wie sie verschiedene Blumen aus den Gefäßen nahm und zu einem hübschen Strauß zusammenband. Die drei dunkelroten Rosen stachen wunderbar aus den hellen Farben des Arrangements heraus. Das Gebinde passte mit seinen zarten Farben und den dunklen Akzenten perfekt zu Anna. Nachdem er gezahlt hatte, brachte die Verkäuferin ihm die Blumen zum Auto, während er vorsichtig die Stufen hinunterging. Sie legte den Strauß auf den Beifahrersitz und verabschiedete sich mit einem verschwörerischen Lächeln. „Viel Glück und einen schönen Tag wünsche ich Ihnen.“ Er verabschiedete sich freundlich und fuhr mit einer Hand nervös durch seine Haare, bevor er das Auto startete.

Schon in der Einfahrt zu ihrem Hof kribbelte wieder die Vorfreude in seiner Magengegend. Nachdem er ausgestiegen war, versuchte er vorsichtig, den Strauß gleichzeitig mit der Krücke zu halten. Dann ging er sehr langsam zur Tür, lehnte sich an die Wand und stellte die Krücke gegen seine Hüfte, um den Strauß richtig in die Hand zu nehmen. Als er klingelte, klopfte sein Herz schon wieder im Hals. Anna öffnete die Tür und starrte mit großen Augen auf die Blumen.

„Oh, Mark, die sind ja wunderschön.“ Sie stellte sich auf die Zehenspitzen und hauchte einen zarten Kuss auf seine Wange. „Danke.“ Er erstarrte. Oh Gott, allein das war den Weg in den

Blumenladen wert gewesen. Sie trat zur Seite und machte eine einladende Handbewegung. „Würde der gnädige Herr bitte eintreten, ich stelle schnell die Blumen ins Wasser."

Er deutete eine hoheitsvolle Verbeugung an und folgte ihr die wenigen Schritte bis zur Garderobe. Als er in die Wohnküche kam, hatte sie schon eine passende Vase gefunden, und der schöne Strauß stand mitten auf dem Tisch. In der Küche duftete es nach Kaffee und dem Kaminholz, das sie wahrscheinlich gerade erst hereingeholt hatte. Mit einem Lächeln drehte sie sich wieder zu ihm herum.

„Eigentlich möchte ich die Sache mit dem Schreibtisch zuerst erledigen. Dann können wir danach noch einen Kaffee trinken und sehen, worauf wir noch Lust haben. Einverstanden?"

Mit zusammengepressten Lippen stand Anna an der Tür zu dem Zimmer, und der Schlüssel in ihrer Hand zitterte. Gott sei Dank nahm Mark ihn ihr ab und schloss die Tür auf. Die abgestandene Luft schlug ihr entgegen, und sie ging eilig an dem wuchtigen Schreibtisch vorbei zum Fenster, um es weit zu öffnen. Mark war hinter ihr hereingekommen und blieb vor dem großen dunklen Möbelstück stehen. Er lehnte eine Krücke daran und streckte seine Hand zu ihr aus.

Zögerlich ging sie zu ihm und nahm seine Hand. Er fühlte sich so gut an, so stark und warm. Er würde auf sie aufpassen, egal was passierte. Wieder sah er sie so an, als ob sie der wunderbarste Mensch im ganzen Universum wäre. Ihr Herz klopfte hart, und plötzlich war der Schreibtisch gar nicht mehr so bedrohlich. Sie streckte eine Hand aus und zerrte an der mittleren Schublade. Ein wenig fürchtete sie sich davor, dass sie sich plötzlich doch öffnen ließe, aber sein

Händedruck gab ihr Sicherheit. Sie blieb zu, fest verschlossen. Dann rüttelte sie auch an den anderen beiden Schubladen und an den Knöpfen der beiden Türen. Wieder nichts.

„Siehst du, alle abgeschlossen. Von den Schlüsseln, die ich habe, passt auch keiner." Mark ging um den Schreibtisch herum, während er ihn musterte.

„Hast du die Türen hier hinten auch schon versucht?" Sie umrundete den Schreibtisch ebenfalls. Ihre Stimme zitterte, als sie sprach.

„Da sind ja auch noch Türen. So genau habe ich mir den Schreibtisch noch gar nicht angesehen."

Er musterte sie mit gerunzelter Stirn. „Soll ich?"

Sie nickte zaghaft, und er zog an den Knöpfen der Schubladen und Türen. Nichts rührte sich. Erleichtert atmete sie aus.

„Das ist ein teures Möbel gewesen, auch wenn es nicht antik, sondern nur ein Nachbau ist. Es wäre schade, die Schlösser mit Gewalt aufzubrechen", stellte Mark fest. Ein Nachbau. Ja, sie hatte das Gefühl, das passte zu Johan. Nichts echt, alles nur Fassade. Der Gedanke erschreckte sie, doch gleichzeitig fühlte er sich auch gut an. Er brachte Abstand zwischen sie und ihren Ehemann – ihren Ex-Ehemann.

„Wie sollen wir die denn sonst aufbekommen?", fragte sie, während in ihrem Kopf ganz andere Gedanken hämmerten. Wollte sie das wirklich? Durfte sie das überhaupt? Plötzlich zitterte sie.

„Wir könnten einen Schlüsseldienst anrufen." *Wir.* Es war so gut, dass er jetzt hier bei ihr war. Allein könnte sie sich niemals diesen Dingen stellen.

„Würdest du das für mich tun?", fragte sie. „Ich werde dieses Gefühl nicht los, dass ich das nicht darf, aber wenn du das tust, ist es o. k."

„Gleich morgen früh. Ich denke, für den Sonntagszuschlag ist es nicht eilig genug.“ Bei seinem schelmischen Grinsen musste sie lachen. Befreit schüttelte sie den Kopf.

„Nein, bis morgen werde ich warten können. Komm, ich mach Kaffee. Lass uns noch ein bisschen am Kamin sitzen.“ Sie schloss die Fenster, und nachdem er den Raum verlassen hatte, schloss sie auch die Tür, und sie drehte den Schlüssel zwei Mal herum. Das war genug für heute. Morgen würden sie weitersehen.

Während sie einen Kaffee machte, zündete Mark den Kamin an, und sie setzten sich mit ihren dampfenden Tassen vor das Feuer.

„Ich habe letzte Nacht wieder ziemlich wild geträumt. Entschuldige meinen frühen Anruf, aber ich war schon so lange wach und hab nicht mehr auf die Uhr gesehen.“

„Mach dir keine Gedanken, ich war wirklich schon aufgestanden. Das mit dem Träumen kenne ich auch. Meistens ist es der Unfall, aber in letzter Zeit kommen auch andere Sachen dazu.“ Er sah sie von der Seite an, und strich mit seinen Fingern weich über ihren Handrücken. „Magst du mir davon erzählen?“

Sie seufzte und starrte weiterhin in die Flammen. Stockend berichtete sie von den Teilen des Traums, an die sie sich noch erinnerte. Er schwieg und nippte gedankenverloren an seinem Kaffee. Nach einiger Zeit drehte er sich zu ihr herum und sah sie eindringlich an.

„Du sagst, das ist jetzt fast zwei Jahre her? Im März?“ Still nickte sie und versuchte sich an weitere Details zu erinnern. Vielleicht half es, wenn sie mit ihm darüber sprach. Vielleicht hörten die Träume auf, wenn ihr Kopf die Sache endlich verarbeitet hatte. Plötzlich war sie wieder dort, und wie ein Film lief das Geschehen vor ihr ab.

Sie sah auf den erschreckend kleinen Haufen Metall, der von ihrem Wagen übrig geblieben war. Zermalmt zu einem Ball aus Blech zwischen dem Lastwagen und dem Auto vor ihnen. Obwohl ihr Kopf dröhnte und ihr ganzer Körper schmerzte, stand sie schwankend auf. An der Stelle, wo ihr Auto noch kurz vorher gestanden hatte, war jetzt ein Lastwagen, die Frontscheibe verbeult und milchig von vielen Rissen. Der schwarze Wagen vor ihnen war zur Seite weggekippt und lag auf der Fahrertür. Jemand stand neben dem Auto und taumelte fassungslos zurück. Wie in Trance ging sie um den Laster herum auf die andere Seite und starrte die ganze Zeit auf die Überreste von Johans Auto. In dem Moment schoss ein weiterer Wagen knapp an ihr vorbei und erfasste die Person, die weiter vorn stand. Als Glas zerbarst und wie in einer Fontäne auf die Straße klatschte, entstand ein furchtbares Geräusch, wie ein hohes Kreischen. Sirenen heulten direkt darauf los, und das Blaulicht warf grelle Blitze in die Pfützen. Sie torkelte benommen in die Richtung, aus der die Sirenen kamen. Dann sah sie zuerst das Glas. Es war überall, und es war rot. Rot von Blut. Plötzlich erkannte sie auch, woher das Blut kam. Jemand lag inmitten der Splitter. Aus seinem Arm schoss in regelmäßigen Abständen eine dünne rote Fontäne. Sie musste das abdrücken. Wie betäubt setzte sie sich neben ihn, mitten in all die Scherben, umfasste den Arm und drückte den Daumen fest in die Wunde. Sie starrte den rotverschmierten schlaffen Arm an. Das Blut hatte aufgehört zu spritzen. Nun musste sie festhalten, bis Hilfe kam. Einfach nur festhalten. Erst jetzt sah sie den Mann an. Seine Augen waren geschlossen, und mit der freien Hand fuhr er über sein Gesicht, als ob er etwas wegwischen wollte, wieder und wieder. Die Hand und sein Gesicht waren voller feiner Glassplitter und Blut. Mit jedem Wischen fügte er sich neue dünne Schnitte zu. Hektisch griff sie mit ihrer freien Hand nach seinem Ärmel. Seine Augen waren noch immer geschlossen, aber er versuchte mit aller Kraft, seinen Arm wegzuziehen. Sie schaffte es gerade so, ihn festzuhalten. Ihr Daumen auf der Arterie war inzwischen gefühllos, aber sie durfte dort nicht loslassen. Nur festhalten, nicht loslassen. Ihre Gedanken drehten sich im Kreis, und ihre Schläfen pochten. Festhalten. Nach einer Ewigkeit erlahmte seine Gegenwehr, und sie konnte ihre Hand von seinem Ärmel lösen. Vorsichtig schob sie ihre Beine unter seinen blutüberströmten Kopf. Inzwischen spürte sie ihre rechte Hand kaum noch, und ein Ziehen wie von einem Krampf kroch über den Ellenbogen bis zur Schulter hoch. Egal. Festhalten, nicht loslassen, auf gar keinen Fall loslassen. Plötzlich riss er die Lider auf und starrte sie aus bernsteinbraunen Augen an. Sie waren das Einzige, was sie zwischen all dem Blut in seinem Gesicht sehen konnte. Sie begann, auf ihn einzureden. Er musste still liegenbleiben, alles würde gut, wenn sie nur festhalten konnte. Festhalten, anstarren, alles wird gut, ich halte dich fest, alles wird gut. Dann sackte sein Kopf zur Seite, und sein Blick ging ins Leere. NEIN!

Jemand schüttelte sie, und eine Stimme rief ihren Namen. Es dauerte einen Moment, ehe die Worte zu ihr durchdrangen. Langsam sah sie hoch, und bernsteinfarbene Augen starrten sie an. Ihr Herz setzte einen Augenblick aus.

„Anna! Was ist denn los? Du bist weiß wie eine Wand. Es ist gut. Alles ist gut."

„Du lebst? Mein Gott, wie kann das sein? Du warst tot! Ich habe es gesehen. All das Blut. Dein Gesicht voller Glas und voller Blut. Ich habe festgehalten, aber es war nicht genug, du bist gestorben. Wie …?" Zitternd starrte sie ihn an. Dann schlang sie ihre Arme um seine Brust und presste ihn fest an sich. Sie weinte hemmungslos, während er sie festhielt und tröstend über ihren Rücken strich. „Ich habe gedacht, du wärst gestorben."

Sein Hals war zugeschnürt. Was war jetzt plötzlich geschehen? Welche Erinnerung hatte sie eingeholt? Gerade hatten sie sich noch einigermaßen normal über ihren Traum unterhalten, und plötzlich saß eine zitternde und völlig aufgelöste Anna vor ihm. Aus dem, was sie sagte, wurde er nicht wirklich schlau. Dann nahm sie ihn in den Arm und weinte. Sein Herz zog sich zusammen, als er ihren Schmerz spürte. Er streichelte ganz sacht über ihren Rücken. Hart hämmerte sein Herz gegen seine Rippen, und vorsichtig, ganz vorsichtig legte er seine Arme um ihren Körper. Mit jedem zittrigen Atemzug hielt er sie ein wenig fester. Dann schloss er die Augen und legte seine Wange an ihren Kopf. Tief atmete er den Duft ihrer Haare ein. Er wollte das alles wegwischen, all den Schmerz und all die bösen Erinnerungen wollte er aus ihrem Kopf tilgen und sie beschützen. Aber wie konnte man jemanden vor seiner eigenen Erinnerung beschützen?

Nach und nach beruhigte sie sich und irgendwann löste sie sich aus seiner Umarmung. Er strich noch ein letztes Mal über ihren Rücken.

„Möchtest du darüber reden?"

„Ja, ich muss dir alles erzählen. Ich habe mich erinnert. Der Unfall. Ich weiß es alles wieder." Sie schloss die Augen. „Danke. Ich bin froh, dass du da bist." Wie ein warmes Feuer glühten die Worte in seinem Inneren. Er nickte nur, um ihr Zeit zu lassen, die Erinnerungen zu sortieren.

„Du sagtest, du erinnerst dich nicht an deinen Unfall. Aber du weißt, dass da etwas mit Glas war und mit deinem Arm. Ich war es. Ich habe die Arterie abgedrückt, aber du hast mit den Glassplittern an der Hand über dein Gesicht gewischt, immer wieder. Ich konnte dich kaum festhalten, so sehr hast du dich gewehrt." Ihre Hände ballten sich zu Fäusten, als müsste sie sich an etwas festklammern. Sie hielt inne und starrte in das Kaminfeuer. „Dann hast du mich angesehen, mit all dem Blut in deinem Gesicht und überall. Ich war sicher, du würdest verbluten. Ich konnte nicht fest genug drücken, und dann … dann bist du gestorben." Sie blickte auf und starrte in seine Augen. „Ich bin so froh, dass du lebst. Ich war sicher …" Mark spürte die Erinnerung in sich aufsteigen.

Er lag auf der Straße, den Kopf in ihrem Schoß, und diese Augen hatten ihn angesehen. Sie hatte etwas gesagt, dass er nicht verstanden hatte. Er musste sie nur immerzu anstarren. Hellblau mit einem feinen dunklen Rand. Dann war es plötzlich dunkel geworden.

Das war der Grund, warum er, als er vor ihrem Auto aufgewacht war, dieses Gefühl gehabt hatte, er würde sie kennen.

„Ja, ich erinnere mich. Du warst es, die mich gerettet hat." Stille breitete sich aus, während ihm die Auswirkungen des gerade Gesagten klar wurden. Er strich eine verirrte Strähne aus ihrem Gesicht. „Ich danke dir für mein Leben", flüsterte er benommen. Frische Tränen traten in ihre Augen.

„Ich dachte, ich hätte es nicht geschafft, aber ich bin sehr froh, dass meine Erinnerung mich getäuscht hat." Mark nahm ihr Gesicht in beide Hände.

„Ich auch."

Kapitel 13

Marks Vormittag in der Kanzlei zog sich unendlich in die Länge, er vermisste sie. Immer wieder musste er an den Unfall denken, der ihm jetzt in völlig neuem Licht erschien. In der Mittagspause erzählte er Karl von all den Dingen, die am Wochenende passiert waren. Karl zog die Augenbrauen hoch und fixierte ihn mit einem durchdringenden Blick.

„Das ist ja unglaublich. Kein Wunder, dass sie dir bekannt vorkam. Es gibt wirklich seltsame Zufälle im Leben. Wie groß war wohl die Chance, überhaupt jemanden wiederzutreffen, der vor zwei Jahren in den gleichen Unfall verwickelt war? Dann auch noch ausgerechnet die Frau, die dich gerettet hat. Kein Wunder, dass du dich zu ihr hingezogen fühlst." Mark schüttelte nur den Kopf.

„Daran lag es nicht. Ich mochte sie schon, bevor ich das alles wusste." Versonnen starrte er vor sich hin. „Wenn ich bei ihr bin dann ... irgendwie fühle ich mich dann ..." Es fehlte ihm das passende Wort.

„Glücklich?", half Karl aus.

Mark stockte. „Glücklich, ja. Ich hatte vergessen, wie sich das anfühlt." Er sah seinen Freund wieder ernst an. „Sie ist mir unglaublich wichtig. Ich wüsste nicht, was ich tun sollte, wenn ich sie wieder verlieren würde."

„Wieso solltest du sie verlieren?"

Mark zuckte nur mit den Schultern. „Heute Nachmittag werde ich erst einmal mit dem Schlüsseldienst zu ihr fahren, um den Schreibtisch aufzumachen. Dann sehen wir weiter. Solange wir noch zusammenarbeiten, sehen wir uns ja sowieso regelmäßig. Was danach wird, weiß ich auch nicht." Schweigend saßen sie beide noch einen

Augenblick da, dann stand Karl auf und sah ihn mit einem hintergründigen Grinsen an.

„Für das nächste Wochenende habe ich auf jeden Fall schon eine Idee. Lass dich überraschen."

~

Der Mann vom Schlüsseldienst hatte alle Schubladen und Türen geöffnet. Es war unverschämt teuer gewesen, obwohl er für jedes Schloss kaum eine halbe Minute gebraucht hatte.

„Würde es dir etwas ausmachen, wenn du die Fächer öffnest und die Sachen einfach oben auf die Platte legst?", fragte Anna.

„Es sind wahrscheinlich sehr persönliche Unterlagen dabei, die mich nichts angehen. Ich helfe dir gern, aber bist du sicher, dass ich das alles sehen soll?" Sie nickte zaghaft, und als sie einen Schritt auf den Schreibtisch zu machte, überkam sie wieder diese Welle aus Angst. Sie durfte das nicht tun, auf gar keinen Fall durfte sie die Schubladen öffnen.

„Bitte, du musst das machen, ich kann nicht. Eine Schublade nach der anderen. Fang bei der Breiten in der Mitte an." Mark folgte ihrer Anweisung und zog die große Schublade auf. Unsicher spähte Anna hinein. In der Mitte lag dort eine dicke Unterschriftenmappe, die mit irgendetwas anderem als nur Papier gefüllt zu sein schien, so ungleichmäßig wie die Innenseiten gewölbt waren. Darauf lag ein Schließfachschlüssel. Mark zog die Mappe heraus und legte sie auf die Tischplatte. Der Kloß in Annas Hals ließ sich auch durch mehrfaches Schlucken nicht bewegen.

„Ich muss etwas trinken. Außerdem möchte ich mir das am Küchentisch ansehen, dann können wir uns dabei hinsetzen." Entschlossen schnappte sie sich die Mappe und stürmte aus dem

Zimmer. In der Küche angekommen, warf sie das schwarze Ding auf den Tisch und griff nach ihrem Wasserglas.

„Ich glaube, Wasser genügt heute nicht. Wollen wir eine Flasche Wein aufmachen?", fragte sie Mark, der ihr gefolgt war. Er sah sie wieder mit diesem besonderen Blick an, der ihr jedes Mal Schmetterlinge im Bauch bescherte. Dann antwortete er mit seiner leisen, tiefen Stimme.

„Sehr gern. Ich mache den Kamin an, und du holst den Wein." Sie schloss einen kurzen Augenblick die Augen. Warum hatte sie plötzlich den Drang, ihre Arme um seinen Hals zu schlingen und ihn zu küssen? Er war viel mehr als nur ein Freund, das wusste sie ganz sicher. Aber wie sollte es weitergehen, wenn jedes Mal bei solchen Gedanken das schlechte Gewissen sich meldete? Das Gefühl, ihren Mann zu betrügen, der doch schon so lange nicht mehr da war. Wie sollte sie das jemals hinter sich lassen? Es war unfair, Mark mit all ihren Problemen zu belasten. Sie musste sich zusammenreißen, bis sie irgendwann mit der Vergangenheit abgeschlossen hatte. Erst dann durfte sie ihm sagen, wie viel er ihr inzwischen bedeutete.

Als sie den Wein geöffnet und zwei Gläser gefüllt hatte, brannte auch der Kamin, und Mark saß wieder am Tisch. Sie hob ihr Glas, um mit ihm anzustoßen.

„Auf die Bewältigung der Vergangenheit." Er nickte wortlos und lächelte sie ermutigend an, eher er einen Schluck Wein nahm.

Entschlossen klappte sie die Mappe auf. Im ersten Fach lag ein brauner Umschlag mit einem Namen darauf. Sie hatte diesen Namen schon einmal gehört, konnte ihn aber im Moment nicht genau zuordnen. In dem Umschlag steckten ein handgeschriebener Zettel mit Zahlen und ein Datenspeicherstick. Sie sah sich den Zettel genauer an. Da standen drei Daten, die gute drei Jahre zurücklagen und daneben Geldbeträge, weiter nichts. Sie stopfte alles wieder in den Umschlag zurück und blätterte zum nächsten Fach.

Hier steckte wieder ein Umschlag mit einem Namen, der allerdings dick durchgestrichen war. Darin ein Zettel mit nur zwei Daten und nur einem Geldbetrag sowie einem Speicherstick. Auch diese Dinge stopfte sie wieder in den Umschlag und blätterte weiter. Noch zwei Mal fand sie ähnliche Umschläge. Der letzte war auf erschreckende Weise anders. Unter dem Namen prangte, in dickem schwarzem Filzstift gemalt, ein Kreuz. Den Namen kannte sie. Es war der ehemalige Bürgermeister, der vor vier Jahren verstorben war. Hektisch kramte sie in ihrer Erinnerung. War er krank gewesen? Ein Herzanfall? Nein, da war ein Einbruch in seinem Haus gewesen. Aber woran war er dann gestorben? Sie konnte sich nicht erinnern, aber das Internet würde Auskunft geben. Auch in diesem Umschlag lagen ein Speicherstick sowie der Zettel mit vier Daten, drei davon mit Geldbeträgen, der Dritte mit einem Kreuz. Was hatte Johan mit dem Bürgermeister zu tun gehabt, und was waren das für Geldbeträge? Annas Hände zitterten, als sie wieder nach dem Weinglas griff. Sie hatte alles Mark gezeigt, er hatte sich die Umschläge interessiert angesehen, aber nichts dazu gesagt.

„Sagt dir einer der Namen etwas?“, fragte sie ihn.

„Das hier war der ehemalige Bürgermeister. Raubmord meine ich. Aber sie waren nicht sicher, ob er wirklich ermordet wurde oder an einem Herzschlag in Folge der Aufregung gestorben ist. Sie haben jemanden angeklagt, aber nicht verurteilen können, soweit ich weiß. Mein Partner Karl hatte den Fall, der könnte da Näheres wissen. Der davor ist Richter am Landgericht, mit dem habe ich noch letzte Woche telefoniert. Der Durchgestrichene war ein Industrieller hier aus der Stadt. Wenn ich mich nicht irre, ist er nach einem großen Skandal und einer schmutzigen Scheidung untergetaucht. Der Name auf dem ersten Zettel sagt mir nichts.“ Mit einem Schulterzucken legte er den Umschlag mit dem Namen des Bürgermeisters wieder zurück. Anna nahm noch einen großen Schluck Wein und stellte fest:

„Wir sollten uns dann wohl ansehen, was auf den Sticks ist. Ich hole den Laptop. Lass uns am Kamin sitzen, ich habe ganz kalte Hände.“ Mark griff nach ihren eiskalten Fingern, und seine Wärme ließ sie tief durchatmen.

„Das ist bestimmt die Aufregung“, versuchte er sie zu beruhigen. „Anna, hör zu. Das ist eine sehr persönliche Sache zwischen dir und deinem verstorbenen Mann. Eigentlich geht mich das alles gar nichts an. Ich kann gut verstehen, wenn du dir das allein ansehen möchtest.“

„Nein! Bitte bleib hier. Ich kann das nicht allein.“ Bevor er sich darüber weitere Gedanken machen konnte, stand sie auf und ging in ihr Büro. Mit fliegenden Fingern befreite sie den geliehenen Laptop von allen Kabeln und nahm ihn mit in die Küche. Nachdem sie den Stick eingesteckt hatte, öffnete sich ein Fenster und forderte zur Eingabe des Passwortes auf. Mist! Sie fuhr sich mit den Fingern durch die Haare und seufzte. Ein Passwort. Fragend sah sie zu Mark, der jetzt neben ihr saß, doch er zuckte nur bedauernd mit den Schultern. Sie versuchte, sich zu erinnern. Hatten sie jemals über so etwas gesprochen? Aus irgendeiner dunklen Ecke ihrer Erinnerung tauchte etwas auf. Sie hatten sich darüber unterhalten, dass man keine Namen als Passwörter benutzen sollte, weil das zu einfach zu erraten wäre, aber Johan hatte nur gelacht. Wie sollte man sich ein Passwort denn sonst merken, hatte er gefragt. Gut, sie musste herumprobieren. Sie fing mit ihrem eigenen Namen an, dann den seines Kompagnons. Nichts. Plötzlich kam ihr eine Idee. Sie benutzte den Namen auf dem Umschlag.

Ein Fenster mit Bilddateien öffnete sich, und sie klickte wahllos ein Bild an, um es anzuzeigen. Es zeigte ein Paar, das in einen innigen

Kuss vertieft war. Das nächste Bild zeigte das gleiche Paar in einer ähnlichen Szene, und so ging es weiter, während man mal den Mann und mal die Frau eindeutig erkennen konnte. Die Bilder hatten alle denselben Hintergrund, und die Personen trugen dieselbe Kleidung. Es schien sich also um eine Serie von ein und demselben Tag zu handeln. Anna starrte auf die Aufnahmen. In ihrem Kopf, in einer kleinen Ecke, setzten sich die Bilder mit den Namen und den Geldbeträgen zu einer Ungeheuerlichkeit zusammen, die sie nicht benennen konnte. Oder wollte. Marks Stimme drang wie aus großer Entfernung zu ihr.

„Anna, ich kann dir helfen, beruflich meine ich. Du darfst da nicht mit hineingezogen werden. Es ist nicht deine Schuld." Er zögerte, weiterzusprechen, aber sie sah nur die Bilder an und reagierte nicht. „Erpressung ist eine ernste Angelegenheit. Das darfst du nicht unter den Tisch kehren." Wieder wartete er ihre Reaktion ab. „Anna?" Sie starrte immer noch auf die Bilder, wie ein Kaninchen eine Schlange anstarren würde. Ihr Innerstes war leer, ihr Kopf war leer, sie war nicht sicher, ob ihr Herz noch schlug, so kalt und starr fühlte sie sich plötzlich.

„Mark, was soll ich tun?" Ihre Stimme zitterte und war so heiser, dass sie selbst sich fast nicht verstand. Er rückte etwas näher zu ihr und legte seinen Arm um sie. Seine Wärme strömte in ihren gefrorenen Körper und löste die Starre auf. Sie lehnte den Kopf an seine Schulter, und er zog sie mit beiden Armen fest an sich. Lange saßen sie nur schweigend da, während sie dem schnellen Klopfen seines Herzens lauschte. Dann hob sie den Kopf und sah ihn an.

„Bitte, du musst mir sagen, was ich tun soll." Er lächelte sein unergründliches Lächeln und steckte ihr mit einer zärtlichen Geste eine vorwitzige Locke hinter das Ohr.

„Anna, ich bin bei dir, wenn du das möchtest. Du musst zuerst zur Polizei gehen mit den Unterlagen und den Datenträgern. Dann wird man weitersehen. Du wusstest ja nichts davon, man wird dich nicht belangen können für die Dinge, die dein Mann getan hat." Sie nickte wie abwesend. Dann straffte sie sich.

„Ich möchte mir erst noch die anderen Umschläge ansehen, aber heute nicht mehr." Mit Schwung klappte sie den Laptop und die schwarze Mappe zu. Gemeinsam starrten sie in die Flammen des Kamins, und Schweigen breitete sich aus, während beide über das nachdachten, was sie gerade erfahren hatten.

~

Die Ungeheuerlichkeit der offensichtlichen Erpressung und der Schmerz darüber, dass ausgerechnet seiner Anna so etwas passierte, rasten durch Marks Kopf. Zu gern hätte er auch die anderen Datenträger angesehen, aber er durfte sie nicht drängen. Natürlich musste das ein großer Schock für sie sein, dass ihr verstorbener Ehemann zu solchen Taten fähig gewesen war. Sie musste mit den Unterlagen zur Polizei gehen, und er würde sie begleiten. Wenn sie das wollte.

Der Gedanke, mit seinen Krücken durch das Polizeigebäude zu laufen und all die Leute wiederzutreffen, die ihn möglicherweise von früher kannten, behagte ihm nicht wirklich. Sie würden ihn wiedererkennen und ansprechen, entweder mit mitleidigen oder flapsigen Kommentaren. Beides war ihm zuwider. Lange genug hatte er sich bisher davor gedrückt, all die Menschen und Orte zu sehen, die früher sein Arbeitsleben ausgemacht hatten. Oft hatte er Mandanten zu Befragungen begleitet und die zuständigen Polizeibeamten auch vor Gericht getroffen. Früher, als er noch ein erfolgreicher Strafverteidiger gewesen war. Er hatte die aussichtslosesten Fälle herausgehauen und mit seinem guten Aussehen und dem energischen Auftreten bei den Plädoyers alle um den Finger gewickelt. Im Gerichtssaal hatte er das Gefühl, wirklich zu leben. Wenn er dem Gericht und den übrigen Anwesenden seine Version des Geschehens einhämmerte und dabei alle Register seines rhetorischen Geschicks zog. Dadurch war er natürlich auch in gehobenen Kreisen sehr gefragt gewesen und hatte gutes Geld verdient.

Annas Stimme riss ihn aus seinen Gedanken.

„Hattest du schon einmal gedacht, du würdest jemanden kennen und standest dann vor dem Scherbenhaufen deiner Vergangenheit?"

Mark schluckte. Mit aller Wucht stand plötzlich das Ende seiner Ehe, das Ende seines ganzen bisherigen Lebens wieder vor ihm. Die Zurückweisung, der Schmerz, die Einsamkeit, das Gefühl, defekt und wertlos zu sein. Er keuchte, als diese Erinnerung ihm hart den Brustkorb zusammenschnürte, stützte Ellenbogen auf die Knie und legte sein Gesicht in beide Hände. Seine Augen brannten plötzlich, und er ließ das Gesicht auf die Hände gestützt, damit sie seine Tränen nicht sah.

„Ja, das habe ich. Danach hatte ich das Gefühl, ich müsste sterben." Erschrocken fuhr Anna zusammen und legte eine Hand auf seinen Rücken.

„Oh nein, entschuldige. Ich wollte diese Erinnerung nicht hochholen. Ich habe gar nicht daran gedacht. Es tut mir so leid." Er hörte, wie ihre Stimme zitterte. Zärtlich strichen ihre Hände über seinen Rücken und durch seine Haare. Auch wenn es nur Mitleid war, tat ihm diese liebevolle Geste so gut und berührte ihn so tief, dass er die Tränen nicht mehr zurückhalten konnte. Mit bebenden Schultern schluchzte er in seine Hände. Es dauerte eine ganze Weile, ehe er sich wieder beruhigte und die letzten Tränen wegwischte. Er konnte sie nicht ansehen. Was dachte sie jetzt von ihm, nachdem er in ihrer Gegenwart geweint hatte? „Hast du das immer noch … dieses Gefühl?“ Ihre Stimme zitterte noch stärker als vorhin und war so tieftraurig, dass er sie erschrocken anstarrte.

„Nein! Ich will leben. Mit dir.“ Oh nein, das hatte er nicht gesagt. Das konnte er doch nicht sagen, jetzt würde er sie für immer verlieren. Völlig erstarrt sah er in ihr Gesicht und wartete auf ihre Reaktion. Lachen, zurückschrecken, sich abwenden, was würde sie jetzt tun? Langsam beugte sie sich vor, bis ihr Gesicht ganz nah an seinem war. Obwohl sie sich nicht berührten, spürte er die Wärme, die von ihr ausstrahlte, auf seiner Haut. Dann streifte sie seine Lippen mit ihren. Die Berührung war so flüchtig wie süß. Er widerstand dem Drang, sie in seine Arme zu ziehen.

„Anna, du weißt gar nicht, wie viel du mir bedeutest.“ Sein Mund sprach aus, was er fühlte, ohne dass die Worte den rationalen Teil seines Gehirns auch nur gestreift hätten. Das war jetzt auch egal, es war ohnehin zu spät.

Dann geschah das Unglaubliche. Sie schlang ihre Arme um seinen Hals, zog seinen Kopf zu sich heran und küsste ihn. Ihre Lippen lagen so zart und vorsichtig auf seinen, als wäre sie sich nicht sicher, ob sie das tun dürfte. Einen Wimpernschlag lang war er starr vor Überraschung, dann legte er vorsichtig die Hände auf ihren Rücken und erwiderte zaghaft ihren wunderbaren Kuss. So lange hatte er schon davon geträumt, dass er sie jetzt ganz sicher nicht so schnell wieder loslassen würde.

Ja, dies war mehr als Freundschaft. Als Mark vom Sterben gesprochen hatte, war ihr Herz in tausend kleine Stücke zersprungen. Das durfte nicht sein, dieser wunderbare, starke und zugleich sanfte Mann, bei dessen unergründlichem Blick ihr Herz immer flatterte, durfte niemals mehr aus ihrem Leben verschwinden. Noch nie hatte jemand so unendlich liebevoll und so voller Sehnsucht ihren Namen ausgesprochen. Sie konnte sich noch viel zu gut daran erinnern, wie langweilig und lieblos ihr Leben sich angefühlt hatte, bevor sie ihn getroffen hatte. Die zarte und vorsichtige Art, mit der er sie berührte, kam ihr fast schon unwirklich vor. So etwas Liebevolles hatte Johan nie getan. Wieder spukte er ungebeten durch ihre Gedanken. War sie selbst in diesem verzauberten Augenblick nicht vor ihrer Vergangenheit sicher? Zumindest ein schlechtes Gewissen wollte sie jetzt nicht haben. Doch da war es schon. Sie durfte sich nicht mit anderen Männern einlassen, sonst musste er sie wieder einsperren. Zitternd legte sie ihre Stirn auf Marks Schulter. Er drückte sie mit einer weichen Bewegung an seine Brust und vergrub sein Gesicht in ihren Haaren.

„Anna, du machst mich so glücklich", flüsterte er leise an ihrem Hals. Ihr Herz machte einen Sprung. Ja, das wollte sie, sie wollte ihn glücklich machen und all die Trauer und den Schmerz auslöschen. Wenn da nur nicht diese nagende und dunkle Angst wäre, die sie nicht verdrängen konnte. Sie hob den Kopf, um in sein Gesicht zu sehen. In seinen bernsteinfarbenen Augen mit den goldenen Sprenkeln lagen so viel Sehnsucht und Hoffnung, dass die Schmetterlinge in ihrem Bauch wie wild flatterten.

„Mark, ich habe dich sehr gern. Du weißt, dass ich noch Probleme mit meiner Vergangenheit habe. Nicht das, was im Schreibtisch war, sondern das, was in meinem Kopf steckt. Ich muss das zuerst loswerden, bevor ich mich auf jemanden einlassen kann."

„Du liebst ihn noch?“ Schmerz verdunkelte seine Stimme.

Ein bitteres Lachen stieg in Annas Kehle hoch. „Ich weiß gar nicht mehr, ob ich ihn überhaupt irgendwann geliebt habe, aber ich habe noch immer diese Angst in mir. Davor, eingesperrt zu werden. Immer wenn ich davon träume, was sein könnte, habe ich das Gefühl, er stünde hinter mir und würde mich gleich bestrafen.“ Marks Blick verdunkelte sich und sein ganzer Körper spannte sich an. „Mark, bitte sei mir nicht böse, ich kann nicht s…“

„Nein, nicht auf dich bin ich böse, sondern auf ihn. Was hat dieser Kerl dir Furchtbares angetan, dass du es noch nach so langer Zeit mit dir herumtragen musst? Wie kann ich dir nur helfen, das alles hinter dich zu bringen?“ Anna schluckte.

„Du hilfst mir doch schon. Ich schaffe das, lass mir nur ein bisschen Zeit. Bitte sei nicht sauer, dass ich im Moment so viel mit mir selbst zu tun habe und mich noch nicht auf eine neue Partnerschaft einlassen kann.“ Mit einer unendlich sanften Geste strich er eine Strähne aus ihrem Gesicht.

„Anna, ich bin so glücklich, dass du es überhaupt in Betracht ziehst. Du bist meine gute Fee. Es ist noch nicht so lange her, da fand ich es unmöglich, einen Weg aus diesem trostlosen und öden Dasein zu finden, zu dem mein Leben geworden ist. Aber seit ich dich kenne, fühlt sich alles sehr viel leichter und schöner an. Sehr lange Zeit hatte ich vergessen, wie sich glücklich sein anfühlt. Du hast mich wieder erinnert. Du hast mich verzaubert, meine Jili.“ Mit einem liebevollen und zugleich sehnsüchtigen Blick sah er sie an, und die kleinen goldenen Funken in seinen Augen leuchteten. Sie lächelte, als sie den alten Spitznamen hörte, den ihr Opa ihr gegeben hatte. Dann schmiegte sie sich in Marks Arme und genoss einfach nur seine Wärme und Nähe, bis das Feuer im Kamin ganz heruntergebrannt war.

Kapitel 14

Anna hatte den Tag mit der Übersetzung für die Überwachungskamera verbracht. Endlich hatte sie diesen Auftrag auch erledigt und abgeschickt. Jetzt war noch Zeit, kurz in den Stall zu gehen und danach zu duschen. Heute wollte Mark einen halben Tag freinehmen und schon zum Mittagessen kommen. Danach würden sie die übrigen Datensticks ansehen. Mit einem fröhlichen Lächeln zog sie Jacke und Stiefel an und machte sich auf zu den Pferden. Als sie bei Ko und Stan im Auslauf stand und ihnen die Hälse kraulte, erinnerte sie sich wieder an den Ausritt mit Mark. Ob es ihm wohl gefallen würde, mehr Zeit mit den Pferden zu verbringen? Er hatte keinerlei Angst im Umgang mit den großen Tieren, wie so viele andere Stadtmenschen. Aber würde er sich auch mit ihnen beschäftigen wollen? Würde er vielleicht wirklich reiten lernen oder auch Bodenarbeit machen? Sie wollte ihn das heute Abend fragen. Das würde sie beide von den Dingen aus dem Schreibtisch ein wenig ablenken.

Sie hatte gerade die Stiefel wieder ausgezogen, als ihr Telefon klingelte. Geistesabwesend nahm sie den Anruf an, ohne auf das Display zu sehen.

„Hallo, Anna, mein Schatz. Ich habe eine wunderbare Überraschung für dich.“ Steve. Sie ließ sich gegen die Wand sinken und versuchte, den Seufzer zu unterdrücken, der in ihrer Brust hing. Schon wieder eine Überraschung. Aus irgendeinem Grund hatte er immer noch nicht verstanden, dass sie die Beziehung rein geschäftlich halten wollte. Ein geschäftliches Gespräch über ihre Übersetzertätigkeit würde das allerdings wohl nicht.

„Hallo, Steve.“ Das war alles, was ihr als Antwort zu seiner Eröffnung einfiel.

„Am Samstagabend ist doch diese riesige Spendengala in demselben Hotel, wo auch Max gefeiert hat. Natürlich bin ich mit Begleitung eingeladen. Du würdest mir einen sehr großen Gefallen tun, wenn du mich begleiten würdest. Ich könnte mir keine schönere Gelegenheit vorstellen, um unsere Freundschaft aufzufrischen. Außerdem könnte ich natürlich keine bessere Begleitung für diesen Abend finden als dich.“ Unglaublich. Nach dem letzten Telefonat wollte er jetzt tatsächlich so tun, als wäre alles in bester Ordnung. Er schien immer noch nicht verstanden zu haben, dass sie nicht mehr mit ihm ausgehen würde.

„Hör mal, Steve, ich dachte, wir hätten das bei unserem letzten Gespräch …“ Er unterbrach sie mal wieder.

„Liebste Anna, so eine Gala ist eine einmalige Gelegenheit. Man kommt dort ausschließlich mit Einladung hinein, und der Kreis der Gäste ist wirklich handverlesen. Ich hätte so gern die hübscheste Frau der Stadt an meiner Seite. Wir wären ein wunderbares Paar auf der Tanzfläche.“

„Nein.“

„Was?“

„Nein. Ich gehe mit dir nicht zu dieser Gala. Auch nicht irgendwo anders hin. Unsere Freundschaft war in dem Augenblick beendet, als du mich bedroht hast.“

„Aber Anna, ich würde dich doch nie bedrohen. Da musst du etwas vollkommen falsch verstanden haben. So etwas würde ich nie tun. Aber weißt du was? Du musst jetzt gar nicht gleich zusagen. Melde dich einfach im Laufe der Woche und sag mir, wann ich dich abholen darf. Ich verspreche dir, es wird ein unvergesslicher Abend. Bis dann, mein Schatz.“ Er legte einfach auf, ohne ihr die Chance zu geben, zu antworten. Abschätzig musterte sie das Telefon in ihrer Hand an Steves Stelle. Nun, er hatte seine Antwort bereits erhalten. Wenn sie ihm nicht gefiel, konnte das nicht ihr Problem sein. Mit einem Kopfschütteln stieß sie sich wieder von der Wand ab und schritt erhobenen Hauptes ins Bad. Den heutigen Tag würde sie sich von dem Anruf auf jeden Fall nicht versauen lassen. Mit diesem Entschluss legte sie das Telefon zur Seite und zog sich aus, um zu duschen.

Kaum hatte sie die Haare mit dem Föhn trocken gepustet, klingelte es auch schon. Mit einem breiten Lächeln kam Mark herein und legte seinen Rucksack direkt im Flur ab.

„Heute habe ich wenigstens die Zutaten für das Essen mitgebracht. Kochen können wir ja dann zusammen." Noch bevor er seinen Mantel ausziehen konnte, stellte sie sich ganz dicht vor ihm auf die Zehenspitzen und gab ihm einen kleinen Kuss. Dann schnappte sie sich den Rucksack und verschwand in Richtung Küche.

„Ich werfe erst mal einen Kaffee an, bevor wir kochen. Kaffee kann man nie genug trinken."

~

Und wieder verfluchte er seine Krücken. Zu gern hätte er sie einen Augenblick an sich gezogen und einen richtigen tiefen Kuss daraus gemacht. Fest biss er seine Zähne zusammen bei dem Gedanken an die letzten Tage auf der Rudermaschine. Natürlich hatte er es in seinem Überschwang zu weit getrieben und hatte jetzt einen dicken Muskelkater. Das brachte erst einmal Rückschritte, was seine Beweglichkeit zu Fuß anging. Aber er wollte endlich Resultate, wollte endlich mit nur einer Krücke laufen können, damit genau so etwas wie jetzt gerade nicht mehr passierte. Tief atmete er durch und folgte ihr in die Küche.

Anna stand an der Arbeitsfläche und drückte gerade den Knopf der Kaffeemaschine. Er schob mit dem Knie einen Stuhl neben sie, ließ sich darauf fallen und griff mit beiden Armen um ihre Taille. Sie war so klein und zierlich, dass es ihm keine Mühe machte, sie aus dem Gleichgewicht zu bringen, und auf seinen Schoß zu ziehen. Mit einem überraschten Auflachen drehte sie sich zu ihm um.

„He, ein Überfall." Noch bevor sie sich weiter beschweren konnte, schloss er ihren Mund mit einem Kuss. Erst als er völlig außer Atem war, löste er seine Lippen von ihren.

„Das war kein Überfall, das war eine ordentliche Begrüßung." Sie schloss mit einem zufriedenen Lächeln die Augen und legte ihren Kopf auf seine Schulter.

„Ja, stimmt. Das war eine ordentliche Begrüßung. Da kann ich mich dran gewöhnen, glaube ich." Im nächsten Augenblick gab sie ihm einen kleinen Kuss auf die Nasenspitze und sprang wieder auf. „Und jetzt gibt es trotzdem erst mal Kaffee", verkündete sie mit einem frechen Grinsen. In seinem Brustkorb breitete sich wohlige Wärme aus. Er war nicht sicher gewesen, wie sie seine kleine Attacke aufnehmen würde, aber ihre Reaktion war so entspannt und liebevoll, als würden sie sich schon ewig kennen. Sie stellte den Kaffee auf den Tisch und strahlte ihn dabei an wie das sprichwörtliche Honigkuchenpferd. Bei dem Gedanken musste er grinsen. Was war eigentlich ein Honigkuchenpferd, und warum lachte es? Innerlich schüttelte er den Kopf über diesen seltsamen Spruch.

Während sie vorsichtig dem heißen Kaffee schlürften, kam das Gespräch auf die Pferde und deren Verhalten und Erziehung. Anna hatte davon gesprochen, wie verschieden die Charaktere ihrer beiden Pferde waren. Bei dem Ausritt war ihm davon nichts aufgefallen, daher wunderte er sich, wieso der angeblich so eigensinnige Kosimo trotzdem so gut gehorchte.

„Es ist ein Zusammenspiel von Erziehung, Charakter und Autorität. Das Pferd muss zuerst lernen, was wir von ihm wollen und wie wir Menschen kommunizieren. Das ist der Teil mit der Erziehung. Dann gibt es Pferde, die es einem immer recht machen wollen, und solche, die man erst überzeugen muss. Das ist der Teil mit dem Charakter. Stan ist ein freundliches Pferd und gut erzogen. Er folgt leicht, ohne dass man ihn lange überzeugen muss. Für Kosimo muss man schon mehr Autorität ausstrahlen." Sie zwinkerte. „Der wäre ein gutes Übungsobjekt für dich." Interessiert hatte er Annas Ausführungen gelauscht, beim letzten Satz stutzte er aber.

„Wie meinst du das, für mich?"

„Um den natürlichen Umgang mit den Pferden zu üben. Nur wenn du Lust hast natürlich. Es macht Spaß zu sehen, wie sie reagieren und ob sie ganz ohne Strick und Zügel tun, was man von ihnen möchte. Wenn du dafür einen Rollstuhl hättest, wäre das natürlich einfacher. Mit den Krücken bist du nicht so beweglich, und deine Körpersprache ist dann auch schwerer zu lesen für die Pferde." Scharf zog er die Luft ein. Sein Hasswort Rollstuhl war gefallen. Was sollte das denn jetzt? Natürlich hatte er seine Beine am Anfang der Reha überhaupt nicht belasten können und war auf das Ding angewiesen gewesen. Aber seit es mit den Krücken so halbwegs klappte, hatte er sich da nie wieder reingesetzt. Das Training war hart und schmerzhaft gewesen, und bis er wirklich mit den Krücken den ganzen Tag unterwegs sein konnte, hatte er gelernt, dieses Fortbewegungsmittel zu hassen. Nein, nie mehr wollte er den benutzen. Das hätte sich wie aufgeben angefühlt, wie nie wieder laufen können. Er presste die Lippen zu einem schmalen Strich zusammen und starrte mit finsterer Miene auf die Tischplatte.

„Nein! In so ein Ding setze ich mich nie wieder", zischte er. Natürlich hatte er das teure Hightechding aus der Reha im Keller stehen, aber da bekam ihn keiner mehr rein. Anna runzelte die Stirn.

„Grundsätzlich nicht? Wenn du nicht mit den Pferden üben magst, ist das völlig o. k., aber warum willst du denn nicht hin und wieder einen Rolli benutzen? In manchen Situationen könnte das praktisch sein."

„Warum sagst du so was? Ich kann laufen. Lass mich damit in Ruhe." Seine Stimme klang kalt und scharf. Ein wenig erschreckte er sich selbst vor der Härte seines Tons. Aber der Gedanke, wieder in einem Rollstuhl sitzen zu müssen, verursachte ihm beinahe Übelkeit. Um ein wenig von seiner Anspannung loszuwerden, stand er auf, ging zum Kamin und legte Holz nach. So hätte er zumindest etwas zu tun, ohne weiter reden zu müssen. Nachdem die Flammen hochzüngelten, blieb er dort sitzen und fixierte finster seine Kaffeetasse.

~

Nachdem Mark das Thema so deutlich abgebrochen hatte, stand Anna auf und begann, das Abendessen vorzubereiten. Eigentlich hatte es um die Pferde gehen sollen. Der freie Umgang mit Pferden machte nicht nur Spaß, er war auch gut für das Selbstbewusstsein und lehrte den Menschen vieles über sich selbst. Tatsächlich gab es Rollstuhlfahrer, die auf diese Weise sehr erfolgreich Pferde trainierten. Natürlich konnte er laufen, aber es war anstrengend und nach längerer Zeit auch schmerzhaft. Das hatte sie schon längst gesehen. Im Rolli hätte er nicht ständig danach schauen müssen, wo er die Krücken hinsetzte, sondern könnte sich auf das Pferd konzentrieren. Sie seufzte, während sie die Möhren schälte. Wenn sie versuchte, sich die Reha vorzustellen, konnte sie seine Abneigung vielleicht sogar verstehen. Er hatte davon gesprochen, dass er das Training der Beine wieder aufgenommen hatte und sich noch einige Verbesserungen davon versprach. Über so vieles hatten sie gesprochen, nur wenn es darum ging, was er fühlte, dann hatte er immer abgeblockt. Wie es für ihn war, mit den Krücken zu laufen, warum er nicht mehr als Strafverteidiger arbeitete, woher diese dunklen und traurigen Stimmungen manchmal aus heiterem Himmel kamen, all das behielt er für sich. So lange kannten sie sich ja auch noch nicht. Vielleicht brauchte es auch einfach mehr Zeit, bis er ihr solche Dinge anvertrauen könnte. Nun, jedenfalls wollte sie sich heute um ihre eigene Vergangenheit kümmern. Nach dem Essen wollte sie sich Johans Mappe noch einmal vornehmen und die Namen der Personen im Internet nachsehen. Sie sah von ihren Möhren auf und bemerkte seine verkrampfte Haltung vor dem Kamin.

„Sag mal, wolltest du nicht helfen?“ Er zuckte zusammen, als ob ihm erst in dem Moment ihre Anwesenheit wieder bewusst geworden war. Mit einem gequälten Blick sah er zu ihr hoch. Dann stand er auf und antwortete mit eisiger Stimme.

„Kommt darauf an, was ich tun soll. Wenn es etwas zu schneiden gibt, musst du es mir schon auf den Tisch stellen. Im Stehen habe ich keine Hände frei.“ Mit zwei Schritten ging sie zu ihm herüber und legte ihre Hände auf seine Schultern. Sie wollte in seine Augen sehen, doch er fixierte den Boden.

„Mark, ich weiß nicht, warum ich da gerade in ein Fettnäpfchen getreten bin. Ich wollte das nicht. Es tut mir leid.“ Er holte tief Luft, stellte eine Krücke ab und zog sie zu sich heran. Dann vergrub er sein Gesicht in ihren Haaren. Leise flüsterte er in ihr Ohr:

„Du hast nichts falsch gemacht. Es tut mir leid, dass ich so gereizt war. Es ist einfach ein schwieriges Thema für mich. Ich wollte dich nicht so anfahren.“ Sie legte beide Arme um ihn und spürte unter seinem Hemd die harten Rückenmuskeln.

„Mach dir keine Gedanken, so leicht bin ich von ein paar Worten nicht zu verschrecken.“ Plötzlich stieg ihr ein scharfer Geruch in die Nase. „Mist, die Pfanne.“ Vorhin hatte sie eine Pfanne mit Öl auf das Kochfeld gesetzt, um das Fleisch darin anzubraten. Inzwischen hatte das Öl angefangen zu qualmen. Hastig zog sie die heiße Pfanne zur Seite und schaltete das Kochfeld aus. Mit einem schiefen Lächeln sah Mark die von der Hitze aufgewölbte Pfanne an.

„Ich sehe schon, du bekommst ohne mich gar kein ordentliches Abendessen zustande. Soll ich das übernehmen?“ Mit einem Lachen drehte Anna sich zu ihm um und boxte in seine Schulter.

„Du Frechdachs, das könnte dir so passen. Du kochst, und ich darf hinterher aufräumen, klassische Arbeitsteilung.“ Mark lachte laut auf.

„Nur wenn du beim Aufräumen mit mir tanzt.“ Jetzt musste auch Anna lachen. Sie drehte sich herum und fuchtelte mit dem Pfannenwender vor seiner Nase herum.

„Ha, ich wusste es doch. Das ist Bestechung. Ich werde Sie anzeigen, Herr von Bach. Ich brauche nur noch einen guten Anwalt.“ Schnell setzte Mark sich wieder hin und zog Anna auf seinen Schoß.

„Du hast schon einen.“ Dann legte er seine Hand in ihren Nacken und küsste sie zart und voller Sehnsucht. Sein warmer Körper und sein weicher Kuss machten sie ganz schwindelig, und nach kurzem Zögern erwiderte sie die fordernde Berührung seiner Lippen. Ohne weiter nachzudenken, zog sie ihn fest an sich und vergrub ihre Hand in seinen Haaren. Das hatte sie tun wollen, seit sie ihn auf der Straße vor ihrem Auto zum ersten Mal berührt hatte. Sie waren immer ungeordnet und struppig, kein Wunder, so oft, wie er sich mit den Fingern hindurchfuhr. Er neigte sein Gesicht ein wenig nach vorn und genoss offensichtlich die zärtliche Berührung. Sie saßen noch eine Weile ineinander verschlungen da, bevor Anna fragte: „Bin ich nicht zu schwer für dich? Deine Beine müssen ja schon eingeschlafen sein."

„Du bist gar nicht schwer. Der obere Teil der Beine ist ja auch ganz okay. Der Unfall hat nur die Unterschenkel kaputtgemacht. Bleib noch einen Augenblick sitzen, bitte." Er zog sie ganz dicht zu sich heran. „Das ist so schön, dich im Arm zu halten und deine zarten Finger zu spüren. Ich möchte dich nie wieder loslassen." Dann ließ er mit einem Seufzer seine Arme sinken. „Na gut, ich gebe zu, sie sind eingeschlafen. Außerdem wird das so nichts mehr mit dem Essen, denke ich." Sie gab ihm noch einen schnellen Kuss auf die Wange, bevor sie aufstand.

„Schon klar, Liebe geht durch den Magen. Aber braten kann ich in der Pfanne jetzt nichts mehr. Planänderung. Es wird Hühnerbrust aus dem Backofen geben."

Nach dem Essen holte Anna den Laptop in die Küche und legte Johans Mappe daneben. Sie steckte den zweiten Datenstick ein und benutzte wieder den Namen vom Umschlag als Passwort. Es klappte problemlos. Auch hier waren Bilder gespeichert, die ein Paar zeigten. Zuerst wurde nur geküsst, auf weiteren Bildern war die Frau allerdings halb ausgezogen, und die Lippen des Mannes lagen auf ihrer nackten Brust. Später wurde es noch intimer.

„Mark, ist das nicht die gleiche Frau wie auf den Bildern vom ersten Stick?" Er brummte nur etwas Unverständliches. Anna nahm Stick Nummer drei aus dem Umschlag mit dem Namen des Richters. Auch hier die gleiche Art Bilder und die gleiche Frau. Mark atmete scharf ein.

„Jetzt weiß ich, dass ich die schon einmal gesehen habe, nur wo?“ Anna sah ihn ratlos an. Er starrte gedankenverloren auf die Bilder des Richters und der Unbekannten. „Wenn das eine Erpressung war, müssen sie zusammengearbeitet haben. Anna, bist du sicher, dass du sie nicht kennst?“ Sie versuchte, in ihrer Erinnerung zu kramen. Alles, was mit Johan zusammenhing, war immer noch verschwommen und unklar.

„Ich glaube, ich kannte eigentlich keine von seinen Freunden und Arbeitskollegen. Nur Alexej, aber eigentlich möchte ich den Kontakt lieber vermeiden.“ Mark starrte sie entgeistert an.

„Fotos, genau, die Frau ist Fotografin. Auf verschiedenen Veranstaltungen habe ich sie als Eventfotografin gesehen. Mist, es ist zu lange her, dass ich auf solchen Feiern war, ich kann mich nicht mehr erinnern, wo genau ich sie zuletzt gesehen habe.“

„Lass uns den letzten Stick vom Bürgermeister noch ansehen.“ Anna wechselte die Datenträger und öffnete das Verzeichnis. Auch hier ähnliche eindeutige Bilder mit dem ehemaligen Bürgermeister und der Fotografin. Schockiert lehnte Anna sich zurück. Mark griff nach dem Laptop.

„Ich werde die Namen mal suchen, vielleicht bekommen wir noch mehr Details über die Personen heraus.“

Fast eine Stunde lang folgten sie den verschiedensten Links zu den Namen der vier beteiligten Männer. Was sie dabei herausfanden, war teilweise erschreckend. Der ehemalige Bürgermeister war verheiratet gewesen und hatte zwei Kinder hinterlassen. Nach dem vermuteten Raubmord hatte man den vermeintlichen Täter nicht verurteilen können, und die Familie hatte sich voller Angst vor einem neuen Überfall völlig von der Außenwelt abgeschottet. Der Richter, mit dem Mark flüchtig bekannt war, war ebenfalls verheiratet, allerdings kinderlos. Über ihn gab es weiter nichts Besonderes zu berichten. Der durchgestrichene Name des zweiten Mannes gehörte einem Großunternehmer, der seit drei Jahren untergetaucht war. In Zeitungsarchiven hatten sie die ganze Geschichte seiner schmutzigen Scheidung gefunden. Es ging um Ehebruch, und die Bilder, die sie auf dem Stick gefunden hatten, waren durch die Presse gegangen. Der Name auf dem ersten Umschlag war jedoch der mysteriöseste. Dieser Mensch schien nicht zu existieren. So etwas gab es eigentlich gar nicht. Jeder hinterließ irgendwelche Spuren im Netz, selbst die findigsten Computerspezialisten konnten kaum vermeiden, irgendwann mal irgendwo aufzutauchen. Mark versprach, seinen Kollegen Noah zu fragen. Der hatte Kontakte aus Studienzeiten, da ein sehr guter Freund zum Geheimdienst gegangen war. Vielleicht würde der etwas herausbekommen.

„Also, Johan scheint mit dieser Frau gemeinsame Sache gemacht zu haben. Anscheinend hat sie ganz planmäßig die Männer verführt, und er hat die Fotos gemacht." Anna nickte benommen und sah in Marks Gesicht. Der fixierte immer noch den Bildschirm und klickte mit der Maus auf das rechte Browserfenster.

„Dieser Mann hier hat anscheinend nur einmal gezahlt und sich dann nicht weiter erpressen lassen wollen. Daraufhin sind die Bilder an die Presse geraten, mit den bekannten Folgen für ihn und sein Leben." Dann klickte er den anderen Reiter an. „Ob die Erpressung und der Raubmord beim Bürgermeister in Zusammenhang stehen, ist nicht zu erkennen. Die Frage bleibt, ob der Richter und der große Unbekannte immer noch von der Frau erpresst werden." Anna keuchte auf. Für einen Augenblick wurde ihr ganz übel bei dem Gedanken, dass die Komplizin ja noch weiterhin da draußen herumlief.

„Oh nein, an die Möglichkeit hatte ich ja noch gar nicht gedacht." Mark wandte sich vom Bildschirm ab und sah sie eindringlich an.

„Es ist deine Sache, eigentlich habe ich kein Recht, mich einzumischen, aber ich würde dir raten, die Unterlagen schnellstens zur Polizei zu bringen.“ Anna nickte benommen. Dann griff sie nach seiner Hand und verflocht ihre Finger mit seinen. Sie schluckte trocken, aber ihr Hals war immer noch rau.

„Würdest du mich begleiten? Ich glaube, ich schaffe das allein nicht.“ Mark nickte mit finsterer Miene. Anna sah ihm in die Augen und hoffte, dort den Grund für seinen seltsam verbissenen Gesichtsausdruck zu finden. „Mark, wenn das unangenehm für dich ist … Ich weiß nicht, was ich da genau tun soll und wo ich hingegen muss, aber vielleicht kannst du mir vorher erklären …“ Er unterbrach sie.

„Du kannst da auf keinen Fall allein hingehen, du wirst einen Anwalt brauchen. Möchtest du, dass ich das übernehme, oder soll ich einen anderen Partner fragen?“ Anna wurde ganz komisch in der Magengegend. Sie öffnete ihren Mund, um etwas zu sagen, aber es dauerte einen Augenblick, bis irgendwelche Worte aus ihrem Gehirn sickerten.

„Einen Anwalt? Warum? Ich habe doch nicht … Wird man mich verdächtigen?“ Erst nach und nach wurde ihr klar, was Mark meinte. Sie war Johans Ehefrau gewesen, es ging um Mittäterschaft. Natürlich würde man sie verdächtigen. Ihr Kopf war wie mit Watte gefüllt. Ihr Ehemann war ein Erpresser gewesen. Allein dieser Gedanke zerschlug ihr gesamtes Weltbild in tausend Scherben. Da draußen liefen wahrscheinlich noch Komplizen herum, und jetzt würde sie auch noch verdächtigt werden, davon gewusst zu haben. Tränen traten in ihre Augen.

„Mark, ich weiß nicht, ob ich das alles kann.“ Mit einer zarten Geste wischte er die Träne von ihrer Wange. Die Härte von vorhin war aus seinem Blick verschwunden, und seine warmen Finger strichen beruhigend über ihr Gesicht.

„Mach dir keine Sorgen, ich bin für dich da, du musst das nicht allein tun." Mit einem Seufzer legte er seine kräftigen Arme um ihre Schultern und zog sie ganz zu sich heran. Automatisch strichen ihre Hände über seinen Rücken und hätten sich am liebsten mit aller Kraft in seinem Hemd festgekrallt. Mit zwei Fingern schob er eine Strähne aus ihrem Gesicht und steckte sie hinter ihr Ohr. Diese Geste fühlte sich immer so zärtlich an, dass ihr jedes Mal ganz warm wurde.

~

„Anna, ich bin für dich da. Immer." Mark versuchte, all seine Überzeugungskraft in diese Worte zu legen, aber er war nicht sicher, ob sie verstehen würde, wie ernst er das meinte. Sie nickte an seiner Brust und atmete noch einmal tief durch. Dann lehnte sie sich ein wenig zurück, um ihm ins Gesicht zu sehen.

„Und was machen wir jetzt? Wirst du mich begleiten?" Er nickte ernst.

„Aber jetzt werde ich zuerst einen guten Freund im Kommissariat dreizehn anrufen und mit ihm besprechen, wann wir kommen können. Ich werde das als dein Anwalt tun. Das wird sich sehr geschäftsmäßig anhören, und ich möchte nicht, dass du etwas Falsches denkst. Natürlich ändert das nichts zwischen uns, aber vor der Polizei wäre es mir lieber, wenn ich einfach nur dein Anwalt bin. In Ordnung?" Er lächelte sie vorsichtig an und fragte sich, ob sie das wirklich verstehen würde, wenn er jetzt am Telefon ganz kalt und distanziert klänge. Doch sie schien vor allem erleichtert.

„Danke, dass du das für mich machst." Mit einem etwas gezwungenen Lächeln fischte er sein Telefon aus der Tasche und wählte. Nach kurzem Klingeln meldete sich eine ihm unbekannte Stimme.

„Kommissariat dreizehn, Fischer, was kann ich für Sie tun?"

„Hallo, Herr Fischer, hier spricht Markus von Bach, kann ich bitte Gregor Wulfrik sprechen?"

„Klar, Moment." Es folgte das übliche Knacken in der Leitung, und schon nach wenigen Augenblicken meldete sich Marks alter Freund.

„Mensch, Mark, ewig nichts von dir gehört! Das freut mich wirklich, mal wieder deine Stimme zu hören. Wie ich dich so kenne, ist das aber kein reiner Freundschaftsanruf, oder?" Mark schmunzelte. Tatsächlich war es schön, die Stimme seines alten Freundes wiederzuhören. Sie waren schon zusammen zur Schule gegangen, und auch Gregors Eltern nahmen einen besonderen Platz in Marks Leben ein. Obwohl sich immer mal wieder die Umstände des Lebens zwischen sie geschoben hatten, war der Kontakt doch nie ganz abgerissen. Bis zum Zeitpunkt des Unfalls. Danach hatte er niemanden mehr an sich herangelassen. Alle seine alten Freunde, die ihn im Krankenhaus und in der Reha besuchen wollten, hatten unverrichteter Dinge wieder gehen müssen.

„Hallo, Gregor, tut gut, dich zu hören. Ich muss mich entschuldigen, dass ich in letzter Zeit so abweisend war. Wir müssen mal wieder ein Bier zusammen trinken." Mark schluckte. Hatte er das jetzt wirklich gesagt? Die Stimme seines Freundes hatte eindeutig die Erinnerung an vergangene bessere Zeiten aufgewühlt. Er räusperte sich. Jetzt war nicht der richtige Augenblick. „Tatsächlich rufe ich aus einem beruflichen Grund an. Eine Mandantin von mir hat eine Aussage zu einem vermutlichen Erpressungsfall zu machen." Kurz umriss er die Schlüsse, die sie aus den Unterlagen gezogen hatten.

Gregor schwieg eine ganze Weile. Dann antwortete er:„Bist du in der Kanzlei, oder vor Ort?"

„Ich bin mit der Mandantin in ihrem Haus, warum?"

„Hier läuft gerade eine Sache, die damit zusammenhängen könnte. Am liebsten würde ich direkt vorbeikommen und auch die übrigen Unterlagen dieses Ehemannes mitnehmen. Ich könnte die Spusi gleich mitbringen. Wir haben natürlich jetzt keinen Durchsuchungsbefehl. Würde deine Mandantin da mitmachen?"

„Warte einen Moment." Dann drückte er den Ton weg und erklärte Anna in kurzen Worten den Vorschlag.

„Irgendwie ist es mir ganz recht, wenn sie die ganzen Sachen mitnehmen. Wir haben ja die anderen Schubladen auch noch gar nicht aufgemacht. Vielleicht finden sich da auch noch weitere Unterlagen." Mark sah sie fragend an.

„Du bist sicher, dass du das alles abgeben willst, ohne es vorher selbst anzusehen?" Sie nickte zögerlich.

„Eigentlich möchte ich mir das alles gar nicht ansehen. Was würdest du mir denn raten?"

„Ich denke, es ist eine gute Idee, dass die Leute von der Spurensicherung das zuerst durchsehen. Später bekommst du alles wieder zurück. Dann kannst du damit anfangen, was du möchtest." Als sie schließlich nickte, nahm er das Telefon und drückte wieder die Lautsprechertaste.

„Ist in Ordnung, ihr könnt kommen. Bis gleich dann." Ein seltsames Gefühl machte sich in seinem Inneren breit. Das war das erste Mal nach dem Unfall, dass er einem seiner alten Freunde gegenübertreten würde. Mit den Krücken und dem zerschnittenen Gesicht. Anna drückte fest seine Hand.

„Danke, dass du da bist. Ich habe ein bisschen Angst. Was wird jetzt passieren?" Er lächelte sie ermutigend an. Ein wenig half ihm dieses Lächeln auch selbst. In seiner Rolle als Anwalt dem Mandanten vor der Vernehmung die Angst zu nehmen, das war etwas, worin er sich auskannte. Etwas, worin er immer gut gewesen war. Er strahlte Sicherheit und Ruhe aus, als er ihr genau erklärte, wie die Vernehmung ablaufen würde und was sie zu erwarten hatte.

Als Gregor wenig später mit seinen beiden Kollegen das Haus betrat, starrte er auf die Krücken und ließ den zur Begrüßung ausgestreckten Arm fallen, noch bevor Mark eine davon abstellen und eine Hand frei machen konnte. Gregor musterte ihn von oben bis unten.

„Mann, wir haben uns wirklich viel zu lange nicht gesehen", seufzte er, als der peinliche Moment endlich vorbei war. „Wir gehen am Freitag nach Feierabend in die Corner, wir zwei. Wir haben viel zu reden. Aber jetzt erst mal zum Beruflichen." Damit drehte Gregor sich zu Anna um. „Wenn ich das richtig verstanden habe, sind die Unterlagen Ihres Mannes alle in einem Raum. Dürfen sich meine Kollegen dort umsehen?" Anna nickte nur schweigend und schloss das Zimmer auf. Mark fiel erst jetzt auf, wie blass sie plötzlich war. Ganz schmal und zerbrechlich sah sie aus, wie sie mit dem Schlüssel in der Hand vor der Tür stand und kaum das Schloss finden konnte. Er wünschte sich, er könnte ihr das alles hier ersparen, aber das Einzige, was er tun konnte, war, für sie da zu sein. Gregor folgte Anna zum Küchentisch, und beide setzten sich, um mit dem Protokollieren der Aussage zu beginnen. Mark lehnte sich an den Küchentresen und stellte eine Krücke zur Seite. Plötzlich sprang Anna auf.

„Entschuldigung, wo sind nur meine Manieren. Möchten Sie einen Kaffee, Herr Wulfrick?" Beruhigend legte Mark die freie Hand auf Annas Schulter und sah sie an.

„Setz dich wieder, ich mache das schon." Anna atmete tief durch und zog ihren Stuhl wieder heran. Während Mark drei Kaffee machte, erklärte Gregor den Ablauf der Befragung.

Nachdem Annas Aussage aufgenommen war und Gregor sich verabschieden wollte, folgte Mark ihm in den Flur.

„Was ist das denn für eine Sache, von der du denkst, sie könnte mit dem hier zusammenhängen?"

„Laufende Ermittlungen, du weißt, ich kann darüber eigentlich nicht reden." Er sah Mark lange an. „Gut, so viel kann ich dir sagen: Es behauptet jemand, erpresst zu werden, und ich habe den Namen auch heute hier gesehen. Er wird von einer Frau erpresst. Ich bin sicher, dass deine Freundin nichts damit zu tun hat, aber pass gut auf sie auf. Sie sollte in nächster Zeit nicht allein bleiben, da hängen ein paar fiese Typen mit drin." Mark zuckte zusammen.

„Danke für die Warnung. Sie ist nicht meine Freundin, sie ist nur meine Mandantin." Gregor lachte auf und schlug Mark mit der Hand auf die Schulter.

„Na klar, nur deine Mandantin. Du vergisst, wen du vor dir hast, mein Lieber. Jedes Mal, wenn du sie ansiehst, brennt die Luft, und sie ist immer ganz unglücklich, wenn du nicht in unmittelbarer Nähe bist." Mit einem schelmischen Grinsen zwinkerte er. „Aber wenn das so ist, kann ich ja mal mit deiner Mandantin einen Kaffee trinken gehen, wenn das hier vorbei ist, oder? Mir gefällt sie nämlich durchaus." Obwohl er genau wusste, dass sein Freund ihn nur aufziehen wollte, beschlich ihn ein seltsames Unbehagen bei dem Gedanken, dass irgendwer mit Anna ausging.

Als endlich alle Polizisten das Haus verlassen hatten, kehrte er zu Anna in die Küche zurück. Zusammengesunken und blass saß sie am Tisch. Ihren Kaffee hatte sie gar nicht angerührt.

„Ich habe gehört, was dein Freund gesagt hat wegen der Erpressung. Was meinte er damit, dass ich nicht allein bleiben soll? Was für fiese Typen? Mark, ich habe Angst.“ Sacht strich er mit dem Handrücken über ihre Wange. Dann nahm er ihre zitternde Hand und küsste ihre Fingerspitzen.

„Ich bleibe bei dir, wenn du das möchtest. Ich kann heute Nacht noch einmal hier schlafen, und morgen früh fahren wir zusammen ins Büro. Die Arbeit wird dich ablenken. Gregor ist ein guter Ermittler, sie werden das alles sicher ganz schnell aufklären und dann kannst du mit ihm einen Kaffee trinken gehen.“ Erschrocken drehte sie sich zu ihm um, aber dann sah sie seine Mundwinkel leicht nach oben zucken.

„Du Quatschkopf, ich will keinen Kaffee mit diesem Gregor.“ Sie legte ihren Kopf an seine Schulter und atmete tief aus. „Es ist so gut, dass du da bist“, sagte sie leise, und eine Welle aus Wärme und Liebe zog durch seine Brust. Er musste auf sie aufpassen und sie beschützen, was auch immer passierte. Im nächsten Moment traf ihn die Ernüchterung wie ein Schlag in die Magengrube. Wenn hier tatsächlich ein paar Schlägertypen auftauchten, was sollte er da schon ausrichten? Wahrscheinlich wäre er noch nicht einmal vom Stuhl aufgestanden, bevor die Typen mit ihrem Auftrag fertig und wieder verschwunden wären. Er brauchte die Waffe, die er zu Hause sicher verwahrt hatte.

Seine Gedanken wanderten zurück zu den Vorfällen, die inzwischen über drei Jahre zurücklagen. Der Mandant war ein unerträglicher cholerischer Schlägertyp gewesen. Mark war sicher gewesen, dass er bei der Kneipenprügelei auch auf den am Boden liegenden Mann noch eingeschlagen und -getreten hatte, wie der Zeuge es ausgesagt hatte. Nachdem er über die Vorgehensweise der Verteidigung nicht vernünftig reden konnte und sogar bei einem

Gespräch fast handgreiflich geworden wäre, hatte Mark das Mandat niedergelegt. Der Schläger hatte daraufhin einen Pflichtverteidiger bekommen und war zu einer Haftstrafe verurteilt worden. Noch im Gericht hatte er wüste Drohungen ausgestoßen. Seitdem hatte Mark eine Waffe in der Kommode neben seinem Bett liegen, und er hatte damals auch gelernt damit umzugehen.

Plötzlich fiel ihm auch wieder ein, wie er sie zum letzten Mal in der Hand gehalten hatte. Es war kurz nachdem er aus der Reha wieder nach Hause gekommen war, da wollte er sie in einem sturzbetrunkenen Anfall von Weltschmerz gegen sich selbst richten. Karl hatte ihm daraufhin die Munition weggenommen. Die Waffe war nutzlos.

„Anna, ich muss Karl anrufen, entschuldige mich einen Moment. Damit stand er auf und verschwand im Gästezimmer. In kurzen Sätzen erklärte er Karl, was in den letzten Tagen passiert war, und warum er die Waffe und die Munition brauchte. Dann ging er in die Küche zurück.

„Ich würde gerne heute Abend hierbleiben, wenn ich darf. Nach dem, was Gregor gesagt hat, mag ich dich nicht allein lassen. Vorher muss ich aber kurz in die Stadt fahren und zu Hause und bei Karl vorbeischauen." Anna nickte, dann sah sie zu ihm hoch, und ihre Blicke verschmolzen ineinander.

„Ja, ich würde mich freuen, wenn du heute Abend hierbleibst." Eine heiße Welle aus Liebe und Sehnsucht stieg in ihm auf. Er machte einen Schritt auf sie zu und nahm beide Krücken in eine Hand, um sie zu sich heranzuziehen. Ihr warmer Körper brannte auf seiner Haut, und seine Lippen zitterten beinahe, als er ihre sacht berührte. Sie streckte sich ein wenig, und ihre Hand lag warm in seinem Nacken, während sie seinen zarten Kuss erwiderte. Leise seufzte sie auf, und in dem Moment war es mit seiner Zurückhaltung endgültig vorbei. Heiß und ungestüm küsste er sie, und sie antwortete ihm mit einer Intensität, die er von ihr noch gar nicht kannte. Er spürte, wie sein Körper auf ihre Leidenschaft reagierte und löste sich schwer atmend von ihr. Das ging alles viel zu schnell.

„Anna, ich … So ungefähr zwei Stunden, dann bin ich wieder da." Er konnte es nicht. Er konnte ihr einfach nicht sagen, wie viel sie ihm bedeutete. Richtig verstand er es ja selbst nicht. Nur eins war sicher, er durfte sie nicht zu sehr bedrängen. Sie hatte deutlich gesagt, dass sie mit ihrer Vergangenheit noch nicht abgeschlossen hatte, und so lange musste er sich gedulden. Das war es, was er tun musste. Er würde warten und sie so lange in Ruhe lassen. Hastig wandte er sich ab und ging, so schnell es ihm möglich war, in den Flur.

Einige Zeit später fuhr Mark mit dem Aufzug nach oben, und schon im Hausflur überfiel ihn eine seltsame Melancholie. Die Wohnung war dunkel und leer. So sehr hatte er sich schon an Annas Gegenwart gewöhnt, dass ihm hier in seiner Wohnung die Einsamkeit fast greifbar erschien.

Eilig ging er in sein Schlafzimmer, um die Waffe aus dem Schrank zu nehmen. Als er das kalte Metall in seiner Hand spürte, hielt er einen Moment inne. Die Erinnerung an das letzte Mal, dass er sie in der Hand gehabt hatte, überwältigte ihn. Der Schmerz und die Verzweiflung waren nicht vergessen. Sie waren immer noch da, tief unten in seinem Herzen vergraben, aber diese Todessehnsucht konnte er sich jetzt nicht mehr vorstellen. Langsam ging er zum Fenster und sah hinunter auf die Lichter der Stadt. Er erinnerte sich mal wieder an die vielen Male die er schon hier gestanden und seine Einsamkeit verflucht hatte. Er hatte hinaus in die Dunkelheit gestarrt und sich gewünscht, es gäbe da draußen jemanden. Jemanden, der ihm etwas bedeutete, und jemanden, dem er etwas bedeutete.

Jetzt gab es ein Licht für ihn da draußen. Dort war sie, auch wenn er ihr Haus von hier natürlich nicht sehen konnte. Sie war da, und das änderte alles. Er musste sie beschützen, ihr helfen, mit all diesen Dingen aus ihrer Vergangenheit abzuschließen. Dann konnte sie endlich wieder unbeschwert in die Zukunft blicken. Und wenn er ein Teil dieser Zukunft sein dürfte, würde ihn das sehr glücklich machen.

Sie war vielleicht in Gefahr, er wollte sich doch beeilen. Kaum war er bei Karl angekommen, nahm er nur die Patronen mit und ging direkt zum Auto zurück. Karl hatte ihn gebeten, noch zum Reden hereinzukommen, aber er wollte endlich zurück zu Anna. Inzwischen war es komplett dunkel. Auf dem Rückweg drängte sich wieder die Frage auf, was Gregor wohl gemeint hatte mit der Warnung, Anna nicht allein zu lassen. Er war Profi, so etwas würde er nicht ohne Grund sagen. Wer sollte Anna bedrohen? Es musste noch Komplizen geben. Da war diese Frau, vielleicht arbeitete sie jetzt mit einem anderen Fotografen zusammen. Aber warum sollte jetzt plötzlich Anna in Gefahr sein? Die Unterlagen und die Datensticks waren ja die ganze Zeit hier gewesen. Jetzt waren sie bei der Polizei, eigentlich konnte doch nun niemand mehr etwas von ihr wollen.

Inzwischen war er angekommen und stieg aus. Im Haus war alles dunkel. Er klingelte zuerst zaghaft, dann energischer, doch nichts rührte sich. Er war zu lange weg gewesen. Was war in der Zwischenzeit passiert? Angst schnürte seine Kehle zu.

„Anna?“, rief er. „Anna, wo bist du?“

Nachdem Mark weggefahren war, war Anna nach draußen zu den Pferden gegangen. Eigentlich hatte sie heute Abend nichts Wichtiges im Stall zu tun gehabt, aber allein im Haus zu sein bedrückte sie. Es machte ihr Angst. Alles. Ihr Mann war ein Verbrecher gewesen, ein Erpresser. Jemand war gestorben, vielleicht hatte er sogar damit zu tun. Es gab Komplizen, vielleicht waren sie immer noch aktiv. Fiese Typen, hatte dieser Wulfrick gesagt. Was konnten die denn jetzt noch von ihr wollen? Ihre Gedanken drehten sich im Kreis, und sie war viel zu aufgekratzt, um sich in Ruhe irgendwo hinzusetzen oder am Schreibtisch zu arbeiten.

Obwohl es schon dunkel wurde, beschloss sie, mit Kosimo eine Runde durch den Wald und über die Felder zu drehen. Schnell hatte sie das Pferd gesattelt und war auf dem Weg in den winterlichen Wald. Noch immer lag überall eine dicke Schneeschicht, und das kalte blauweiße Leuchten vor der Kulisse des blutroten Sonnenuntergangs gab der Umgebung etwas Unwirkliches. Nachdem Kosimo sich im Schritt warmgelaufen hatte, zogen sie das Tempo an und trabten federnd und gleichmäßig über die leichte Schneedecke. Nach einer Viertelstunde öffnete sich der Wald, und ein wunderbarer gerader Feldweg über die verschneiten Felder lud zum Tempomachen ein. Sie galoppierten auf den letzten Lichtschimmer am Horizont zu, bis Pferd und Reiterin gleichermaßen außer Atem waren. Erst dann drehte sie um und kehrte in gemütlicherem Tempo zurück nach Hause. Als sie ankamen, seufzte Anna vor Glück und Entspannung. Auch wenn ein einsamer Ritt durch die Dunkelheit nicht ganz ungefährlich sein mochte, es gab keine bessere Medizin zur Beruhigung. Als sie den Stall erreichten, war das Fell des kräftigen Braunen schon fast wieder trocken, und er ließ sich entspannt die zusätzliche Futterportion schmecken. Gerade hatte sie Kosimo das Halfter abgenommen, da hörte sie ein Auto. Ein Schauer lief ihr den Rücken hinunter. Nein, es konnte nicht sein, dass Johans Komplizen in diesem Moment auftauchten. Mit wild klopfendem Herzen hielt sie sich an Kosimos Hals fest, da hörte sie Marks Stimme. Sofort rannte sie los, und als er ihr fast in die Arme fiel, drückte sie scherzhaft ihr eiskaltes Gesicht in seine Halsbeuge. Aber anstatt vor der Kälte zurückzuweichen, lehnte er sich an die Motorhaube, ließ beide Krücken einfach fallen und zog sie in seine Arme.

„Ich dachte, dir wäre etwas passiert", keuchte er. Dann bedeckte er ihr kaltes Gesicht mit seinen warmen Küssen und sah sie dabei an, als ob sie das größte Wunder der Welt wäre. Sie genoss seine Zärtlichkeit und schmiegte sich glücklich in seine Arme. Nach einigen Augenblicken lehnte sie sich aber etwas zurück, um ihn wieder anzusehen.

„Lass uns reingehen, so langsam wird mir kalt. Ich bin ganz verschwitzt, und außerdem rieche ich nach Pferd."

„Du riechst ganz wunderbar. Ich liebe Eau de cheval." Er grinste und ließ die Arme nur ein wenig lockerer. „Na gut, aber ich fürchte, du musst mir die Krücken anreichen." Nachdem sie im Flur angekommen waren, eröffnete sie mit einem huldvollen Winken: „Die Dame des Hauses zieht sich jetzt unter die Dusche zurück. Die Bediensteten mögen das Dinner bereiten."

„Aber außerordentlich gern, Eure Hoheit. Stets zu Diensten."

Kichernd verschwand Anna im Bad und kam wenig später mit feuchten Haaren in die Küche, wo Mark tatsächlich schon das Abendessen vorbereitet hatte. Außerdem standen zwei Kerzen auf dem Tisch, eine Flasche Wein war geöffnet und der Kamin angezündet. Mit einem glücklichen Lächeln deutete er eine Verbeugung an.

„Wenn die edle Dame die Freundlichkeit hätte, sich zu Tisch zu begeben. Es ist angerichtet." Anna war sprachlos. Wie hatte er das alles in der kurzen Zeit zustande bekommen? Jetzt stand er da, lässig an die Küchenzeile gelehnt und mit nur einer Krücke, die dunklen Locken wie üblich verstrubbelt und mit dem wunderbarsten Lächeln der Welt. Schon als sie ihn zum ersten Mal gesehen hatte, wusste sie, dass er jemand ganz Besonderes war. Inzwischen war sie ganz sicher, dass sie nie mehr ohne ihn sein wollte. Mit wenigen Schritten ging sie zum Tisch und trat hinter ihren Stuhl.

„Ich danke vielmals und werde dieses besondere Mahl sicherlich genießen, sofern mein Prinz mir die Ehre erweist, mit mir zu speisen.“ Er wurde plötzlich sehr blass, dann wieder rot und setzte sich schnell auf seinen Platz. Mit einem unergründlichen Blick voller Schmerz und Zweifel sah er sie an, sagte aber nichts.

„Mark, was ist los?“

Für einen kurzen Moment war er glücklich gewesen. Er hatte sich selbst vergessen. Ihr fröhliches Lachen, als sie den Tisch und das Kaminfeuer sah, hatte ihn ganz schwindelig gemacht. Ihr Prinz. Nein, das konnte er nicht glauben, ihr Prinz war er sicher nicht. Seine kaputten Beine gaben einfach nach, und er musste sich auf den Stuhl fallen lassen, um nicht umzukippen. Wenn er in den Spiegel sah, dann sah er dort keinen Prinzen. Nicht so wie früher. Erfolgreich, gut aussehend, sportlich, von den Frauen umschwärmt, so war er gewesen. Aber das war vorbei, das war er nicht mehr.

„Anna, ich bin … Ich kann nicht dein Prinz sein.“

„Was ist denn plötzlich los? Habe ich etwas Falsches gesagt?“ Sanft strich sie über seine Wange und schaute ihn mit ihren wunderbaren Augen an. Wie immer, wenn sie ihn so ansah, begann sein Herz die Worte zu wählen, ohne dass sein Gehirn etwas dagegen tun konnte.

„Anna, du weißt, was ich bin. Ich bin kein Prinz, nicht mehr. Ich bin kaputt, nur noch ein trauriger Rest von dem, der ich früher war.“

Sie zog ihn so fest in ihre Arme, dass er erschrocken keuchte, und bedeckte seinen Mund mit einem stürmischen Kuss, der sein Herz explodieren ließ. Seine Hände krallten sich in den Stoff ihres Pullovers. Er konnte sie nicht mehr loslassen, nie mehr, auch wenn es nicht richtig war.

„Ich weiß, wer du bist, aber du hast es vergessen. Du bist der beste und wertvollste Mensch, der mir je begegnet ist. Ich wünsche mir so sehr, du würdest dich mit meinen Augen sehen. Du bist so stark und so zärtlich und so wunderbar.“ Sie hatte sich auf seinen Schoß gesetzt und strich durch sein Haar. Ihre Berührung und ihre unglaublichen Worte ließen alles Eis in seinem Herzen schmelzen. Die Tränen der Einsamkeit und der Verzweiflung der letzten Jahre liefen aus ihm heraus, ohne dass er es verhindern konnte.

Als er seinen Tränenausbruch halbwegs unter Kontrolle hatte, flüsterte er mit kratziger Stimme in ihr Ohr: „Anna, ich liebe dich so sehr. Ich habe solche Angst, dich wieder zu verlieren.“ Verzweifelt presste er sie an sich, als ob er sie mit dieser Geste für immer an sich binden könnte. Seine bebenden Lippen küssten ihren Hals und ihr Gesicht, bis er ihren Mund fand und in einem innigen und ungestümen Kuss mit ihr verschmolz. Mit zarten Fingern wischte sie die Tränen von seinem Gesicht. Es beschämte ihn, schon zum zweiten Mal in ihren Armen geweint zu haben. Zugleich war er so glücklich über ihre Zuneigung, dass beinahe jedes andere Gefühl davon weggewischt wurde. Lange saß er einfach so da und genoss ihre Wärme und Zärtlichkeit. Dann hauchte er mit einem Seufzer einen letzten Kuss auf ihre Wange.

„Jetzt sind meine Beine schon wieder eingeschlafen“, stellte er mit einem schiefen Grinsen fest.

„Schade.“ Dabei zog sie ein theatralisches Schmollgesicht, küsste ihn aber im Aufstehen noch einmal.

Nachdem sie gegessen hatten und mit dem gemeinsamen Abräumen des Tisches fertig waren, sah Anna auf die Uhr. Er nickte, und gemeinsam gingen sie hinüber in den Flur. Vor dem Gästezimmer drehte sie sich zu ihm und gab ihm einen weichen Kuss auf die Wange.

„Mark, ich ...", begann sie verzagt. „Ich möchte gern ... aber ich kann nicht. Ich brauche noch Zeit. Diese ganze verflixte Sache ... und die Erinnerungen. Es wäre nicht fair. Ich muss das erst auf irgendeine Art hinter mich bringen." Während sie herumstotterte, knetete sie unsicher ihre Finger, und ihr Gesichtsausdruck wurde immer unglücklicher. Er schüttelte den Kopf.

„Anna, es ist in Ordnung. Ich verstehe das, ich kann warten. Ich bin für dich da, wenn du mich brauchst, und ich werde dich nicht zu etwas drängen, was du nicht willst. Niemals, hörst du." Langsam nickte sie. Dann wünschte sie ihm eine gute Nacht und ging in ihr Schlafzimmer. Die Sehnsucht, sie wieder fest in seine Arme zu ziehen, brannte wie ein loderndes Feuer in ihm. Er presste die Lider zusammen und nickte nur stumm, ohne dass er irgendein Wort hätte herausbringen können. Stocksteif stand er da, als sich die Tür hinter ihr schloss.

„Ja, gute Nacht", flüsterte er in ihre Richtung, obwohl sie ihn nicht mehr hören konnte. Sein Verstand konnte all ihre Erklärungen gut nachvollziehen, er wollte ihr alle Zeit der Welt geben. Aber sein Herz starb jedes Mal ein wenig, wenn sich eine Tür zwischen ihnen schloss. Er konnte sich nie sicher sein, ob diese Tür sich auch wieder öffnen würde. Was auch immer sie sagte oder tat, immer würde dieser kleine Teufel in der dunklen Ecke seiner Seele hocken und ihm erklären, dass sie ihn niemals lieben könnte. Er senkte den Kopf und betrat das Gästezimmer.

Kapitel 15

Sirenen und Blaulicht und Blut und Scherben. Sie wusste, dass sie träumte. Wie seltsam. Mark würde sterben. Nein, er war nicht gestorben bei dem Unfall, sie war ganz sicher, sie hatte die Ader abgedrückt, und er hatte überlebt. Aber dieses Mal würde er sterben. Wie konnte das sein? Wie in Zeitlupe drehte sie sich herum zu dem, was einmal das Auto ihres Mannes gewesen war. Nur ein unkenntlicher Klumpen Blech war davon übrig geblieben. Dann stieg er aus und kam auf sie zu. Groß, blond und mit diesem Lächeln, das ihr immer das Gefühl gab, er wäre eine große Katze und sie die Maus, mit der er jetzt spielen wollte. Er hatte eine Waffe in der Hand. Wie gebannt starrte sie darauf, unfähig, den Blick abzuwenden. Dann packte er plötzlich ihren Arm und zog sie zu sich heran. Seine Hand an ihrer Kehle würgte sie, während er ihren Kopf so herumdrehte, dass sie Mark ansehen musste. Er hatte hinter ihr gestanden. Jetzt hob Johan die Waffe neben ihrem Körper hoch, und plötzlich erkannte sie, dass er sie auf Mark richtete. Der Druck an ihrer Kehle wurde immer stärker, und als sie Mark warnen wollte, konnte sie nur ein leises Keuchen hervorbringen. Während sie noch verzweifelt versuchte zu schreien, hörte sie den Knall. Ein Blutfleck erschien auf Marks Brust und wurde rasend schnell größer. Dann brach er zusammen und starb. Johan schüttelte sie durch.

„Anna, Anna, komm zurück zu mir!“ Sie wand sich und versuchte ihn abzuschütteln, doch seine Hände ließen sich nicht von ihren Schultern wegschieben.

„Du Mörder“, keuchte sie und stieß ihn panisch von sich.

„Anna, du musst aufwachen.“ Das Schütteln ließ nicht nach, plötzlich riss sie die Augen auf und starrte Mark an. Heiße Tränen rannen über ihr Gesicht.

„Er bringt dich um, Johan wird dich umbringen, ich weiß es.“ Sachte strich er über ihre tränennassen Wangen.

„Er ist tot, er ist weg, er kann niemandem mehr etwas tun.“ Energisch schüttelte sie ihren Kopf.

„Doch, er bringt dich um. Er muss es tun, weil ich dich liebe.“ Sie schlug die Hände vor das Gesicht und schluchzte. Fest legte er seine Arme um sie und presste sie an seine Brust. Langsam wiegte er sie hin und her und flüsterte mit heiserer Stimme in ihr Ohr: „Du hast geträumt, Anna, nur geträumt. Ich werde immer auf dich aufpassen, er kann dir nichts tun.“ Es dauerte eine ganze Weile, bevor sie sich halbwegs beruhigen konnte. Sie wollte nicht, dass Mark wieder wegging, daher zog sie ihn einfach wortlos zu sich heran, bis er halb neben ihr im Bett lag. Mit zusammengezogenen Brauen und einem fragenden Brummen sah er sie an, und als sie ihn noch ein wenig fester hielt, schlüpfte er wortlos unter ihre Decke. Mit einem wohligen Seufzer kuschelte sie sich in seine starken Arme und lauschte auf seinen Atem, bis sie sich endlich wieder beruhigt hatte.

Am nächsten Morgen war Mark bereits im Bad verschwunden, als sie aufwachte. Er bereitete das Frühstück vor, während sie die Pferde versorgte. Heute war keine Zeit für Brötchen, denn sie mussten auf dem Weg ins Büro erst noch in Marks Wohnung. Für die Anwaltskanzlei würde er wieder seine Arbeitsverkleidung brauchen. Noch zwei Tage ungefähr hatten sie mit den Arbeiten an den Danegard-Verträgen zu tun. Dann würde ihre gemeinsame Bürozeit enden. Mark hatte darauf bestanden, dass sie mit ihm fuhr und ihr Auto stehen ließ. Er wollte sie dann auch abends wieder zurückbringen und wieder dableiben. Offensichtlich hatte er die Warnung von Herrn Wulfrick sehr ernst genommen und nicht vor, sie eine Sekunde aus den Augen zu lassen.

Er bog nach links in die Tiefgarage ab und benutzte seine Magnetkarte, um das automatische Tor zu öffnen. Fast geräuschlos fuhr es hoch und gab die Aussicht auf eine breite, saubere Abfahrt frei. Das hier war eine ziemlich teure Wohngegend, hier waren sogar die Tiefgaragen hell und gepflegt. Das Parkhaus war nur spärlich belegt und wirkte durch die kalte Beleuchtung unheimlich. Auf eine seltsame Art bedrückte sie das, und als er auf seinem Privatparkplatz angehalten hatte, öffnete Anna hastig die Beifahrertür und stieg aus. Sie folgte ihm durch die automatische Glastür zum Aufzug.

„Ich bin gespannt, was du zu meiner Wohnung sagst." Sein Lächeln war nicht ganz so selbstsicher, wie es wohl wirken sollte. Die Wohnung lag im achten Stock. Sie war riesig, zumindest für eine Stadtwohnung, großzügig geschnitten und sehr edel eingerichtet. Ihr Blick glitt über die offene Küchenzeile, die mit dem Buffet den Mittelpunkt der linken Wand bildete, während auf der rechten Seite eine dunkelbraune Sofaecke und ein riesiger Fernsehbildschirm eine Art Wohnbereich bildeten. In der Mitte stand ein großer Esstisch mit einigen Stühlen. Alles wirkte auf sie wie in einem Möbelhaus, elegant und funktional, aber wenig lebendig oder wohnlich. Das einzig wirklich persönliche schienen die teilweise großen abstrakten Bilder zu sein, die an allen Wänden hingen. Staunend ging sie von einem zum anderen.

„Und, gefallen sie dir?" Er war hinter sie getreten, ohne dass sie es bemerkt hatte.

„Ja, manche habe ich schon einmal gesehen. Kandinsky, Miró und Klee habe ich bisher erkannt. Aber die sind alle so streng und grafisch. Die haben doch eigentlich sehr viel farbenfroher gemalt. Magst du die Bunten nicht so sehr?"

„Doch, ich mag solche, wie du sie malst, viel lieber. Aber als ich mir diese hier angeschafft habe, kannte ich dich leider noch nicht." Er beugte leicht den Kopf und hauchte ihr einen Kuss auf den Scheitel, der einen wohligen Schauer über ihren Rücken jagte. Dann ging er ins Schlafzimmer, um sich umzuziehen. Anna trat zu einem der bodentiefen Panoramafenster. Hier stand auch eine kleine Sitzecke aus drei gemütlichen Sesseln mit hohen Armlehnen, von denen man einen fantastischen Ausblick über die Stadt hatte. Sie wollte sich nicht vorstellen, was hier die Miete kostete. Während sie die Bilder und die Aussicht bewunderte, war er bereits umgezogen und hatte alles, was er brauchte, in einen etwas größeren Rucksack gepackt.

„Oh, das war schnell. Ich wollte doch eigentlich beim Einpacken helfen."

„Macht nichts, ich bin schon fertig. Und, kannst du dir vorstellen, mal zu einem Abendessen zu mir zu kommen?" Überrascht drehte sie sich um.

„Stimmt, da war ja noch eine Einladung offen. Mit allem, was in den letzten Tagen passiert ist, hatte ich das ganz vergessen." Sein Gesicht wurde ernst.

„Ich hoffe, das haben wir bald hinter uns. Dann kann ich endlich für dich kochen und dich wer weiß wohin noch überall entführen."

„Darauf freue ich mich jetzt schon." Sie drehte sich zu ihm herum, stellte sich auf die Zehenspitzen und streckte ihre Hand in seinen Nacken. Dann zog sie seinen Kopf zu sich herunter und küsste ihn zuerst zaghaft. Als er ihre Berührung hungrig erwiderte, schloss sie die Augen und hielt sich in seinem Haar fest. Sie schnappte nach Luft, als sie sich wieder von ihm löste, und Mark fixierte sie mit einem brennenden Blick.

„Oh, damit sollten wir besser erst gar nicht anfangen, sonst kommen wir heute nicht mehr zum Arbeiten."

Als sie zusammen in die Kanzlei kamen, schaute Karl Wolf kurz aus seinem Büro und setzte sein übliches halbes Grinsen auf. Anna ging direkt durch zu ihrem provisorischen Arbeitsplatz im Konferenzraum und stellte den Laptop auf. Frau Seegers brachte ihr heute einen Kaffee.

„Oh, vielen Dank, das war aber nicht nötig, den kann ich mir auch selbst holen."

„Ich weiß, aber ich wollte die Gelegenheit ergreifen, um Ihnen etwas zu sagen. Ich bin sehr froh, dass Sie da sind. Was auch immer die Bekanntschaft zwischen Ihnen und Mark ausmacht, geht mich gar nichts an. Aber zu sehen, wie er sich in den letzten beiden Wochen verändert hat, ist wirklich schön." Damit verließ sie den Raum, noch ehe Anna zu einer Antwort ansetzen konnte. Im nächsten Augenblick hörte sie Noah im Flur grüßen, und kurz darauf standen alle Partner im Konferenzraum.

„Montagsbesprechung", erklärte Karl. „Wir müssen jetzt mal kurz Ihren Arbeitsplatz in Beschlag nehmen." Er setzte ein jungenhaftes Grinsen auf, das gar nicht zu seinem sonst so förmlichen Auftreten passte. „Die Zwillinge waren zwei Tage nicht da. Deshalb ist heute Montag." Anna grinste zurück und stand auf.

„Nette kurze Woche. Ich warte dann solange vorn." Doch Karl schüttelte den Kopf.

„Sie haben doch sowieso schon eine Geheimhaltungserklärung unterzeichnet. Sie können gern dableiben. Mit Ihnen wollen wir ohnehin noch etwas besprechen." Anna bekam plötzlich ein seltsames Gefühl in der Magengegend. Was kam denn jetzt? Sie warf Mark einen fragenden Blick zu, aber der zuckte mit den Schultern. Verunsichert nickte sie und setzte sich wieder. Als alle Platz genommen hatten, begann Karl mit den aktuellen Fällen. Auch die übrigen Kollegen fassten in wenigen Sätzen den jeweiligen Stand ihrer aktuellen Verfahren zusammen. Zuletzt war Mark an der Reihe. Er berichtete kurz vom Fortschritt der Danegard-Verträge und von zwei anderen Angelegenheiten, die er bearbeitete. Dann erklärte er, dass er Anna in der Sache mit den Erpressungen vertrat. Sie hatten vorher besprochen, dass er gern mit seinen Kollegen offen über den Fall diskutieren wollte, um sich auch deren Einschätzung zu holen.

Wenn die Partner über die ganze Angelegenheit schockiert waren, so verstanden sie es gut, das hinter ihrem professionellen Auftreten zu verbergen. Der Fall wurde mit der gleichen geschäftsmäßigen Distanz behandelt wie die anderen Sachen auch. Als eigentlich alles besprochen war, ergriff Karl noch einmal das Wort und wandte sich an Anna.

„Ich möchte Ihnen zunächst für die gute Zusammenarbeit danken und sie bitten, bei entsprechendem Bedarf auch in Zukunft mit uns zu arbeiten. Wir haben immer mal wieder mit ausländischen Firmen und Mandanten zu tun und benötigen Übersetzungen. Diese direkte Zusammenarbeit, wie das hier in der Danegard-Sache läuft, gefällt mir viel besser als ein externes Übersetzungsbüro." Anna nickte, fühlte sich aber seltsam. Das war doch nur das Vorgeplänkel. Was wollte er wirklich sagen? Er fuhr fort: „Nach mehr als einer Arbeitswoche gehören Sie jetzt quasi zum Inventar." Er lächelte verhalten, und alle Kollegen lachten, sodass auch Anna lächeln musste. „Da wir uns hier alle duzen, möchte ich Sie heute einladen, das auch zu tun. Natürlich nur wenn es Ihnen recht ist." Er trat einen Schritt vor und streckte seine Hand aus. „Ich heiße Karl, wie du sicher schon weißt", erklärte er mit seinem schrägen Lächeln, bei dem er immer nur den rechten Mundwinkel hochzog.

„Anna, aber das wissen Sie, äh, wisst ihr ja auch alle schon. Vielen Dank, ich fühle mich geehrt." Mit einem breiten Lächeln stand sie auf und ergriff Karls Hand, sowie danach die Hände von Noah und Daniel. Dann setzte sie sich wieder.

„Prima, herzlich willkommen im Team“, fuhr Karl fort. „Du hast am Wochenende direkt auch eine offizielle Einladung. Es gibt eine Spendengala, zu der die ganze Kanzlei eingeladen ist. Wir würden uns freuen, wenn du uns alle zu diesem männerlastigen Event begleitest.“ Beim dem Wort Spendengala durchfuhr es Anna wie ein Blitz. Karl bemerkte ihr Zögern und setzte hinzu: „Natürlich nur, wenn du möchtest und Zeit hast. Das ist keine Verpflichtung.“ Erleichtert atmete Anna auf und schickte ein warmes Lächeln über den Tisch.

„Vielen Dank, ich werde darüber nachdenken.“ Damit waren sämtliche Punkte abgehakt, und alle, bis auf Anna und Mark, verschwanden wieder aus dem Konferenzraum. Was sollte sie nur tun? Steve würde auf dieser Gala sein, und wenn sie mit den Partnern der Kanzlei hinginge, würde sie ihn mit Sicherheit dort treffen. Andererseits war dies einst Marks Welt gewesen, sie wollte sie kennenlernen. Und mit Mark an ihrer Seite erschien Steve und seine Drohungen nicht mehr so wichtig. Sie wandte sich an Mark.

„Das war ja nett mit dem Du, damit habe ich gar nicht gerechnet. Aber sag mal, was denkst du über die Gala? Du willst da nicht hin, oder? Vor Kurzem hattest du erzählt, dass du solche Events nicht magst und in letzter Zeit immer gemieden hast.“ Mark schien auf dem Boden seiner Kaffeetasse nach einer Antwort zu suchen. Sein Gesichtsausdruck war verschlossen, und er atmete tief, aus ehe er antwortete.

„Gut, lass es uns tun. Lass uns zusammen zu dieser Gala gehen.“ Er sah hoch, und Anna zog zweifelnd die Stirn kraus.

„Ich weiß nicht. Wenn überhaupt, dann möchte ich mit dir hingehen, nicht mit Karl oder den anderen beiden. Aber wir müssen das nicht tun." Mark richtete sich auf und sah ihr in die Augen.

„Anna, du bist mir sehr wichtig. Ich möchte auch in Zukunft noch sehr viel Zeit mit dir verbringen. Du wirst mit mir nicht immer zu Hause herumsitzen wollen, nur weil ich nicht mehr der Partylöwe von früher bin. Also sollte ich mal anfangen, aus dem Schneckenhaus herauszukommen. Lass uns gemeinsam einen schönen Abend haben." Anna strahlte und drückte ihm einen Kuss auf die Wange.

„Ich freue mich, dass du wieder Lust auf eine Party hast. Das wird ganz bestimmt ein wundervoller Abend. Ich danke dir." Sie beugte sich zu ihm herüber und wollte ihm noch einen Kuss auf die Wange geben.

~

Marks Hand fuhr nach oben und zog ihren Kopf zu sich heran. Dann küsste er sie. Es war kein sanfter oder zarter Kuss. Er verzehrte sich so sehr nach ihr, dass er sie wie ein Verdurstender küsste, der nach einem Wassertropfen lechzt, gierig und ungestüm. Als sie erschrocken nach Luft schnappte, ließ er los und senkte den Blick.

„Entschuldige", murmelte er leise und seufzte tief. Dann stand er auf, um in sein Büro herüberzugehen.

„Hey, schon okay. Ich bin nur etwas erschrocken. Das kam nur etwas überraschend und ich kann es noch immer nicht gut vertragen, wenn man mich plötzlich festhält. Das hat nichts mit dir zu tun." Sie war aufgesprungen und stand jetzt direkt vor ihm. „Mark, wirklich. Du weißt, dass ich dich gern küsse, auch fest. Und ich mag es auch, wenn du mich in den Arm nimmst. Sehr sogar. Nur wenn ich nicht damit rechne, erschreckt es mich manchmal. Es ist wie ein Reflex, ich kann nichts dagegen tun. Entschuldige."

„Schon in Ordnung, du musst dich nicht entschuldigen", brummte er. Dann verließ er eilig den Konferenzraum und ließ sich in seinen Bürosessel fallen.

Beklommen lehnte er sich zurück und starrte an die Decke. Was war nur aus seinen guten Vorsätzen geworden? Er wollte Abstand halten, es langsam angehen und sie nicht drängen. Als sie gestern Abend all diese wundervollen Dinge gesagt und ihn so warm und voller Gefühl geküsst hatte, waren die allerletzten Mauern um sein Herz einfach geschmolzen wie Eis in der Sonne. Er wollte sie so sehr, wollte glauben, dass sie ihn vielleicht doch lieben konnte, dass sie eine Möglichkeit für eine gemeinsame Zukunft finden würden. Es war egoistisch, aber er wünschte es sich so sehr, dass er an gar nichts anderes mehr denken konnte. Nach ihrem schlechten Traum hatte sie den einen Satz gesagt, bei dem sein Herz sekundenlang ausgesetzt hatte. Dass sie ihn liebte, hatte sich für einen kurzen Augenblick so wahr und ehrlich angefühlt, dass er nicht mal mehr atmen konnte. Dann hatte sein Verstand ihm in Erinnerung gerufen, dass sie ja nur einen schlimmen Traum gehabt hatte. Trotzdem war die Hoffnung wieder stärker geworden, und jetzt konnte er nicht mehr zurück. Alles, was in seiner Macht stand, würde er tun, um eine Chance zu haben. Er wollte darum kämpfen, auch wenn es wahrscheinlich völlig aussichtslos war. Nie wieder könnte er in das traurige und einsame Dasein zurückkehren, das er vorher geführt hatte. Nicht, nachdem er jetzt wusste, wie wundervoll sich das Leben anfühlen konnte.

Er musste mehrmals tief durchatmen. Selbst dann hatte er nicht das Gefühl, wieder irgendetwas Sinnvolles mit den Unterlagen auf seinem Schreibtisch anfangen zu können.

Kapitel 16

Nachdem sie die Danegard-Sache endlich zu einem guten Ende gebracht hatten, hatte er Anna zuerst nach Hause gefahren. Jetzt war er noch unterwegs zur Cornerbar, um sich mit Gregor zu treffen. Mark hatte sich am heutigen Arbeitstag so wohl gefühlt wie schon lange nicht mehr. Er würde es vermissen, mit Anna zusammenzuarbeiten und sie direkt eine Tür weiter in seiner Nähe zu haben. Da er nun tatsächlich etwas Zeit hatte, hatte er sich den Freitag freigenommen und freute sich schon wie ein Schneekönig auf einen ganzen Tag mit ihr.

Die Bar, die stets nur *Corner* genannt wurde, lag in der Altstadt, ungefähr in der Mitte zwischen Gericht und Polizeipräsidium. Er war zwar nur mit Gregor verabredet, aber natürlich würde er nicht nur ihn dort treffen. Der Gedanke, in eine Kneipe zu gehen, in der so viele seiner Bekannten von früher ihren Feierabend verbringen würden, gefiel ihm nicht wirklich. Aber wenn er irgendeine Chance auf eine Zukunft mit Anna haben sollte, musste er anfangen, sich wie ein normaler Mensch zu benehmen und nicht wie ein Einsiedlerkrebs.

Mit einem flauen Gefühl im Magen parkte er also den Wagen und ging den kurzen Weg zur Corner. Gregor war schon da und saß mit drei Kollegen am Tresen. Als er Mark hereinkommen sah, nahm er jedoch sein Bier und winkte mit einer Hand zu einem kleinen Tisch in der Ecke. Mark war erleichtert, hatte aber trotzdem ein schlechtes Gewissen, weil er seinen Freund jetzt aus der geselligen Runde holte.

„Nein, nein, mach dir keine Gedanken. Die Kollegen sehe ich sowieso jeden Tag, heute bin ich mit dir hier verabredet, und wir wollen in Ruhe reden. Ich wollte hören, wie es dir ergangen ist, seit wir uns nicht mehr gesehen haben.“ Sie begannen über alle möglichen Oberflächlichkeiten zu reden, aber schließlich kam das Gespräch auch auf Gregors Eltern.

„Meine Mutter ist ja schon seit einigen Jahren nicht mehr bei uns, aber jetzt befürchte ich, mit meinem Vater geht es auch rapide bergab.“ Erschrocken sah Mark auf.

„Was ist los? Sag nicht, Heinz hat auch Krebs.“ Gregor schüttelte den Kopf, sah dabei aber mit traurigem Gesicht die Tischplatte an.

„Nein, es ist im Kopf. Er ist jetzt seit vier Monaten im Altenheim, weil er allein einfach nicht mehr zurechtkam. Er braucht praktisch den ganzen Tag Aufsicht, und an manchen Tagen habe ich das Gefühl, er erkennt mich gar nicht mehr.“ Gregor fuhr mit einer Hand über sein Gesicht und nahm noch einen großen Schluck Bier. „Es geht so schnell, das macht mir wirklich Sorgen.“ Mark erinnerte sich an den ernsten und zugleich warmherzigen Mann, der in seiner verkorksten Jugend immer eine Anlaufstelle für ihn war.

Mark hatte heftig gegen seinen Vater rebelliert und alles versucht, um ihn zu provozieren und aus seiner Gleichgültigkeit herauszulocken. Ja, er war mit den falschen Freunden unterwegs gewesen, und sie hatten zusammen viel Mist gemacht. Eigentlich hatte er das damals schon gewusst, aber er wollte nur einmal eine echte tiefe Reaktion von seinem Vater. Das hatte nicht geklappt, stattdessen wäre er beinahe im Jugendarrest gelandet. Heinz hatte ihn zuerst vor dem Arrest bewahrt und ihn dann ein wenig an die Kandare genommen, damit er nicht noch weiter in solche Sachen hineinrutschte. Wenn man alles zusammenzählte, war es Heinz′ Eingreifen geschuldet, dass Mark jetzt Anwalt war und nicht auf der anderen Seite des Gesetzes stand. Er verdankte dem alten Mann viel.

„Vielleicht sollte ich ihn auch mal wieder besuchen. Ich fürchte, ich habe in den letzten beiden Jahren zu viel schleifen lassen“, sagte Mark.

„Es ist gut, dass du das jetzt wieder ändern willst. Ich habe dich vermisst, alter Freund.“ Damit schlug Gregor ihm bekräftigend auf die Schulter. „Hey, weißt du eigentlich, dass ich meiner Karin inzwischen einen Ring angesteckt habe? Und vor zwei Monaten bin ich Vater geworden. Ein Junge, ein Prachtkerl.“ Ein Stich fuhr in Marks Herz, als er das Glück in den Augen seines Freundes leuchten sah, aber er hatte nicht viel Zeit, darüber nachzudenken, denn Gregor redete direkt weiter. „Und was macht die Liebe bei dir so? Deine Übersetzerin ist ja wirklich eine ganz besondere Frau, da hast du einen guten Fang gemacht. Wie lange seid ihr denn schon zusammen?“

Etwas Schweres setzte sich in Marks Magen fest und ließ ihn schlucken. Was sollte er jetzt darauf antworten? Eigentlich waren sie gar nicht zusammen. Andererseits kannte Gregor ihn auch schon lange genug, um zu wissen, dass da mehr zwischen Anna und ihm war. Das hatte er ja bei seinem Besuch in ihrem Haus schon deutlich ausgesprochen. Also entschloss Mark sich, die ganze Geschichte zu erzählen wie sie war. Gregor hörte schweigend zu.

„Du musst gut auf sie aufpassen, mein Freund. Ihr werdet ein wunderbares Paar sein, aber bis wir diese Erpressungssache gelöst haben, ist sie in Gefahr“, sagte Gregor schließlich.

„Aber für heute Abend hast du jemanden hingeschickt, oder? Das hatten wir doch so besprochen.“

„Natürlich habe ich das, aber ich habe nicht genug Leute, um ihr permanent jemanden vor die Tür zu stellen. Es wird bald vorbei sein. Wir sind ganz dicht dran. Nur diese Frau von den Fotos, die müssen wir noch finden.“ Er grübelte einen Moment. Dann sah er auf seine

Armbanduhr. „Ich denke, ich sollte jetzt nach Hause gehen. Willst du noch hierbleiben und mit den anderen einen trinken?“

Mark winkte ab. „Nein, es war schön, mal wieder hier zu sein, aber ich denke, ich gehe jetzt auch. Melde dich, wenn es etwas Neues in dem Fall gibt, ja?“ Sie zahlten und gingen gemeinsam raus.

Draußen fragte Gregor noch: „Das mit deinen Beinen, das tut mir echt leid. Wird das jetzt so bleiben, oder kann man da noch was machen?“ Für einen Moment war Mark geschockt, doch trotz der Wortwahl fühlte er die ehrliche Anteilnahme und nicht das oberflächliche Mitleid, das er so hasste. Daher antwortete er auch ehrlich.

„Ich habe die Übungen in letzter Zeit vernachlässigt. Ich sollte das wieder ernster durchziehen, dann kann es sein, dass ich später mit einer Krücke auskommen kann.“ Gregor nickte bedächtig.

„Na, da hast du ja etwas, worauf du hinarbeiten kannst. Wird man dich irgendwann auch wieder im Gerichtssaal sehen? Du weißt, ich habe deine feurigen Plädoyers immer geliebt.“ Mark seufzte, und es dauerte einen Augenblick, ehe er antwortete.

„Ich weiß es wirklich nicht. Wenn du mich das vor zwei Wochen gefragt hättest, dann hätte ich das ganz klar verneint. Es ist so viel passiert in letzter Zeit. Ich habe nicht die blasseste Ahnung, was noch kommen kann.“ Gregor nickte nachdenklich.

„Ja, das Gefühl kenn ich. Die richtige Frau gibt einem ganz neue Perspektiven im Leben.“ Mark starrte ihn an und wusste nicht, was er dazu sagen sollte. Gregor grinste in sein verblüfftes Gesicht und schlug mit der Hand auf seine Schulter. „Wir sehen uns.“ Damit drehte er sich um und war nach wenigen Schritten um die Ecke verschwunden.

Eine halbe Stunde später fuhr Mark die lange Einfahrt zu Annas Hof hinunter. Erstaunt stellte er fest, dass es nicht mehr weiter geschneit hatte und die Einfahrt noch befahrbar war. Als sein Wagen am Haus ankam, fiel ihm außerdem auf, dass der Bereich vor dem Haus und die Wege Richtung Scheune und Stall komplett schneefrei waren. Er stellte den Wagen ab und ging zur Tür. Kaum hob er die Hand zur Klingel, öffnete Anna auch schon. Er trat einige Schritte in den Flur und legte Tasche und Mantel ab. Dann drehte er sich schnell zu ihr herum und gab ihr einen Kuss auf die Stirn.

„Hallo, du warst ja schon fleißig heute Abend. Alles geräumt, gestreut, und der Stall ist wahrscheinlich auch schon fertig." Anna strahlte ihn an.

„Nö, keinen Handschlag habe ich gemacht. Ella war schon da und hat sich um alles gekümmert. Ich habe heute mal einen richtig freien Abend." Mark hatte einen plötzlichen Einfall, während sie in die Küche gingen.

„Damit du deinen freien Abend richtig genießen kannst, möchte ich heute mal ganz allein für dich kochen." Er grinste sie schief an und fragte sich, ob sie darauf eingehen würde. Endlich wollte er auch etwas für sie tun und sich nicht nur wie ein Gast in ihrem Haus bedienen lassen.

„Ok, hast du das mit dem Nudelwasser denn inzwischen im Griff? Eigentlich hatte ich für heute Spaghetti Carbonara geplant", fragte sie verschmitzt. Er lachte, als er sich daran erinnerte, dass er ja eigentlich nur Spiegeleier machen konnte. Zumindest hatte er das ja behauptet. „Oh weh, vielleicht solltest du erst noch das Wasser aufsetzen, den Rest schaff ich dann schon."

Später, als sie beim Essen saßen, wunderte er sich über sich selbst. Seit dem Unfall hatte er nie mehr versucht, richtig zu kochen. Nur für sich allein war das auch viel zu aufwendig, und Gäste hatte er seitdem nicht mehr gehabt. Natürlich konnte er nach wie vor nicht länger ohne Krücken am Küchenschrank stehen. Inzwischen hatte er aber festgestellt, dass eine Krücke genügte, wenn er sich gleichzeitig anlehnte und dass man vieles auch im Sitzen am Tisch erledigen konnte. Mit langsamen und vorsichtigen Bewegungen hatte er es sogar wieder geschafft, den Tisch zu decken. Zwei Schritte hin und zwei zurück konnte er mit einer Krücke gut schaffen. Auch wenn er sich zwischendurch hinsetzen musste und er das Gefühl hatte, dass alles unendlich lange dauerte, er hatte es geschafft. Das Beste daran war aber, dass Anna die ganze Zeit am Küchentisch sitzen geblieben war und sich mit ihm unterhalten hatte. Nicht ein einziges Mal war sie aufgestanden, um ihm zu helfen. Allein dafür wollte er sie küssen, auch wenn seine Beine jetzt tatsächlich schmerzten von der ungewohnten Anstrengung.

Sie mochte seine Spaghetti Carbonara, und ausgelassen flachsten sie herum, während sie gemeinsam aßen. Schon lange hatte er sich nicht mehr so entspannt und glücklich gefühlt, wie bei diesem selbstgekochten einfachen Essen.

Kaum waren sie fertig, sprang sie auf und begann aufzuräumen. Dabei stellte sie das Radio an. Es lief Katy Perrys „Roar“, und mit einem verschmitzten Grinsen drehte sie laut auf und begann mitzusingen. Im Takt tanzte sie zwischen Spülmaschine und Schrank hin und her, während sie Teller und Tassen hier herausnahm und dort abstellte. Mark sah dem Treiben mit einem amüsierten Grinsen zu. Schließlich stand er auf, um beim Aufräumen zu helfen, und begann auch mitzusingen. Sie brüllten gemeinsam gegen die Lautstärke des Radios an.

Plötzlich stand Anna ganz dicht vor ihm, nahm die Krücke aus seiner Hand und stellte sie gegen den Tisch. Seine Hand legte sie auf ihre Schulter, und dann schnappte sie sich die andere Krücke. Auch die verschwand in Richtung Tisch, und er konnte sich nur noch an ihr festhalten, wie nach dem Absteigen vom Pferd. Einen Moment lang war er wie versteinert und befürchtete, gleich umzukippen, aber sie schlang einfach beide Arme um seinen Brustkorb. Dann bewegten sie sich beide zusammen im Takt zur Musik. Das Bedürfnis laut zu lachen stieg in ihm auf. Er wiegte sich zuerst nur mit, aber nach wenigen Takten wagte er den Versuch kleiner Schritte zur Musik. Bis das Lied zu Ende war, tanzten sie mit kleinen Schritten hin und her und sangen gemeinsam laut mit. Dann standen sie wieder vor dem Schrank, und Mark zog Anna dicht zu sich heran. Seine Wange lag an ihren Haaren, und ihr Atem strich über seinen Hals, als er sie an sich zog und fest gegen seine Brust drückte. Seine Stimme bebte, als er sagte: „Oh, Anna, du bist so … so besonders. Ich danke dir. Das war der schönste Tanz aller Zeiten.“ Sie beugte sich ein wenig nach hinten, um ihn ansehen zu können. Pure Freude lag in ihren Augen, und alle Sorgen und Probleme schienen für einen Augenblick vollkommen verschwunden zu sein.

Benommen stand er vor ihr und versuchte, seine Empfindungen zu sortieren. Er hatte getanzt. Sie hatte ihn fest im Arm gehalten, und die Kraft war durch seinen ganzen Körper bis in seine Beine geflossen. Zuerst hatte er Angst gehabt umzukippen. Sie war so viel kleiner und zierlicher als er. Trotzdem konnte er sich an ihren Schultern festhalten, und sie stabilisierte ihn. Er spürte ihre Kraft und fühlte sich sicher mit den Händen auf ihren Schultern. Dann hatte er die ersten Schritte seit dem Unfall ganz ohne Krücken gemacht. Getanzt. Sein Herz raste immer noch. Was passierte hier mit ihm?

Nach diesem Erlebnis musste er eine kurze Pause einlegen, und sie setzten sich wieder gemeinsam vor den Kamin. Schon beim Essen hatte er immer stärker das Gefühl gehabt, sie wollte ihm etwas Wichtiges sagen, also nutzte er jetzt die Gelegenheit.

„Raus mit der Sprache. Was ist es?“, fragte er, als alles erledigt war.

Sie setzte ein etwas halbherziges Lächeln auf, schien aber auch erleichtert zu sein. „Du kennst mich schon viel zu gut. Okay, also, es ist wegen der Gala.“

Er schluckte. Insgeheim hatte er sich schon ein bisschen auf den Abend gefreut. Wollte sie jetzt doch nicht hingehen?

„Ich hatte dir doch von Steve erzählt, dem Mann, mit dem ich verabredet war, als du vor meinem Auto gelandet bist.“ Schweigend nickte er, und sein Herzschlag beschleunigte sich. Aber noch bevor er sich irgendwelche wilden Dinge vorstellen konnte, redete sie weiter.

„Also, du weißt, er hat sich ziemlich unmöglich benommen. Ich möchte mich sowieso mit ihm nicht mehr privat treffen. Er hatte am Dienstag angerufen und mich zur Gala eingeladen, ziemlich sicher wird er also dort sein.“ Sie stockte, und Marks Gedanken wirbelten durcheinander. Was sollte das jetzt bedeuten? Wäre sie doch lieber mit diesem Steve hingegangen?

„Als ich letzten Samstag schon nicht mit ihm ausgehen wollte, hat er das nicht gut aufgenommen. Er war eifersüchtig und hat gedroht, das würde mir noch leidtun. Ich möchte nicht, dass uns so etwas den schönen Abend verdirbt, aber ich finde es wichtig, dass du Bescheid weißt. Falls er Ärger macht, meine ich. Ein bisschen befürchte ich, dass er das tun könnte.“ Erleichtert seufzte er auf. Sie wollte überhaupt nicht mit Steve hingehen, im Gegenteil. Sie machte sich Sorgen. Er griff nach ihren Händen und hielt sie beide fest.

„Liebste Anna, ich werde auf dich aufpassen. Niemand wird uns den Abend verderben, und niemand wird dir irgendetwas tun. Vertrau mir.“ Mit einem schmalen Lächeln nickte sie, und er nahm sie noch einmal fest in seine Arme. Sie hielt sich an seinen Schultern fest und atmete tief ein.

„Es ist so gut, dass du da bist. Wie oft habe ich das eigentlich in den letzten Tagen schon gesagt? Egal, es ist einfach so. Danke.“ Sein Herz klopfte wild, und er hatte wieder den starken Drang, sie für immer festzuhalten. Niemals durfte ihr irgendetwas geschehen. Er musste sie beschützen, damit sie sich sicher und frei fühlte. Immer.

Kapitel 17

Wieder hatte sie diesen furchtbaren Traum gehabt, dass Johan Mark erschießen würde. Dieses Mal hatte sie aber anscheinend nicht geschrien, und er schlief noch friedlich nebenan. Die Decke war heruntergerutscht, und ihr war so kalt. So kalt, dass sie nie wieder warm würde. Gedankenverloren kuschelte sie sich noch einmal ein und sah Marks Gesicht vor ihrem inneren Auge. Gestern Abend hatte er für sie gekocht. Dienstag hatte er mit ihr zusammen den Schreibtisch geöffnet und die Unterlagen angesehen. Dann hatte er sich um die ganze Sache mit der Polizei gekümmert, und seitdem ließ er sie nicht mehr aus den Augen. Er war einfach immer da, wenn sie ihn brauchte. Wie machte er das nur? Inzwischen war ihr schon ganz warm geworden. Das Wissen, dass er da war, nebenan schlief, ließ das Kribbeln in ihrem Bauch wieder aufflammen. Am liebsten wäre sie hinübergegangen und hätte ihn geküsst, ihn in die Arme gezogen und sich zu ihm ins Bett gekuschelt. Nein, das durfte sie nicht, das war nicht fair ihm gegenüber. Sie musste erst die Gespenster ihrer Vergangenheit besiegen. Erst dann war sie wirklich frei für einen neuen Abschnitt in ihrem Leben. Leise stand sie auf und machte sich fertig, um ihn nicht zu wecken. Als sie im Flur stand und durch das kleine Fenster nach draußen sah, stellte sie fest, dass sein Auto nicht mehr vor dem Haus stand. Erschrocken zog sie die Luft ein, und ihre Knie wurden ganz weich. Was hatte das jetzt zu bedeuten? Mit einem flauen Gefühl im Magen ging sie in die Küche, um erst einmal einen Kaffee zu kochen. Dann sah sie den Zettel auf dem Küchentisch. „Bin Brötchen holen, du kannst dich schon um die Pferde kümmern, ich mache heute das Frühstück. Bis gleich.“ Brötchen holen, einfach so. Aus den vielen Gesprächen wusste sie, dass er manchmal schlecht träumte und dann mitten in der Nacht aufwachte. Wenn er davon nicht geweckt wurde, war er aber ein ausgesprochener Langschläfer. Jetzt war er extra früh aufgestanden, um Brötchen zu holen, bevor sie es tun konnte. Ein warmes Gefühl breitete sich in ihrem Brustkorb aus, und während sie ihren ersten Kaffee trank, sinnierte sie darüber nach. Plötzlich fiel ihr Blick auf die Küchenuhr, und eilig stürzte sie die zweite Hälfte des Kaffees hinunter. Sie wollte sich wenigstens mit der Arbeit im Stall beeilen, damit er nicht auch noch lange mit dem Frühstück auf sie warten musste.

~

An den Weg zur Bäckerei erinnerte er sich noch vom letzten Wochenende. Ein Parkplatz direkt vor der Tür war frei und der Boden war so weit schneefrei, dass er keine Probleme hatte, zum Eingang zu kommen. Die automatische Tür glitt auf und er konnte ohne Stufen oder ähnliche Probleme eintreten. Barrierefreiheit im wirklichen Leben. Nicht häufig zu finden, aber extrem angenehm. Die automatische Türglocke lockte Ella aus dem hinteren Raum an die Verkaufstheke. Mark bestellte die Brötchen und sah sich interessiert bei der großen Auswahl an Broten um.

„Anna nimmt freitags immer einen Mandelstuten mit. Das ist ein kleines Weißbrot mit karamellisierten Mandelstiften im Teig und als Kruste."

„Äh, was?"

Über seine Reaktion brach die Verkäuferin in schallendes Gelächter aus. Dann erklärte sie: „Haben Sie es schon vergessen? Mein Pferd wohnt bei Anna. Ich habe Ihr Auto in dieser Woche fast jeden Abend auf dem Hof gesehen. Das ist doch Ihrer, der Schwarze hier draußen, oder?" Mark stieg Hitze ins Gesicht, und er wusste nicht, was er zu ihren offensichtlichen Schlüssen sagen sollte. Plötzlich hatte er das Gefühl, etwas richtigstellen zu müssen.

„Aber, es ist nicht so, es ist nicht … Wir sind nur Freunde." Schlagartig wurde die Verkäuferin wieder ernst.

„Bitte entschuldigen Sie. Ich wollte nicht unhöflich sein, oder Sie in Verlegenheit bringen. Ich bin schon mit Anna befreundet, seit sie den Hof hat. Machen Sie sich bitte keine Sorgen darüber, dass ich irgendetwas Falsches denke oder so. Ich wollte Ihnen nur einen Tipp geben, womit Sie sie heute früh überraschen können." Mark versuchte die ganzen neuen Informationen einzusortieren. „Wissen Sie was, nehmen Sie den Karamellstuten einfach kostenlos mit, als kleine Entschuldigung." Schwungvoll packte Ella die Brötchen in die Tüte und schlug den Stuten in ein Papier. Nachdem er gezahlt hatte, stand er unschlüssig vor den beiden Paketen. Die Brötchentüte konnte er an der Krücke in die Hand nehmen, aber das Brot war ein Problem.

„Oh, Entschuldigung, wo habe ich nur meinen Kopf." Schon nahm Ella beide Teile wieder von der Theke und steckte sie in einen durchsichtigen Folienbeutel. „So, bitte schön, so sollte das gehen. Bestellen sie schöne Grüße und guten Appetit." Mark lächelte und bedankte sich. Dann hängte er den Beutel an die Krücke und verließ den Laden.

Als er wieder im Auto saß, nahm er sich vor, öfter hier einzukaufen. Nach dem ersten Schreck hatte er Ella schon ins Herz geschlossen. Auf dem Rückweg ließ er sich ihre Worte noch einmal durch den Kopf gehen. Es war also nun schon allgemein bekannt, dass er regelmäßig bei Anna übernachtete. Das fühlte sich an, wie am ersten Abend im Krankenhaus, als Tim plötzlich dachte, sie wäre seine Freundin.

Ein Stich aus Schmerz und Sehnsucht ließ ihn die Lippen zusammenpressen. Konnte er es wirklich schaffen, sie für sich zu gewinnen, ihre Liebe zu erringen? Und würde es so eine tiefe echte Liebe sein wie bei Tom und Avery? Sie waren sich wirklich nahegekommen, in der kurzen Zeit, die sie sich jetzt kannten. Sehr nahe. Sie mochte ihn und brauchte nur noch mehr Zeit. War das so? Oder gaukelte sein Herz ihm nur vor, was es sich so sehr wünschte? Hatte sie wirklich Mittwoch früh gesagt, dass sie ihn liebte? Der Gedanke an ihre zärtlichen und heißen Küsse ließ sein Herz wieder galoppieren wie ein wildes Pferd. Was für ein seltsamer Vergleich.

In dem Moment wurde ihm bewusst, dass er gerade an ihrer Wiese vorbeifuhr und die Pferdegruppe wild in den Schnee hinaus stob. Anna stand am Weidetor und winkte fröhlich herüber, während die Pferde durch den Schnee rannten wie eine Horde ausgelassener Kinder. Er hielt an, um das Bild von Kraft und Ausgelassenheit zu genießen. Pure Lebensfreude strahlten die Pferde aus, während sie rennend und bockend durch den lockeren Schnee tobten. Erst als die Pferde hinter der Scheune verschwunden waren, fuhr er weiter bis zum Haus und stieg aus.

Mit einem Schlag holte die Realität ihn wieder ein. Anna war im Stall, der Weg dorthin war mit einer festgetretenen Schneeschicht bedeckt. Das ging mit Krücken nicht. Wie sollte er jetzt ins Haus kommen? Als er ausgestiegen war, fiel sein Blick auf die Haustür. Sie hatte den Schlüssel für ihn stecken lassen. Erleichtert atmete er durch und wunderte sich mal wieder, dass sie an solche Kleinigkeiten immer dachte. Wenn die Gedankenlosigkeit seiner Mitmenschen ihn mit seinen Krücken oft vor Probleme stellte, dachte sie ganz selbstverständlich an die Lösungen. Vieles, was ihm vorher schwierig erschienen war, wurde plötzlich ganz leicht. Wie Brötchen holen. Er grinste in sich hinein. Und Frühstück machen.

Er trug die Bäckertüte in die Küche und bereitete alles vor. Den Mandelstuten legte er mit dem Papier auf den Frühstückstisch. Sollte sie doch erst einmal raten, was er da mitgebracht hatte. Er merkte, dass er immer noch grinste, und das, obwohl er früher mindestens bis mittags gebraucht hatte, um den Tag einigermaßen erträglich zu finden. Freude war in seinem Leben noch nie ein wesentlicher Bestandteil gewesen. Bis er Anna getroffen hatte. Er holte tief Luft. Was für ein wunderbarer Morgen.

Annas Schritte kamen durch den Flur, und als sie den Frühstückstisch sah, lächelte sie breit. Ihr Gesicht war leicht gerötet von der Kälte, und einige wilde Strähnen hatten sich aus dem Zopf gelöst. Sie roch nach Schnee und Heu, und als sie ganz nah vor ihm stand, hob sie sich auf die Zehenspitzen und gab ihm einen zarten Kuss. „Danke", flüsterte sie an seinem Ohr, und seine Hände krallten sich um die Griffe der Krücken, dass die Knöchel weiß wurden. Wie gern hätte er sie jetzt einfach herangezogen und gehalten. Wenigstens für einen kurzen Augenblick. Grimmig biss er die Zähne zusammen. Er musste diese Mistdinger einfach loswerden, wenigstens eine davon. Um sie einfach spontan in den Arm nehmen zu können, würde er sogar seine Seele verkaufen … aber vielleicht war das gar nicht nötig. Vielleicht musste er sich nur dem stellen, was er bisher als zu schmerzhaft empfunden hatte. Sobald er wieder zu Hause war, würde er die Übungen für die Beine zweimal am Tag machen und die Rudermaschine quälen, bis die Knie nachgaben.

Kapitel 18

Für die Spendengala hatte Mark sich zu Hause umgezogen und war nun auf dem Weg zurück zu Anna. Schon während der Fahrt fühlte er sich unwohl. Wie war dieser verrückte Plan nur zustande gekommen? Bis vor Kurzem war er fast gar nicht aus dem Haus gegangen, und jetzt fuhr er mit Anna zu einer Feier, die eigentlich nur aus langweiligen Darbietungen und noch langweiligeren Reden bestand. In Wirklichkeit ging es bei solchen Galas nur ums Sehen und Gesehen werden. Wie war er nur auf die Idee gekommen, ihr mit diesem Abend etwas Besonderes bieten zu wollen? Gut, es war nicht wirklich seine eigene Idee gewesen, seine Partner hatten ja beinahe ein Komplott geschmiedet, um ihn wieder unter Leute zu bekommen. Es als Komplott zu betrachten, brachte schon fast wieder ein Lächeln auf sein Gesicht.

Inzwischen war er bei ihrem Hof angekommen und stellte den Wagen neben ihren. Beinahe hatte er das Gefühl, er parkte auf *seinem* Parkplatz. Versonnen lächelte er, weil ihm plötzlich auffiel, wie vertraut sich das anfühlte.

Natürlich musste man sich für einen solchen Anlass angemessen kleiden, und er hatte das ja auch mit einigem Widerwillen getan. Was ihn aber da an Annas Tür erwartete, verschlug ihm die Sprache. Das bodenlange, aus nur beinahe durchsichtigem Stoff gemachte sandfarbene Kleid ließ eine Schulter frei und erinnerte ein wenig an eine Toga. Mit den locker hochgesteckten Locken und dem dezenten Make-up sah sie aus wie eine griechische Göttin. Sein Puls raste bei dem Gedanken, den Abend an der Seite dieser wundervollen Schönheit zu verbringen. Staunend starrte er sie an. Sie drehte sich mit einem Lächeln schwungvoll einmal um sich selbst und fragte dann: „Was meinst du, kann man mich so mitnehmen?“ Auf diese wilde Untertreibung hin konnte Mark nur noch laut lachen.

„Meine edle Dame, alle Männer werden Euch zu Füßen liegen und alle Frauen vor Neid erblassen. Ja, ich denke, das wird so gehen.“ Anna fiel in sein Lachen ein, und plötzlich hatte er das Gefühl, dass es wirklich ein wunderbarer Abend werden könnte.

Sie trafen sich mit den Partnern aus der Kanzlei an der Garderobe, und bei Annas Anblick fielen sie alle drei in ehrfürchtiges Schweigen. Karl räusperte sich zuerst, bevor er mit einem rauen Unterton sagte: „Oha, ich war ja vorher schon neidisch, aber jetzt bin ich auch noch sprachlos. Anna, du wirst unser Herrenquartett mit deinem Glanz heute Abend blenden.“ Sie schien einigermaßen verwirrt.

„Was ist denn mit euren Partnerinnen oder Frauen? Hatte denn heute keine Lust mitzukommen?“ Karl lächelte schmal, mit einer Spur von Traurigkeit in seinem Blick.

„Wir sind alle Singles, Mark ist der Einzige, der heute mit weiblicher Verstärkung punkten kann.“

~

Anna fühlte sich ein wenig seltsam, als einziges weibliches Wesen, mit vier Männern im Schlepptau. Mit einem Schulterzucken versuchte sie, das komische Gefühl abzuschütteln und folgte ihren Begleitern in den Saal, wobei Karl ihr galant die Tür aufhielt. Sie fanden problemlos ihren Platz, und dann dauerte es nicht mehr lange, bis der erste Redner die Bühne betrat. Zwischen den Reden waren immer wieder verschiedene Aufführungen eingeschoben, damit es nicht ganz so langweilig wurde. Die Aufführungen und die Unterhaltung am Tisch ließen den offiziellen Teil des Abends erstaunlich schnell vorbeigehen, und schon bald wurde das Buffet eröffnet. Anna wartete den ersten Ansturm ab, um sich dann in Ruhe umzusehen.

„Okay, es scheint etwas leerer zu werden. Mark, wollen wir auch los, etwas zu essen holen?“ Er sah sie verständnislos an.

„Wie soll das gehen? Du wirst mir einfach irgendetwas mitbringen müssen“, murmelte er mit finsterem Blick.

„Nein, ich denke, du kommst mit. Du siehst dir alles an und sagst mir, was du essen möchtest. Ich bin schon ein großes Mädchen, ich kann wirklich zwei Teller gleichzeitig tragen.“ Marks Blick schwenkte zum Buffet, und sie erkannte aus dem Augenwinkel, wie er tief durchatmete. Dann stand er auf und ging langsam zu den langen Tischen hinüber. Anna folgte ihm, und gemeinsam suchten sie sich heraus, was sie essen wollten.

„Anna, ich wollte nur einen Teller. Warum ist auf dem zweiten Teller hier genau das Gleiche?“ Er sah sie mit schelmischem Blick von der Seite an. Sie tat entsetzt.

„Oh mein Gott, das ist ja furchtbar. Ich werde auf jeden Fall auch noch einen von diesen Spießen nehmen, die magst du bestimmt nicht.“ Sie grinste, weil sie genau wusste, dass das Gegenteil der Fall war.

„Hm, nein, eigentlich mag ich die gar nicht, aber wegen der Symmetrie, ach egal, leg einen mit drauf.“ Sie presste fest die Lippen zusammen, um nicht loszulachen, und schüttelte todernst den Kopf.

„So was aber auch, komplett der gleiche Geschmack. Erschreckend.“ Amüsiert gingen sie zurück zum Tisch, wo schon die bestellten Getränke warteten. Nachdem sie die Teller auf dem Tisch abgesetzt hatte, blieb Anna wie erstarrt stehen und hauchte ein leises: „Oh.“ Steve kam mit einem strahlenden Gesicht auf sie zu. In dem eleganten Smoking und mit seinem gewinnenden Lächeln sah er umwerfend aus.

„Anna, habe ich dich doch endlich gefunden." Während er auf den Tisch zukam, ließ er seinen Blick kurz über die dort sitzenden Männer gleiten. Als er Anna erreicht hatte, legte er in einer vertrauten Geste eine Hand auf ihre Schulter und hauchte einen kleinen Begrüßungskuss auf ihre Wange. Anna versteifte sich, als er mit dem Daumen zart über ihr Schlüsselbein strich. Er zog die Hand sofort wieder weg, sodass es wie eine ganz normale, vertraute Begrüßung aussah. Dann strahlte er in die Runde.

„Soso, wegen Ihnen hat meine liebe Anna mich also heute Abend versetzt. Das ist natürlich klar, gegen vier Anwälte habe ich keine Chance." Dann begrüßte er jeden einzelnen der Partner mit Handschlag. Es schien Anna, als würde er sie alle kennen. „Aber nachher schenkst du mir einen Tanz, oder, Anna?", fragte er und sah sie dabei eine Spur zu leidenschaftlich an. Anna senkte den Blick.

„Ich denke nicht, dass wir noch so lange bleiben." Wie von selbst legte sich ihre Hand auf Marks Schulter und sie fragte zurück. „Wo hast du denn deine Begleitung gelassen?" Steves Blick glitt von ihrer Hand zu Mark und abschätzig an ihm herunter. Bei den Krücken blieb sein Blick kurz hängen, und er schüttelte kaum merklich den Kopf. Herablassung und etwas, das ein wenig wie unterdrückte Wut aussah, huschten kurz über seine Züge.

„Tja, da du nicht mit mir hier bist, habe ich heute leider keine Begleitung, und zum Tanzen werde ich mir dann wohl auch jemand anderen suchen müssen." Der unbefangene Tonfall war verschwunden, und man hörte eine scharfe Gereiztheit heraus. Mit zusammengepressten Lippen nickte er kurz in die Runde. „Ich wünsche noch einen schönen Abend." Damit verschwand er wieder. Annas Herz klopfte im Hals, und sie schwankte zwischen Erleichterung darüber, dass er wieder weg war, und Wut über sein unverschämtes Auftreten. Noch ehe sie sich darüber klar war, wie sie überhaupt auf diese Frechheit reagieren sollte, spürte sie Marks Bewegung an ihrer Seite.

Er nahm ihre Hand von seiner Schulter und küsste ihre Finger. „Danke“, flüsterte er in ihre Handfläche, gerade so laut, dass nur sie es hören konnte. Dann sah er sie wieder so an, als wäre sie das größte Wunder der Welt, und ihr Herz flatterte gefährlich, bei diesem Blick.

~

Marks Puls raste, und sein Gesicht fühlte sich an, als wäre es krebsrot. Mit der Hand auf seiner Schulter hatte Anna sehr deutlich gemacht, dass sie mit ihm hier war. Nicht mit irgendeinem der anderen Partner und auch nicht einfach als Kollegin der Kanzlei. Dieser Steve hatte das anscheinend auch erkannt, und obwohl er offensichtlich von Mark wenig beeindruckt war, hatte er den strategischen Rückzug angetreten. Wenn er sich den attraktiven und erfolgreichen Steve ansah, konnte er sich wirklich schwer vorstellen, warum Anna ihn vorzog. Doch seine Verunsicherung löste sich in nichts auf, als sich ihre Blicke trafen und die Luft wie elektrisch aufgeladen knisterte. Die wunderbarste Frau von allen war seine Begleiterin.

Es fiel ihm schwer, ihre Hand zum Essen loszulassen, aber sie saßen so dicht zusammen, dass sich ihre Knie berührten, und Anna schenkte ihm ihr bezauberndes Lächeln. Sie stand auf, um sich ein Dessert zu holen, während er mit Noah sprach, der ihm unbedingt etwas sehr Wichtiges erzählen wollte. Die Musik hatte mittlerweile zu spielen begonnen, und man musste sich konzentrieren, um noch eine normale Unterhaltung zu führen. Anna beugte sich nach vorn.

„Magst du auch noch etwas Süßes? Kommst du mit?“

„Bring mir einfach mit, was du nimmst. Wir haben sowieso den gleichen Geschmack.“ Sie grinste gespielt entrüstet.

„Erschreckend!“ Dann drehte sie sich mit einer theatralischen Geste um und verschwand in Richtung Buffet. Kurz sah er ihrer zierlichen Gestalt nach, bis Noah ihn anstieß und weiterredete. Nach einer Weile wunderte er sich, warum sie nicht zurückkam und sah sich zum Buffet um. Zuerst fand er sie nicht, aber dann erkannte er Steve, der vor ihr stand und sie fast ganz verdeckte. Er schien ärgerlich auf sie einzureden, und während Mark schon nach seinen Krücken griff, um aufzustehen, packte Steve Anna am Handgelenk. Sie machte einen Schritt zurück und wollte sich losmachen, aber Steve folgte ihr und schlang einen Arm um ihre Hüfte. Wut flammte in Mark auf, und er war schon fast am Buffet angekommen, als er Satzfetzen hören konnte.

„Sei doch nicht wieder so spröde. Ein Tanz wird doch wohl möglich sein. Der da wird ja wohl kaum mit dir tanzen können.“

„Nein, lass mich los.“ Einige Personen hatten sich zwischen ihn und die beiden geschoben und nahmen Teller und Besteck vom Tisch.

„Was soll das? Du ziehst den also tatsächlich mir vor. Das kann ich echt nicht glauben.“ Inzwischen war Steves Stimme wütend geworden, und Mark sah, dass Anna ihn ängstlich anstarrte, während sie versuchte, ihr Handgelenk aus seinem Griff zu lösen. Ein dicker Mann mit Brille drückte sich gerade noch vor Mark vorbei, dann stand er vor den Beiden.

„Lassen Sie sie los. Sofort!“, forderte Mark.

Steve fuhr herum und grinste ihn überlegen an. „Sonst was?“

Marks Wut erreichte fast ihren Siedepunkt. Mit zusammengekniffenen Augen trat er noch einen Schritt näher an Steve heran. Sofort roch er den Alkohol. Anscheinend hatte dieser Kerl in der kurzen Zeit schon eine ordentliche Menge in sich hineingekippt. „Lassen Sie sie los!“, wiederholte er ungehaltener.

Steves Gesicht nahm einen verächtlichen Ausdruck an. „Und was genau willst du tun, du …?" Er sah an ihm herunter, ließ seinen Blick wieder an den Krücken hängen, sagte aber nicht das Wort, auf das Mark schon die ganze Zeit wartete. Dann schoss plötzlich Steves Faust vor, und Mark konnte sich nicht schnell genug zur Seite beugen. Er verfehlte zwar sein Gesicht, streifte aber Wangenknochen und Ohr, sodass ein scharfer Schmerz durch seinen Kopf schoss. Mit der Schulter stieß er gegen Anna, die jetzt neben ihm stand. Ohne nachzudenken ließ er die rechte Krücke fallen, und seine Faust landete zielsicher mitten auf Steves Kinn. Der taumelte mehrere Schritte zurück und landete geradewegs im festen Griff von zwei Sicherheitsmännern, die plötzlich hinter ihm aufgetaucht waren. Sein Triumphgefühl dauerte allerdings nur einen Sekundenbruchteil, denn ohne die Krücke kippte er unaufhaltsam zur Seite. Erschrocken streckte er den Arm aus und fand überraschend Halt an Annas Schulter. Sie machte einen schnellen Schritt nach vorn und legte ihren Arm um ihn. Dann drehte sie sich ganz zu ihm herum, und sie standen voreinander, als ob sie sich einfach nur umarmt hätten.

„Danke", sagten sie zugleich, und irgendwer drückte ihm seine Krücke wieder in die Hand. In jedem anderen Moment hätte er sich geschämt dafür, dass seine Begleitung ihm helfen musste, doch jetzt war es ihm erstaunlich egal. Während die Sicherheitsleute Steve abführten, rief dieser noch Obszönitäten durch den Raum.

Als Mark und Anna wieder an den Tisch zurückkamen, sahen ihn alle verwundert an. Noah reckte interessiert den Kopf vor und fragte: „Was ist denn mit deinem Gesicht passiert?"

Es war vielleicht kindisch, doch ein Grinsen zog sich über Marks Wangen. Bestraft wurde er durch einen scharfen Schmerz.

„Kleine Prügelei", erklärte er.

Karl fiel die Kinnlade buchstäblich herunter. „Was?"

Mark zuckte nur mit den Schultern und setzte sich. Auch Anna schien nicht weiter darauf eingehen zu wollen, aber Karl ließ nicht locker.

„Wollt ihr mich veräppeln? Jemand hat dich angegriffen?“

Anna nickte mit zusammengepressten Lippen, und Mark griff nach ihrer Hand. Offensichtlich war sie von der Aggression dieses Kerls immer noch geschockt. Tapfer versuchte sie ein Lächeln und meinte: „Marks rechter Haken hat aber deutlich besser gesessen.“ Jetzt war Karl völlig von der Rolle.

„Du willst mir sagen, jemand hat Mark geschlagen? Er war gerade eben hier im Saal in eine Schlägerei verwickelt? Mister ‚Eiskalt und Beherrscht‘ hat sich geprügelt?“ Karls Stimme klang so ungläubig, als hätte ihm jemand erklärt, dass ab morgen die Sonne nicht mehr aufginge. Jetzt musste Mark doch lachen und erzählte den dreien den ganzen Vorfall. Ohne seinen Beinahe-Sturz allerdings, das blieb eine Sache zwischen ihm und Anna. Bei seiner ins Lächerliche gezogenen Erklärung des Vorfalls schien sie sich ebenfalls zu entspannen und lächelte sogar wieder. Mit einer Hand an ihrem Kinn drehte er ihren Kopf zu sich und gab ihr einen zarten Kuss. Sofort beschwerte Noah sich.

„Hey, das könnt ihr hier unter lauter einsamen Junggesellen nicht machen. Mein armes Herz. Und überhaupt. Ich finde, Anna muss wenigstens einmal mit jedem von uns tanzen.“ Mark atmete tief durch. Mit jedem außer mit ihm würde sie tanzen. Aber natürlich musste sie das tun. Es würde ihr Spaß machen, und es war immer noch besser, als wenn sie mit Fremden tanzte. Mit einem Lächeln drehte sie sich zu ihm herum, und ihre lichtblauen Augen funkelten übermütig.

„Prima Idee. Wir beide fangen an.“ In seinem Magen entstand aus dem Nichts ein dicker Stein. Tief holte er Luft und schüttelte den

Kopf. Noch bevor er antworten konnte, beugte sie sich vor und flüsterte in sein Ohr: „Einen langsamen Song werden sie schon spielen, etwas Kuscheliges." Die Erinnerung an den Tanz in ihrer Küche durchschoss ihn wie eine Stichflamme. Daran hatte er in diesem Moment gar nicht gedacht. Sie wollte das wieder tun. Hier, vor hunderten von Leuten. Offensichtlich standen seine Gedanken in sein Gesicht geschrieben, denn sie beugte sich wieder zu ihm vor. „Ich halte dich fest. Vertraust du mir?" Im gleichen Moment erklang die Stimme von Beyoncé mit „Halo". Sie sprang hoch und streckte ihre Hand aus. Mit weichen Knien stand er auf, und sie legte ihre Hand auf seine Faust, die den Griff der Krücke umschloss. Es waren nur wenige Schritte bis zur Tanzfläche, und sie blieben ganz am Rand stehen. Alle drei Kompagnons waren ebenfalls aufgestanden und folgten ihnen mit gespannten Blicken. Man sah ihnen an, dass sie sich fragten, was das jetzt werden sollte. Mark sah zu Karl hinüber und bedeutete ihm mit einem Nicken, die Krücken festzuhalten. Dann legte er beide Hände auf Annas Schultern, und sie schlang ihre Arme um seinen Brustkorb. Sacht bewegten sie sich hin und her, und nach wenigen Augenblicken stellte sie sich auf die Zehenspitzen.

„Danke", flüsterte sie in sein Ohr und strahlte ihn dabei so glücklich an, als hätte er ihr die halbe Welt geschenkt. Mit hart klopfendem Herzen hielt er sich an ihr fest und bewegte vorsichtig die Füße. Es ging gut, so gut wie vor knapp zwei Wochen in ihrer Küche. Vielleicht sogar ein wenig besser, denn inzwischen hatte er seine Beine regelmäßig trainiert. Schneller als gedacht war das Lied zu Ende, doch als Nächstes ertönten die ersten Takte von Ellie Gouldings Song „Love me like you do". Auch dazu konnte man sich prima eng umschlungen und langsam bewegen. Als er keine Anstalten machte, ihre Schultern loszulassen und die Krücken von Karl zu nehmen, sah sie ihn fragend an. Er grinste nur und tanzte einfach weiter. Nachdem auch dieses Lied vorbei war, küsste er sie lange und innig, zwischen all den Leuten auf der Tanzfläche. Erst dann griff er wieder nach den Krücken. Karl sah ihn mit einem ungläubigen Kopfschütteln an.

„Mann, ich hätte nicht gedacht, dass du wieder tanzen würdest."

Mark war nach diesem Kuss noch immer ein wenig außer Atem. Sein Blick schoss zu Anna hinüber. Leise antwortete er: „Ich auch nicht."

~

Als Anna zum Tisch zurückging, fühlte sie sich leicht wie eine Feder. So wundervoll war der Tanz mit Mark gewesen, und dass er noch einen Zweiten direkt danach wollte, hatte sie am meisten gefreut. Dass er ihr das Vertrauen schenkte, die Krücken abzulegen, machte sie so glücklich, dass sie es nicht in Worte fassen konnte. Sie wunderte sich wohl zum hundertsten Mal, dass in der kurzen Zeit, die sie sich erst kannten, eine so starke Verbindung gewachsen war. Immer wieder sagte sie im Spaß, dass es erschreckend wäre, wie viel sie gemeinsam hatten. Und doch waren sie so grundverschieden. Mark stand noch neben dem Tisch und sprach mit Karl, als Noah sie zum Tanzen aufforderte.

Die Zwillinge Daniel und Noah hatte sie noch nicht richtig kennengelernt, weil sie oft bei Gericht oder bei Mandanten waren. Die beiden vertraten einige größere Firmen, bei denen man erwartete, dass der Anwalt ins Büro kam und nicht umgekehrt. Obwohl sie sehr verschieden waren, arbeiteten sie in den meisten Fällen eng zusammen, und das schien sich zu bewähren. Was sie allerdings nicht verstand war, warum sie heute Abend als einzige Frau mit dem Quartett tanzte. Dass diese attraktiven, netten und erfolgreichen Anwälte noch nicht in festen Händen waren, erschien ihr unglaublich. Vielleicht waren sie alle Workaholics, die keine freie Zeit hatten.

Der Tanz war schnell zu Ende, und auf dem Weg zurück zum Tisch unterbrach Noah ihre Gedankengänge.

„Ich danke dir für diesen Tanz, und ich muss sagen, ich bin äußerst neidisch. Dich hat Mark ja nun schon weggeschnappt, aber vielleicht hast du ja noch eine Schwester." Mit einem schelmischen Grinsen und lustig funkelnden grünen Augen sah er sie an. Sie lachte laut auf.

„Nein, leider keine Schwester, aber ich habe eine Freundin, die hat genau die gleichen Augen wie du."

„Oh, erzähl mir von ihr. Wenn sie deine Freundin ist, muss sie ja nett sein." Anna musste schmunzeln, als sie sich Ella und Noah nebeneinander vorstellte.

„Natürlich ist sie nett, außerdem pferdeverrückt genau wie ich, und sie hat eine eigene kleine Bäckerei." Noah verdrehte verzückt die Augen.

„Oh Gott, eine Bäckerin, kann es noch etwas Besseres geben? Wann kann ich sie kennenlernen?" Inzwischen waren sie am Tisch angekommen, und Mark fragte dazwischen.

„Was verzückt dich denn so, Noah?" Der grinste theatralisch verliebt.

„Oh, Anna sagt, ihre Freundin hätte grüne Augen wie ich, wäre genauso nett wie sie und außerdem Bäckerin. Das kann nur eine Traumfrau sein." Mark warf Anna einen fragenden Blick zu, und sie bestätigte:

„Ja, Ella ist die Beste. Du kennst sie doch auch, was meinst du?"

Mark tat so, als würde er überlegen. „Also der Apfelkuchen ist ein Gedicht, und Mandelstuten und Brötchen sind auch ganz passabel. Außerdem hat sie ein hübsches Pferd und …"

Den Rest seiner Antwort hörte Anna nicht mehr, denn in diesem Moment fiel ihr Blick auf eine Frau an der Bar. Kurz musste sie nachdenken, bevor sie erkannte, woher sie ihr so bekannt vorkam. Dann jagte ein eiskalter Schauer über ihren Rücken. Das war die Frau auf den Bildern, die sie auf den Datensticks von Johan gesehen hatte. Sie war anders zurechtgemacht. Die Haare waren jetzt dunkel und hochgesteckt, und sie war ziemlich stark geschminkt. Ihr hautenges Kleid gewährte tiefe Einblicke und endete deutlich über der Mitte der Oberschenkel. Die langen Beine in den dunklen Strümpfen hatte sie übereinandergeschlagen und den hohen Absatz ihrer Pumps lässig in den Fußbügel des Barhockers eingehängt. Der Mann, neben dem sie sich in Pose geworfen hatte, schien von ihr völlig bezaubert zu sein.

Schlagartig wurde ihr klar, dass die Frau offensichtlich ein neues Opfer im Visier hatte. Verstohlen sah Anna sich nach einem Fotografen um, konnte aber keinen entdecken.

„Anna?" Mark war aufgefallen, dass sie der Unterhaltung nicht mehr folgte. Sie sah kurz zu ihm hinüber und dann wieder zurück zur Bar. Er folgte ihrem Blick. Als auch er realisierte, was geschah, begann er sein Telefon aus der Tasche zu kramen, tippte hektisch und zeigte Anna den Text, bevor er ihn abschickte. Es war eine Nachricht an Gregor, dass die gesuchte Frau hier wäre. Anna nickte, aber ihr war eiskalt bei dem Gedanken, was diese Frau und Johan gemeinsam getan hatten. Offensichtlich tat sie es ja immer noch, nur mit einem anderen Komplizen. So viel war ja auch schon aus dem Gespräch mit Gregor klar geworden. Mark legte beruhigend seine Hand auf ihre Schulter und beugte sich herüber.

„Bleib einfach hier sitzen, Gregor wird sich darum kümmern." Sie nickte und krallte ihre Finger unter dem Tisch in seine andere Hand. „Es ist okay, dir wird nichts passieren. Sie hat dich ja noch nie gesehen, also wird sie nicht wissen, dass wir sie erkannt haben."

Inzwischen hatte Gregor zurückgetextet. Mark hielt das Telefon so, das Anna lesen konnte: „Wir sind gleich da, verhaltet euch unauffällig."

Einige Zeit saßen sie mit unter dem Tisch verflochtenen Fingern da, und sie versuchte, mit schierer Willenskraft ihren Herzschlag zu beruhigen. Am liebsten hätte sie sich eng in Marks Arme geschmiegt, aber das hätte nur Aufmerksamkeit erweckt. Immer wieder musste sie hinsehen, während die Brünette den Kerl, der neben ihr an der Bar stand, mit ihrem Charme einwickelte. Verstohlen sah Anna sich weiterhin nach dem Fotografen um, der ja irgendwann einmal auftauchen musste. Dann erstarrte sie vollends zu Eis, als Alexej plötzlich mit gezückter Kamera auf sie zukam. Wie eine Waffe hielt er das Gerät auf sie gerichtet, und sein unverschämtes Grinsen drang bis tief in ihre Seele ein.

„Hallo, Anna, das ist ja wunderbar, dich hier zu treffen. Und ich sehe, du arbeitest auch für die Anwaltskanzlei, wo wir uns letzte Woche getroffen haben." Ihr wurde schlecht. Mit seinem Unterton hörte es sich an, als würde sie als Escortservice arbeiten. Freudestrahlend streckte er jedem der Anwälte die Hand hin und wandte sich dann wieder ihr zu.

„Darf ich auch bei Ihnen Bilder vom heutigen Abend machen? Eigentlich bin ich ja für das Gesamtevent gebucht, aber vielleicht möchten Sie auch ein paar Bilder mit der hübschen Lady auf der Homepage verwenden." Er senkte die Stimme. „Oder Sie möchten privat welche haben." Eigentlich hatte er die Anwälte angesprochen, aber sein Blick lag die ganze Zeit in einer so anzüglichen Art auf ihrem Busen, dass sie sich völlig nackt fühlte.

„Nein!“, kam es vierstimmig und wie aus der Pistole geschossen. Alexej strahlte, als hätten sie Ja gesagt und ließ seinen Blick noch einmal an ihr auf und ab gleiten.

„Schade, dann muss ich mich leider wieder verabschieden. Man sieht sich ja bestimmt später noch einmal.“

Anna lehnte ihren Kopf gegen Marks Schulter und atmete tief aus. Ihr schien, als hätte sie die ganze Zeit die Luft angehalten und sie war fast ein bisschen außer Atem. Sie brauchte dringend eine Pause von dem ganzen Trubel. Sie beugte sich näher zu Mark, denn der Lärmpegel erlaubte inzwischen keine leise Unterhaltung mehr.

„Ich muss ganz dringend mal für Ladys, das ist Gott sei Dank in der anderen Richtung. Bin gleich wieder da.“ Er nickte und drückte noch einmal kurz ihre Hand, bevor er losließ. Mit einem verkniffenen Lächeln stand sie auf und bahnte sich einen Weg an der Tanzfläche entlang zu den Toiletten.

~

„Hey, was ist los? Komm mal kurz von deiner rosaroten Wolke und unterhalt dich mit Normalsterblichen.“

Hastig wandte sich Mark an seinen Kollegen. Er hatte sich nicht davon abhalten können, Anna hinterherzusehen. Er wusste, dass ihr in einem Raum voller Leute nichts passieren sollte, doch konnte er die nagende Sorge nicht abstellen. Aber er konnte auch nicht wie ein Wachhund hinter ihr herlaufen. Also riss er sich aus seinen Gedanken und versuchte, sich auf das Gespräch der anderen zu konzentrieren. Sie unterhielten sich kurz über Daniels neues Auto, als Marks Blick wieder zu schweifen begann, und ihm plötzlich auffiel, dass der Fotograf und seine Komplizin verschwunden waren. Unwillkürlich fuhr er herum und suchte den Raum ab. Sein Blick glitt über die Gäste, und dann sah er die Frau mit ihrem Opfer tanzen. Er hielt sie schon fast unanständig eng umschlungen und küsste sie leidenschaftlich, während der Fotograf unauffällig Bilder aus allen möglichen Winkeln machte.

Die Tanzfläche lag genau auf dem Weg zu den Toiletten. Mark griff nach den Krücken und wollte gerade aufstehen, um Anna auf Ihrem Weg zurück zum Tisch abzufangen, als er innehielt. An der anderen Seite der Tanzfläche, mit Blick auf den Fotografen, stand Luiz, der Schlägertyp, wegen dessen Drohung er damals die Waffe angeschafft hatte. Marks Magen zog sich zusammen.

Luiz sah unverwandt zu der Blondine und ihrem Opfer hinüber. Jetzt wurde ihm auch klar, was Gregor mit „fiese Typen“ gemeint hatte. Ihm wurde übel, als er Anna von hinten auf Luiz zugehen sah. So schnell er konnte, stand er auf und machte einige Schritte auf sie zu.

Dann passierte alles ganz schnell, obwohl es ihm vorkam, als liefe es in Zeitlupe ab: Eine Traube bewaffnete Männer, die Mark auf den zweiten Blick als SEK-Beamte wahrnahm, stürmten von verschiedenen Seiten zur Tanzfläche und stürzten sich auf die Brünette und den Fotografen. Im gleichen Augenblick ging Anna an Luiz vorbei, der sie mit einem schnellen Griff packte und gleichzeitig mit der anderen Hand eine Waffe aus seinem Schulterhalfter zog.

„Alle zurück, oder ich schieße!“, brüllte er in den Raum und presste die Mündung gegen Annas Schläfe.

Die Musik erstarb in einem letzten hohen Quietschen, und die Partygäste drehten sich mit fragenden Gesichtern zur Band. Einen Moment lang herrschte angespannte Stille, dann rief jemand: „Der hat eine Waffe!“

Augenblicklich brach Panik aus. Mark wurde von flüchtenden Gästen beinahe umgestoßen und hatte für einen Moment Anna nicht im Blick. Als er sie wieder sehen konnte, stand Luiz mit ihr bei der Frau und dem Fotografen. Er drückte immer noch die Waffe an Annas Kopf und brüllte den Beamten zu, sich zurückzuziehen, sonst würde er schießen. Anna hing beinahe wie eine Marionette im Würgegriff des bulligen Kerls und wirkte so zart und zerbrechlich, als sei sie aus Papier. Mit weit aufgerissenen Augen und starrem Blick fixierte sie Alexej, der Luiz Anweisungen zuzuflüstern schien. Plötzlich hörte Mark Gregors laute Stimme rechts hinter sich.

„Das Hotel ist umstellt, es gibt kein Entkommen." Doch Luiz bewegte sich mit Anna im Arm langsam rückwärts und lachte.

„Ihr Ärsche werdet uns gehen lassen, sonst ist das Schätzchen hier tot." Die Menge hatte schon fast vollständig den Saal verlassen, und die Frau und der Fotograf stellten sich hinter Luiz und Anna. In dem Moment wurde Mark klar, dass sie versuchen würden, mit Anna als Geisel zu entkommen. Das konnte er nicht zulassen.

Ganz dicht neben seiner Schulter stand plötzlich Gregor und machte eine eindeutige Handbewegung, dass er gehen sollte. Trotzdem trat Mark einige Schritte weiter auf Anna zu. Ihr Blick flog zu ihm herüber und sie schüttelte mit zusammengepressten Lippen den Kopf.

„He, Süße, zappel nicht so, sonst geht das Ding hier noch versehentlich los. Das wäre doch schade. Mir fällt da bestimmt noch etwas Besseres ein." Luiz grinste sie so anzüglich an, als ob er mit ihr schon Pläne für den weiteren Abend machte.

Eisige Kälte kroch Marks Rücken hinauf und zog bis auf seine Kopfhaut, wo sich alle Haarwurzeln aufstellten. Anna durfte nichts passieren, auf keinen Fall. Alles andere war egal. Plötzlich stand der Plan glasklar vor ihm.

„Luiz, lass sie gehen. Du kannst mich mitnehmen. Das ist doch viel besser, mit mir hast du ja sowieso noch eine Rechnung offen." Er machte noch zwei Schritte auf die Beiden zu, während Gregor hinter ihm zischte: „Mark, was soll das? Halt dich da raus!" Annas schreckgeweiteten Augen sahen ihn an, und sie schüttelte wieder stumm den Kopf. Luiz Blick fuhr von Gregor zu ihm.

„Ja Scheiße, du bist doch der bekloppte Anwalt? Mann, Arschloch, du hast dich verändert, seit wann bist du ein Krüppel? Nein, mit dir kann ich nichts anfangen. Da hab ich lieber so 'ne nette kleine Muschi hier. Aber du hast recht, wir haben noch eine Rechnung offen. Dann kann ich dich ja jetzt endlich kaltmachen."

Wie in Zeitlupe sah Mark, dass Luiz die Waffe von Annas Kopf wegnahm und auf ihn richtete. Anna schrie und warf sich gegen Luiz' Arm. Im selben Augenblick löste sich der Schuss. Ein scharfer Schmerz schoss in sein Bein, und er kippte unaufhaltsam nach vorn. Dann hörte er Gregor brüllen: „Zugriff!" Aus dem Augenwinkel sah er noch das Mündungsfeuer von Gregors Waffe. Wie ein Blitz durchzuckte ihn der Gedanke, dass Gregor in Annas Richtung schoss, und ein verzweifelter Schrei löste sich aus seiner Kehle.

Im nächsten Moment schlug er hart mit dem Kopf auf, und alles wurde dunkel.

~

Wie in Zeitlupe sah Anna, dass Mark mit einem Schrei nach vorn fiel und dann hinter einigen Tischen aus ihrem Blickfeld verschwand. Der Schuss dröhnte wie ein Echo in ihren Ohren. Trotzdem hörte sie das Brechen von Holz, als der Tisch unter Mark nachgab. Ihre Knie waren plötzlich aus Gummi, doch der Mann hinter ihr hielt sie so fest, dass sie nicht umfallen konnte. Der Griff um ihren Hals verstärkte sich noch, als der Kerl durch ihre Bewegung ins Stolpern geriet. Doch im nächsten Augenblick hatte er sich schon wieder gefangen und brüllte irgendetwas in ihr Ohr, das sie nicht verstand. Panik vor dem Festgehaltenwerden stieg wieder in ihr auf, und ohne nachzudenken griff sie nach seinen Arm und versuchte, sich aus dem Würgegriff zu befreien, doch er bohrte seine Finger immer fester in ihren Hals. Hilflos keuchte sie und wand sich unter seinem Griff. Dann fiel ein zweiter Schuss. Plötzlich drehte der Mann sich herum und machte einen Schritt in Richtung Tür, bevor er mit ihr vor der Brust nach vorn kippte. Der Aufprall presste die letzte Luft aus ihrer Lunge, als sie auf dem Parkett landete und sein riesiger Körper sie unter sich begrub. Die Hand an ihrem Hals war plötzlich verschwunden. Trotzdem bekam sie noch immer keine Luft, während sein Gewicht sie auf den Boden nagelte. Sie spürte seinen Atem in ihrem Nacken und hörte ihn keuchen. Obwohl er sie nicht mehr festhielt, konnte sie sich unter seinem schweren Körper nicht bewegen. Etwas Warmes rann über ihren Arm, und als sie den Kopf zur Seite drehte, sah sie Blut. Angeekelt wollte sie sich unter ihm herauswinden, doch seine Finger packten ihren Oberarm. Er presste sie gegen den Boden, während er sich abstützte und versuchte aufzustehen. Das Keuchen wurde zu einem Stöhnen, und als irgendwer seinen massigen Körper von ihr herunterzog, stieß er Worte in einer fremden Sprache aus, die sich nach üblen Flüchen anhörten.

Dann kniete plötzlich Gregor neben ihr und sprach sie an. Was auch immer er sagte, sie hörte nicht zu. Sie musste wissen, was mit Mark passiert war. Fahrig versuchte sie aufzustehen, aber ihre Knie versagten, und sie sackte wieder in sich zusammen.

„Mark! Er hat ihn getroffen! Was ist mit ihm?“ Gregor packte ihre Arme und zog sie mit sich hoch.

„Ich weiß nicht, aber was ist mit Ihnen? Sind Sie verletzt?" Ohne zu antworten taumelte sie in die Richtung, in der Mark hinter den Tischen verschwunden war.

Zuerst sah sie nur seine Beine und eine riesige Menge Blut. Die Angst, ihn verloren zu haben, schnürte ihr plötzlich wieder die Kehle zu. Der Versuch zu atmen brachte ein hohes Pfeifen hervor. Beim ersten Mal, als sie dachte, er wäre gestorben, war er noch irgendein Fremder, dessen Ader sie abgedrückt hatte. Dann hatte sie diesen schrecklichen Traum gehabt, in dem Johan ihn erschossen hatte. War das jetzt auf diese verrückte Art wahr geworden? Mit einem erstickten Schluchzen stolperte sie um den Tisch herum.

Er lag lang ausgestreckt mit geschlossenen Augen auf dem Parkett und hielt die Griffe beider Krücken verkrampft in den Fingern. Eine plötzliche Erinnerung von dem Tag, als er vor ihr Auto gestolpert war, schoss durch ihren Kopf. Genauso hatte er auf dem nassen Asphalt gelegen. Die große Blutlache ließ ihr Herz fast aussetzen. Karl stand plötzlich hinter ihr und schob sie weiter.

„Rede mit ihm, sieh zu, dass er bei Bewusstsein bleibt." Dann kniete er sich hin und zerriss mit den Fingern die Hose, an der Stelle, wo die Kugel eingedrungen war. Irgendjemand kam mit einem Verbandskasten, und Anna drehte sich zu Marks Kopf herum. Seine Lider flatterten, und sein Blick irrte herum, als ob er etwas suchte. Mit beiden Händen umfasste sie sein Gesicht und drehte es ein wenig, sodass er sie ansehen musste.

„Mark, bitte bleib bei mir. Sieh mich an. Du musst wach bleiben." Sie strich durch seine Haare und versuchte zu lächeln, als sein Blick an ihren Augen hängen blieb. „Du musst bei mir bleiben, bitte. Ich liebe dich." Sein Blick fixierte sie, doch er bewegte sich nicht. Dann standen plötzlich Sanitäter neben ihr und baten sie, zur Seite zu treten. Benommen stand sie auf und sah, wie Mark auf eine Trage gehoben und weggebracht wurde. Sie wollte hinterherlaufen, doch irgendjemand hielt sie fest.

„Frau Hofmeister, sind Sie in Ordnung? Ihr Arm ist voller Blut. Kommen Sie, setzen Sie sich erst einmal hin." Gregor schob sie zu einem Stuhl und sah besorgt auf sie herunter, während er mit irgendetwas an ihrem Arm herumwischte. Karl stand neben ihm, und sie musste die ganze Zeit auf seine blutigen Hände starren. Das war Marks Blut. So viel Blut. Karl kniete sich vor sie hin.

„Anna, es ist vorbei. Sie haben ihn festgenommen. Mark wird nichts geschehen, es war nur der Oberschenkel. Er ist jetzt in den besten Händen. Wenn du dich etwas erholt hast, fahre ich dich auch gleich zum Krankenhaus."

Erst als sie in Karls Auto saß, konnte Anna ihre Gedanken so weit ordnen, dass sie langsam verstand, was passiert war. Der Mann, den Mark Luiz gerufen hatte, wollte sie offensichtlich als Geisel benutzen, um aus dem Gebäude zu entkommen. Dann hatte Mark seine Aufmerksamkeit auf sich gelenkt, und wollte sich selbst gegen sie austauschen. Als dieser Luiz dann die Waffe von ihr wegnahm und auf ihn richtete, war er einfach stehengeblieben wie eine Zielscheibe. Wie in ihrem Traum. Er musste gewusst haben, dass er abdrücken würde. Wie im Reflex hatte sie sich gegen den Arm mit der Waffe geworfen, aber es war nicht fest genug gewesen. Er hatte ihn trotzdem noch getroffen. So viel Blut, wie da auf dem Boden war, hatte sie nur einmal vorher gesehen. Damals wäre Mark beinahe gestorben. Tränen liefen an ihren Wangen herunter, während sie immer noch stumpf vor sich hinstarrte. Karl berührte sie an der Schulter.

„Anna, wir sind da. Komm, ich helfe dir beim Aussteigen." Er stand schon neben ihr auf der Beifahrerseite. Sie hatte überhaupt nicht mitbekommen, wie er geparkt hatte und um das Auto herumgekommen war. Erst jetzt bemerkte sie auch, dass sie ihre Jacke über dem Abendkleid trug und irgendwer ihr die Handtasche gegeben hatte. Der beigefarbene Satinbeutel war völlig zerknittert, weil sie ihn während der ganzen Fahrt in den Händen geknetet hatte. Mit wackligen Knien stieg sie aus und folgte Karl durch die Gänge des Krankenhauses. Irgendwann standen sie vor einer Zimmertür, und eine Schwester sprach mit Karl. Dann öffnete sich die Tür. Es war niemand da. Mit einem fragenden Blick sah sie Karl an, und ihr Herzschlag klopfte schon wieder in ihrem Hals.

„Wo ist er?“, flüsterte sie erstickt.

„Sie mussten ihn operieren, und er ist gerade erst aus dem Aufwachraum raus. Sie bringen ihn jetzt her. Setz dich erst mal hin, ich besorge uns inzwischen einen Kaffee.“ Ohne Widerstand zu leisten, ließ Anna sich auf einen Stuhl drücken. Kaum hatte Karl die Tür hinter sich geschlossen, öffnete sie sich wieder, und die Schwester von vorhin schob ein Bett herein. Blass und mit geschlossenen Augen lag Mark da und rührte sich nicht.

„Er schläft noch, aber er wird froh sein, dass sie da sind, wenn er aufwacht. Die ganze Zeit hat er nach Ihnen gefragt, aber wir konnten ihm ja auch nicht sagen, was passiert war. Sein Freund, mit dem Sie gekommen sind, hat mir gesagt, dass sie die Anna sind, um die er sich solche Sorgen macht.“ Die Schwester lächelte ihr aufmunternd zu und schob einen Stuhl neben das Bett. Dann wandte sie sich wieder zur Tür.

Anna nahm Marks Hand und stellte fest, dass sie ganz kalt war. Am liebsten hätte sie ihn sofort aufgeweckt, aber im Moment fühlte sie sich noch nicht imstande, für ihn zu lächeln, und so stand sie nur da und sah in sein blasses Gesicht. Sie war sich jetzt ganz sicher, dass sie ihn liebte. Eigentlich hatte sie es schon länger gewusst, aber jedes Mal war bei dem Gedanken Johan wieder in ihrem Gehirn herumgespukt. Jetzt nicht mehr, das war nun endgültig vorbei. Sie liebte Mark, und niemand war mehr in ihrem Kopf, um ihr deswegen ein schlechtes Gewissen zu machen. Sie war endlich frei. Frei, ein neues Leben zu beginnen und endgültig all die alten Probleme hinter sich zu lassen.

~

Schmerz zog durch sein Bein. Dieses Mal viel weiter oben als sonst. Das Piepen des Überwachungsmonitors drang in sein Bewusstsein, fast gleichzeitig mit dem typischen Geruch. Krankenhaus. Warum tat das Bein so weh und warum war er schon wieder im Krankenhaus?

Im nächsten Augenblick erinnerte er sich, was geschehen war. Panik schoss durch seinen Kopf. Alle Muskeln spannten sich an, und der Schmerz in seinem Bein war fast genauso stark wie der in seinem Herzen. Anna, was war mit ihr passiert? Das Bild von ihr im Griff dieses Verbrechers war plötzlich wieder da. Sein Puls raste, der Überwachungsmonitor schaltete von hektischem Piepsen in einen Alarmton um. Anna! Alle Gedanken fielen durcheinander, während er die Augenlider zusammenpresste und versuchte, wieder normal zu atmen. Was hatte der Typ mit ihr gemacht? Gregor hatte geschossen – in die Richtung, in der Anna gestanden hatte.

Er spürte eine Hand, die ihm beruhigend durch die Haare strich und hörte Worte, die er nicht verstand. Es fühlte sich an wie ein Traum, eine vergangene Erinnerung, die Erinnerung an einen Unfall vor unendlich langer Zeit. Panisch riss er die Augen auf und sah ihr Gesicht direkt vor sich.

„Anna, du bist da.“ Er holte tief Luft. Dann packte er mit beiden Händen nach ihren Schultern. „Oh mein Gott, Luiz, Gregor, er hat geschossen! Bist du in Ordnung, bist du verletzt?“ Sie schüttelte mit einem Lächeln den Kopf.

„Nein, es ist alles in Ordnung. Es geht mir gut, dank dir." Er konnte es immer noch nicht fassen. Sie stand vor ihm, mit ihren wunderbaren Augen und ihrem besonderen Lächeln.

„Mark, du bist verletzt. Er hat dich angeschossen. Sie mussten die Kugel herausholen, aber jetzt ist alles in Ordnung. Es ist vorbei." Er löste eine Hand von ihrer Schulter und strich an ihrem Arm auf und ab.

„Oh, Anna, ich hatte solche Angst um dich. Dieser Luiz, ich kenne ihn, er ist zu allem fähig. Oh Gott, ich bin so froh, dass dir nichts passiert ist." Schwerfällig schob er sich zum Sitzen hoch. Irgendwo in der Ferne stach ein Messer in seinen Oberschenkel und entfachte einen infernalischen Schmerz, als er sich aufrichtete, aber das war jetzt nicht wichtig. Er schlang seine Arme um sie und drückte sein Gesicht in ihre Halsbeuge. Heiser flüsterte er in ihr Ohr: „Anna, ich liebe dich. Ich liebe dich so sehr. Als er die Waffe auf dich gerichtet hat, dachte ich, mein Herz würde stehenbleiben. Dir darf niemals etwas passieren, ich darf dich niemals verlieren, Anna." Mit zitternden Händen strich er über ihren Rücken. Nein, verflixt. Er hatte das nicht sagen wollen. Er wusste, dass es noch zu früh war, dass sie noch Zeit brauchte und dass sie ihn vielleicht sowieso nie lieben würde. Trotzdem war es einfach so aus ihm herausgebrochen. Seine Finger wollten sich in den Stoff ihres Kleides krallen. Plötzlich war da wieder diese Angst, sie zu verlieren. Hatte er sie verschreckt mit seinem Geständnis? Würde sie sich jetzt von ihm zurückziehen und ihn allein lassen?

„Markus von Bach, ich liebe dich. Mich wirst du nicht so bald wieder los."

Fest drückte er sie an sich, während sein Kopf versuchte zu verarbeiten, was sie gerade gesagt hatte. Alle klaren Gedanken waren fortgewirbelt von dem einen Satz, der so unglaublich und wunderbar war, dass er ihn nicht fassen konnte.

„Mark, nicht ganz so fest, ich bekomme gleich keine Luft mehr", flüsterte sie. Es kostete ihn unendliche Willenskraft, sie loszulassen. Aber als sie ihn noch einmal küsste, musste er sie mit seinen zitternden Händen wieder an sich ziehen. Er erwiderte den Kuss, gierig und ausgehungert nach ihrer Wärme und mit der verzweifelten Hoffnung, es könnte wahr sein. Sie würde ihn nicht verlassen, sie würde bei ihm bleiben und ihn lieben.

Ineinandergeschlungen saßen sie auf seinem Bett und küssten sich, bis sie beide völlig außer Atem waren. Mit sanften Strichen glättete er ihre wilden Locken und versank in den lichtblauen Augen.

„Anna, das kommt mir vor wie ein verrückter Traum. Ich kann das gar nicht glauben." Sie lächelte wieder auf diese Weise, die jedes Mal sein Herz zum Zittern brachte.

„Ich liebe dich, Mark. Ich habe es schon die ganze Zeit getan, aber meine Erinnerungen haben mich immer wieder davon abgehalten, es zu verstehen. Erinnerst du dich an meinen Traum, dass Johan dich erschießen würde? Immer wenn ich an dich dachte, war da sofort dieses Gefühl, dass ich das nicht durfte und dass etwas Schlimmes passieren würde. Dieser verrückte Gedanke, dass ich dich in Gefahr bringen würde, wenn ich dich liebe, den konnte ich einfach nicht loswerden. Erst nach dem Schuss ist dieses Gefühl plötzlich verschwunden."

Er atmete tief aus und lehnte sich zurück, um wieder in ihre Augen zu sehen. „Jetzt haben sie aber alle verhaftet, oder?"

Anna schüttelte den Kopf. „Du verrückter Kerl. Warum hast du das überhaupt gemacht? Der Typ hätte dich erschießen können. Ich hatte solche Angst um dich." Ihre Stimme brach, und Tränen stiegen in ihre Augen. Vorsichtig strich er sie von ihren Wangen.

„Du warst in Gefahr. Das schien mir die einzige Möglichkeit zu sein, etwas zu tun. Ich kenne ihn von früher, als ich noch Strafverteidiger war, und er hatte damals gedroht, mich umzubringen. Ich habe gehofft, ihn damit ablenken zu können. Hat ja geklappt, auf eine Art." Er setzte ein schiefes Grinsen auf, aber Anna fand das gar nicht lustig und wandte sich mit zusammengepressten Lippen ab.

„Du bist ja völlig irre, mach so was nie wieder. Du hast dagestanden wie eine Zielscheibe, dann ist der Schuss gefallen, und du bist zusammengebrochen. Ich wusste ja nicht, wo er dich getroffen hatte. Ich dachte, du wärst tot, wie in meinem Traum." Unaufhaltsam liefen die Tränen an ihren Wangen herunter, und er zog sie wieder an sich und drückte ihren Kopf an seine Schulter. Beruhigend strich er über ihren bebenden Rücken und wusste nicht, was er antworten sollte. So viel Schmerz hatte sie seinetwegen schon aushalten müssen. Das hatte er alles nicht gewollt. Verzweifelt versuchte er, den Kloß in seinem Hals herunterzuschlucken, um irgendetwas Tröstendes zu sagen. Dann seufzte sie und erzählte stockend weiter.

„Das SEK hat in dem Moment eingegriffen, als er die Waffe auf dich gerichtet hatte. Sie haben auf ihn geschossen, und dann ist er mit mir zusammen umgefallen. Was mit der Frau und Alexej war, habe ich gar nicht mitbekommen, aber diesen Luiz haben sie dann festgenommen." In seinem Kopf überschlugen sich die Gedanken.

„Sie werden also sicherlich noch eine Aussage von dir haben wollen, auch, weil du Alexej gekannt hast. Du gehst da auf keinen Fall allein hin, ich werde dich begleiten." Er versuchte es wieder mit einem schiefen Grinsen. „Schließlich bin ich dein Anwalt." Anna sah zu ihm hoch, und auch um ihre Mundwinkel zuckte es leicht.

„Na, das mit dem Begleiten werden wir noch sehen. Dazu müssen wir dich erst mal hier herausbekommen." Wie auf ein

Stichwort öffnete sich die Tür, und ein Arzt betrat den Raum mit einer Schwester im Schlepptau.

„Oh, der Patient ist ja schon aufgewacht." Nachdem er sich versichert hatte, dass Mark nicht unter Kopfschmerzen oder Übelkeit litt, kam er zu der Beinverletzung. „Es war ein Steckschuss im Muskel. Ein größeres Gefäß war beschädigt, wodurch die Wunde stark geblutet hat. Der Knochen ist allerdings nicht betroffen, und wir konnten das Projektil ohne weitere Probleme entfernen. Ab morgen können Sie schon wieder vorsichtig mit dem Bewegen beginnen, aber es dauert sicher noch eine Woche, bis die Naht wieder so weit belastbar ist, dass Sie mit dem Laufen anfangen dürfen."

Erschrocken schüttelte er den Kopf. Eine Woche würde er auf keinen Fall hierbleiben. Er öffnete den Mund, um etwas zu sagen, aber Anna war schneller.

„Und wann kann ich ihn endlich mitnehmen, heute oder erst morgen?" Der Arzt lachte.

„Na Sie haben es ja eilig. Also, die Operation hat nur eine kurze Narkose erfordert, und sonst ist ja auch alles in Ordnung. Morgen ginge, natürlich nur im Rollstuhl, und nur, wenn Sie dem Bein absolute Ruhe geben. Achten Sie gut auf die Naht und bewegen Sie sich nicht zu viel. Wenn die aufgeht, kann das einen enormen Blutverlust bedeuten, und den können Sie jetzt nicht mehr verkraften. Nehmen Sie das nicht auf die leichte Schulter." Mit diesen strengen Worten drehte er sich zur Tür.

Beinahe wollte Mark lachen. Nein, seine Gesundheit auf die leichte Schulter zu nehmen war definitiv keine Option, nicht mehr.

Ja, er war damals, kurz nach der Reha, so weit gewesen, dem Schmerz und der Verzweiflung über sein verlorenes Leben ein Ende setzen zu wollen. Nachdem Karl ihm die Patronen für seine Waffe abgenommen hatte, waren eine große Packung Tabletten und eine

Flasche Wodka bei ihm eingezogen und hatten in seinem Küchenschrank auf den richtigen Augenblick gewartet. Sein Lebenswille war dann doch stärker gewesen, und der richtige Augenblick war nie gekommen. Trotzdem hatten ihn die Einsamkeit und Sinnlosigkeit seines Lebens immer weiter in die Tiefe gezogen, und er hatte keinen Halt gefunden, um sich aus dieser Spirale zu befreien. Dann war er auf Annas Motorhaube gestürzt, und alles hatte sich verändert. Tief seufzte er auf und küsste ihre Handfläche, um sie dann an seine Wange zu drücken.

„Ohne dich wäre ich vielleicht gar nicht mehr da", presste er mit zugeschnürter Kehle hervor, während er ihre Hand streichelte und ganz sicher war, dass er sie nie mehr loslassen konnte.

Kapitel 19

Anna hatte sich im Krankenhausbistro ein Frühstück geholt und mit Mark zusammen im Krankenzimmer gegessen. Immer wieder hatte er sie beim Essen angesehen, als ob sie das achte Weltwunder wäre. Kaum hatte er den Nachttisch mit dem Tablett zur Seite geschoben, zog er sie wieder in seine Arme.

„Anna, es ist so wunderbar, dass du da bist. Es ist verrückt, aber ich habe dich schon vermisst, als du vorhin nur unten im Bistro warst." Sie schloss die Augen und drückte ihren Kopf gegen seine Brust. Seine starken Arme waren genau der Ort, an dem sie sein wollte, an dem sie einschlafen wollte. Als hätte er ihre Gedanken gelesen, fuhr er fort.

„Aber du hast ja die ganze Nacht nicht geschlafen. Du musst völlig übermüdet sein. Willst du nicht nach Hause fahren und dich hinlegen?" Sie schüttelte an seiner Brust den Kopf und seufzte.

„Ich bin total müde, aber jetzt kann ich auch noch hierbleiben, bis sie dich endlich entlassen haben." Dann zog sie den rechten Mundwinkel zu einem schrägen Grinsen hoch. „Schlaf wird völlig überbewertet. Es ist so schön, bei dir zu sein. Endlich muss ich nicht mehr über Johan nachdenken und kann mich einfach so in deine Arme kuscheln, ohne schlechtes Gewissen." Sie spürte, wie er tief Luft holte und sein Atem über ihre Haare strich.

„Ach, Anna, wo warst du nur in den letzten zwei Jahren? Wir haben uns damals getroffen und dann wieder verloren. Was für ein verrücktes Schicksal hat uns wieder zusammengebracht?"

„Ja, das waren wirklich viele seltsame Zufälle. Das Leben hatte offensichtlich einen sehr eigenwilligen Plan mit uns." Ein wenig lehnte sie sich zurück, um ihn anzusehen. „Du gehst mir aber bitte nicht wieder verloren. Ich liebe dich. Du darfst nicht noch einmal verschwinden."

Er schüttelte schweigend den Kopf und zog sie wieder an seine Brust. Dann flüsterte er in ihr Ohr: „Das musst du noch ganz oft sagen, ich kann noch gar nicht glauben, dass du mich wirklich liebst. Dass ich dich wiedergefunden habe, ist das Beste, was mir je passiert ist."

Wieder musste sie seufzen. „Na ja, und weil ich dich in meine Angelegenheiten hineingezogen habe, liegst du jetzt hier im Krankenhaus. Das wäre ja alles nicht passiert, wenn …" Er verschloss augenblicklich ihren Mund mit einem tiefen Kuss. Als sie sich von ihm löste, um Luft zu holen, sah er sie ernst an.

„Nein, fang nicht wieder damit an. Es war ganz allein meine Entscheidung, was da passiert ist. Dich trifft daran überhaupt keine Schuld. Das darfst du dir nicht einreden. Außerdem würde ich es immer wieder genauso machen. Ich bin sehr froh, dass ich da war, um ihn abzulenken. Wenn er mit dir als Geisel verschwunden wäre, das kann ich mir gar nicht vorstellen." Eine schmerzvolle Falte stand zwischen seinen Brauen, als er sie ansah.

In dem Moment klopfte es an der Tür, und Karl schob Marks Rollstuhl herein. Auch er hatte zu wenig geschlafen und wirkte ein wenig verknittert. Eine Tasche mit bequemer Kleidung, die er in Marks Wohnung zusammengesucht hatte, stand auf der Sitzfläche des Rollis, über den sie nach dem Arztbesuch noch lange diskutiert hatten. Zu gut war Anna noch Marks harsche Weigerung vor einigen Tagen in Erinnerung. Die Aussicht, noch eine ganze Woche hierbleiben zu müssen, wenn er das Ding nicht benutzte, hatte ihn dann doch umgestimmt. Mark griff also nach der Tasche, um sich umzuziehen. Vorsichtig stellte er sie neben sich auf das Bett und zog den Reißverschluss auf, dann nahm er ein T-Shirt und eine

Jogginghose heraus. Plötzlich hielt er mitten in der Bewegung inne, den Blick auf die Hose gerichtet, Anna hatte den Eindruck, er wüsste nicht mehr, was als Nächstes zu tun wäre. Prompt fiel es ihr wieder ein.

„Wer weiß, wie lange das noch bis zur Visite dauert, ich gehe mal ins Bistro und hole uns noch drei Kaffee." Überrascht sah Mark hoch, und als sich ihre Blicke trafen, atmete er tief durch.

„Vielen Dank." Sie wusste, dass er nicht den Kaffee meinte, und bevor sie die Tür hinter sich zuzog, hörte sie noch Karls Stimme: „Schau mich nicht so an mein Freund, ich habe deine Beine schon gesehen, als der Fixateur noch dran war." Mit einem Kopfschütteln ging Anna zum Kaffeeautomaten. Irgendwann würde er ihr auch damit vertrauen, aber jetzt war einfach nicht der richtige Zeitpunkt.

Gemeinsam warteten sie noch bis kurz nach Mittag auf die letzte Visite des Arztes und die Entlassung. Die Schwester legte einen Streifen Schmerztabletten auf seine Tasche. Dann ermahnte der Arzt ihn schließlich noch streng, das Bein nicht zu belasten, und drückte allen zum Abschied die Hand. Mark warf einen missbilligenden Blick auf seinen Rollstuhl, bevor er sich mit schmerzverzerrtem Gesicht vom Bett hineinrutschen ließ.

„Komm schon, ist doch gar nicht so schlecht, dass du so ein Hightech-Teil hast", ermunterte Anna ihn amüsiert. „Stell dir vor, du müsstest jetzt mit so einem ollen Krankenhausschieber herumkutschieren." Er murmelte mürrisch irgendetwas und verschwand in einem Tempo durch die Tür, das Anna stutzen ließ. Sie hatte sich so sehr an seine langsame Fortbewegung gewöhnt, dass sie jetzt völlig perplex war, in welchem Tempo er aus dem Zimmer zischte. Eilig folgte sie Karl, der mit der Tasche schon hinter Mark hergegangen war.

In Karls Auto zu steigen war dann doch schwieriger, als Mark gedacht hatte. Natürlich konnte er nicht vermeiden, den verletzten Muskel anzuspannen, und der Schmerz schoss wie ein Stromschlag durch alle Nervenenden. Karl zerlegte mit wenigen Handgriffen den Rolli in seine Einzelteile, die sich gut auf dem hinteren Sitz unterbringen ließen. Anna hatte schon recht gehabt. Das Ding war mit diesen Krankenhaus-Schiebestühlen wirklich nicht zu vergleichen.

Sie saß hinter Karl, und als Mark sich zu ihr umdrehte, wurde ihm plötzlich wieder bewusst, wie müde sie sein musste. Die ganze Nacht hatte sie an seinem Bett gesessen, und irgendwann am frühen Morgen war sie nur kurz zu Hause gewesen, um sich umzuziehen. Klein und zusammengesunken saß sie auf dem Rücksitz und sah aus, als ob sie jeden Augenblick einschlafen würde. Er wünschte, er könnte sie im Arm halten und sanft in den Schlaf wiegen. Bei der Vorstellung zog ein nachdenkliches Schmunzeln über sein Gesicht. Solche Dinge hatte er noch nie für jemanden tun wollen. Sie war in jeder Hinsicht außergewöhnlich, auch mit den Gefühlen, die sie in ihm auslöste.

Karl hielt vor dem Tiefgaragentor, und Mark gab ihm die Magnetkarte. Als er den Wagen geparkt hatte, stieg er aus, baute den Rollstuhl wieder zusammen und schob ihn neben die Beifahrertür. Dieses Mal ließ Mark sich beim Umsetzen Zeit und versuchte, eine Belastung des zerfetzten Muskels zu vermeiden. Auch als er endlich saß und Karl die Tür mit Schwung geschlossen hatte, wachte Anna auf dem Rücksitz nicht auf. Fragend sah Karl ihn an, und Mark nickte.

„Bring sie nach Hause. Sie muss sich dringend richtig ausschlafen. Ich komme hier schon allein klar. Morgen rufe ich dich an, wegen der aktuellen Fälle. Vielleicht kann ich auch mit dem Rolli in die Kanzlei kommen. Ich habe hier sonst nur Langeweile."

„Kommt nicht in Frage", protestierte Karl. „Mal abgesehen davon, dass du ganz sicher in der kommenden Woche nicht arbeiten solltest, denkst du nicht, du hast morgen etwas Besseres zu tun, als Akten zu wälzen, wenn dir langweilig wird?" Mit einem Nicken zur Rückbank machte er klar, woran er dachte. Mark schluckte. Natürlich, er war nicht mehr allein. Er hatte nicht mehr nur seine Arbeit. Anna gehörte jetzt zu seinem Leben, und es gab so viel, worüber sie sprechen mussten. Er lächelte zärtlich zu ihrer zusammengesunkenen Gestalt hinüber.

„Ja, du hast recht. Als Erstes werde ich morgen früh mit Anna telefonieren, danach melde ich mich bei dir."

Als er den Schlüssel in seine Wohnungstür steckte, bereute er bereits, Karl und Anna weggeschickt zu haben. Kaum rollte er durch den Flur, überfiel ihn wieder die alte Melancholie. Er vermisste sie schon, obwohl er sie noch vor wenigen Minuten gesehen hatte. Hier, in seiner eigenen Wohnung, fühlte sich alles wieder so an wie früher. Es war kalt und leer, und er hatte das dringende Bedürfnis, sich hinter seinem Schreibtisch und einem Stapel Akten zu verkriechen, um das zu verdrängen. Langsam rollte er stattdessen zum Fenster und versuchte sich vorzustellen, dass sie gleich zu Hause ankommen und in ihr gemütliches Bett schlüpfen würde, um auszuschlafen. Natürlich wäre alles andere egoistisch gewesen, aber diese verdammten Zweifel nagten schon wieder an ihm. Dieses kleine Teufelchen in der Ecke seines Herzens, das ihm immer erklärte, es gäbe niemals wirkliche Liebe und eine dauerhafte Partnerschaft für ihn. Konnte sie ihn wirklich lieben, oder hatte sie das alles nur gesagt, weil sie noch unter Schock gestanden hatte? Nein, er wollte ganz fest daran glauben. Dieses Teufelchen würde er schon noch zum Schweigen bringen.

Kapitel 20

Marks Telefon piepste und brummte auf dem Nachttisch, und ein schneller Blick zum Wecker verriet, dass es bereits acht Uhr war. Verwundert stellte er fest, dass er tief geschlafen hatte und ausnahmsweise nicht von einem schlechten Traum um fünf oder sechs geweckt worden war. Wer wollte heute schon so früh etwas von ihm? Auf dem Display sah er die Nummer der Kanzlei. Karin Seegers meldete sich.

„Guten Morgen, Mark. Es tut mir leid, dass ich Sie so früh störe, aber hier ist jemand, der unbedingt und sofort mit Ihnen sprechen möchte. Karl sagte, das wäre in Ordnung, ich könnte Sie deswegen ruhig anrufen." Mark wurde das Drumherumgerede schon zu viel. Vor dem ersten Kaffee hatte er noch keine Nerven für so was.

„Nun rücken Sie endlich damit heraus. Wer ist es und was will er?" Karin räusperte sich. Natürlich, so einen unfreundlichen Ton war sie von ihm nicht gewohnt. Gerade wollte er sich entschuldigen, als sie weitersprach.

„Er heißt Tim Farbur und sagt, das kann er nur mit Ihnen selbst besprechen." Der Nachname sagte ihm nichts, aber eigentlich kannte er nur einen Tim.

„Hat er Igelhaare und Tattoos?"

„Die hat er."

„Dann geben Sie ihn mir mal."

„Hallo, Mark. Es tut mir total leid, dass ich so früh störe, vor allem wo du krankgeschrieben bist. Aber ich glaub, ich brauch 'nen Anwalt, und ich kenn nur dich." Tims Stimme klang verstört. Er schien tatsächlich ein größeres Problem zu haben.

„Guten Morgen, Tim, was ist denn passiert?"

„Also, ich war am Wochenende mit den Kumpels unterwegs, und die haben Mist gebaut. Ich hab nix gemacht, aber ich war eben dabei. Sie haben uns alle festgenommen und verhört. Ja, und sie haben gesagt, ich soll mir besser ’nen Anwalt nehmen. Kannst du mir helfen?“ Mark atmete tief durch, eine Strafsache also. Natürlich konnte er Tim an Karl verweisen. Natürlich war Karl ein prima Anwalt und würde das Beste für Tim erreichen. Trotzdem fühlte es sich nicht richtig an. Er lehnte den Kopf zurück und starrte an die Decke, als ob dort die Antwort zu finden wäre. Tauchte hier jetzt genau der Grund auf, den er brauchte, um wieder in den Gerichtssaal zurückzukehren? So viel hatte sich in den letzten Wochen verändert. Auch er selbst hatte sich verändert. War das jetzt der nächste Schritt, den er einfach tun musste? Er zuckte unentschlossen mit den Schultern. Das musste er ja nicht sofort entscheiden. Erst mal würde er mit Tim die ganze Sache in Ruhe besprechen. Dann konnte er immer noch überlegen, wer den Fall übernehmen sollte.

„Gut, pass auf, ich bin im Moment nicht mobil. Du kannst zu mir nach Hause kommen, und wir besprechen das hier. Dann sehen wir weiter. Bring Brötchen mit, ich habe noch nicht gefrühstückt.“ Er gab Tim seine Adresse und die Codenummer für das Parkgaragentor.

„Boah, danke, Mann, dass du das für mich tust. Ich mach mir echt Sorgen, dass die mich für etwas verknacken, das ich gar nicht getan hab. Ich bin in ’ner Viertelstunde da.“

Als Mark die Beine aus dem Bett schwang, um aufzustehen, brannte der Oberschenkel wie Feuer. Kurz hatte er vergessen, was gestern passiert war, doch der Schmerz brachte alles wieder zurück. Anna, er musste sie unbedingt anrufen, sobald Tim wieder weg war. Der Gedanke an ihr Liebesgeständnis ließ ihn beinahe vor Sehnsucht aufseufzen. Er musste sie sprechen, am liebsten jetzt sofort, aber so früh konnte er sie nach der letzten Nacht auch nicht wecken. Ohne sein Auto, das immer noch auf dem Hotelparkplatz stand, konnte er ohnehin nicht einfach zu ihr fahren. Außerdem wäre es wohl tatsächlich besser, das Bein nicht zu viel zu bewegen. Vielleicht würde sie ja später vorbeikommen. Es war noch eine Einladung zum Abendessen offen. Er lächelte in sich hinein, als er wieder an ihr Gespräch über seine Kochkünste dachte, und auf dem Weg zum Bad überlegte er, wie er aus seinen spärlichen Vorräten ein ordentliches Abendessen kreieren könnte. Kaum war er fertig angezogen und rollte in die Küche, als es schon an der Tür klingelte.

~

Als Anna aufwachte, wurde es draußen gerade hell. Kurz wunderte sie sich, dass sie so lange geschlafen hatte. Gestern Nachmittag hatte Karl sie nach Hause gebracht, aber nachdem sie im Auto schon die Augen zugemacht hatte, war sie danach hellwach gewesen. Dass Mark sie quasi nach Hause geschickt hatte, fühlte sich nicht richtig an. Natürlich war sie die ganze letzte Nacht nicht zur Ruhe gekommen, aber trotzdem wollte sie jetzt nicht allein zu Hause sein. Der Schock des Vorabends steckte ihr noch immer in den Knochen, und sie musste zugeben, dass Marks breite Brust jetzt genau das war, was sie gern zum Anlehnen hätte. Mit hängenden Schultern war sie in den Stall gegangen und hatte ein wenig Trost in der weichen Mähne von Kosimo gesucht, bevor sie nach einiger Zeit dann doch erschöpft ins Bett gefallen war.

Heute war Montag, ein Arbeitstag. Also schälte sie sich aus dem Bett und tappte verschlafen in die Küche. Unwillig schüttelte sie den Kopf. Nein, sie wollte heute nicht arbeiten, sie wollte Mark sehen, sich in seine starken Armen schmiegen und mit ihm über all das reden, was in den letzten Tagen passiert war. Während sie vorsichtig den heißen Kaffee schlürfte, überkam sie ein schweres Gefühl in der Magengegend. Warum hatte er sie gestern ohne Abschied nach Hause geschickt? Warum meldete er sich heute früh nicht? Die ganze letzte Woche hatte er sie wegen Gregors Warnung kaum aus den Augen gelassen. War er froh, endlich wieder seine Freiheit zurückzuhaben, jetzt da diese Angelegenheit erledigt war? Er hatte ihr gestern gesagt, dass er sie liebte. Brauchte er trotzdem mehr Zeit für sich, als er in den letzten Tagen gehabt hatte? Es tat weh, fühlte sich wie Zurückweisung an, und es kostete sie einige Mühe, das alles ganz normal und verständlich zu finden. Sie straffte sich und stand auf. Nein, einengen und erdrücken wollte sie ihn auch nicht, nur weil sie ihn vermisste. Er würde sich melden, wenn er sie sehen wollte. Mit diesen Gedanken zog Anna sich an, um den morgendlichen Stalldienst zu erledigen.

Die kleine Katze, die immer noch keinen Namen hatte, drückte sich auffordernd an ihre Beine und gab sich nicht mit einem kurzen Streicheln zufrieden. Mit einem ergebenen Seufzer setzte Anna sich schließlich hin, und ohne zu zögern sprang die Rote auf ihren Schoß. Sie drehte sich zweimal um sich selbst und rollte sich schließlich gemütlich auf Annas Schoß zusammen. Gedankenversunken ließ Anna ihre Hände durch das weiche Fell gleiten und unterhielt sich mit der Katze über den gestrigen Abend. Tatsächlich half ihr das, ihre Gedanken zu ordnen und als sie nach einiger Zeit aufstand, fühlte sie sich deutlich besser.

Danach machte sie mit Kosimo eine kleine Waldrunde zur Ablenkung, und nach einer ausgiebigen heißen Dusche widmete sie sich dann doch der Arbeit.

Kurz vor Mittag klingelte plötzlich ihr Telefon. Sie zuckte zusammen und stürzte voller Vorfreude darauf, doch als sie die unbekannte Nummer sah, ließ sie sich enttäuscht im Sessel nach hinten fallen. Gregor Wulfrick meldete sich. Mit tonloser Stimme antwortete sie.

„Hallo, Herr Wulfrick, was gibt es Neues?"

„Frau Hofmeister, ich hoffe, Sie haben sich von dem Schock am Samstag schon ein wenig erholt. Es wäre gut, wenn Sie heute ins Präsidium kommen könnten. Wir brauchen noch eine Aussage von Ihnen." Sie stockte kurz. Das wollte sie doch eigentlich nicht allein machen. Andererseits war Mark gestern erst operiert worden und sollte ganz bestimmt heute noch nicht so viel unterwegs sein. Sie schloss kurz die Augen und versuchte irgendwoher noch etwas Energie zusammenzukratzen.

„In Ordnung, ich kann jetzt gleich losfahren, dann bin ich in einer halben Stunde da. Es gibt aber keine Gegenüberstellung oder so etwas?"

„Nein, nein, das wird nicht nötig sein. Möchten Sie, dass Ihr Anwalt dabei ist?" Sie zuckte zusammen, warum fragte er das?

„Brauche ich denn einen Anwalt?"

„Nein, eigentlich nicht." Gregor Wulfrick räusperte sich ein wenig verlegen, als ob er nicht recht wusste, warum er überhaupt gefragt hatte. „Es liegen keine Verdachtsmomente gegen Sie vor. Es geht nur um eine Aussage zu der Verbindung Ihres Mannes mit dem Angeklagten Alexej Bensson und um Samstagabend natürlich."

„O. k. Dann werde ich das auch ohne Anwalt schaffen. Ich bin in einer halben Stunde bei Ihnen."

„Ja, in Ordnung. Fragen Sie unten am Eingang nach mir, dann wird Sie jemand direkt in mein Büro bringen." Mit zitternden Fingern tippte Anna auf das Display, um aufzulegen.

Ihre Gedanken drehten sich im Kreis. Natürlich hätte sie Mark gern dabeigehabt, aber sie durfte nicht nur an sich selbst denken. Mit seiner frischen Verletzung sollte er ganz bestimmt noch nicht Auto fahren und auch nicht x-mal ins Auto herein- und wieder herausklettern. Bevor sie ihn kannte, hatte sie ihre Angelegenheiten ja auch allein regeln können. Das würde sie also auch noch irgendwie schaffen.

Eine halbe Stunde später fuhr sie auf den Parkplatz, und plötzlich war sie gar nicht mehr so sicher, dass sie das alles ganz allein machen wollte. Sie kramte ihr Telefon aus der Handtasche. Vielleicht würde Karl sie ja begleiten. Sicher wäre das besser, als allein zu gehen. Gerade wollte sie die Nummer der Kanzlei heraussuchen, als sie seine Stimme neben sich hörte.

„Anna, was machst du denn hier?" Auf seine höflich distanzierte Art lächelte er zu ihr herunter. „Entschuldige, was für eine überflüssige Frage, du musst sicher auch eine Aussage machen. Ich war auch gerade deswegen oben. Wo ist Mark denn?" Mit einem erleichterten Seufzer sah sie zu ihm hoch.

„Hallo, Karl. Ich dachte, es wäre besser, wenn Mark sich heute noch schont. Ich habe ihm nicht gesagt, dass ich heute aussagen soll. Aber andererseits ist mir nun doch ein wenig komisch. Hättest du vielleicht Zeit, mich zu begleiten?" Karl schüttelte energisch den Kopf, und ihre Hoffnung auf Unterstützung schwand.

„Natürlich hätte ich Zeit, aber dann würde Mark mindestens eine Woche nicht mehr mit mir reden. Ich rufe ihn jetzt direkt an und hole ihn ab. Du wartest solange drinnen. Geh ruhig schon zu Herrn Wulfrick hoch, aber sag ihm, dass du mit der Aussage auf Mark warten willst. Bis gleich." Ohne auf eine Antwort zu warten, drehte er sich um und begann auf seinem Telefon herumzutippen, während er zu seinem Wagen lief. Sie grinste in sich hinein. Er hatte sie behandelt, wie er es mit Mandanten auch immer machte. Höflich und bestimmt erklärte er, was zu tun war, schickte jeden zu seiner Aufgabe los, und dann kümmerte er sich effizient darum, dass alles auch genau so lief wie geplant. Karl war ganz sicher ein prima Anwalt, der stets alles unter Kontrolle hatte. Sogar als Mark schwer verletzt am Boden gelegen hatte, war Karl rationell und bestimmt vorgegangen und hatte den Eindruck gemacht, dass er alles im Griff hätte. Wo versteckte dieser Mann nur seine Gefühle? Mit gerunzelter Stirn trat sie in das Gebäude und war mit einem Schlag wieder bei ihrer eigenen Situation. Auch wenn sie das so eigentlich nicht geplant hatte, war sie jetzt doch froh, Mark gleich zu treffen. Ganz abgesehen von ihrer Aussage vermisste sie ihn schon den ganzen Tag.

~

Mit Tim hatte er sich nach dem gemeinsamen Frühstück lange über den verhängnisvollen Abend in der Rockerkneipe unterhalten. Viele Notizen über den Tathergang und die Verhaftung hatte er gleich in den Laptop getippt und eine Akte angelegt. Noch war keine Anklage erhoben worden, und er hielt es durchaus für möglich, dass es auch keine geben würde. Alles kam darauf an, was seine Freunde aussagten. Sie könnten versuchen, ihn mit hineinzuziehen und so ihre eigene Schuld zu verringern, oder sie würden bei der Wahrheit bleiben. Mark war sicher, dass Tims Aussage den tatsächlichen Vorkommnissen entsprach. Ihm gegenüber würde Tim nicht versuchen, irgendwelche Details zu beschönigen, um dadurch besser wegzukommen. Man konnte über sein Aussehen und manche seiner Ansichten ja durchaus geteilter Meinung sein, aber er war immer ehrlich und geradlinig, sagte immer, was er dachte.

Früher hatte das schon zu einigen Reibereien zwischen ihnen geführt. Manchmal hatte er Mark ganz ordentlich die Leviten gelesen, wenn er meinte, dass der sich zu sehr hängen ließ. Mark war allerdings der Ansicht gewesen, das stünde dem Krankenpfleger überhaupt nicht zu, und Tim könne sowieso nicht verstehen, wie man sich nach so einem katastrophalen Unfall fühlte. So hatten sie sich am Anfang täglich gegenseitig angeschnauzt. Bis Tim ein paar Tage frei hatte und Mark feststellte, dass die regelmäßigen Auseinandersetzungen ihm fehlten. Er ließ sich jetzt tatsächlich hängen ohne Tims ständiges Antreiben.

Inzwischen war Mark sicher, dass er Tim selbst vertreten würde – wenn es denn überhaupt zu einer Anklage kam. Das könnte er nachher versuchen herauszufinden, indem er ein oder zwei seiner Bekannten bei der Staatsanwaltschaft anrief. Jetzt musste er sich aber erst einmal bei Anna melden. Bei dem Gedanken an sie kribbelte es in seinem Magen, und er schmunzelte. Diese Sache mit den Schmetterlingen im Bauch hatte er immer für eine übermäßig fantasievolle Beschreibung gehalten. Jetzt wusste er endlich, was damit gemeint war, und zugleich wunderte er sich, dass er das vorher noch nie gespürt hatte.

Bei Anna war besetzt, und er legte gleich wieder auf, um es später noch einmal zu versuchen. Inzwischen konnte er sich bei Karl über die neuesten Entwicklungen in dem Erpressungsfall informieren. Karin Seegers meldete sich und teilte ihm mit, dass Karl soeben ins Präsidium gefahren war, um seine Aussage zu Samstagabend zu machen. Mist, es klappte aber auch gar nichts. Also beschloss er, sich inzwischen an die Recherche für Tims Fall zu setzen. Mit diesem Vorsatz rollte er an den Schreibtisch zurück. Die Wunde im Oberschenkel stach schon wieder erbärmlich, und auf dem Weg in sein Büro nahm er in der Küche noch eine Schmerztablette.

Das Geräusch des Telefons schreckte ihn hoch. Verwirrt stellte er fest, dass er tatsächlich an seinem Schreibtisch eingeschlafen war. Das mussten wohl noch die Nachwirkungen der Narkose oder der Nacht mit zu wenig Schlaf sein.

Karl meldete sich und erklärte ihm, dass Anna im Präsidium wäre und ihre Aussage machen müsste. Schlagartig war er hellwach. Das sollte sie doch nicht allein tun. Warum hatte sie ihm nicht Bescheid gegeben? Das kleine Teufelchen meldete sich wieder. Er war ihr nicht wichtig, und das wunderbare Liebesgeständnis hatte er wohl doch nur den aufwühlenden Ereignissen von Samstagabend zu verdanken. Nein, nein, er würde diesen Teufel ignorieren. Zumindest ganz tief unten in eine dunkle Kammer sperren und nicht ständig über diese verteufelten Zweifel nachdenken. Karl würde ihn gleich abholen, und er musste sich jetzt fertig machen.

Eine Viertelstunde später kam er am Präsidium an, und direkt überfiel ihn wieder diese Abneigung. Er hatte auch mit den Krücken hier nicht auftauchen wollen, und jetzt rollte er hier mit seinem verhassten Rollstuhl herum. Schon lief der erste Bekannte in seine Richtung und starrte ihn entgeistert an. Mark grüßte kurz und rollte an ihm vorbei, ohne sich noch weiter um das verwunderte Gesicht zu kümmern oder irgendwelche Erklärungen anzugeben. Im Aufzug war er glücklicherweise allein, und oben im Kommissariat dreizehn hatten anscheinend alle schon von den Vorfällen der Gala gehört. Klaus, ein guter Freund von Gregor, der gerade durch den Flur kam, klopfte ihm im Vorbeigehen auf die Schulter.

„Mann, du hast ja ziemlichen Mist gebaut. Aber Glück gehabt und ganz schön mutig. Respekt." Dann ging er weiter zum Aufzug, ohne eine Reaktion abzuwarten.

Anna saß mit einer Kaffeetasse in der Hand an Gregors Schreibtisch. Als sie Mark sah, zog das unnachahmliche Lächeln über ihr Gesicht, und ihm wurde ganz warm. Er rollte direkt neben ihren Stuhl und hätte ihr zu gern einen Kuss gegeben. Doch er hielt sich zurück.

Nachdem Annas Aussage protokolliert war, fragte Mark bei Gregor nach: „Ihr habt sie also am Samstag alle drei festgenommen?"

„Ja, haben wir. Alle drei sitzen erst mal in U-Haft. Was ich jetzt sage, ist natürlich nicht öffentlich, aber ich denke, darüber solltet ihr Bescheid wissen." Er lehnte sich nach vorn und senkte die Stimme, obwohl außer ihnen niemand im Raum war. Dann fuhr er fort: „Der Fotograf behauptet nach wie vor, die Frau und Luiz nicht zu kennen. Er sagt, er wäre nur vom Veranstalter für das Event gebucht worden und hätte zufällig die Bilder von dem Paar gemacht. Allerdings zeigen die Metadaten der Bilder auf Annas Datensticks, dass sie alle mit dem gleichen Kameramodell geschossen wurden, das er auch an dem Abend verwendet hat. Das ist zwar allein noch kein Beweis, aber Luiz und die Frau belasten ihn auch. Er wäre der Kopf der ganzen Sache gewesen, und sie hätten nur nach seiner Anweisung gehandelt. Sie behauptet sogar, sie hätte nicht gewusst, dass die Männer mit den Bildern erpresst wurden." Ungläubig schüttelte Anna den Kopf.

„Was glaubt sie denn, wozu die Bilder gedacht sein sollten? Fürs Fotoalbum zu Hause?"

„Wir warten jetzt noch auf eine Gegenüberstellung mit zwei der Geschädigten. Ich werde dich auf dem Laufenden halten. Gegen Luiz wird mindestens Anklage wegen schwerer Körperverletzung erhoben, wahrscheinlich aber wegen versuchten Mords. Wir haben ja schließlich alle gehört, dass er dich umbringen wollte. Außerdem natürlich wegen Geiselnahme. Ihr werdet dann beide vor Gericht aussagen müssen, wenn es so weit ist. Für den Augenblick reicht aber das Protokoll, das wir hier haben."

Bei der Erwähnung der Geiselnahme und der Aussage vor Gericht war Anna auf ihrem Stuhl immer kleiner geworden. Wie gern würde er ihr das alles ersparen. Aber immerhin war er für sie da, als moralische Unterstützung.

Gemeinsam verließen sie den Besprechungsraum und verabschiedeten sich von Gregor. Dann fuhren sie schweigend mit dem Aufzug nach unten. Auf dem Weg zum Parkplatz ging sie neben ihm her, während er sich mit routinierten kräftigen Stößen vorwärts rollte. An ihrem roten Wagen angekommen, sah er von der Seite hoch und versuchte, sie mit einem Grinsen etwas aufzumuntern.

„Hey, darf ich heute dein Auto auch von innen sehen? Bisher kenne ich es ja nur von vorne."

Sie nickte abwesend. „Klar, ich fahre dich nach Hause." Ihr Ton war flach, und sie wirkte völlig in sich gekehrt. Mit einem unhörbaren Seufzer presste er die Lippen zusammen und fragte sich, wie er zu ihr durchdringen könnte. Nachdem er sich vorsichtig und umständlich auf den Beifahrersitz geschoben hatte, zeigte er ihr, wie beim Rolli die Räder und Fußrasten abgenommen und die Rückenlehne umgeklappt wurde. So hatte sie mit wenigen Handgriffen ein kleines Paket daraus gemacht, das sie auf die Rückbank heben konnte. Dann schob sie die Räder hinter den Beifahrersitz, und schon war das Ding weggepackt. Kaum saß sie neben ihm, nahm er ihre Hand und drehte sich zu ihr herum.

„Anna, ich wollte dich heute schon viel früher anrufen und dich bitten, zum Abendessen zu kommen. Ich habe doch noch eine Einladung zum Selbstkochen offen, und es ist jetzt ohnehin schon Nachmittag. Magst du vielleicht einfach sofort mitkommen?" Sie sah ihn plötzlich auf diese elektrisierende Art an.

„Zuerst brauche ich einen Kuss, dringend. Ich habe dich den ganzen Morgen vermisst." Er holte erleichtert Luft, ehe er sie zu sich heranzog und hungrig küsste. Auch er hatte sich den ganzen Vormittag nach ihr gesehnt. Die Wärme, die von ihrem Körper ausging, und ihre weichen Haare, die über seinen Hals strichen, gaben ihm wieder dieses Gefühl, endlich dort angekommen zu sein, wo er schon immer hingewollt hatte.

„Anna, es ist so schön, dich im Arm zu halten. Ich möchte das ab sofort mehrmals am Tag tun, und zwar jeden Tag. Was sagst du zu dem Plan?“ Sie lachte und stupste mit ihrer Nasenspitze gegen sein Kinn.

„Ich beantrage erst einen Kaffee und irgendetwas Süßes dazu, vorher bin ich zu keiner Aussage mehr bereit.“

„Hm, überredet, also werde ich dich unter Protest erst einmal loslassen, damit wir zum Kaffee kommen. Ich habe aber nichts Passendes dafür zu Hause. Da müssen wir unterwegs irgendwo etwas mitnehmen. Schade, dass Ellas Bäckerei nicht auf dem Weg liegt. Der geniale Apfelkuchen wäre jetzt genau richtig.“ Er stockte kurz und sah sie von der Seite an. „Oder möchtest du gern im Starbucks einen Kaffee und was Süßes …“ Sie unterbrach in eilig und grinste frech herüber.

„Oh nein. Auf keinen Fall. Lieber hätte ich es etwas privater. Ich muss dich nämlich ganz dringend schwindelig küssen.“ Bei dieser Ankündigung gerieten seine Schmetterlinge in Aufruhr, und er war ganz sicher, dass er gerade ziemlich dämlich grinste.

~

Die Wohnung wirkte auf Anna noch genauso groß und kühl wie beim ersten Mal, als sie hier war. Trotzdem war es heute anders. Sie war zum Kaffeetrinken und Abendessen hergekommen, nicht nur damit Mark seine Tasche packen konnte. Er hatte den Kuchen auf seinen Beinen abgestellt und rollte vor ihr durch den Flur direkt zur Küchenzeile. Es kam ihr seltsam vor, ihn im Rolli so flott durch die Wohnung zischen zu sehen. Man merkte deutlich, dass er Übung im

Umgang damit hatte. Mit einem etwas unglücklichen Gesichtsausdruck sah er aus der Küche herüber.

„Kaffee machen ist kein Problem, aber ich komme nicht an die Kuchenteller. Als ich versprochen habe, heute für dich zu kochen, habe ich ganz vergessen, dass ich jetzt wieder Rollifahrer bin. Ich fürchte, so wird das nichts." Sie lachte und angelte die Teller aus dem Hängeschrank.

Lange saßen sie mit dem Kaffee einfach nur auf der Couch, genossen die gegenseitige Nähe und Wärme und unterhielten sich über alle möglichen und unmöglichen Dinge. Verwundert stellte Anna fest, dass ihr mit Mark wahrscheinlich im ganzen Leben die Gesprächsthemen nicht ausgehen würden. Wie oft war man mit jemandem zusammen und wusste nicht, worüber man sprechen sollte. Dergleichen könnte ihr mit ihm nie passieren. Aber selbst wenn sie gemeinsam schwiegen, fühlte sich das warm und vertraut an. Es war ganz und gar nicht so, als ob sie sich erst zweieinhalb Wochen kannten. Aus irgendeinem Grund fühlte es sich an, als würden sie sich schon ein halbes Leben kennen. Vielleicht in einem früheren Leben. Sie grinste in sich hinein. Nein, an so etwas glaubte sie nicht, und trotzdem. Versonnen sah Anna aus dem großen Panoramafenster. Von hier überblickte man beinahe die ganze Stadt, und als es langsam dunkel wurde, flimmerten die Lichter der Straßenbeleuchtung und der Fenster in den Abend.

Nach dem Essen zogen sie mit ihren Rotweingläsern wieder zu der Sitzgruppe vor dem Fenster um. Er rollte neben ihren Stuhl, und gemeinsam sahen sie durch die tiefen Fenster nach draußen.

„Was war das eigentlich mit diesem Luiz?", fragte Anna.

Mark lehnte sich zurück und rollte mit den Augen. Dann erzählte er ausführlich, was damals geschehen war. „Ja, als Strafverteidiger hat man auch mit allen Sorten von üblen Gestalten zu tun." Einen

Moment stockte er und schüttelte dann in Gedanken versunken den Kopf, und Schweigen breitete sich aus.

„Ein Cent für deine Gedanken."

„Was?" Verwirrt ging sein Blick zu Anna. „Ich muss gerade an Tim denken. Du weißt schon, den Krankenpfleger, der mich damals täglich aus dem Bett gejagt hat." Ein Lächeln flog über sein Gesicht, dann wurde er plötzlich wieder ernst. „Er hat Mist gebaut, wobei eigentlich nicht er, sondern seine Freunde. Wenn es ganz dumm kommt, wird er aber mit angeklagt."

„Du vertrittst ihn?"

„Ja, tu ich. Im Moment sieht es nicht so aus, als ob sie ihm etwas anhängen könnten, aber das müssen wir abwarten."

„Und wenn es doch zu einem Prozess kommt, wirst du dann vor Gericht gehen, oder gibst du den Fall an Karl ab?"

„Ich weiß es wirklich noch nicht. Auch wenn ich Tim nicht gern zu jemand anderem schicken möchte, im Gerichtssaal zu stehen, kann ich mir überhaupt noch nicht vorstellen. Ich hoffe, dass es gar nicht dazu kommt."

Sie beugte sich vor und sah ihn eindringlich an. „Aber wenn du ehrlich bist, willst du doch wieder von der trockenen Schreibtischarbeit weg und Strafrecht machen. Das merkt man dir deutlich an." Trotz seiner gerunzelten Stirn erschien ein schmales Lächeln auf seinem Gesicht und er nickte in Gedanken versunken.

„Ja, das war der Teil meiner Arbeit, den ich immer am meisten gemocht habe. Ich glaube, ich will das vor mir selbst noch nicht zugeben, aber mein Traum ist es, wieder da vorn zu stehen und Plädoyers zu halten. Doch es wird nie mehr so sein wie früher."

„Mark, wenn du das wirklich willst, dann musst du es tun. Natürlich wird es nicht so sein wie früher. Du bist auch nicht derselbe wie früher. Aber du wirst einen neuen Weg finden, wie du auftrittst und dich bewegst. Das größte Problem ist in deinem Kopf." Er legte seine große Hand in ihren Nacken und zog sie zu sich heran. Ihre Gesichter waren dicht voreinander, und sacht lehnte er seine Stirn an ihre.

„Anna, du weißt besser, was in meinem Kopf los ist, als die meisten anderen Menschen, und dabei kennst du mich erst ein paar Wochen. Wie machst du das?"

Mit einem leisen Lachen flüsterte sie: „Das ist mein Geheimnis. Du weißt doch, dass alle Feen eine besondere Kraft haben, aber eigentlich darf ich dir das gar nicht sagen. Außerdem liebe ich dich, und deshalb kann ich in dein Herz sehen." Er holte zitternd Luft und zog sie zu einem heißen Kuss zu sich heran. Fest presste er sie an sich, und kurz wunderte sie sich, dass es ihr gar nichts mehr ausmachte, so festgehalten zu werden. Im Gegenteil, sie genoss die Nähe und Wärme seiner Umarmung und ließ sich von der Welle ihrer Gefühle davontragen.

Mit einem Seufzen vergrub er sein Gesicht in ihren Haaren und flüsterte heiser: „Ich habe immer davon geträumt, jemanden zu finden, den ich wirklich lieben könnte. Und auch, dass mich jemand wirklich lieben würde, habe ich immer für einen Traum gehalten. Anna, du machst mich so glücklich, dass mir dafür die Worte fehlen." Sacht legte sie einen Finger auf seinen Mund.

„Dann sag einfach gar nichts und küss mich."

~

Das musste sie ihm nicht zweimal sagen. Ihr Kuss war wie ein Regenschauer nach langer Dürre, und er konnte seine Hände einfach nicht mehr davon abhalten, ihren Körper zu erkunden. Als er das Gefühl hatte, keine Luft mehr zu bekommen, löste er sich von ihr.

„Anna, bitte bleib heute hier“, stieß er hervor und umfasste ihr Gesicht mit beiden Händen. Er wollte noch so viel mehr sagen, aber Anna küsste ihn mit einem Funkeln in den Augen und stand dann unvermittelt auf.

„Komm.“ Überrascht rollte er zurück und folgte ihr ins Schlafzimmer. Sie ließ sich auf das Bett fallen, und er schob sich so dicht wie möglich neben sie, bevor er nach ihren Händen fasste. Gerade noch hatte die Sehnsucht nach ihrem Körper ihn völlig übermannt. Doch jetzt war er sich überhaupt nicht mehr so sicher, ob das alles eine gute Idee war.

„Hör mal, ich weiß nicht, ob ich mit der Verletzung …“ Mit einem Kopfschütteln beugte sie sich vor und verschloss seinen Mund mit einem heißen Kuss. Dabei ließ sie ihre Hände unter sein T-Shirt gleiten und streichelte über seinen Rücken. Er stöhnte auf. Diese ersehnte Zärtlichkeit, die so völlig ungewohnt war, ließ seine Haut unter ihren Händen brennen.

„Hm, das wollte ich schon so lange tun. Du fühlst dich gut an“, murmelte sie, und ihre Stimme klang genauso weich wie ihre Hände. „Denk nicht so viel nach. Wir machen es uns gemütlich, und dann sehen wir, worauf wir Lust haben.“ Seine Finger wollten sich an ihr festkrallen, aber er musste sich beherrschen, um ihr nicht wehzutun. Und er musste sich beherrschen, weil er ihr nicht geben konnte, was sie erwartete.

„Oh, an der Lust kann es nicht liegen. Ich wünsche mir das schon so lange, dass ich es kaum aushalten konnte. Aber ich wollte dir die Zeit geben, die du brauchst, um mit deiner Vergangenheit abzuschließen. Und jetzt, mit dem kaputten Bein, ich meine, mit dem noch kaputteren Bein, als sowieso schon … Unser erstes Mal sollte etwas ganz Besonderes sein, und ich weiß nicht, ob ich das kann.“

Zittrig seufzte er und ließ sie los. Seine Hände fielen in seinen Schoß und er drehte den Kopf weg.

„Mark, es wird auf jeden Fall besonders sein. Ich möchte auch nicht, dass die Naht an deinem Bein dir wehtut. Also lass uns einfach sehen, wie weit wir gehen können. Wir haben ja alle Zeit der Welt." Ihre Hände zogen sein T-Shirt hoch und streiften es mühelos über seinen Kopf und seine Arme, dann fuhr sie mit den ganzen Handflächen an seinen Seiten herunter. Er schluckte trocken, während sein Brustkorb unter ihren Händen erschauerte.

„Anna, ich glaube, ich sollte erst auf das Bett rüberrutschen, sonst kann ich mich gleich gar nicht mehr bewegen", bemerkte er atemlos und strich mit einem Finger sacht über ihren Brustansatz. So schnell es ging, schob er sich auf die Matratze und zog das verletzte Bein mit den Händen hinterher. Sie hatte sich bereits neben ihn gelegt und ließ sich in seinen Arm ziehen. Während er ihr Gesicht und ihren Hals mit Küssen bedeckte, streichelte sie von seiner Brust über den Bauch, langsam weiter nach unten. An dem elastischen Bund der Sporthose fuhr sie zuerst mit einem Finger entlang, doch als ihre Hand begann, die Hose nach unten zu schieben, hielt er sie fest.

„Du erinnerst dich daran, dass ich es nicht mochte, wenn du meine Beine berührst?" Er spürte ihr Nicken an seiner Brust. Seine Zähne waren fest aufeinandergepresst, und er zischte zwischen ihnen hervor: „Sie sehen furchtbar aus, krumm und voller Narben. Eigentlich möchte ich gar nicht, dass du sie siehst. Es ist schon so schlimm genug, ich …" Sie streckte sich zu seinem Gesicht, küsste ihn und hinderte ihn damit daran, weiterzusprechen. Ihre zarten Finger strichen über seinen angespannten Kiefer.

„Mark, ich liebe dich. Ganz. Mit Beinen und allem. Ich weiß, was mit ihnen passiert ist und kann mir vorstellen, wie sie aussehen. Es ist nicht wichtig." Eine warme Welle rollte bei ihren Worten durch ihn hindurch, konnte aber den kleinen Teufel in der Ecke seines Herzens nicht zum Schweigen bringen. Mit zusammengepressten Lippen schüttelte er den Kopf.

„Schon wenn die Physiotherapeuten sie gesehen und angefasst haben, konnte ich das nur schwer aushalten. Bei dir ist es noch mal ganz anders – schwieriger."

Sie küsste eine Spur von seiner Brust über den Bauch weiter nach unten. „Du wirst mir vertrauen müssen."

Erregung und seine Angst rangen miteinander, während er wie erstarrt dalag, und einfach darauf wartete, was sie tun würde. Vorsichtig zog sie die Hose über den verletzten Oberschenkel und schob sie schließlich ganz herunter. Ihre Hände strichen zart über die Narben an seinen Beinen, und sein ganzer Körper erbebte. So weich und liebevoll hatte noch nie jemand die vernarbte Haut berührt. Scharf sog er die Luft ein, während er den Kopf in das Kissen presste. Sie sollte nicht aufhören, doch zugleich wollte er sie auch in den Arm nehmen, küssen, streicheln und ihr noch hundertmal sagen, wie sehr er sie liebte.

Als hätte sie seine Gedanken gehört, schob sie sich langsam nach oben und strich dabei mit ihrem ganzen Körper über seinen, was ihm ein weiteres sehnsuchtsvolles Stöhnen entlockte. Dann küssten sie sich mit einer Leidenschaft, die er bisher noch nie erlebt hatte.

~

Als er aufwachte, war das Erste, das er spürte, ihr weicher Körper, der sich an seinen schmiegte. Mit einem tiefen Seufzer schloss er die Augen wieder und gab sich dem wunderbaren Gefühl hin, das ihre Nähe in ihm auslöste. So wollte er ab sofort jeden Morgen wach werden. Ein paarmal atmete er noch tief ein, nahm ihren Duft und ihre Wärme ganz in sich auf, bevor er sich überhaupt bewegte. Vorsichtig, um sie nicht zu wecken, drehte er seinen Kopf zu ihr herum und strich ihr eine verirrte Strähne aus dem Gesicht. Ihre Augenlider flatterten leicht im Traum, und ihr Mund lächelte versonnen. Seine wunderbare Anna-Fee lag schlafend in seinem Arm, und ihre Hand ruhte entspannt über seinem Herzen. Er ließ die Gedanken zurückwandern, zum vorigen Abend, und sofort reagierte sein Körper. Die Erinnerung an all die Dinge, die sie gestern Abend miteinander erlebt hatten, ließ ihn beinahe vor Verlangen aufstöhnen. Er wollte sie nicht wecken, aber ihr Knie, das auf seiner Hüfte lag, konnte er nicht mehr länger ignorieren. Vorsichtig versuchte er, sich zur Bettkante zu schieben und dabei ihre Hand und ihr Bein langsam von seinem Körper gleiten zu lassen. Es kostete ihn einige Anstrengung, nicht genau das Gegenteil zu tun. Die Versuchung war groß, sich an sie zu schmiegen, um dort weiterzumachen, wo sie gestern Abend aufgehört hatten. Sehr langsam und vorsichtig ließ er sich in den Rolli gleiten, und nach einem kurzen Besuch im Bad bereitete er das Frühstück vor. Der Kaffee lief gerade in die Tasse, als Anna verschlafen um die Ecke kam. Ihre Haare waren noch ganz verwuschelt, und sie hatte nur das T-Shirt übergezogen. Mit ihrem leicht verschlafenen Blick sah sie so sehr zum Küssen aus, dass er sie sofort zu sich herunterziehen musste.

„Guten Morgen mein Sonnenschein. Das Frühstück ist auch fertig, du musst dich nicht nur mit Kaffee begnügen. Aber eigentlich wollte ich es dir ans Bett bringen.“ Sie grinste und küsste ihn erneut.

„Hm, das sollte ich wohl ausnutzen und sofort wieder verschwinden. Wer weiß, ob ich so ein wunderbares Angebot noch einmal bekomme.“ Statt wieder zu verschwinden, setzte sie sich aber an den Tisch und pustete in ihre Kaffeetasse. „Lass mich erst wach werden, bevor ich solche wichtigen Entscheidungen treffe.“ Sie legte den Kopf ein wenig schief und sah ihn mit ihrem wundervollen Lächeln an. „Was hast du eigentlich letzte Nacht mit mir gemacht? Ich fühle mich heute früh wie der Honig vom Honigkuchenpferd.“ Er lachte und stellte seinen Kaffee neben ihren.

„Was soll das heißen, was ich mit dir gemacht habe? Ich frage mich schon den ganzen Morgen, was du mit mir gemacht hast. Nur auf das Honigkuchenpferd war ich noch nicht gekommen, aber jetzt grinst du genau wie eins.“ Er rollte ganz dicht neben ihren Stuhl und umfasste ihr Gesicht mit beiden Händen.

„Anna, dies ist der schönste Morgen aller Zeiten. Ich möchte nie wieder ohne dich aufwachen. Ich liebe dich.“

Die Autorin

Hilga Höfkens wurde am Niederrhein geboren, lebt und schreibt allerdings jetzt im Bergischen Land.
Sie findet dort die Geschichten von außergewöhnlichen Menschen, die allen Widrigkeiten zum Trotz, ihrem Herzen folgen und dabei die erstaunlichsten Erfahrungen machen.
Hin und wieder ist sie aber für unbestimmte Zeit verschwunden. Dann reist sie ins Mittelalter, in die Zukunft und sogar in ganz andere, fantastische Welten. Von dort bringt sie euch die Legenden mit, die von Frauen und Männern, Robotern und Tierwesen und vielen fantastischen Gegebenheiten erzählen. Und erstaunlicherweise kann man feststellen, dass man zum verlieben kein Mensch sein muss, ja noch nicht einmal lebendig.

Aktuelle Neuigkeiten über Veröffentlichungen und einige kostenlose Kurzgeschichten gibt es hier:
http://hilgahoefkens.de
https://www.facebook.com/Hilga.Hoefkens.Autorin/

Bereits erschienen:
„Die Flötenspielerin“ Historischer Roman
von Helena Heart:
„Eine außergewöhnliche Lady“ Regency Romance
„Der Lord, der mit dem Herzen sah“ Regency Romance

HILGA HÖFKENS
Die
FLÖTEN
SPIELERIN
HISTORISCHER ROMAN